知音动漫图书·新阅坊
ZHIYIN COMIC BOOK 以梦想之名 点燃阅读

青春奇妙物语 1

两色风景 著

中国致公出版社　知音动漫

给锅炉、烂操、金氏、嬷嬷、八达、排长、大卫、老蜗、一灿。

给其他陪我度过那段岁月的人。

给那时的自己。

给阿春。

目录 contents

- 005 序言
- 007 幽灵入眠事件 **1**
- 025 猫的报恩事件 **2**
- 041 假币诅咒事件 **3**
- 059 柯南灵异事件 **4**
- 081 四级穿越事件 **5**
- 099 手机复仇事件 **6**
- 117 新旧更替事件 **7**
- 137 星际投票事件 **8**
- 157 异色指甲事件 **9**
- 177 圣诞礼物事件 **10**
- 195 祸福与共事件 **11**
- 217 孤岛病毒事件 **12**
- 239 平行爱恨事件 **13**
- 268 后记

<<< 欢迎,与十个臭男人共度青春

  我的大学其实是大专,且位于一个又小又破的分校区,乏善可陈的生活环境就是我对它全部的不满。至于好处也是很明显的:管理松散的缘故,这里没有按时断电熄灯的规矩,早上愿意睡到几点就可以睡到几点;不用担心会有谁来检查宿舍卫生,抽烟喝酒聚众打牌只要别太吵就不会有人提意见;男女生同住一栋楼可以通行无阻,不会发生男生找女生还需要通传半天的情况;辅导员是神龙见首不见尾的幻之存在,大部分情况下可以随便逃课;考试只要不遇上狠角色就能自由作弊,因为没人要求我们修满多少学分考到哪些证书才能毕业……

  其实完全不该用自豪的语气来讲出这些,因为感觉那三年我完全是被流放到一个三不管地带了,不是吗?当然,出身不由自己,道路可以选择。即使是这种学校,还是有人过得积极上进,当然……不包括我们415宿舍。我们的那三年青春,实在是太自由太快乐太自甘堕落和乌烟瘴气了。微妙的是,综观毕业至今各位兄弟的现状,又好像并没有受到当时的影响。回头想想学校虽然没有什么规矩,我们也没有认真吸收课堂上的知识,但那并不代表我们啥都没干。有时候我甚至会想,我们现在之所以都还混得不错,搞不好就和没心没肺地放松了三年有关。

  说这些反面案例并不是提倡各位有样学样,况且想学也得有学校配合才行。可是就连那座伊甸园般的母校,我们都在故地重游时悲伤地发现它已经"人老珠黄",变成了一个毫无萌点只剩回忆的"欧巴桑"。当我们在公告栏上看到哪间宿舍地上有烟头态度不端正所以被扣分的通知,就不禁感叹自己真是赶上了最好的时光,如果我们是现在入学,大概第一学期都撑不过就要被集体遣返了吧……

  《青春奇妙物语》的舞台,就是这样的一所学校。而这本书的主角,就是我们

415宿舍的十个成员。我们在这本书里基本都是本色出演，故事的欢乐基调也完全是当年气氛的真实重现。这其实就是一本YY版的《大学史记》，每个故事就是每个人的"列传"。

二号床的烂操，身材并不倒三角，脸却完全是倒三角，且痘痘连年大丰收；

三号床的锅炉工，特征是硕大的黑框眼镜与牙龈，一肩承担起415的烧水重任；

四号床的金氏，丰腴肥美状若贪官家里有钱，所以总会下意识摆出领导架势；

五号床的八达，长得像台湾演员张震，家境贫寒，以将日子过得精打细算为乐；

六号床的大卫，个头最高皮肤最白脸也最方，以雕像名为绰号的后果是染上裸睡恶习；

七号床的容嬷嬷，拥有发达的肌肉以及与之毫不相衬的温婉个性，遂"人尽可夫"；

八号床的排长，骨瘦如柴且十分显老，是宿舍脾气最火爆也最具威严的大家长；

九号床的一灿，貌美如花脾气又好，除了说话带口音与烟不离手，堪称最接近神的男人；

十号床的老蜗，永远缩在电脑后面玩游戏，是真正意义上游戏人间的存在……

一号床的我，那时候的绰号是"段公子"。刚报到的时候觉得，有没有搞错一个宿舍居然住十个人这么多！三年住下来却觉得，幸好是十个人，随便少掉哪一个，我的青春都会损失很多乐趣。宿舍拥挤一点没关系，重要的是生活的乐趣可不能空旷。

除了汉子，贯穿我们青春的当然还有妹子。我的闺蜜春菜，被烂操、八达、大卫、老蜗同时暗恋的萌妹小苹果，容嬷嬷深爱的男人婆武则天，令排长觊觎万分的清秀而低调的眼镜娘，教锅炉工心乱如麻却憧憬着一灿的食堂小妹阿玲，以及曾与一灿交往过的大家闺秀静静……她们基本就是这书的女主角了吧。但其实这书并没有统一的男女主角，这个故事的男女主角，到了下个故事可能就变成了两瓶酱油。多公平啊，人生的真谛就是谁都有跑龙套的时候，也都会有当主角的机会。

其实我不必说这么多的。与其拉里拉杂做人物介绍，各位读者不如通过看故事来认识他们吧。若能因此喜欢上谁，他们也会不胜荣幸的。至于我，能有机会写这本书已经是最高兴的了——在这段创作的时光里，我那么幸运地与重要的伙伴一起，重温了一遍我们的青春。

幽灵入眠事件
chapter 1

Tales of the Unusual Youth
415

大学毕业后我开始了租房生涯,室友代号"大叔"。为了节省租金,我们共享一个卧室,我睡没有床垫的床,他睡床边地板上的床垫。

每天晚上熄灯之后,近在咫尺的我们都要聊一会儿天。聊着聊着声音就会小下去,然后我们就很自然地睡着了。

这总让我想起大学时代的卧谈会,那可比现在更热闹,毕竟我们415宿舍的人口多达十个。十张嘴叽里呱啦各抒己见,兴致高起来能一直聊到太阳升起。

"这样的宿舍真好啊。肯定有很多趣事吧?"大叔说。

"除了趣事,还发生过很多怪事呢。"我说。

01 兄弟你掉茅坑里了吗

大学里的怪事之一是金氏引起的。

关于金氏,最简单的描述就是:胖子。如果想对他了解得更具体一点,建议去翻翻漫画《灌篮高手》,里面有个叫高宫望的角色,我们一致认为金氏跟他的相似度高达百分之百。

身材肥硕的金氏最爱干的事情就是吃和睡。没错,就跟那啥似的。他的睡眠质量让我们羡慕,一躺下去那是真正的雷打不动,反而他的呼噜会给人打雷的错觉。有次他午睡时呼噜声太响严重影响了我们,为了报复,我们开始放摇滚音乐,结果把音响的旋钮弄坏了都没盖过他的呼噜声。

事情发生的那一夜,我们都已经入睡了,除了十号铺的黑小子老蜗。老蜗是一个狂热的游戏迷,夜晚正是他的活跃时间。因为他经常熬夜玩游戏,夏天时我们干脆门都不关,就开着通风,反正有人守夜。

老蜗正玩得投入,忽然听见四号铺的床板发出"吱呀"声,然后金氏就坐起来了。

老蜗随意地朝他瞟了一眼,没有很在意。据他说,当时看到金氏正反复摩挲着自己的胖脸。

不久金氏下床,站到穿衣镜前,借着老蜗电脑远远投来的微光打量一会儿自己,然后就打开宿舍的门走出去了。而老蜗还是没有在意——晚上起来上厕所很正常嘛。

结果金氏一去不返。由于老蜗对游戏的兴趣比对金氏更大,所以当他意识到这一点时,已经过去一个多小时了,老蜗的第一反应是金氏掉茅坑里了,本着同门之谊他连忙去打捞,却看到茅坑里空空如也。老蜗纳闷而失望地返回宿舍,忽然觉得有点儿冷。

他玩游戏的兴致被破坏了,比往常提早了许多躺下。

第二天老蜗醒来的第一件事就是去看四号铺,金氏正躺在床上看书。

"你昨晚去哪儿了?"老蜗问他。

"昨晚?昨晚我一直在睡觉啊。"金氏莫名其妙。

"不是吧?半夜我明明看你出去了。"

"靠,我没事半夜出去干吗?"

睡金氏上铺的,是锅炉工。因为他从入学起就义务接下了宿舍的烧水任务,逐渐演变成一个兴趣,故而得名。锅炉工这时道:"就是,咱金氏为了多睡多长膘,连膀胱都是特制的,根本没有起来尿尿的需求。"

五号铺的八达抚摸着金氏的肚子:"嗯,瞧这势头,过年的时候就可以牵到街上去卖了。"

二号铺的烂操说:"记得留下一条猪腿咱自己吃。"

接下来就是我们宿舍的招牌暴走戏码,在金氏气急败坏地追打拿他开涮的人时,老蜗却皱起了眉头。

过了一会儿只听金氏说:"今天一早起来全身酸痛倒是真的。"

我的舍友不可能这么重口

第二天晚上。

老蜗仍旧是宿舍里唯一清醒的人。他已经忘记了昨晚的事,继续专心练级。

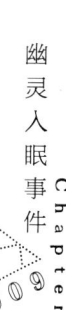

但金氏的铺位很快又发出了被肥胖身躯碾过时的痛苦声响,老蜗警惕地转过头,果然见金氏又爬起来了。

又是昨晚的那套动作:抚摸自己的脸……下床伸胳膊踢腿……在镜子前站上一会儿……

"金氏。"老蜗试探地叫了一声。音量不大,怕吵醒我们,但足够让当事人听见了。

金氏转头看看老蜗,但没有进一步搭理,就又出去了。这次老蜗也连忙出门,正赶上看见金氏迈上通往五楼的台阶。

我们这所破学校,男女生宿舍是合并在一栋楼的。一到四层是男生区,五六七楼是女生区。楼层之间不设屏障,可以随意走动,方便联谊。

但为什么金氏会半夜去女生区?他去找谁?要知道由于形象的关系,我们宿舍数他与女生互动得少。

老蜗越想越觉不妥,接下来他用了三十秒把包括我在内的八人全部弄醒。我们在灯火通明中睁开眼,个个怨声载道,有起床气的八号铺的排长还像金刚那样捶打了一阵胸膛。

"搞什么鬼?"身为舍长的我率先批评。

"金氏又出去了!"老蜗指着空荡荡的四号铺。

"又……就是你白天说的那事儿?"六号铺的大卫问。此人是我们宿舍最高的。自从用著名雕像名当外号以来,他就忽然拥有了裸睡的习惯,并且他的皮肤也真的像雕像那么洁白。当然这完全是题外话。

"我看到了,那家伙去了五楼!"老蜗说,"我叫他,丫完全不理我!"

听到"五楼",我们的兴趣立刻盖过了睡意,同时也开始意识到金氏的不正常。哦,我们甚至完全不考虑有妹子约金氏看月亮的可能性。

"他说不定是在梦游吧?"七号铺的容嬷嬷说。

这无疑是最靠谱的答案了。尽管过去我们从未发现金氏有这个毛病,但话说回来,人的许多毛病不都是突如其来的么?

想象着这么深的夜,金氏行尸走肉般在黑暗中独行……我们忽然觉得有点瘆人。

"听说梦游的人还不能轻易叫醒,不然会头脑短路啥的。"烂操说。

"辣偶民得坏点早他肥奶(那我们得快点找他回来)!"说话的是宿舍第一俊男,九号铺的一灿。他是广东与福建的混血儿,口音离谱,但我们都听懂了。

于是我们又用了一分钟飞快地穿好衣服。大卫的动作比我们慢一点,因为他要穿的比我们多一点。

我们蜂拥出门时，距离金氏的不辞而别已经过了差不多五分钟。必须承认，我们的行动除了有关怀室友的成分外，更多还是觉得刺激、好玩。

我们悄悄走上五楼，绕过那条形同虚设的"男生止步"标语时，有一种赶赴幽会的快感。

进入女生区域，映入我们眼帘的第一幕是这样的：金氏站在走廊的水泥围栏上，踮着脚尖，双手尽量伸直，去够晾晒在高处的——

女生内衣。

……这是什么情况？！不管清醒还是梦游，半夜三更来这里偷女生内衣那是怎样一种下限？！一想到我们居然认真地为这个大变态担忧，我们恨不能昏死过去。而在那之前，我们更想将金氏群殴一顿！

这时金氏脚下一滑，从围栏上跌了下来。臀部触地时发出很大的动静，我们被震得跳了九跳。要是梦游，这一下该醒来了吧？

赶在惊动女同胞之前，我们飞快地将金氏拖回四楼。

"干什么？放开我！"金氏挣扎着。

"闭嘴！""还敢问我们干什么？""我真是看错了你！还以为你只是身材臃肿，没想到你内心的污垢更加臃肿！""脸都被你丢尽了！"……

犹如狂风暴雨般，我们毫不留情地将金氏骂了一顿。金氏瞪着我们，忽然笑了。

那个笑容是我们从未在金氏脸上见过的。圆圆滚滚的金氏，整体来说还透着几分憨厚之萌，但那笑容猥琐又轻浮，像个身经百战的色狼。

"安啦，这位胖小哥没给你们丢脸。"他说，"我一人做事一人当。毕竟是我在跟他借身体用嘛。"

整个世界安静了。

金氏刚才的话我们都听见了，但我们不约而同地认为是听错了。

"你在胡扯什么鬼？"排长甚至烦躁地打了金氏的脑袋一下。

"哎哟！干吗动手……"金氏懊恼，"昨晚都有人借他去跑步了，我借他重温一下旧梦怎么了嘛！"

跑步？白天金氏的确是说过他一早起来浑身汗臭与肌肉酸痛……他昨晚跑步去了？有人"借他"跑步去了？

气氛完全变了，原本围着金氏的我们情不自禁地散开了一点。

这个时候我要不谦虚地表扬一下自己的胆量。作为宿舍里看动漫最多且中学就开始编幻想故事的人，有些超自然的东西我还是愿意去相信的，所以我比大家更快

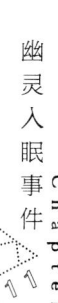

地镇定了下来。

"你不是金氏？"我小心地问。

"就说不是了嘛。"躲在金氏身体里的家伙摇摇头，"最近我们才发现，这位胖兄弟拥有很好的通灵体质，所以我们这些没有形体的幽灵，才会想借来用用。"

外号很娘的嬷嬷忍不住发出了很娘的尖叫。

"不过他醒着的时候，我们没法上身。睡着就不一样啦。"金氏，不，猥琐幽灵说，"不瞒你们，慕名而来的幽灵可多了。为了守秩序，我们还特地排了号，今天刚好轮到我。"

"那那那……金氏现在怎么样？"八达颤抖着问。

"啊，人类睡着时，灵魂也会睡着，身体就暂时与他无关了，所以我们才能趁虚而入。不过他一醒，我们这些非法入境的就会自动被排斥出去。别担心。"

猥琐幽灵说着又笑了。说实话那只是个普通的笑，但我们集体解读为淫笑。

"明白了的话，你们就回去睡觉吧！毕竟你们无法理解我的萌点所在。"猥琐幽灵搓着手，"我会注意安全的，怎么说我也是在偷内衣时不小心摔死的啊。"

我们犹如被大赦般屁滚尿流地跑回了宿舍，而那个做鬼也风流的幽灵，则指挥着金氏的肉体，对我们招手致意。

什么叫家门不幸

金氏一觉醒来，看到的是九张臭不可闻的脸。

"……你们怎么起这么早？"他揉着眼睛问。

然后他惊讶地发现他盖的不是被子，而是五颜六色琳琅满目的异性贴身物品。

"这……这怎么回事？！这不是我的！"

我们懒得理会金氏的辩白。放心吧，谁也不会认为这是你穿的，但你也别想撇清关系，要知道有了昨晚那货真价实的灵异体验后，我们一晚上没法合眼啊！想到金氏的身体已经成为幽灵集团趋之若鹜的胜地，从此每晚都会有不同的幽灵前来占有他的身体……我们就觉得患上精神衰弱只是时间早晚的问题。

我们噼里啪啦地把整件事对金氏说明了一遍。

"系金滴！吓喜泽了！（是真的！吓死人了）"英俊的一灿花容失色。

"快让你妈找人给你做场法事！"排长想到了金氏那溺爱儿子的胖母亲。

"说不定就是太胖你才会有这种体质！"八达的思考角度与众不同。

面对我们如此恳切的你一言我一语，金氏的表情先是专注，然后是茫然，最后变成了震怒。"靠！"他终于骂出声，"刚睡醒你们就玩我！"

"谁有空玩你啊！"九个人异口同声。老蜗还放狠话道："贴钱我都不玩！"

也不知金氏是真的那么崇尚唯物主义，还是单纯地不愿面对现实，反正他就是不信，打死不信。

信的人比较不幸。这一天我们过得相当辛苦。

白天要上课，但我们谁都没心思听。虽然大部分时候我们都是这样的，但今天的理由显然更名正言顺。我们排挤了金氏，九个人占据了教室座位的两排，热切讨论着要如何应付眼前的局面。结果非但没讨论出结果，还因为声浪太大引起了教授的不满。

上午快要过去时，只有锅炉工说出了一句富有含金量的话："我今晚回家睡。"他的家是距离学校最近的。但我们可以这样轻易地放过他吗？

"你要回家的话，以后就不必回宿舍了。"

"让哥教教你，什么叫有去无回。"

"我不敢保证你的被子草席还能留到你回来的时候。"

直到锅炉哭着宣誓是兄弟就同生共死，我们才将矛头重新云集回金氏身上。虽然仍旧是无法可想。

整个上午唯一算得上治愈的事情，大概只有与被我们私下称为"黑珍珠"的学姐擦肩而过时，她对我们露出的微笑吧。

好孩子请勿模仿

雪上加霜的是，下午考高数。

不用怀疑，我们宿舍的共通点之一就是成绩都很烂，否则也不会从五湖四海殊途同归地沦落到这个破专科学校来。原本锅炉工是例外的，他高考只是发挥失常，但跟我们混久了之后，他也逐渐开始变质。

拿到考卷后我浏览一遍，确信唯一会填的只有班级学号和姓名。我绝望地与四周的兄弟交换目光，他们对我报以同样的愁容。

转眼时间过去了半个钟头。除了胡乱做了几道选择题外，我的卷面毫无建树。

这时我看到坐我前排的金氏脑袋在一点一点。

这家伙在打瞌睡？！我们通宵了都还不敢打瞌睡呢，他的神经是要有多大条啊！

就算这里面有考卷实在太难的因素也绝对不能原谅啊……我正诅咒着金氏,只见他终于像放弃了一样,脑袋一歪,舒舒服服地枕在考卷上进入了梦乡。

但,大概也就一秒钟的工夫,他的脑袋又忽然弹了起来,开始兴致勃勃地四处张望,并手舞足蹈。

我的心猛地一沉,急急向附近的兄弟打眼色,不一会儿便达成了共识——金氏,又被幽灵上身了!怎么大白天幽灵也可以出来的吗?这跟我们知道的常识不一样啊,妈妈!

但除了我们,考场里的其他人还懵然不知身边多了个幽灵。哦,也许监考老师是例外的,他指着金氏道:"喂,正考试呢,你居然睡觉?"

"哪有睡觉?没有没有。我在专心答题啊。"那位幽灵呵呵笑着,对答如流。

然后他真的拿起笔来,"刷刷刷"行云流水般做起了考卷,动作之快惹得老师更在意了,他来到了金氏身后。

我们注意着老师的表情,只见他的眉头从疑惑变成了舒展:"哎哟!不错哦!"他甚至用天王腔表达了赞美!

金氏一下子成了全班的焦点,他谦虚地迎着大家的目光做胜利手势。耶!耶!

原来如此!这次上金氏身的,是一个很聪明的幽灵!那一刻我们将种族差异置之度外,排长第一时间发出了求救讯号。而聪明幽灵很快地丢给排长一个纸团,默契之好显然是干惯这档子事的!然后本着舍友之间的团队精神,纸团又陆续传给了大卫,传给了一灿……

"在读书读到过劳死之前,我可是个博士后。"走出考场时,聪明幽灵自我介绍,"考试是我唯一的特长,以前我就超擅长当枪手代考。啊,好怀念,好久没做考卷啦……"

就从那一刻开始,我们忽然觉得,生活中多几个人畜无害的幽灵,其实不是什么坏事嘛!

欢迎幽灵大大莅临指导

金氏终于愿意相信我们的话了。他从宿舍以外的人嘴里获悉了他在考场上的行为,而他自己完全没有印象。事到如今,就算他不相信我们,也不能不相信群众。

另外,因为那次高数考试我们发挥得太另类了,居然考出了集体满分的好成绩,再怎么宽容的老师都能从中嗅出犯罪气息,于是我们统统惨遭记过。这个富有教育意义的结果希望大家引以为鉴。

"我做错了什么就要被记过？"金氏这样对我们哭诉，"你们快帮我作证，胡来的是那个博士后幽灵啊！"

"别说笑了，世界上哪儿来的幽灵啊。"我挖着鼻孔说。

"金老板您就别玩我们这些下人了。"大卫说。

"男子汉一人做事一人当，推到幽灵身上是哪样！"烂操怒斥。

不管金氏说什么，我们都只管报以充耳不闻与冷嘲热讽。啊，扬眉吐气的感觉真好啊。果然恶有恶报才是世界的真理。

金氏从此开始了与幽灵做斗争的生涯。

他不知从哪里弄来一种咖啡，泡完颜色浓得像中药，我们光是闻着都觉得精神百倍。但这厮居然在喝完后五分钟不到就进入了梦乡，咖啡都阻止不了他了！

他又不知去哪里求来了开过光的灵符与十字架，结果不但屁用没有，还被一个教历史的幽灵引为素材，跟我们侃侃而谈了半天宗教冲突。

他甚至想到了搬离这个是非之地，但是向辅导员提出申请与阐述原因后，辅导员对他说："精神病院和这间宿舍，你选一个住吧。"

哦，总之金氏真是太可怜了。反观我们，随着与幽灵的接触日深，越发见怪不怪，每天晚上新幽灵来了，我们还会冲他打招呼："来啦。"

"来啦。今晚又要打扰你们了。"一般幽灵都会这样礼貌地回应我们。

"别客气，随便用吧。能对世界有所贡献，金氏本人也会很欣慰的。"我们的口吻亲切得好比便利店的打工小妹。

来上身的幽灵依然千奇百怪。病死的、寿终正寝的、事故死的、饭吃太多撑死的……透过与幽灵的交流，我们了解到，需要金氏的一般是些弱势幽灵。而强势幽灵不但可以让人看见，甚至能引发闹鬼现象乃至强行占据活人身体。原来如此啊，也幸亏是这样，形形色色的幽灵在我们眼中都长着金氏的模样。金氏有什么可怕的呢？当初的我们真是太大惊小怪了。

幽灵们借用金氏的身体一般就两个目的：了却心愿，重温旧梦。

一位妇女幽灵希望能再为亲爱的家人做一次饭，我们就让她用宿舍里的简单厨具烹好一餐，然后像送外卖那样送去给她的家人，当然必须掰一个"你们中奖了"的扯淡理由。妇女的家人在吃到口味熟悉的饭菜时，表情十分令人难忘。这是比较感性的情况。

一位歌手幽灵怀念夜夜笙歌的日子，我们就跟他一起去了KTV，结果回来的路

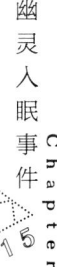

上他还意犹未尽，纵情嘶吼，吵醒了一条街的人。由于金氏的嗓子实在不敢恭维，所以那些睡糊涂的人总是一边往外丢花盆一边骂："臭猫，滚去别处发情！"这是比较滑稽的情况。

一位写手幽灵对他没完成的一部小说耿耿于怀，由于他的小说完全没有人气，所以我们劝他，难得重获肉体不如去干些更快活的事情吧，他却一挥手朗声说道："死在坑里是写手的耻辱！"大受感动的我们连忙奉上电脑……这……这至少是编辑很欣赏的情况。

时间过得再久一点，我们甚至淡定到幽灵在与不在一个样儿。有兴趣就陪陪他们，没兴趣就睡自己的，我们甚至会提醒要外出的幽灵："记得把门带上。"

"好的。"

"明早七点前能回来的话，就叫醒我们吧。"

"好的。"

415 最穷也最抠门的八达还会趁机补充："顺便带一份早餐吧。没钱就从金氏口袋拿。"

真的，除了每天早上起来都会惊慌失措地检查自己有没有哪个部位少了的金氏外，我们都已经习惯了这种生活。老蜗依然在深夜打游戏，偶尔还会有幽灵陪他杀两盘。

如果不是我们仰慕的黑珍珠忽然跳楼了，那段日子真可以用晴朗来形容。

黑珍珠号沉没

前面说过，黑珍珠是我们的学姐。

她长得有点儿像印度人，挺直的鼻子与深邃的轮廓又让人想起《海贼王》里的罗宾。她个头高挑身材匀称，头发是典型的黑长直，再衬上略黑的皮肤，每当笑起，都让人觉得明眸皓齿这个词是为她存在的。这让她很容易就成了我校的人气美女。

当时我们大一，黑珍珠大二。可能是辈分的缘故，我们没有谁动过追求她的念头，却普遍喜欢在与她错身而过时贪婪地看上几眼，次数多了，她倒也落落大方地迎候我们的目光，并对我们展颜一笑。

喔喔……那笑容真的棒透了！

大一时我们都还没有女朋友，不过还是有些女孩子与我们走得很近的。比如楼上 520 宿舍里的小苹果、武则天与眼镜娘，还有食堂的农村妹阿玲以及与我个人私交甚笃的春菜，都是照亮了我们青春的姑娘。而黑珍珠与她们都不同，她冷艳却并非高不可攀，使我们很乐意保持与她之间的距离感。我们在背后聊起她时也从不使用YY字眼，这是一种多么纯洁美好的关系啊。

直到忽然传来她从三楼跳下的消息。

跳楼这种事，好像每个大学都会发生几桩。我们学校什么都比不上别校，唯独这件事竟然不甘人后。三楼不算高，但由于黑珍珠的着陆角度不对，紧急送入医院后完全没有苏醒迹象，不排除可能会变成传说中的植物人。而就有关方面介入调查的结果显示，她并不是失足跌落，而是蓄意一跃，换言之，自杀。

真的是自杀？

为什么要自杀？

这两个问题在校内引起了沸沸扬扬的探讨，校领导为此焦头烂额如临大敌……这些都不是我们关心的了。我们被一种奇怪的情绪所笼罩，不至于要落泪，但一想到校园里从此没有黑珍珠这样的动人风景，就不禁有些唏嘘。

似曾相识"艳"归来

又一个夜晚来临了。

金氏衣冠楚楚地爬上了床。他已经对自己变成幽灵公厕的命运屈服了，为了防止某些迫不及待的幽灵不穿好衣服就让他满世界乱跑，现在金氏都会在上床前做好准备。

像往常一样，他才盖上被子不久，就又爬了起来。

新上身的幽灵环顾整间宿舍，视线在左邻右舍的我们身上逐一停留。

"原来是你们。"

宿舍里还醒着的人听到这话略微一愣。毫无疑问，这代表着今次的幽灵认识我们，是曾接触过的幽灵还是……

不等我们发问，那幽灵很快下了床，迈开大步，杀气腾腾地出了门。

我的心头忽然升起了不祥的预感。见过许多幽灵，这么冲动的还是第一个！他这是要去哪儿？我朝窗外张望，看见金氏那胖墩墩的身影下了楼，像一部坦克那样开往隔壁的另一栋宿舍楼。

那是大二的学长们住的地方。这次的幽灵要去那里干吗？

我忙叫上其他兄弟。睽违许久，415宿舍再次全员出动！

我们赶到那栋楼前时,金氏已经用击鼓鸣冤的架势在敲208宿舍的房门了。要知道金氏的胳膊可是比排长的大腿都粗啊!那扇门眼看就要被砸下来了,金氏边砸还边喊着:"欧咸松!出来!给我出来!"

我们惊讶极了,面面相觑,完全不知道今次的幽灵什么来头。这时208的门开了,一个留平头的瘦高男生穿着大裤衩走出来,极度不爽地瞪着金氏。

"死胖子你谁啊?知道现在几点了吗?"

金氏却不由分说地撞了上去,虽然他的身高只有一米六,但将近一百公斤的体重绝对不是开玩笑的啊!欧学长犹如被射了一发炮弹那样栽倒在地,金氏压着他,高举巴掌:"我是谁?你不记得我了么?"

"来人啊!神经病啊!"欧学长一边反抗一边叫骂,很快,周边宿舍的灯亮了门开了,一双双八卦的眼睛从四面八方看了过来。欧学长的舍友也出来了,他们七手八脚地将金氏扯开。眼看金氏要吃亏,我们赶忙上去打圆场。

"别拉我!别碰我!"金氏喊着,扭着,丑态百出。尽管兵荒马乱,我还是没来由地觉得他的尖叫方式与挣扎动作……好像有点儿娘?

等好容易拉开了金氏,学长们的各种谩骂已经狂风暴雨般丢了过来。明知道不关金氏更不关我们的事,我们也只能低头赔罪。

"他睡糊涂了!你们千万别往心里去!"

"他喝多了!"

"他发猪瘟!"

……

把金氏拖回宿舍的路上,我们听见那个闯祸的幽灵躲在金氏的身体里嘤嘤哭泣,嘴里还喃喃着:"是那家伙……是那家伙害死我的啊……"

久违的鸡皮疙瘩在我们身上此起彼伏。

而就在这个时候,金氏的脑袋耷拉了下去,身体也呈现出一种瘫软状态,仿佛一件被脱下的衣服。这一幕我们并不陌生,这说明刚才的那个幽灵走掉了。

我们还以为金氏提前醒来了。但事实证明,是另外一个幽灵取代闹事幽灵,上了金氏的身。这位幽灵开口就道:"对不起。"

"到底怎么回事?"排长沉声问。他是我们宿舍最显老的,一旦凶起来就很有大家长的威严。

"唉。为了能更长久地使用这具难得的躯体,我们私下有约定,绝不能做出太过火的、给你们添麻烦的事情。"

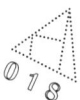

"那刚才那位算什么啊?"八达不满道。

"那位小姑娘是刚来的,不懂规矩。按说今天也轮不到她,如果不是因为同情新手,以及听说这里是她的母校……"

锅炉工在这时大喊一声:"啊!"

我们看着他,锅炉脸色煞白语无伦次地说:"女的……新手……母校……认识我们……"

我们集体大喊:"啊!!!"

完全符合这些条件的人还有谁?不就是刚刚跳楼的黑珍珠吗?!

虽然已经习惯了和幽灵打交道,但这还是我们第一次接触生活中认识的人变成的幽灵,那种真实感令人不寒而栗。

"这么说,学姐果然已经死了吗?"嬷嬷有点伤心地说。

"不一定。也有假死状态灵魂离体的例子。"我说。

"不管怎么说,她都弄得太过火了,所以我们才将她紧急驱逐。"金氏体内的幽灵说,"那个,以后一定加强管理。今晚不会再有谁来叨扰了,请大家休息吧。"

说完,那位幽灵也离开了。这时我们已经回到了415,金氏躺在自己的床上,惬意地发出鼾声。他已经很久没在晚上享有自己身体的主权了。

但我们无法安然入睡。我们在思考着黑珍珠留下的话。

是那个欧咸松杀死了她吗?

只有我们可以羞辱金氏

我们开始通过各自的渠道对欧咸松展开调查。

我的密友春菜是与学姐同住的,我与那些学姐的关系不错;排长在生活部任职,部里也有不少学长;一灿的美貌连许多学姐也万分觊觎,只要他开口,人家保准是知无不言言无不尽……

情报被陆陆续续反馈回总部。我们知道了欧咸松的身高体重血型视力成绩兴趣籍贯口头禅恋爱史……却唯独查不到他与黑珍珠之间的蛛丝马迹。原本我们猜测两人可能秘密交往,但因为种种原因闹崩了,黑珍珠被暗杀;要不就是他追求黑珍珠不果,因爱生恨,将她暗杀;要不就是黑珍珠看到了他什么不光彩的事情,为了灭口,他将黑珍珠暗杀……

我们开会讨论的地点是学生食堂。与会者不包括金氏,因为昨晚的事情让他成

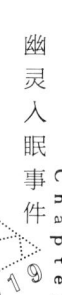

了万众瞩目的焦点，崩溃的金氏因此拒绝出现在任何公开场合。

我们一边吃着没营养的快餐，一边交换着意见，这时我们看见了欧咸松的身影，他显然也发现了我们，径直朝这边走来。

因为昨晚的印象和今天的调查，我们普遍不喜欢此人，看他的目光充满警惕。

"你们家那头猪不在？"他轻蔑地说，"麻烦你们管好了，别让他没事出来咬人。"

这话犯了众怒，虽然平常我们对金氏也是各种羞辱，但——就好像加菲猫自己可以欺负欧弟但绝对不许别人欺负一样，我们立刻不爽起来。

"你先管好自己再说吧。"长相很痞的烂操用更痞的腔调说。

"别以为你干过什么别人不知道。"嬷嬷冷笑。

"不做亏心事，不怕鬼叫门。"八达阴阳怪气。

欧咸松涨红了脸："你们……饭可以乱吃，话不能乱讲！"

我们故意一边乱吃饭一边反击："不是我们乱讲，是人家亲——口——告诉我们的喔！"

欧咸松咬了咬牙，饭也不吃了，拂袖离去。

我们露出了胜利的笑容，纷纷高举手中的汤碗，相碰，然后痛饮食堂的廉价紫菜汤。呼，首战告捷的感觉真好！

真相只有一个

我们之所以会对欧咸松开呛，完全是因为看他不顺眼，却没想到会连累金氏。

由于种种原因，我们在全校也算小有名气，欧咸松不费什么力气就打听到了我们的宿舍。当他来到门口时，金氏正边吃泡面边看《康熙来了》。

金氏对这个不速之客完全没有印象，他随口说："你找谁？其他人都不在喔，他们吃饭去了。"

"找的就是你！"欧咸松恶狠狠地说，"你到处造谣，想干什么？"

金氏莫名其妙："你说啥？"

"少装了。说吧，你看到了什么？看到了什么？！"

面对咄咄逼人的学长，金氏表现出了他的外强中干："喂喂，我听不懂你的话啊！"

"我警告你，如果你再多说一句不该说的……"欧咸松揪住了金氏的领口。

"放手……你先放手！"

金氏放下泡面，两人拉扯起来。尽管金氏的吨位不容小觑，但欧咸松仍然仗着身高优势推倒了他，然后乘胜追击踢了金氏几脚，踢得他发出杀猪般的嚎叫……

我们是在他们开战了大约五分钟后回来的，刚迈进宿舍就惊呆了。一张桌子被掀翻了，许多杂物七零八落地散了一地。狼藉中，金氏与欧咸松正在摔跤……

八达激动得就想叫些啥，一开口却打了个响亮的嗝。靠，太破坏气氛了！还好大卫紧接着高声一吼："竟敢来踢馆！"

"简直太不把我们放在眼里了！"

"让你知道什么叫主场！"

"把侵略者赶出我们的土地！"

我们怪叫着一拥而上……很快发现宿舍太小容不得我们这么做。遂改变阵容，由老蜗、排长、烂操这三位看长相就有前科的猛将打头阵，其余人则在后面打气。

这场激烈的饭后运动一直持续到惊动了保安。至于战果，不用问当然是我方胜。

"你们太不像话了！居然在自己的宿舍里围殴学长？"保安难以置信。

"是他先来侵犯我们金氏的！"锅炉发出令人误会的控诉。

"而且他本来就欠揍！"大卫朗声道。

作为舍长的我犀利地指出重点："前几天我们学校不是有个女生跳楼了么？其实不是自杀而是他杀。你们把他带走好好问问吧，肯定能问出什么来。"

此话一出，围观群众无不哗然，声音之响都要把显示器给震裂了。舆论立刻转向对欧咸松不利的方向。

"我没有！没有！"欧咸松是真急了,他挣扎着爬起，挥着被扯烂的袖子大声辩白。

我们轻蔑地盯着他，齐心协力制造出"犯人就是你！"的气场。

"我真的没有杀她……"

欧咸松竟然哭了。恐惧或者委屈，让这位刚才还不可一世的学长跪在了地上，他说："我、我没有想到她会那么喜欢我啊！"

轻轻的一个吻……教我思念到如今

不是欧咸松追的黑珍珠，而是黑珍珠单恋欧咸松，可当她鼓起勇气表白的时候，却被拒绝了。因为不能承受那样的打击，黑珍珠跳楼了。

……完全是我们无法理解的境界！如果这只是欧咸松的一面之词，打死他我们也不会信，但在黑珍珠本人也现身说法后，我们就不能不信了。

宿舍里好容易又只剩下我们十个人时，金氏发出了一声啜泣。我们看他，已是

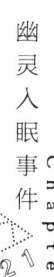

泪流满面。

"喂，至于哭成这样吗？"烂操说。

"我们不是帮你报仇了吗？"大卫说。

"也许他是感动哭了。"锅炉分析。

"不是……"金氏摇摇头，"我只是觉得，自己好傻。"

最后俩字一时雷得我们哑口无言，还是嬷嬷反应最快，他大叫："你不是金氏吧？"

"不是。"金氏指指自己肿起一个包的额头，"他刚才不小心磕到脑袋昏过去了，我一直在这附近徘徊，就趁机……"

"你是黑珍珠？"我们齐声道。

"你们这么叫我的啊？"黑珍珠稍微收起了眼泪，表情有一点点啼笑皆非，"因为昨晚的事，本来我一段时间内都不能再用这身体，我也没想到有这样的机会。"

我们看着黑珍珠。哦，你说多奇妙，眼前明明是金氏的肥头大耳，我们却自动脑补出了黑珍珠楚楚动人的梨花带雨。

"刚才那个姓欧的说的都是真的？"排长问，"真的是你……追他不成所以……"

金氏的脸上浮现红晕，显得娇柔而羞怯。

"我……还是第一次喜欢上一个人。我怕被人笑话，保密工作一直做得很好。"黑珍珠说，"因为有很多人都对我……所以我还是挺自信的，我本以为女孩主动告白了，对方一定会接受……"

我们想象着那一幕，共同想法是再把欧咸松抓来揍一顿。

"结果他完全对我没兴趣呢。"黑珍珠苦笑，"我很难受，从没这么难受过，一时冲动就竟然……太蠢了，对不对？"

我们不知道该说什么。人总有不同程度的弱点，有人考砸了都能轻生，黑珍珠的过激行为不是不能理解。

"回过神来，我已经浮在空中了，而身体躺在医院里一动不能动。"黑珍珠轻轻说，"当时我就恨透了那家伙，恨到无论如何想给他一巴掌，然后我就听别的幽灵说起你们这位胖朋友……事后想想，我恨的其实是自己吧。"

至此一切都清楚了。并不是多么玄奇复杂的故事，但近在咫尺地面对着女主角，还是让我们深受感染，心情沉重。

黑珍珠抹了把眼泪，对我们说："谢谢你们为我做的一切。"

我们霎时都扭捏起来。"客气啥。""必须的。""我们也没做什么啊。""这是身为人类的义务。"……说得黑珍珠露出了笑容。

"每次擦肩而过，你们都会看我。"黑珍珠说，"我一直记得你们。"

"嘿嘿……"

"如果我喜欢上的是你们其中的一个，那该多好啊。"

这话让我们心花怒放的同时鼻子都酸了。嬷嬷甚至哽咽着问："接下来你要怎么办呢……"

"我会尽快回到身体里去，努力不让自己死掉。"黑珍珠的语气里透着坚定，"但我也没有十足的把握。如果最后还是不行的话，也许我还会来找你们吧。"

"热烈欢迎！"八达叫道。

"荡还系又竟酿佛下去啊（但还是要尽量活下去啊）！"一灿认真的语气配合发音，真是怎么也励志不起来。

黑珍珠感动地看着我们，眼睛里又盈满了泪水，她慢慢地向我们走来，微微闭起眼睛，送上嘴唇……

这、这是什么状况？这莫非就是传说中的感谢之吻？！每个人都有份的吗？！啊啊不对，快清醒过来，虽然我们努力看见了黑珍珠的原样，但实际上她还是披着金氏的皮囊啊！要是接受了这个谢礼就等于是让金氏给亲了啊……话虽这么说，我们脚下仍像生根了一样，眼看着那具有历史意义的第一吻就要印上老蜗的脸颊……

黑珍珠的幻影忽然消失了，我们看见了金氏那张毫无创意的脸，他的嘴唇仍维持着嘟起的状态，眼睛却已经睁了开来，他醒了……

"……你们又在干吗？"金氏疑惑地看着从天堂跌进地狱的我们。

"靠啊啊啊啊啊！！"

"你为什么在这时候醒来！！！"

"不要断在关键的地方！继续给我睡下去！"

"打昏他！"

"给丫吃安眠药！"

……

黑珍珠在几个月后出院，重返校园。也许昏迷期间的离魂经历对她来说就像一场记不住的梦，再看到我们时，她并没有表现出特别的热情。

但她在与我们擦肩而过时依然会笑，笑得露出洁白的牙齿，眼睛里也像盛满了星光。然后下一秒我们各自前往不同的方向，相互之间就只是这样点头之交的关系。

但我们觉得这样就已经很好。每天，金氏的身体依然客似云来，我们衷心地希望，再不会有我们喜欢的人的位置。

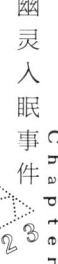

猫的报恩事件
chapter 2

Tales of the Unusual Youth
415

整理屋子时遭遇一只鼠辈，差点儿把我的魂都吓飞了。

"啊哈哈哈哈哈。"跟我一起租房子的室友大叔知道后果断表示嘲笑，"老鼠都怕！是不是男人啊？"

"每个人都有天生害怕的东西啊，那跟是不是男人没有半毛钱关系！"我誓死捍卫性别。

"不过这种破屋子有老鼠也难免的。"大叔说，"话说，你以前上大学住宿舍的时候，就没遇到过老鼠？"

"有！"

"那你们怎么对付它的？总不会是养猫吧？"

"你说对了，还真的跟猫有关。"

鼠辈神马的最讨厌了 01

众所周知，大学我就读于一所三流学校，地点也十分三流，郊区。虽然校内校外的生活设施也算应有尽有，但整体依然荡漾着鸟不拉屎的气质。

大学生涯有过无数趣事，但是环境与氛围的关系，怪事也有不少。

那桩怪事首先是以囧事的面貌拉开序幕的——我们415宿舍出现了鼠辈！当我打开抽屉发现自己的碗装泡面被啃了一个洞，而面碗里有一只鼠辈摆出"快泡我"的姿势时，我的惨叫声凄厉得全校都听得见。

我必须再次声明：每个人都有天生的弱点，所以这绝对不能算娘。况且我热爱的哆啦A梦也怕鼠辈，我自豪！

当时我吓得手一抖就把面碗掉在了地上，鼠辈火速逃出，在桌子椅子床底下乱蹿，这下其他有份目睹的室友也Hold不住了，尖叫声此起彼伏。以肥硕著称的金氏更是在一瞬间跳到了上铺，轻功之精湛令人叹服。

接着大家开始交流，"我真的不怕老鼠，只是觉得它们太恶心""我只是觉得它们不卫生""况且我才没叫得像你那么难听"之类来搪塞惊慌。好吧不管怎么样，至少我们达成了"才不要跟一只鼠辈分享宿舍呢"的共识。我们又不是迪士尼。

门和窗都是关紧了的，那只鼠辈肯定还在屋里，但是我们怎么也找不到它。究竟它躲到了哪里？想想就让人不舒服。啊，真羡慕三号铺的锅炉工啊。那段时间他正因为阑尾炎入院，因此不住宿舍，不必跟我们共患难。

我们努力把狗窝般的宿舍翻了个遍，结果除了让宿舍彻底变成狗窝外，一无所获。

可恶，堂堂人类居然被鼠辈小看！我们跟它铆上了，当即动用舍费买来了老鼠药、老鼠夹和粘鼠板，在宿舍里布下天罗地网，谅它插翅难飞！

结果是令人欣慰的，第二天那只丑陋的生物就被逮到了。它被牢牢黏在粘鼠板上，因为挣扎得太厉害，都掉毛出血了。

415宿舍的九个男子汉相互看看，都露出了"果然我们才是万物之灵"的自豪表情。

"所以我说粘鼠板最奏效，别的不必买，你们偏不听！"五号铺的八达说。他家境比较贫寒，对钱一向精打细算。

"抓到是当然的。谁能抗拒那么香的花生啊？"坐拥大量零食的金氏提供了粘鼠板上的诱饵，他得意得全身肥肉乱颤。

"都让开！我来干掉它！"证明自己勇气的机会来了，我抄起扫帚……然后扫帚就被粘鼠板一起黏住了。大家齐声唾骂我的智商！

"根本不必打死它。粘鼠板一合，丫就给完全困住了，接着只剩饿死的份儿。"宿舍最老的排长敲着我的脑袋说。

最后我在大家的指责中去把粘鼠板、鼠辈和那柄扫帚一起丢掉了。又要凑钱买扫帚这件事让八达心疼不已。

英雄归来

粘鼠板战术的旗开得胜没能让我们高兴太久，因为很快又发现了其他鼠辈的踪

迹。头疼的是，这次的对手不轻易上钩了，我们的陷阱统统变得形同虚设。

"都说老鼠一生生一窝，我们宿舍该不是有个老鼠窝吧？"身高位居宿舍之最的大卫，提出的假设也是恐怖之最。

"听说老鼠之间有某种神秘的情报传达方式。"二号铺的烂操经常看些奇奇怪怪的书，因此掌握了许多奇怪的知识，"上次我们得手了一次，恐怕别的老鼠不会再上当了！"

"屁咧！我以前也用粘鼠板抓到过一次老鼠，故意不丢掉，摆那里示众了一天。到晚上，黏住的老鼠变两只了。"十号铺的游戏狂人老蜗说，"你说这算是殉情呢还是怎样？"

"谎增偶民多光擦酿天呗（反正我们多观察两天呗）。"宿舍头号俊男一灿操着不标准的普通话提议。

观察的结果是我们发现自己的鞋子被啃了、东西被偷吃了、桌面上有了黑色的小颗粒……而落网的老鼠一只都没有。我们都开始怀念那只轻而易举被抓到的善良鼠辈了。

这件事说大不大，却令我们十分焦虑。我们都没心情听课做作业了，虽然平常我们好像也这样。还好，转机说来就来——以喵喵叫的形式。那天，外号十分娘举止偶尔娘却莫名其妙有一身健美肌肉的容嬷嬷回到宿舍时，捧着一个盒子。

"你们看我捡到了什么？"

我们凑上去，只见那盒子里装着一只——猫！

一只中等个头的猫。毛色黑白相间，很脏，多处擦伤，瘌痢严重。它有气无力地抬起眼皮瞟了我们一下，目光充满警惕，却终究没法做些什么。

"哇，你从哪里捡来的？"金氏大叫。

"学校后山的小树林啊。我刚去散步……它伤得很重，不知发生了什么事。"容嬷嬷说。

"这应该不是家猫，是野猫。"八达分析。

"好脏。是不是有病？"排长皱眉，"没准儿快死了。"

"不能让它死掉啊！"容嬷嬷的外号虽然听起来很恶毒，但他的心地可善良了。

大家交换目光，说实话我们没人喜欢猫。我们木质都不坏，但也没慈善到能加入动物保护协会。嬷嬷的义举显然需要全宿舍支持，这就有点为难我们这些纯爷们儿了。

"等等，有了猫，我们就不用担心老鼠了吧？"身为舍长的我忽然发现了盲点，

"野猫剽悍，更能镇得住鼠辈啊！"

此话一出，大家恍然大悟，脸上纷纷露出"英雄归来"的表情。养猫的提案就这样全员通过了。

我们马上忙了起来。由于这只猫如此狼狈，在它帮忙挂掉鼠辈前，我们得先确保它不会挂掉。

富得流油且胖得流油的金氏忍痛为猫咪提供了粮食，咸鱼干、鱿鱼丝、鳕鱼丝、沙丁鱼罐头……都被上缴"国库"了。

药品是大家各自出的。有碘伏、云南白药、紫药水、风湿膏、脚气膏……咦，好像有奇怪的东西混进去了。

容嬷嬷必须承担更多的责任，我们一致这样认为。所以给猫咪洗澡、吹风、上药之类的琐事都归他了。

虽然我们干得热火朝天，但那只野猫真心不讨人喜欢。它从头到尾都在乱叫乱挠，就跟我们要吃了它似的。一番折腾下来，我们的手都挂彩了。

无论如何，我们短暂的养猫生涯就这样开始了。一旦全宿舍决定一起做一件事，马上就会形成人人不甘落后的风气。我们都抢着喂猫，一边喂一边顺便自己也吃点儿（金氏对此极端不满，但没有人在乎）。另外，还得感谢这个破学校松散的管理制度。舍管已经很久不做事了，别说我们在宿舍里养了一只猫，就算养的是一头牛，只要牛粪不臭到让左邻右舍抗议，没人会对我们说不行。

转眼两天过去了，那野猫看我们时仍是一副不怀好意的眼神，精神也没有好多少。不过有猫毕竟不一样，这两天宿舍里，鼠辈确实安分多了！

如果不是小苹果和武则天忽然来访，我们大概永远不会懂……那猫的眼神是什么意思。

来，喝点蒙牛吧

小苹果和武则天是我们的同学，女生，住我们楼上的520宿舍。如同外号所示，她们俩一个是萌妹，一个是悍妇。我们宿舍许多人对小苹果有意思，虽然对武则天不太来电，但碍于小苹果跟她是好姐妹，两人总是一同出场，我们也没有办法——当然容嬷嬷是例外的，他对武则天怀有诡异的好感。

小苹果和武则天来串门的时候是周五中午，当时老蜗正拿着个小碗往猫咪嘴边凑："来，喝点蒙牛吧……"

在弄明白了我们宿舍为啥会有只猫、我们又是如何在照料这只猫的时候,一贯好脾气的小苹果气得整张苹果脸都红了。

"你们是在虐待动物吧?绝对是的!"小苹果心疼地抱起那只猫,浑身颤抖。

我们对这样的控诉表示委屈,七嘴八舌地告诉她我们是多么有爱心。

"有爱心个头!"小苹果尖叫道,"不要小看猫咪的自愈能力啊!就算要上药也得先消毒好吧?猫的毛很多的,你们有仔细检查过每一道伤口吗?现在都化脓了啊!你们给它涂的什么?劲大的药不要随便乱用啊!还有你们喂的什么?咸鱼干?你们知道成年猫的盐分摄入标准吗?知道鱼干里含有多少镁吗?什么都不知道就去看兽医啊!!!"

最有爱心的415宿舍转眼变成以虐猫为乐的不人道组织,我们集体灰头土脸。

"可怜的家伙……"小苹果抚摸着怀中那憔悴的猫咪,"不行,我要带它走!"

"呃,我们宿舍养?"武则天诧异道。从这句话我们可以看出为什么她不如小苹果受欢迎了。

"不是,我有个亲戚是兽医,我这周回家,可以带它去看病。"

"哦哦,那就带走吧。再留下去绝对会被他们玩死。"武则天忙帮腔道。

我们有资格说不吗?我们忙不迭地点头。

必须说,因为习惯了宿舍里有一只猫在,这个周末我们过得稍微有点不适应。而鼠辈真是一种见缝插针的生物啊,它们似乎知道猫咪不在了,立刻又闹腾起来。我们咬牙切齿地期待着猫咪完成治疗后精神焕发地回来给它们好看。

一般回家过周末的学生都会在周日晚上返校。估摸着小苹果该回来了的时候,我和容嬷嬷跑520宿舍去了。我们要对她表示感谢,顺道接猫咪回来。

结果小苹果告诉我们一个噩耗:"它跑掉了。"

"跑掉了?!"我们一惊。怎么就忽然跑掉了啊?

"我带它看过病了。打了针上了药,正常来说很快就会复原。"小苹果解释,"傍晚,我抱着它想从后门回宿舍……它就在那时忽然跑了,跑向后山的小树林。"

我们没法怀疑小苹果,她没有窝藏猫咪的动机。况且那本就是只野猫啊。我们只是有些怅然若失。

"干吗一副恋恋不舍的样子啊?"一旁的武则天见状揶揄道,"人家铁定是害怕再被你们虐待才跑的。你们也不打算一直养着它吧?你们有给它起名吗?知道它几岁吗?知道它是公是母吗?"

"……如果告诉你,我们谁也没兴趣调查一只猫的隐私,所以至今不知它的性别，你信吗？"

"滚回去喂老鼠啦！"

我和嬷嬷返回宿舍。想到接着又得面对最厌恶的老鼠，我就头大。而嬷嬷似乎真对那只猫有了感情，很是闷闷不乐。

不过，虽然猫咪不在了，当我们回宿舍时，却看到了一张久违的面孔。三号铺的锅炉工同学，终于出院回归集体大家庭了。

不知道为什么，他看见我们进门时，脸上划过一抹不易察觉的、紧张的神色。

不烧水的锅炉工不是锅炉工

锅炉工人虽然回来了，却有些不大对劲。

首先，他变得沉默了。尽管我们刚认识这家伙时，他就不是个健谈的人。虽然戴着一副方大同的眼镜，但是表情严肃起来绝对能去演潘冬子。直到大家熟悉起来后，锅炉工才展示出他的好玩。可是最近他忽然又不好玩了。

几天没见锅炉工，我们都亲热地拉着他说话，他却表现得很难融入，几乎不开口。我们开他的玩笑，他也一副不知道笑点在哪里的样子。

比如烂操握着锅炉工的手说："手术还顺利吧？唉，做女人就是辛苦。孩子好吗？"正常情况下锅炉工应该说："都好。他好，我也好。"更投入一点还可以假哭："呜哇！！！生下来的时候他就已经……就已经……"

然而锅炉工只是一脸茫然地看着烂操，让我们大失所望。烂操扫兴地推了他脑袋一下，被锅炉工不高兴地瞪了一眼。

……锅炉你怎么了，不会搞笑的人在415宿舍是活不下去的啊！

性格之外，他一些别的地方也变了，尤其是对待学业上。

锅炉工当初是以我们宿舍的最高分考进这所学校的。虽然未来的三年里，他逐步堕落成一个视成绩如粪土的"好男儿"。其实大一时的他还是很上进的，经常晚自习到必须我们喊他回去睡觉才肯罢休的地步。这样的锅炉工竟忽然不做作业不晚自习了！如果不是我们提醒，他差点儿连课都不打算去上了。

锅炉工的这一转变带给了我们很大困扰。要知道他本来可是号称"宿舍作业供应商"与"考场友情作弊器"的人啊！这算什么啊！

这人只在我们叫他一起去吃饭时才会表现得比较积极，不过那同样不正常。因为锅炉工本来是很挑食的，不吃肥肉不吃芹菜不吃蛋黄不吃内脏……现在他忽然来

者不拒了，仿佛一个从没吃饱过的流浪汉。他对食物的兴趣甚至超过了原本暗恋着的食堂打工妹阿玲。

好吧，就算以上变化都不值得大惊小怪，那么有一点是我们无论如何不能接受的——锅炉工竟然丧失了烧开水的自觉！当我们吆喝他去干本职工作时，他竟一副"那是什么？可以吃吗？"的嘴脸！靠！不烧水的锅炉工还能算锅炉工吗？当初的你可是视烧水为存在意义的啊！你以为我们为什么给你起这个外号！

"老锅，大家都是兄弟，你就告诉我们吧。"八达语重心长地对锅炉工说，"是不是动手术时发生了什么事？比如，医生失手切除了你某些重要器官，所以你才会承受不住打击而性情大变？"

八达问这话的时候，正跟锅炉一起走在从食堂到宿舍的路上。据八达描述，锅炉一副不想进行这个话题的样子，眼神闪烁。

"你再这样下去，大家会讨厌你的喔。"八达好心地提醒。

锅炉工却加快了脚步，一不小心撞上个迎面而来的人。那人正在上楼梯，被这么一撞直接滚下去了，又因为他正捧着一份盒饭，于是饭菜就糊了他一头一脸……

八达的脸立刻吓白了。我说过，我们就读的是一所不怎样的大学，三教九流的人物蛮多，眼前的这位戴着唇环，看样子就不好惹。

果然唇环君怒吼一声就朝锅炉扑上来了，但锅炉将身形一矮，"哧溜"一下避过了他那一抓。

唇环君不料锅炉还敢反抗，大怒，开始对锅炉拳脚相向，而锅炉竟以敏捷的动作一一闪过，最后更踏着对方的膝盖身轻如燕地跳上了走廊的水泥围栏，不顾只要踩偏一步就会从楼上掉下去的危险，像飞一样逃走了！

八达、唇环君和所有有份目睹的路人集体傻眼。

吾辈是猫

415宿舍里，锅炉工之外的成员荟萃一堂，听八达像说书一样把上面的内容复述了一遍。

"我发誓绝对是亲眼看见的！"八达赌咒，"否则我就让你们睡！"

这么悲壮的毒誓他都发得出来，我们没理由不相信。况且最近锅炉工的确很不正常。

"会不会……"八达吞吞吐吐地说，"现在的锅炉……已经不是锅炉了？"

"不是锅炉？那是谁？"大卫哑然失笑，"被外星人取代了？"

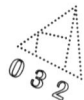

"也许是克隆人。"老蜗说。

"也许是机器人。"烂操说。

"我觉得比较像某种动物变的。"我不甘示弱地发挥想象力,"比方说,猫。想想啊,猫身体轻盈,动作敏捷,不正符合八达刚才看到的吗?"

扯淡本就是415宿舍的拿手好戏,被拓宽思路的大家纷纷补充意见。

"有道理。我们宿舍之前不就来过一只猫吗?搞不好就是它变成了锅炉!"排长说,"因为是猫,所以不会做作业。"

"流浪猫总是饥一餐饱一餐,所以它现在有得吃才会拼命吃。"金氏说。

"所以啦,怎么能指望一只猫给我们烧水呢?"容嬷嬷笑着说。

"芥末梭乃,坠竟脑鼠都木粗乃鸟(这么说来,最近老鼠都没出来了)。"一灿做若有所思状。

我们越聊越嗨,只有八达的脸色越发难看。

"不要说了!"他抓狂地叫起来,"越、越说越觉得像啊!现在的锅炉是猫变的!"

"别傻了,你以为这是童话还是聊斋啊!"我们哈哈大笑。

"不,猫本来就是神秘的动物。黑猫很不吉利。埃及人还崇拜过猫咪呢!"八达的样子十分认真,"其他像九命猫、八尾猫、猫脸老太……各种传说应有尽有,变个锅炉算什么?"

片刻,八达又想起什么似的掏出他的小灵通:"有了!给锅炉打电话!如果现在的锅炉是假的,那么真的他应该还在医院!"

我们啼笑皆非地看着八达真的给锅炉打了过去。不一会儿锅炉那熟悉的声音就在我们宿舍响起:"噢!你们总算还有良心,记起该给我打电话啦!我在医院无聊死了,你们也不来看我!啊,好想快点儿回宿舍去烧水喔……"

我们的笑容瞬间冻在了脸上,无巧不成书,这两天跟我们在一起的那个"锅炉工"此刻走进了宿舍。那时,八达的小灵通里还持续传来真锅炉的声音:"你们想不想念我烧的水啊……"

事实胜于雄辩。眼前的锅炉和电话里的锅炉,我们分得清哪个是真的——当然是以烧水为己任的那个啊!所以现在的这个锅炉是谁?!

"怎、怎么了?"被我们如临大敌地盯着,伪锅炉有点慌。

"别演了,我们知道你是谁了。"八达这时反而显得勇敢了,也或许是证明了自己的猜测让他有些兴奋,"你这只野猫……变成人的样子想干什么?"

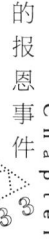

伪锅炉显然吓了一大跳,但他很快镇定下来,甚至露出了一丝笑容。

"想不到会被你们发现。"他说,"对不起,我不是故意想欺骗你们,实在是觉得说出来你们也不会信。"

这话等于是默认了?

"我之所以这么做,是想要……"伪锅炉看起来有点不好意思,"报恩。多亏你们把我救回来,不然我早就死了。"

报恩!居然是这么可爱的理由?我们的脑海里一下子掠过仙鹤报恩白蛇报恩宫崎骏的"猫的报恩"……刚才还对伪锅炉心存的三分忌惮顿时烟消云散,想不到这年头还能碰上这么有情有义的生物!

"你打算怎么报恩啊?"八达笑着问,"叼些钱来给我们好不好?"

伪锅炉看来是没有那种功能,八达的话让他不知所措。容嬷嬷忙说:"别听他的,能帮我们镇镇老鼠已经很感谢你了。"

"不过你干吗变成锅炉的样子呢?要是变成猫耳娘该多好啊!"想交女朋友想疯了的烂操恨铁不成钢地说。

"下次扮别人时,要记得先做好调研啊。"排长边喝水边说,"如果你会烧水,我们肯定不会怀疑你。"

大家说说笑笑,气氛和乐。

这时,排长忽然叫了一声,水杯掉在地上打翻了。他紧紧地捂住肚子。

"怎么了?"我们一惊。

"肚、肚子疼……"排长的脸色变得极难看。

紧接着,金氏和老蜗的脸上也露出了痛苦的表情,他们的手里各有一只一次性水杯。

哪天团灭都不是没可能啊

排长三人忽然就犯病了!我们用最快的速度将他们抬去了校医务室。这个过程中,他们持续发出痛苦的呻吟,造成一种马上就会嗝屁的紧迫感。然而就在即将抵达医务室的时候,他们义无反顾地跑进了一间公厕。

我们几个没病的站在厕所外,聆听着里面传来的不堪入耳的声响,面面相觑。

过了一会儿,三人扶着墙出来了,蜡黄的脸色犹如刚掉进过粪坑。话说扶墙一般不是饱餐后的动作吗?你们这样会让人误会……

"你们没事吧?"我们关切地问。

"不疼了……"金氏用帕金森动作摆手。

"以防万一还是去医务室检查一下吧。"嬷嬷心细如尘地提议。

来到医务室,校医听我们介绍完状况后立刻下结论道:"你们误吃老鼠药了吧?"

老鼠药?我们的确曾把那玩意儿夹在吐司里丢到墙角引老鼠上钩,但老鼠没碰。那几片吐司现在还好好躺着呢。

"你们把吐司捡来吃了?"我鄙夷地问伤员。

"靠,我又不是八达!"排长恼羞成怒,他的辩解深深伤害了只不过是比平常人更珍惜粮食一点的八达。

"前两天我还看过一个误吃老鼠药的同学呢。错不了,症状和你们一模一样。"校医说,"那老鼠药是我们学校附近买的吧?乡下人自己做的,药性比较低,吃了顶多拉个肚子,不至于要洗胃或者翘辫子。"

应该跟食堂没关系。因为我们这几个健康的也都在食堂吃午餐。这么说问题出在别的地方?经过交流,我们发现排长、金氏和老蜗都喝了水。

宿舍桌面上常年摆着个公用水壶。以前都是锅炉工负责填满它,这两天则是谁有空谁自力更生。

有人把老鼠药投在了里面?!带着满腹的疑问和愤怒,我们告别校医,返回宿舍。

半路,我们碰见了小苹果和武则天。排长当即向她们诉起苦来。

"老鼠药杀人事件?!"武则天吐了吐舌头,"你们也算命大了。"

"是不小心吗?还是你们招惹谁了?"小苹果关切地问。

"怎可能是不小心?"我说,"要说招惹了谁,顶多只有……老鼠。"

"总之你们还是多注意吧。"武则天难得地表示出温柔,"真心觉得你们宿舍哪天团灭都不是没可能啊!"

两位姑娘远去后,我问其他人:"你们觉得,会是老鼠给我们下的药吗?"

"开什么玩笑,老鼠怎么可能做到那种地步?"金氏拒绝承认自己栽在了鼠辈的手上。

"难说。老鼠可是世界上最聪明的物种之一,恐龙灭绝了它们都还没灭绝啊。"烂操又在卖弄他的学识了。

"最近宿舍里老有一只猫在,那些老鼠想必很不爽。"大卫说,"所以它们趁我们都出去时,把老鼠药丢进水壶里,想害死我们?"

我们想象着那离奇的情景,都有些不寒而栗。

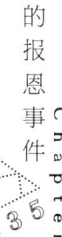

回到 415，我们检查了放在墙角多日早已发霉的吐司，发现里面的老鼠药内馅还真不见了。以其人之道还治其人之身，鼠辈的嫌疑又加重了！

"没事吧？"留守的伪锅炉送上慰问。

"暂时没事。"排长咬牙切齿地说，"对了，如果你要报恩，就帮我们干掉所有老鼠吧！"

07 猫的报仇

当天晚上我们很早就睡下了。总是熬夜飚游戏的老蜗，也因为白天的元气大伤而暂时休战。卧谈会也没心思进行了，每个人心里都循环播放着一首名为《忐忑》的神曲。

我很快就睡着了。半夜迷迷糊糊翻了个身，就觉得自己的后脑勺被什么东西给咬住了。我吓得倒抽一口凉气，爬起来发现，自己脑袋上黏着——粘鼠板！

是谁？谁搞的这种恶作剧，居然把粘鼠板放在我的枕头边？这货有多黏你们知道吗？不去理个光头是绝对取不下来的啊！

我的动静惊醒了其他人，很快宿舍里响起了此起彼伏的惨叫声。我迅速打开电灯，只见八达正四脚朝天地飚泪，他的脚趾被老鼠夹夹住了！与他同一命运的是烂操和嬷嬷，他们被夹住的分别是屁股的左半边和右半边，那撅着臀部呻吟的惨状，令人浮想联翩……跟我一样中了粘鼠板的还有大卫，他的整张正脸都被粘鼠板黏住了，正处于天昏地暗之中。

白天已经遭过罪的金氏、排长和老蜗坐在各自床上，目瞪口呆。排长气急败坏道："妈的，这到底是怎么回事？！"

"真的是老鼠吗？"金氏难以置信。

"那这老鼠该成精了！"老蜗说。

我们六神无主了一阵，齐齐看向伪锅炉，他坐在三号铺，一脸的同情与无辜。

"表砖鸟（不要装了）！"一灿的声音忽然响起。他不知什么时候下了床，走到门边把扫帚抓在了手里。他的肩膀上也贴着一张粘鼠板，那令他看起来仿佛圣衣没有完全穿好的圣斗士。

一灿举起扫帚，将棍子的那一头对准伪锅炉。

"系他（是他）！"一灿镇定地说，"偶本乃睡着鸟，却被一赠很亲的新鹰草醒……迷迷福福中就抗见，它债布兹信阱（我本来睡着了，却被一阵很轻的声音吵醒……迷迷糊糊中就看见，它在布置陷阱）！"

伴随着一灿鬼斧神工的讲话，伪锅炉慢慢站起，居高临下地扫视着我们所有人。我们赶紧集中到宿舍的另一侧，与他形成对峙之势。

"为什么会这样……你不是来报恩的吗？"容嬷嬷忍痛问。

"泡恩（报恩）？"一灿轻轻地笑了，"几细想想，偶民做了神马，兹得它泡恩（仔细想想，我们做了什么，值得它报恩）？"

老实说，如此紧张的时刻听到这种普通话真是太破坏气氛了。但我们还是冷静思索了起来。

一灿说得有道理。在小苹果到来之前，因为我们不懂照料，那只猫可是吃了不少苦。

所以，猫的报恩？

它其实是来报仇的吧！！

猫的报恩

我们在最短时间内达成了共识，脸色一个比一个难看。温馨甜美的童话一秒钟变怪谈，这太让人难以接受了。

一股妖异的气氛在室内弥漫，我们手忙脚乱地做好了自卫的准备。金氏握紧哑铃，排长手持衣叉，八达高举洗衣板……一时没东西可拿的大卫甚至左手牙杯，右手牙刷，输人不输阵。顺便说一句，他还没把粘鼠板从脸上取下来，只是象征性地在上面先挖了几个洞应急。

烂操率先发出一声咆哮，忍痛从屁股上扯下老鼠夹，朝着伪锅炉丢去，只见伪锅炉闪电般从上铺跃下，以流畅无比的动作来到桌子上，又来到了对面的七号铺，然后是九号铺……转眼已经靠近了窗户，那感觉完全是飞檐走壁啊！

伪锅炉回过头来对我们恨恨地一笑。我们从没在锅炉脸上看到过这种表情，那么邪恶，那么奸猾！

我们原本以为 415 今晚搞不好真会像武则天诅咒过的那样被"团灭"。结果伪锅炉没有恋战的意思，他打开窗，沿着窗外的排水管道，头下脚上地往下爬去。我们蜂拥到窗前观看，天啊，那动作必须不是人类的啊！

不过他既然溜了，我们也松了很大一口气。为了表现出我们的勇气，我们纷纷将手里的道具稀里哗啦朝他丢下去，但那家伙着实敏捷，完全砸不到他。

就在这个时候,我们看见了一辈子都不会忘记的情景——

一个女孩子从楼上跳了下来!她的长发与薄纱睡衣在风中飞扬,曼妙得令人心驰神往。足有五层的落差被她轻易逾越,着陆时她以四脚着地,那样子多么像——

猫!

"小苹果!"我们异口同声大叫。是的,那个果断跳楼的奇女子正是我们熟悉得不能再熟悉的小苹果啊!

伪锅炉猛地回头,看见小苹果气势汹汹地朝他杀了过来,吓得当即拔足狂奔,小苹果穷追不舍,两人一前一后地往操场而去。诡异的是跑着跑着,他们竟不约而同地采取了手脚并用的姿势。

这这这……到底什么情况?我们的脑子完全不够用了。还是一灿反应快,他第一个朝门外跑去。

我们立刻一窝蜂地跟了上去,下楼,直奔操场!因为赶场心切,我们都还维持着非主流的造型,背心短裤粘鼠板神马的。其中习惯裸睡的大卫甚至只在下身围了一条毛巾被,他的牺牲实在太大了!

虽然对 415 来说,刚才经历了宛如死里逃生的浩劫,但这个没心没肺的学校此刻依然处于沉睡之中,没有人注意到我们的骚动。520 宿舍大概也没人发现小苹果跳楼了。

当然,前提是那真的是小苹果。

我们还是来迟了。当我们赶到操场的时候,一场可以想见的恶斗已经分出胜负。操场上只有一个人,那就是小苹果。而伪锅炉已经消失不见,被小苹果傲然踩在脚下的是——

一只恶心毙了的鼠辈!

夜晚的操场十分空旷,凉风吹过,掀起小苹果,不,伪苹果的长发和那件画满草莓图案的睡衣,那场景真是既飒爽又微妙。

"你不是小苹果吧?"我扶着后脑勺的粘鼠板小心翼翼地问。

"绝对不是!"容嬷嬷激动地说,"刚才那身手,绝对是猫……是猫啊!"

"猫不是锅炉吗?"金氏傻乎乎地问,显然这件事超出他的智商范畴了。

"真抱歉,猫这种高等动物才不屑变成臭男人咧。"伪苹果眯缝着眼睛,轻轻舔着手臂上的伤口,"要变也变美少女。"

"……所以锅炉的真身其实是老鼠?他骗了我们?"八达大声说,"老、老鼠怎么会有那种本事啊?"

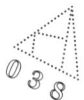

"真奇怪。你们可以接受仙鹤白蛇猫咪拟人报恩的设定,为什么不能接受鼠辈拟人报仇呢?"伪苹果轻蔑地说。

……那当然是因为老鼠拟人一点儿也不浪漫啊!

"别小看鼠辈。它们能够在地球上存活那么久,并一直由我们猫类来扮演'天敌'的角色,还是有两把刷子的。"伪苹果说,"想想你们对它做过什么,就不难理解它为什么想报复你们了。"

我们恍然大悟:敢情伪锅炉就是我们拿粘鼠板抓到的那只鼠辈!当时没有果断打死它真是错误的决定,竟然让它死里逃生,回来报仇!

"可是那家伙既然这么强大,当初又怎么会被我们抓到?"金氏还是没搞懂。

"某些动物在强烈怨气的催化下偶尔会爆发出不可思议的力量,你把这理解成突变或者进化都行。"伪苹果叉着腰上起了普及课,"顺便说一下,这种老鼠的危险程度应该会让同类都闻风丧胆,这几天你们宿舍应该没闹老鼠吧?"

原来如此。自从伪锅炉来了之后,别的老鼠都安静了——不是因为他是猫,而是因为他是一只 Boss 级的老鼠!它 Hold 住了场面,让其他鼠辈不敢造次。

重点是我们九个大男人竟然被一只老鼠玩得团团转还差点儿赔上性命!这件事要是传了出去,我们大概只能通过退学来逃避了!

"那么,你就是我们救的那只猫吗?"排长问,"真正的小苹果呢?"

"她带我去了宠物医院,然后临时得到一个全家去旅行的机会。"伪苹果得意道,"她想去,但又不敢旷课那么多天,所以我就自告奋勇扮成她,替她来学校啦……"

闹了半天,这才是真正的"猫的报恩"啊!

"你们啊,一个两个没养过猫就不要乱养啊!养宠物的首要条件绝不是有没有爱,而是要先衡量自己的觉悟与能力!"伪苹果瞪着我们,"你们可知道我那几天受了多少苦?还好有人救我出苦海,我不报答她报答谁啊!"

我们被训得无地自容。

"不过,"伪苹果话锋一转,"无论如何,没有你们收留在先,我恐怕早就挂了。这点来说,还是必须谢谢你们。刚才帮你们消灭了大害虫,也算是我的报恩吧。"

这番话说得刚中带柔,且隐隐散发出一股傲娇气质,我们立刻觉得被治愈了。方才的惊险、被挖苦的尴尬,顿时都不算什么了!

"那么我该走啦。"伪苹果说,"你们那位真正的小苹果明天就会回到学校。流浪猫还是该早点退场啦,喵!"

她在最后发出了一声娇俏的猫叫,头顶冒出双耳,臀部长出尾巴,完全是动漫

里萌不胜收的典型猫耳娘！月色下，她向我们挥挥手，头也不回地跑远了。

没有人可以驯养桀骜自由的野猫，但是那幅动人的剪影，久久地留在了我们心中，成为我们大学传奇生涯中不可磨灭的组成部分。

犬耳娘，要不要

"猫的报恩"第二天，真正的小苹果就回来了。她在见到我们时，彼此交换了一个心照不宣的笑容。我们感慨着好人有好报的世界终极真理，同时无可抑制地怀念起猫耳猫尾句末带喵的伪苹果，恨不能逼小苹果 Cosplay 一把。

顺便说一下，真正的锅炉工也终于回来了。由于在今次的事件中，这厮的缺席直接导致了鼠辈的有机可乘，我们不由分说地把刚出院的他扁了一顿。

"这么久没见了不是该想我才对吗？不是该拥抱吗？为毛打我啊？！"锅炉工哭喊道。

"闭嘴！快去烧开水！"

锅炉工一边抽抽搭搭、骂骂咧咧，一边敬业地去烧水时，我们感叹，果然这才是真正的锅炉工啊。

这次的事件真正结束了。不知道是伪苹果还是伪锅炉的残存气场的存在，总之415 宿舍后来再没闹过老鼠。这又是福音一件。

生活恢复秩序后，我们有了新的爱好，就是没事去学校后山的树林走走，期盼再遇到什么奇迹，结果我们还真碰到了——一只被丢弃的小狗！

"狗耶。"八达说。

"好像是女孩子呢。"大卫说。

"长得还挺俊俏的。"烂操说。

"受伤了，好可怜啊！"容嬷嬷说。

我们用目光交换讯息——"养不养？"

当然养啊！因为犬耳娘也是很萌的呢！

假币诅咒事件
chapter 3

Tales of the Unusual Youth
415

"你妹啊！"大叔进门的时候发出凄厉的咆哮，"衰毙了，居然遇到这种鸟事！"

正在敲电脑的我忙过来问这位室友发生了什么事，大叔亮出一张百元钞。

"假币！在我完全没发现的情况下，我收到了一张假币！"

我闻言色变，迅速与大叔保持距离："……快把它丢了！"

"爱说笑，丢了我岂不是得损失一百块？"大叔不干。

"我跟你说一件大学时遇到的跟假币有关的怪事吧，你听完就会知道，不丢掉它的后果可能比丢掉它严重百倍！"

生活有风险，坐车需谨慎

八达出现在宿舍门口时，我们险些产生了拿扫把把他赶出去的冲动。

住宿虽好，可也不能太贪杯喔。所以每个住校生都会定期回家。拿我们415宿舍来说，我、热爱烧水的锅炉工和肥胖的金氏基本是一周一回的；最帅的一灿、又瘦又老的排长和永远在打游戏的老蜗则是每学期一回；至于肤白个高的大卫、三角脸的烂操、强壮温柔的容嬷嬷与穷困潦倒的八达，他们的回家频率则是以月为单位。上个周末，八达就回了一趟老家。而等他再次降临415时，已经变成了一个泥人。

"你是个是掉粪坑里了？"金氏捂住鼻子，惊恐地指着一身污黄的八达问。

"……泥坑！我掉进的是泥坑！"八达纠正道。

"这样啊，真没意思。"

"你大爷！"八达朝着金氏就冲过来，"看我用你的床单来擦！"

金氏如临大敌，我们则纷纷放下手头的事情，准备欣赏一出令人激动的好戏……结果全身泥漉漉的八达却脚下一打滑，"哧溜——"一下从门口滑到了他的铺位前，脆弱的床被他撞得摇晃不止，床上，属于八达的衣服枕头被子书本……统统义无反顾地投向了它们主人的怀抱。

总之在我们居安思危地护好了自己的东西时，八达躺在一片狼藉的地上，欲哭无泪地控诉道："……我今天做错什么了我？"

事后我们了解到，那天八达的遭遇是这样的：他坐一辆公车返回学校，众所周知我们学校位于穷乡僻壤，路况极其恶劣，尤其是经过一条泥泞地带时，更是晃得跟吃了摇头丸似的，而八达当时正靠着窗户打盹，七晃八晃之下……他居然就给晃到窗外去了。更不幸的是，他还不偏不倚地栽进一个积满雨水的烂泥坑里，然后就是我们看到的那样了。

"可怜的八达，你太倒霉了。"听完八达的复述后，最具女人味的容嬷嬷同情地说。

"淫木有系，比虾米都强（人没有事，比什么都强）。"一灿那蹩脚的普通话让人很难听出关怀。

"东西没丢吧？"锅炉工问了个现实的问题。

一言惊醒梦中人，八达跳了起来，用最快的速度将包包和身上的东西都翻出来摆在桌上检查。老天啊，除了泥还是泥，整间415果断变成草泥马养殖基地了啊！

"好像都没丢吧……"八达在数钱包里的钞票，他的声音总算恢复了一丝活力。

"那就行了，快去洗洗吧。"大卫说着习惯性想拍八达的肩——因为太脏了，千钧一发之际又收回了手。

"收拾心情，晚上还有活动呢。"我说。

置身如此温暖的宿舍大家庭，肮脏如八达也不禁感觉心灵受到了洗涤，他合上钱包，点点头。

然后他忽然想起什么似的又把钱包打开了，他一张张抚摸着里面的百元钞，将它们对着光线打量。

"又怎么啦？"我们不耐烦地问。

"刚才摸钞票的时候，有一张的手感好像不太对！"话音未落，八达发出了一声比刚才悲愤十倍的惨叫，"果然！他喵的啊！！！"

被他捏在手里的，是一张假币。

七大不可思议是必须的

如果你熟悉415宿舍，熟悉十个臭男人的青春故事，你就会知道八达是个什么样的人。简单说，他是一个因为家境贫寒而对每一毛钱都有着异于常人的执着的人。一般八达会在回家的时候领一笔生活费，然后暂时过两天手头宽裕的日子，比如在吃泡面的时候多切一片火腿肠下去什么的（……光是写都觉得各种惨）。而如今，刚刚领了生活费的八达赫然发现有一张钱是假的，这对他的打击实在太大了。

不过，拿到假币虽惨，也不是什么大不了的事情。我们口头上对八达表示同情，其实并没有太往心里去。相比之下，我们更关心那天晚上的活动——看电影。

自从住宿人手一部笔记本后，看电影就不是什么稀罕事了。事实上415的无数个夜晚也都是在集体看片中度过的。至于上电影院这种奢侈行为，则当然是约妹子一起啦。不过有时候班委也会组织大家一起看个片什么的，鉴于这是一种夜间活动，大部分刚刚体验住宿生活的同学总会很给面子地参与。

那晚的地点是多媒体教室，看一个很老的港产鬼片，也不知道是谁挑选的，装神弄鬼各种无聊——当然，对男生或许是这样，不少女生还是看得心里毛毛的。班上最受欢迎的萌妹小苹果表现得尤其惊恐。电影开演前，不少男生为了坐她身边而争破头皮，最终却还是败在小苹果的好友武则天手下。

顺便说一句，身为男人婆的武则天果然艺高人胆大，在许多女生瑟瑟发抖之际，她却全程不屑地抠着鼻孔。反而我们415的容嬷嬷被许多场面吓得尖叫，这两人的性别绝对生错了！

一个多小时后片子放完了。男生们大呼不过瘾，因为经常只穿裤衩乱跑而绰号阿童木的男生忽然提议："不如我们来举办怪谈大会吧！"

这主意立刻引来了一片附和，烂操和排长甚至吹起了口哨。女生们虽然娇滴滴地喊着"不要呀""好怕呀"……但谁也没有走的意思，这事儿就这么定了。

看鬼片时为了增加气氛而弄暗的灯因此没打开。大家开始相互推荐，陆续开讲。

阿童木讲了个猫脸老太太的故事，相当惊悚，听得小苹果娇呼连连，许多男生恨不能打晕武则天取代她的位子。

我把我们宿舍曾经遭遇过的"猫和老鼠幻化成人，一个报恩一个报仇"的故事添油加醋说了一遍，效果奇好，虽然没有一个人相信是真的。

还有人拿最近闹得沸沸扬扬的一个抢劫杀人犯的案件做蓝本，试图编一个类似"电锯惊魂"的故事，却不幸失败。

总的来说，这活动比看鬼片有趣多了。只是女生们一直扮演听众，便有男生起哄让她们来一个。结果不管点到哪个女生，她都必然表现出扭捏与抗拒，其中武则天是这么说的："老娘没有恐怖的可以讲！荤的要不要？"……真是太剽悍了！

这种局面在轮到春菜时有所改善。春菜是我大学里最好的异性朋友，一位美丽成熟的姑娘。她是与学姐同住的，经常有来自高年级的猛料可听，所以在某种程度上可说比我们更有见识。

"好吧，我来说一个。"春菜当时笑笑，"也不能算是鬼故事，是听我室友说的。嗯，我们学校七大不可思议之一，关于一张假币。"

黑暗中，我隐约看见八达震动了一下。

"钱嘛，人见人爱，假币的命运却刚好相反。谁都乐意拥有大把的钞票，拿到假币却只想赶快脱手。可想而知，假币这种东西上面，该积聚了多少的怨念啊。"

春菜的口吻轻描淡写，侃侃而谈，一点儿也不吓人。但这题材着实新颖，所以大家都听得很专心。

"这个学校建成后的某一年，有许多学生遭遇了意外。坠楼的、被车撞的、被铅球砸到的、药物过敏的……因为发生的时间挨得很近，有些则几乎是莫名其妙的，所以引起了一些人的注意。"春菜继续说，"有人调查发现，那些受害者的共通点是——都曾持有过一张假币。'诅咒假币'的说法就是那时候被提出来的。据说拿到它的人都会遭遇不幸，如果不尽快处理掉它，最严重的情况可能是……挂掉。"

春菜在说到最后两个字时，故意换了一副腔调，还扮了个鬼脸。虽然挺做作的，但在那样的灯光条件与安静氛围下，还是有点诡异。同学们非常配合地缩了缩脖子。

因为时间也不早了，在春菜说完她的故事后，赏片兼怪谈会便结束了。大家陆续返回各自的宿舍。我们家的容嬷嬷一边揉着发麻的脚站起来一边说："吓死我了，那个，你们谁陪我去尿尿好不好……"

而八达还坐在原地一动不动。我们喊他："喂，走啦。"

八达抬起惊恐的脸看着我们："那个，刚才说的假币……会不会就是我拿到的那张啊？"

欢迎参观哥斯拉

八达就"诅咒假币"的事情念叨了一整晚。半夜不慎从他的五号铺滚下来以及次日一早上厕所失足把脑袋给磕了后，他变本加厉地相信了诅咒的存在。

"别傻了。那不过是心理作用外加巧合。世界上哪有那么多怪事?"大卫这么开导八达。他的肤色是全宿舍最白的,但是脸色苍白的八达居然把他比下去了,这令大卫燃起了微妙的竞争意识。

"如果只是倒霉也就算了,问题是我从没这么密集地倒霉过!"八达指着自己从昨天到今天弄伤的所有部位,"而且春菜说过,谁是假币的主人,谁就会遭殃。这假币是我妈给我的生活费中的一张,就是说我妈也曾经是它的主人……"

我们沉默了。同住一个屋檐,我们都知道八达的妈妈最近出了点儿事情:她从一条长长的楼梯上滚了下去,腿脚骨折。按照八达的思路,那必然也是假币的诅咒所致。

"巧合啦!巧合啦!"排长不耐烦地吼道。一脸老态的他经常给我们一家之主的错觉,而每当他开始发脾气,我们就会产生即将被家暴的错觉:"你妈妈是从谁那里拿到这钱的?总不成给她钱的人也出事了?"

"我妈没工作,那钱应该是我爸领了工资后给她的。"八达说。

"那你爸没事吧?"游戏狂老蜗双眼不离电脑屏幕,但及时提出的问题显示他仍旧在关注着我们的谈话。

"呃,他的确没事。"

"所以啦——"我们一起说。

"也许是因为他领到工资后立刻交给我妈了,所以来不及有事?春菜说过了,及时把假币脱手就能避开诅咒……"

"啊靠,你这人烦死了!"排长又叫了,"你要真那么相信那一套,就赶在被害死前,把那假币丢了!"

大家一起点头,其实这事儿多好解决啊。结果八达居然跟像被踩了尾巴的猫一样跳了起来,刚才的忐忑不安一秒变如临大敌。

"丢?!"他的口气无异于听说美国要在我们学校丢一颗原子弹,"那是人话吗?一百块啊!那是一百块啊!说丢就丢?!我能靠一百块活一个月!"

……如果说这人刚才还像一个听说侵略者打来了而六神无主的平民,那他现在俨然已是头可断血可流只有国土不能丢的壮士了!

"按批发价买最便宜的泡面,一包只要四毛!一百块就能买二百五十包!一天三包的话一个月还吃不完一半呢!"八达发表着惊人的演说,我们的五官集体被黑线取代。

"食堂一份白饭一份素菜只要一块五,吃一天不过三块,一个月下来我还能存起来十块呢！还能偶尔买个鸡蛋改善伙食呢！就算不吃饭菜吧，我还有馒头和吐司边这样的选择，吐司边甚至可以免费要到喔……"

我们已经丧失了评价此人精神状态的能力。这就是八达，哥斯拉等级的吝啬鬼。你一生都很难遇见一次这样的人。虽然见面的第一天他就爽朗地告诉我们："我家很穷，我是个特困生。"且在后来的宿舍生活中理直气壮地表现出千奇百怪的抠门行为，但随着相处日久，我们逐渐发现那已经不是贫穷所能解释的了——那根本是一种兴趣，一种省钱之余顺便挑战人体极限的变态兴趣……

其实八达长得挺帅的，他与一灿、容嬷嬷并称我们宿舍的三大对外招牌。想知道他长什么样的人可以去搜台湾明星张震的照片，相似度高达八成！但八达的种种习性注定了那长相的暴殄天物，因为他认为谈恋爱什么的太花钱了。

"有没有什么办法，可以让我既摆脱诅咒又不用损失一百块钱？"八达泪汪汪地求助。

我们都不想理他。我们都很忙的，人生是不能那么任性的啊魂淡！

"呜呜，有没有什么办法……"

在八达苦恼到使出他并不擅长的卖萌伎俩时，排长深深地叹了口气，对他伸出手："把那假币给我吧，我帮你用掉——不被诅咒又不想损失钱，那当然只有用掉啊！"

原来如此！排长突破盲点了！真不愧是吃盐多过我们吃米的大家长啊！

快把无神论洗洗拿去喂狗

当排长将一堆由十块构成的零钱交到八达手上时，八达看他的眼神深情极了。

把假币花出去，是一件斗智斗勇的事情。斗智指的是你如何能不被对方发现而将假币出手，这就涉及交易对象的筛选与交易时的技巧；而斗勇更多的是跟自己的良心作战。毕竟己所不欲勿施于人，这不是什么光彩的事情。

而排长竟然轻轻松松就搞定了，这多么让人佩服啊。我忍不住问道："你是不是把钱换给老人了啊？"

排长故作高深，笑而不语，但"老人"二字触动了415的吐槽开关，立刻众说纷纭。

"当然是跟老人换了。排长跟老人年龄层接近，比较好沟通嘛。"大卫说。

"嗯，别看排长这样，其实他在老太太群体中可吃香了。"烂操说。

"老实承认吧排长！其实你经常去老人院扭秧歌对不对？你说呀！"因为胖而

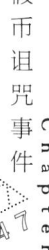

长期遭到开涮的金氏每当遇到能开涮别人的机会总是特激动。

"滚啦!"排长抓狂,"我是去小卖部换的!小卖部的那个老板娘不是曾经跟我们过不去吗?正好整整她!"

排长说的是那间坐落在校内的小卖部。老板娘是个不讨人喜欢的女人,我们曾因为在小卖部买到过期食品与她理论,她却拒不承认,闹得很不愉快。由于我们曾经在她那里缩印过一些材料以便考试作弊,她居然很没有职业道德地跑去跟我们的辅导员举报以示复仇,从此这梁子就结下了。

把假币换给那老板娘我们都觉得既可行又解气。排长得意扬扬地说:"我一到店里就装模作样地跟她道歉,拍马屁拍得她浑身嘚瑟,然后趁机跟她买东西,她在心情大好之下果然疏于防备,就这样上了我的当……"

"说得挺牛的,还不是欺负人家女流之辈。"锅炉工说。

"情兽不奴(禽兽不如)。"一灿说。

"为老不尊。"容嬷嬷说。

"终生不育。"我说。

排长再度暴走。

"虽然那个老板娘是很可恶,但这样就要害死她,会不会太……"八达充满罪恶感的声音这时弱弱地响起。

"你还在纠结这个啊?"排长一挥手,"安啦,不可能有什么诅咒的!她只不过是收了一张假币而已,等她发现,她也会设法花掉的!那女人可精得很!"

八达还想说什么,他的小灵通响了,于是他跑到屋外去接听。

排长继续跟我们吹嘘他迷惑老板娘的演技有多么出神入化……

十分钟后,八达回来了,他铁青着一张脸说:"喂!那假币是真的会诅咒人的!!"

"你又来了。"排长皱眉。

"刚刚是我妈来的电话!我们聊了几句,我才知道我爸也被诅咒过!就在他领了工资回家交给我妈的途中,他连人带自行车翻进了河里,差点儿没淹死……之前他们是怕我担心所以没告诉我……然后我爸的工资本该是他单位的财务发,可是那天却是别人代发的,因为财务遇车祸入院了,而他也曾是假币的主人……"

涉案者居然累积到了四个之多,并且八达老爸和那财务都是在持有假币的短时间内出的事,还可以只当这是巧合吗?我们的脸色严峻起来。

"除非那老板娘也出事,否则我……"排长做垂死挣扎。

仿佛是要浇灭我们的最后一丝侥幸，楼下忽然传来吵嚷声。我们跑到窗前一看——

嗯，诅咒假币什么的，看来的确是真的了。

那小卖部居然着火了啊啊啊！！！

钞票恒久远，诅咒永流传

事情又回到了原点。

八达去找那位老板娘了，他说他要将假币拿回来。此举当然遭到了我们的反对，烂操就厉声道："别开玩笑了！虽说那假币只诅咒它的主人，但谁能保证我们不会躺着也中枪？万一我们宿舍也跟小卖部一样起火可怎么办啊？"

但我们最后还是被八达说服了，他是这样说的："如果老板娘能第一时间把假币用掉那当然好，可万一没那么快呢？万一在那之前她就先被咒死了呢？我不是要学雷锋舍己为人，但不管怎么说……她要真死了，你们也会良心不安吧？"

就是冲这最后一句话，我们不再阻止八达。可恶啊，果然良心与自私是一对势不两立的死敌！怪不得有一首歌是这样唱的："出卖我的爱，你背了良心债……"咦，好像没啥关系。

既然诅咒假币又将回归415，我们能做的只有想尽办法再度摆脱它。于是我去找春菜了，我们是好朋友，向她打听更多情报的任务非我莫属了。

"……果然是真的吗？"听我复述完一遍状况后，春菜的脸色不是很好看。

"你说'果然'是什么意思？"我问。

"学姐她们告诉我这件事的时候，反复强调它的真实性，但我只是半信半疑……有的事情还是得'宁可信其有'啊。"春菜说。

"我现在想知道，有没有什么可以破除诅咒的方法？"我问。

"破除？没有。"春菜很肯定，"人们拿到假币的时候，因为不甘吃亏，一般都会千方百计地将它花出去，所以才会形成现在的诅咒连锁。假币归谁，谁就倒霉，若想解脱，就必须将不幸转嫁给别人……人们的这种心态才是诅咒的源泉。"

"那是不是可以把它烧掉、撕烂、埋起来什么的？"

"最好不要。"春菜苦笑，"据说也有人那么干过。但只要它还没有新的主人，就算被损坏了，该是你的诅咒照样跑不掉。还是选择把它花掉、丢掉或者送人吧，反正只要确保假币找到'下家'，自己就能平安了……"

　　与春菜的这番谈话其实收获不大，归根结底还是因为情报太有限了，每一个受害者都在摸着石头过河。与春菜告别前，她叮嘱我多保重。

　　回到415，一进门就看到桌面上有一张皱巴巴的钞票。

　　我过去，用捡狗屎般不情愿的动作将钞票拿起、展开……果然是那张假币！也许是因为恐惧，我手抖不已。

　　"到底还是拿回来了啊。"我冲八达说。

　　"拿回来了！付出了很大的代价！"排长又像个鞭炮一样炸响了，"小卖部莫名失火，老板娘拼死拼活抢救出了一些东西，包括那张桌子都被她扛出来了——钱就在桌子的其中一个抽屉里！但那种兵荒马乱的时候你就算跟人家说要拿回假钞，人家哪儿有空理你啊！八达的脑袋进水了，居然干脆自己去翻那抽屉……"

　　我想象了一下那场面……绝对会被人当成趁火打劫的吧！

　　"八达也是急坏了嘛，他的动机是好的。"容嬷嬷善解人意地打圆场道。哦，虽然他的外号听起来那么凶残，可是他本人却温柔得宛如紫薇呢。

　　"所以后来怎么样？"我问。

　　"被抓了。老板娘扬言一定要让八达受处分。"大卫摇头。

　　"都八肯给偶一点面几（都不肯给我一点面子）。"一灿这话说得有点沮丧。毕竟绝大多数女性对他的俊脸是缺乏免疫力的，可见那把火将老板娘的审美都烧没了。

　　"不过还好，我一找到假币就立刻放进了口袋。老板娘以为我偷的是真钞，逼我拿出来的时候，我就给了她一张真的。"八达说。

　　"用真钱跟人家换假的，不像你啊。"我说。

　　"至少这样就不欠她了，良心也安稳多了……"八达坚强地微笑着。

　　"说得好。那么接下来让我们讨论一下怎么处理这钞票吧。"我告诉了他们春菜的话，"……毁掉它不行，送人和花掉你觉得良心会受谴责，那就只能把它丢掉了！虽然诅咒会因此转移到捡它的人身上，可那就不关你的事了——谁让那个人要捡的？"

　　听了我的话，八达不禁用身体护住了假币，又是一脸的依依不舍……明知那货不能留、留了也没法花，但情感上就是不能接受"损失"。这种模棱两可的讨厌心态，果然是哥斯拉等级的吝啬鬼才会拥有的啊！

　　"必须丢！早丢早轻松！"锅炉工说。

　　"丢丢更健康！"烂操说。

　　"你就把它当金氏的脸那样随便丢。"大卫说。

"靠！"金氏说。

最后打动八达的人还是一灿，他说："酱紫吧，里丢了它，偶民米个淫给里席块钱。"翻译过来就是：我们每人给八达十块来弥补他的损失。考虑到自身的安全，这笔投资我们都愿承担。

但八达还在犹豫不决。"你还有什么好犹豫的？"容嬷嬷问。

"你们每个人给我十块，那我一共只能拿到九十，还少十块呀……"

八达说出了无耻程度石破天惊级的话。我们集体无语，然后陆续捋起了袖子。

在我们痛扁八达时，老蜗看着显示器点评道："八达你要再继续这样要钱不要命，迟早会跟最近很火的那个通缉犯一样为钱杀人的。"

厄运不是你想甩，想甩就能甩

——要钱不要命——老蜗真是找到了一句最能精准概括八达的话。老实说如果我们不全程盯梢，八达到底有没有勇气丢掉那张假币都是未知之数。

不过，感谢老天爷强制性地做出了裁决。那张假币还是被丢了——作为陪葬，八达的整个钱包都丢了。

当时的情况是我们威胁八达，如果不肯丢掉假币，那就不要再待在415了。"要我们还是要那货，你自己选吧！"——这通牒终于迫使八达下了决心，不过，"丢在校园范围里搞不好就会伤到熟人，我还是丢到校外去吧。"八达恳求。我们表示同意。

然后他就出去绕了一圈，回来后哭着告诉我们：他不仅丢了假币，整个钱包也都丢了。

……所以那应该算是假币君最后的诅咒么？对钱包里还有几百块钱的八达来说，的确是太残酷了。不过摆脱了假币让我们松了口气，喜悦之下我们答应八达，从今天开始，大家轮流请他吃饭，用烂操的话说就是，"我们一人省一口就能喂饱你了"。八达听说有免费餐可吃，心中计算一番，勉强恢复了一点心情。

我们却没有想到，事情远远没有结束。厄运并未随假币的丢失而离开八达，相反，简直可说是有增无减。

八达去洗澡。衣服浴巾明明装在袋子里挂在墙上，洗完后却发现不翼而飞。而当时浴室里只有他一个人，叫天天不应叫地地不灵，唯一能用来遮羞的道具是一块肥皂。那晚，八达很迟才回来。

　　锅炉烧好一壶水，八达迫不及待地去倒，只听一声巨响，热水壶忽然爆炸了，滚烫的开水与晶亮的碎片如火山喷发一般飞溅在八达身上，痛得他哭爹喊娘，还好他拼命地护住了脸，英俊的容颜才得以保存。

　　校园里有人打架，我们经过，也没想去看热闹，就忽然有一块板砖破空飞来，还好一灿眼疾手快将八达拉开，否则他绝对要被砸得脑袋开花。但跑得了和尚跑不了庙，砖头落在了八达脚上，果断将脚砸肿……

　　距离丢钱包不过两天，形形色色的厄运已经让八达应接不暇。作为他的舍友，我们也被波及了不少。比如一起吃饭吃坏肚子、一起去散步被疯狗追、一起经过一扇窗户被洗脚水泼个透湿之类的，真是不胜枚举。

　　结论似乎只有一个：假币的诅咒对八达仍旧有效。

　　可那是为什么？为什么？

　　直到再次与春菜交流起这件事，她一针见血的猜测才令我茅塞顿开。"难道……"春菜沉吟后说，"主动放弃跟被动放弃不一样？"

　　消费、送人、丢弃……这些是"主动"与钱划清界限。从此之后，那钱跟你就没关系了。

　　被偷、借人、遗失……这些则是"被动"与钱划清界限。钱虽然不在你身上，但不代表它不算你的财产。

　　既然遗失的假币仍旧属于八达，那么厄运当然也仍旧属于他！就好比我把钱借给了别人，就算那人迟迟不还，我却仍是钱的合法主人。

　　天啊，这不是意味着事情变得更复杂了吗？！

我们去抓路飞吧

　　我将与春菜讨论出的最新设定告诉其他兄弟们，因为听起来实在太靠谱了，迅速引起了他们的疯狂。

　　八达不在宿舍里，他又出去寻找钱包了。过去八达曾经丢过一个破MP3，然后他风雨无阻地找了它一星期。抠门的人似乎都拥有一种诡异的侥幸逻辑，觉得努力一下搞不好就会跟遗失物不期而遇，像陈奕迅的歌里唱的，"你会不会忽然地出现，在街角的咖啡店……"这几天，八达没事就回忆丢钱包那天他走过哪些路线，好故地重游，寻寻觅觅。执着到了这地步，真是怪不得那假币也对他恋恋不舍啊！

　　"……我们也去帮八达找吧。"我以舍长的身份有气无力道，"把那假币找回来。既

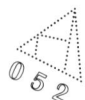

然它还属于八达,在身边总比不在身边好。找回来,才能让八达彻底将它处理掉……"

大家一起无精打采地点头,然后就循各自的渠道行动去了。排长在生活部任职,可以凭部门号召力贴一些通告;俊美的一灿被许多广播社姑娘垂涎,他可以"色诱"她们帮忙发发爱心广播;老蜗一天到晚都对着电脑,他说会尽量在校园网上帮忙打听;其他人则打算将我们日常出没的地方好好搜罗一遍……

但话说回来,我们没有一毛钱的把握可以找回八达的钱包。这世界上丢钱包的多了,有几个人能失而复得呢?我们不过是尽人事听天命罢了。

我和大卫负责的领域是学校之外,八达估计正在那一带转悠吧?我们一边留心他的踪迹,一边搜寻着不显眼处。

从学校后门出去,沿人行道走个二十分钟,能看到一家超市,我们时常去那里补充粮食。路上人很少,隔着一段距离,我们看见了八达鬼鬼祟祟的身影。

"喂!八达!"我们大老远冲他挥手,八达却超紧张地对我们大做"嘘"的手势。

而街道的对面,一个穿着大衣、缩着脖子的人转头看了八达一眼,闪进了巷子。

我们来到八达面前。"你干吗呢?"我问,"跟做贼似的。"

"大家都在帮你找钱包啦,准确地说是找那假币。"大卫没好气道,"这次要找不到你就放弃吧。因为绝对不可能找到了!"

"我知道。所以我正在尝试能让我彻底放弃的方法啊!"八达盯着那个人消失的巷子说,"都怪你们打草惊蛇!"

我和大卫对视,不知道八达这次又在玩什么。

"记得那个通缉犯吗?"八达说,"我们校门口也有!每天都能看见的!"

"乱七八糟说什么啊?"

"那个抢劫又杀人的变态啊!那个霉菌!"

八达这么一说,我们就想起来了。

那家伙的名字叫作梅军。因为其人其行太过令人发指,所以网上一般称他为"霉菌"。关于他,就算是不看报不看电视不上网也很难没有印象——因为几乎大街小巷都能看到他的通缉令。

他是徐州人,两年来共在全国六个城市犯下六起抢劫杀人案件。作案手法都很简单:埋伏在银行附近,窥准合适的下手对象,然后跟踪其到僻静处,一枪把对方干掉,提钱走人。资料显示,霉菌使用的是他自制的土枪,下手动作也十分狠辣利落。只是为了钱其实不必杀人的,但是目前他手头已经有了六条人命。

闹得最大的那一次,霉菌是在一个小镇上当街杀的人。也就是在那之后,针对

霉菌的通缉变得铺天盖地。只是那么长时间过去了，还是没人知道他的下落。

"……抓到嫌犯奖励三十万，只是提供线索的话也有五万啊！"八达脸上是农奴翻身般的狂热，"五万！三十万！如果能拿到其中一笔，我怎可能还会稀罕那个钱包和那张假币?!"

"听起来蛮有道理的。但是别傻了，抓到路飞还能跟世界政府要好几亿的赏金呢，但谁能抓到他？"爱看《海贼王》的我用非常通俗易懂的例子表示了否定。

"有机会的！他就在我们这里！"八达压低声音叫道，"我刚才就在跟踪他!"

神一样的对手和猪一样的队友

八达是在一寸一寸翻着地皮寻找他那草绿色钱包的时候邂逅霉菌的。当时霉菌已经变装，剃了平头，戴了黑框眼镜，留着稀拉的胡荐，与通缉令上那个长发飘飘的小眼睛男人有一定的差别，可八达还是一眼就认出来了。那是因为他曾多次瞻仰过电线杆上贴着的霉菌的音容笑貌——主要是因为音容笑貌下面写着令人垂涎的悬赏金额。

但八达怎么也没想到，居然真有机会遇见他！一个不经意的抬头，他看见了霉菌的脸，只觉得好生熟悉，仔细思考了一分钟后恍然大悟。

当时八达的心情是纠结的。杀人不眨眼的霉菌绝不是他一个营养不良的穷鬼能对付的，但八达又很没出息地觉得，世界上最遥远的距离不是生或死，而是巨款就在面前他却不珍惜。总之经历了各种意乱情迷后回过神来，八达发现自己已经在悄悄跟踪他了。

再然后，他就遇到了迎面而来的我们。我们所看见的那个很快闪进巷子的人就是霉菌。

"事不宜迟，我们赶快跟上去！"或许是因为多了两个帮手，此刻的八达胆气更足了，"不知道他是住这附近还是路过，反正盯住他就对了！啊，不如叫烂操他们也来帮忙吧……"

"帮你妹！"大卫狠狠敲了一下八达的脑袋，"别傻了！不要忘记你还处在诅咒中！"

我表示同意："你现在还处在厄运缠身的状态，搞不好会被那家伙干掉！"

八达露出类似便秘的痛苦表情，什么叫人为财死鸟为食亡，那一刻我有了清晰的体会。

"我不会让他发现的!我只要确定一下他的大概位置就好……"八达忽然丢给我们这句话,跟着闪进了那巷子。

我们都傻眼了!这个大笨蛋!我们条件反射般追了上去。

我说过,我们学校位于城市的郊区,这一带多的是老旧的居民楼,它们坐落在迷宫一般曲折的小巷中,简陋僻静,便于藏身,为我们寻找霉菌增加了难度。我们在小巷里绕了几圈,就完全失去了目标的踪影。

脚下是发黑的青石板路,手边是惨灰的水泥墙壁,最高的房屋不过三层,窗门紧闭,外边还架着老式的生锈铁栏杆……没来由让我打了个寒战。

霉菌去了哪里?谁知道。这地方曲径通幽,岔路不断,他可以随时出现或消失。

我们三人对视着,都觉得一股紧张空气正渐渐弥漫。这种地方……很适合……发生点儿坏事啊……

"对了,大卫,快报警!"我这才想起,"反正只要跟警察说,疑犯就在这一带,我们也算立功了吧?"

"说得对!"大卫急忙摸出手机来,就要拨号。

一柄匕首在这时飞了过来,没射中大卫,却吓得他手一松,手机摔在了地上。非诺基亚果然不给力啊,瞬间就黑屏了。而八达发出杀金氏一般的惨叫,他的胳膊被匕首扎到了!

我觉得呼吸困难,一定是喉咙被心给噎住了。霉菌,出现了!

肤色偏黑,穿着一件灰色的大衣,衣服上的连帽被戴了起来,满脸胡茬,黑眼圈和深陷进去的脸颊令他仿佛一个超级瘾君子。他的手里还有一把寒光闪闪的刀,他走近了我们。

皮肤本来就很白的大卫,在那一刻白到几乎能反光了,他张大嘴似乎想呼救,极度的恐惧却让他语不成调。最高的他如此,我和八达更不用说了,我的脚筛糠一样筛到裤子都快掉了,而八达的胳膊正血流如注。

我们不用交流也能达成的共识是:千万不要跟这家伙动手。我们默契十足地拔腿就跑!

霉菌应该是冷笑了一下吧,他用并不比我们慢的速度追了上来。果然还是觉得我们的存在是一种妨碍而打算杀人灭口了吧!人家可是有过直接把刚出银行的人爆头然后拿钱跑路这种超级前科的,干掉三个肉脚大学生(还是很烂的大学)完全无压力啊!

目前唯一值得庆幸的,大概是霉菌同志手里只有刀没有枪这件事了——也许是

因为干掉三个人必须让枪响三下,暴露的风险太大。当然,对连打架都不拿手的我们仨来说,刀跟枪只有让人死得慢或快的区别,反正都要死的就对了!

大概类似马被打疼了就会跑得很快的原理,受伤的八达居然跑在了我们的前面,无形中成了我们的向导,当慌不择路的我们跟着他拐了三个弯后,我们邂逅了一条曲线优美的……死胡同……

什么叫不怕神一样的对手就怕猪一样的队友啊啊啊啊!!!

"救命!救命啊!"我们放声大喊起来。但四周的房子依然死气沉沉,是没有人住吗?这个时代还有人口如此稀疏的地方吗?房价多少钱一平方米啊亲?!

我们的叫声没有引来救兵,反而为霉菌打了信号,当他的身影出现在胡同口,我满脑子都是一部系列电影的名字——《死神来了》。

我们到底做错了什么?!我们早上还在赖床逃课玩电脑说荤段子不是吗?!厄运为什么非要缠上我们?

嗯?那当然是因为……

死到临头的我一把揪住八达:"你还舍不得那假币吗?忘掉它!快忘掉!我们会被你害死啊!!!"

八达茫然地看着我,一副吓傻了的样子。而霉菌已经抄刀子上来了,大卫在这个时候爆发出了神勇,他不顾被割伤的危险,死死抓住了霉菌的手腕。跟此情此景相比,再看什么恐怖片都会觉得弱爆了!妈妈再也不用担心我的胆量!

刀尖以不可逆转的速度扎向大卫的胸膛……

"哐啷!"无中生有的美妙声响,为这一切画上了戛然而止的休止符。

我像做梦一样,眼睁睁地看着一个花盆从天而降,砸在了霉菌的脑袋上。那之前他似乎还受到了第六感的召唤而抬起头看了看,所以那花盆是顺着他的脸砸进去的。

……那脸基本就告别数码相机了。

大卫没事。死里逃生的我们仨缓缓地抬起头,看到身后那房子的三楼,一位老太太正为她开窗时一不小心把花盆给碰下去还砸到人了而满脸不安。

时至今日,若要我评选出心目中最美的女性,这位鹤发鸡皮的老太太必定名列前茅。

下一站,打假

被一个老太太用花盆秒杀掉的霉菌很快被警察叔叔带走了。经搜身,在他身上竟发现了八达遗失的钱包，打开来，就看到了那张会带来厄运的假币！

……纳鲁货多。原来如此。

听我叙述完来龙去脉后，春菜分析道："霉菌带着那假币，也许是他偷了八达的钱包，也许他只是捡的，都没差。关键是八达一直对自己的损失耿耿于怀，于是假币与他的关系就一直断不掉，八达逃不脱被诅咒的命运，而霉菌虽然持有假币，却平安无事。"

我点头。我曾经在事后问八达："即将领便当的那一刻，你在想什么？"

八达苦笑着回答我："能想什么？当然是只要能活下去，什么都可以不要。"

"当八达终于产生了不要那假币的想法时，他就跟那假币没关系了。好比一个人借钱给别人，后来又不要他还了——于是那钱的主人就相应发生了变化。"春菜继续分析，说着说着有些眉飞色舞，我真喜欢看她这样子，"所以啦，当假币的主人从八达顺势变成了霉菌，他第一时间就遭遇了天大的厄运。可怜的家伙，然后他就没有然后啦。"

由于假币不会说话，所以这一系列惊心动魄事件背后的原理，我们最终也只能通过推测得出，但我觉得应该是八九不离十。顺便说一句，虽然的确是我们先发现的霉菌，但是从各方面看来，我们都只是受害者，所以警方当然不会奖励我们。反而是那位老太太在根本没搞懂发生了什么事的情况下被奖励了一万元，拿花盆砸人居然有钱拿，不知道她会不会从此走上一条畸形的致富道路。

"拿不到奖金也没什么，至少你们捡回来了性命。"排长对我们说这话的时候，415全员又在宿舍里荟萃一堂。再不必担忧见缝插针的诅咒，我们可以放心地饮用锅炉工烧的美味开水了。

"这件事教育我们，死攥着钱不放绝无好下场。"日后走上社会毅然变成一个月光族的老蜗总结道。

"以后偶民一定又朽星，八能拿到假屁。"一灿的意思大概是说我们以后要小心，别拿到假币。

我们进行着轻松愉快的谈话。这时隔壁宿舍的阿童木来访了，他一进门就大呼小叫地说："哎，你们猜我遇到什么事？我捡到了一张一百块的假币哎！"

我们微笑着，用尽全力将门关在他的脸上。生命不息，打假不止！

柯南灵异事件
chapter 4

Tales of the Unusual Youth
415

"喂，用你娘炮的眼光帮我参考一下，女孩子喜欢哪种玩具？"同住的大叔问。

"……这是求人的态度吗?!话说你就算交不到女朋友也不能拿玩具代替啊。"我说。

"滚！我是买给小北的！"大叔说的是他暗恋的一位女教师。

"噢，随便啦。你要网购吗？"

"不然咧？"

"嗯，网购相对安全些。"我点头，"尤其比在夜市买到的安全……"

01 今年泡妞不送礼，送礼只送……

那件事在一声声满足的饱嗝中拉开帷幕，当时，我们415宿舍刚结束该月的聚餐。

虽然身边有着八达这种开水泡馍也能吃得心满意足的下限生物，但我们也没比他富到哪里去。因此每月一次的"舍撮"人人期待——既能改善生活，又能增进感情，何乐不为啊。我们甚至为此制订了"扶墙进，破墙出"的舍规。至于聚餐前八达必然饿足一天以及聚餐时金氏必然要在醉酒后跳脱衣舞什么的，更是保留节目。

饱暖思淫欲……但那时我们都没有妹子。因此胡吃海塞后，所能选择的消化方式也只是去附近的学生街走走。

我们就读的是一所破学校，破学校当然坐落在破地方。但再怎么破，学生街这种风景线倒还是具备的。每逢节假日摊贩云集，不卫生小吃、廉价小精品与山寨衣裤鞋以三足鼎立之势浩浩荡荡布满全街，循环吆喝的广播与油烟味极大地刺激着每个学子的消费欲望。

十个人走一条街是会造成交通拥堵的，所以我们三三两两地分散了。酒足饭饱的金氏圆得像个球，我们都不愿离他太近，唯恐他不小心跌一跤我们就要遭遇保龄球瓶的命运。而八达在吃完后不忘将所有剩菜包括鱼骨上的肉渣都刮了下来打包，以至于现在满手快餐盒，酷似送外卖的小弟，我们也不屑与之为伍。

我和排长走在一起。排长是我们宿舍最显老的，虽然年纪不比我们大多少，但皱纹多，头发少，背又驼，我们私下常常打赌他能不能活到毕业。跟他走在一起，我整个人都幼齿了。

"来来，随便看看。"正走着，路边一位小贩的招呼吸引了我们的注意力。那是个卖玩具的摊子，一块塑料布上摆满了娃娃。摊主脸上的笑十分殷勤。

排长蹲了下来，打量起摊上那些玩意儿。

"啊，老排长，您是要给小孙子买礼物吗？"我立刻施展起排长专用吐槽，"还是您想回顾童年？那至少是一个世纪前的事了吧？"

"滚啦！"排长说，"我看看有没能买给小镜的。"

"小镜？可是您的年龄只能当她爷爷呀！您不能这么为老不尊！"

"滚啦！"

"小镜"是 520 宿舍的一位妹子，眼镜娘。她身材瘦小，但比例很好，面容清秀，一副无框眼镜平添几许知性，与排长同在校生活部任职。排长早就看上她了，但碍于眼镜娘生性低调，排长始终猜不透她的心思。

摊子上的玩具乏善可陈，排长看了一会儿就站起来准备走了，摊主忙问："不合心意吗？"

"啊，感觉有点旧。"排长敷衍着。

"等等，我还有些新货。"摊主说着去翻身后的大箱子，然后变魔术般拿出几个包装着的盒子，"这些是厂家的积压货，赔本处理……"

排长随手拿起一个盒子，只见里面装的是"名侦探柯南"，做工看着还挺精致，排长鬼使神差地端详起来。

我看着排长与柯南八目相对（他们都戴眼镜）了好一会儿，然后他缓缓掏出钱包："多少钱？"

排长拿着柯南离开时，我惊奇地说："你要送眼镜娘这个？"

"不是买给她的……"排长挠挠头，"我也说不清，反正刚才盯着这柯南看，忽然就觉得它有一种奇妙的吸引力，反正也不贵，就干脆买了。"

"想不到您一把年纪，竟还是一个野生 ACG 粉。"

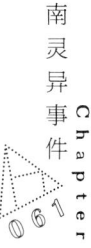

"滚啦!"

床前明月光,疑是地上霜

排长带柯南回到415,立刻遭到狂风骤雨般的吐槽。

"排长你还好吧?"大卫拉着他的手,语重心长道,"是不是刚才吃多了?柯南真心不适合快入土的老年人呢。"

"我能理解排长!"烂操叫起来,"他已经时日无多,所以才渴望像柯南一样返老还童!"

"哼哼哼,排长,你其实是想装嫩吧?我没说错吧?"很少有机会吐槽别人的金氏兴奋得直喘粗气。

对我们来说,那柯南主要是作为吐槽排长的道具而存在的,我们绝想不到它后来会引出那么多事情。

我们每个人都有一个小书架,那是把床头位置的墙挖空一块做成的。排长随手将柯南放在了书架上,一个储蓄罐的旁边。那个储蓄罐是前阵子排长生日时,眼镜娘送他的。尽管这份礼物不代表什么,排长在收到时却兴奋了很久。

当晚我们比平常早一些睡下,包括总是熬夜玩游戏的老蜗。这大概跟我们都吃得很撑很想躺着有关。临睡前我们仔细关好了门窗。最近,宿舍楼发生了几起入室盗窃案件,我们因此谨慎了许多。

半夜三点左右,我起床上厕所。回到宿舍里时,隐隐约约听到排长睡的八号铺传来动静。

那本来不是值得奇怪的事情,但同一时间,我仿佛看到那个柯南人偶动了。

……人偶动了。那会是我的错觉吗?我大着胆子凑近了些。就在那时,柯南从书架上掉了下来,不偏不倚砸在排长脸上。排长被这么一砸,神经质地弹起,然后就看见了无声无息站在他床头的我。

……这本来是挺刺激的一个画面,但由于我只穿着一条裤衩,所以……就刺激到别的方向去了。更离谱的是,当时我脑中忽然朗诵起一首千古绝句:"床前明月光,疑是地上霜。"那一刻,我就是明月,我已经脱光。

……简直太变态了。

相顾无言了一会儿,排长默默盖上了被子,仿佛一切都没发生过,而我也默默爬回了自己的一号铺。上床时慌张了一点,居然一脚踩在了下铺的烂操的脸上,真是罪过。

第二天，排长用古怪的眼神看着我，严肃地问："你昨天半夜站我床头干吗？"

"没想干吗。"这种逮个正着式的质问让我好不狼狈，"我就看到你家柯南……"

"柯南？"

"也许是床摇晃造成的错觉。"我想了想，"就看到柯南好像动了。"

排长闻言沉默。当时我们正在公用卫生间里刷牙洗脸，进行这番对话时，嘴角还带着牙膏泡。

"其实我昨晚做了个怪梦。"排长皱着眉头，老花镜一般的小眼镜滑在鼻梁上，令他看起来老气横秋，"我梦见我……看着自己。"

"看着自己？"

"对。就好像我从身体里跑出来了，身体还躺在床上，我却从别的地方看着它。那个视线的角度……好像来自书架。"

我沉默片刻，说出猜测："你难道想说，你通过柯南的眼睛，看着自己？"

你是我的眼

排长坐在他的床上，双手捧着柯南把玩。不知道是什么材料制造的柯南，在他的摆弄下变换着不同姿势。

"排长！住手！就算一辈子单身你也绝不能对一个正太……"锅炉工极度三八地在一旁鬼叫，排长充耳不闻。

少顷，他闭上了眼睛。宿舍里很安静，因为排长此刻的模样仿佛要给柯南献吻。

"他系八系乱捡了神马东西刺？"最英俊的一灿问排长是不是乱捡了什么吃。真是好有415风格的担心方式。

但我说："不是。"我言简意赅地把昨晚的事说了一遍，"……排长在做实验呢。"

"这太不科学了。"烂操嗤之以鼻，"梦而已，居然那么当真？还不如探讨你们在昨晚那种气氛下为毛没有睡到一起呢！"——我想扁他。

大家七嘴八舌叽里呱啦间，排长的表情发生着丰富的变化。他仍旧紧闭双眼，但眼皮不断跳动，而嘴角有笑容扩散，笑得法令纹此起彼伏。

"大卫，你的头发翘起来了。"排长忽然说。

大卫一愣，伸手果然摸到一撮乱发。问题是排长刚才完全没看他啊，他只不过是转动了手里的柯南，让这个万年正太浏览我们的宿舍。

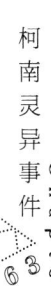

"烂操,恭喜你脸上的痘田又获得了大丰收。"

"老蜗最近虫族玩得不错啊。"

"金氏,早餐你就要吃这么多吗?!"

因为排长始终保持着非常用力的、令鱼尾纹无所遁形的闭眼方式,我们无法怀疑他有偷看,而他所说的一切却分明显示他什么都能看见!

"老排,这是什么魔术啊?"大卫问。也许因为他有个姓科波菲尔的远亲,所以首先想到了这种可能。

"不是魔术!"排长睁开了眼,举起柯南,"我刚才通过它的眼睛在看东西!"

老排眉飞色舞地跟我们描述——当他闭起眼睛、静下心来后,漆黑的视野里仿佛出现了一扇关着的窗,排长就幻想着去推那窗,然后他就什么都看见了——那扇窗,竟连接着柯南的眼睛!

"看来昨晚不是梦。昨晚我睡得迷迷糊糊,眼睛神秘地跟柯南连线了,所以看到了正在睡觉的自己。"老排直拍大腿,"居然能在地摊上淘到这么有意思的东西,真走运!"

比起运气,我更佩服老排这么快就掌握了柯南的新玩法。不愧是吃盐多过我们吃米的老人家啊!

接下来我们争抢柯南,都想试试"连线"的滋味,遗憾的是都没成功。柯南对老排十分专一。我们没得玩,却还得配合老排测试这个玩具的作用范围——把柯南带出宿舍,带到楼下,带到校外,老排的"千里眼"始终有效。哎,要不是没条件,我们真想把它带去大洋彼岸,看看老排的老花眼是否仍会跨过万水千山地跟过去。

厕所不欢迎柯南

人的视线竟然可以连通无生命的玩具,这听起来的确非常神棍和好玩,但……在短得惊人的时间里,我们就对此失去了兴趣。

因为那其实就跟"安在柯南眼里的监视探头"没两样吧……

要想活用柯南,老排就不能跟它出现在同一个地方。因为明明能用自己的眼睛看却非要通过一个玩具的话,就实在二到家了。所以老排只能固定在一处不动,而由我们负责将柯南到处带,好让他施展"千里眼"。

……谁有空帮他做这种事啊!

迅速遭到冷落的老排,显然不甘浪费这难得的能力,于是他开始认真琢磨,柯南君还能派上什么用场。

　　首先想到的是作弊。进考场前，把柯南送给班上成绩最好的同学，让他把柯南放考卷边上，而老排就能在自己的座位上轻松抄袭了。

　　……但这太不现实了。且不说成绩最好的同学接不接受，监考老师也绝不允许有人带玩具上考场吧！

　　老排又想到了利用柯南看免费电影。比如谁谁带着柯南入场，然后老排就能躺在宿舍里节省一张电影票了。

　　但这个想法比刚才的更没意义，我们学校的放映厅看一场电影只要五块钱好吗！

　　"我本来挺羡慕你的。"我对柯南那头的老排说，"但现在一点也不了。"

　　这是一场班级足球赛。人称"猪拉多纳"的金氏有份上场，所以我们宿舍象征性地来了几个人给他捧场。老排趁机把柯南托付给我，叮嘱我务必保持柯南面向赛场。

　　可怜的老排，他真是为了物尽其用而绞尽脑汁啊，该说是老年人的偏执在作怪么？这一来却苦了我，看个球还带玩具，别人该怎么看我啊？

　　"八达，帮我拿一下，我去厕所。"我企图推脱责任。

　　"喔，真巧我也要去，一起吧。"八达四两拨千斤。

　　"……那锅炉，你帮我拿着先。"我转移目标。

　　"你可以把它带厕所去，老排也许有兴趣看你们尿尿的。"锅炉的拒绝方式更过分。

　　尽管有时真觉得柯南这漫画如裹脚布般又臭又长，但我还是不愿把它带进专门容纳又臭又长物体的场所。

　　最后还是容嬷嬷心地善良，帮我接过了这个烂摊子，并叮嘱我早去早回。我千恩万谢地离开，却很没义气地打定了一去不回的算盘。

　　我没有想到，我的行为竟令山穷水尽的柯南枯木逢春。

　　——来看球的可不只我们宿舍，520宿舍的小苹果和武则天也来了。

　　"哇！"武则天不出意外地怪叫起来，"来看球还带玩具，我重新认识你了！"

　　容嬷嬷十分窘迫，他对武则天有着我们不能理解的倾慕，因此特在意心上人对自己的态度。"这个不是我的啦……是我们家排长的。"

　　"哎哟，那老家伙还有这种趣味？"武则天冲小苹果笑笑，"我说，他是自己玩，还是买来送谁的？"

　　"送……谁？"嬷嬷糊涂。

　　"他喜欢的那个人嘛，小镜呀。"武则天的笑容酷似妈妈桑，"小镜爱看柯南。"

他不知道？"

嬷嬷"啊"了一声，武则天则大大方方夺过柯南。"姐就做个好事帮忙转交了。"武则天义薄云天地说，"告诉他欠我一顿饭。"

拿武则天完全没辙的容嬷嬷，就这样眼睁睁地看着柯南被绑架了……

千里眼与顺风耳

排长觉得自己简直是二逼青年。好好地坐在蓝天白云下看球多舒服啊，他却非要用那么隐晦曲折的方式。悲从中来的排长自暴自弃地放弃了收看现场。刚好，他的一位老朋友来了，排长便与他一同外出了，等到回来时，都到睡觉时间了。

所以排长完全不知道柯南流落到了520宿舍一事。那还是他刚一进门时，容嬷嬷用"对、对不起主人，我又失败了……"的天然呆女仆神情向他转述的。

"也就是说……"排长沉默后缓缓道，"如果我现在连上柯南……"

"520那群妹子一个也跑不掉！"烂操用羡慕嫉妒恨的力道一拍桌子。

直到那一刻，我们才恍然大悟柯南还有如此邪恶的用途，作为同住一个屋檐下的雄性生物，我们都激动了！

这是一个管理松散的学校。男女生宿舍区原则上禁止互相通行，但其实根本没有人管。好友春菜就告诉过我这么一件事：一天早上，她醒来发现对面床的蚊帐里伸出一条毛茸茸的腿……原来是她的一位舍友招待了男朋友回来过夜！

你看，我们学校的风气就是这么自由。我想说的是，除了不爱动的老蜗、在女生面前就很内向的锅炉工与对恋爱完全没兴趣的金氏外，我们都曾不止一次地出入过520宿舍，对里边的妹子以及摆设布置都不陌生——但人类在异性前表现出的样子往往做不得准。我们415在有女生和没女生的时候，格调简直是判若云泥。女生要来时，我们可以把地板刷得能当镜子，开水直接倒上去喝也不怕脏；而要是长期没有女生来，我们宿舍将因为垃圾堆积过度而产生沼气，最终全员死于大爆炸……

话说当时排长迫不及待地坐了下来，闭上双眼。

据排长所说，这段时间他已经将"千里眼"运用得十分纯熟，连线不用一秒钟。可当时他看见的，是一片漆黑。

"我什么都看不见！"排长纳闷。

"什么？难道失灵了？"我有些失望。

"不应该啊。"排长敲敲脑袋，仿佛他是一台信号不好的电视。

就在这时，排长头顶的黑暗忽然被扯开一道光的缝隙，然后他的视线开始移动……他看到了武则天的大脸。

"哦哦，原来我被武则天收在包里，现在才拿出来。"排长闭着眼，同步转播，语气里完全把柯南当成了自己，"现在我被摆在桌上了。"

伴随排长的描述，我们眼前仿佛出现了画面：520宿舍的公用桌子上，摆着果篮与花瓶，它们的中间是"犯人就是你！"Pose的柯南；桌子两边是妹子们的床，都挂着花花绿绿的蚊帐，台灯光从蚊帐后透出，勾勒着一个个青春的剪影……

"庄大妈在写作业……3W.com和茉莉在看韩剧……蓝燕在发短信……"排长如数家珍，可显然520的其他妹子人气不高。我看见烂操们都屏息静气，等待着亲爱的小苹果登场。

"哎呀……"排长忽然低低地叫了一声。我们忙问什么事。

"小、小苹果……"排长仍旧闭着眼睛，但是脸上春情荡漾，"她刚洗完澡……"

这话被宿舍里热爱小苹果的人（他们自称"苹果汁"）脑补成很糟糕的画面，顿时烂操与大卫一左一右去掐老排的脖子，而八达与老蜗则在一旁摇旗呐喊。这么一妨碍，排长掉线了。他睁开眼睛，一边躲避攻击一边求饶："不是你们想的那样！我说她刚洗完澡，是因为她头发湿湿的又穿着睡衣……"

"什么样的睡衣？比基尼还是蕾丝透视？！"烂操质问。

"……你到底怎么看待小苹果的？就那种超普通的睡衣啦！"

说真的，排长的话是真是假，我们也无从判断。但苹果汁们还是暂时放过了他，排长忙再度连线。

"不该看的别乱看！"苹果汁们警告。

"排长不是那种人，你们要相信他。"好心的容嬷嬷打圆场。

"你能保证武则天穿着性感睡衣的姿态不闯进他的法眼？"大卫提醒。

嬷嬷闻言立刻进入高度戒备状态，我们都相信排长若敢造次，容嬷嬷就会把他当紫薇格格虐了。

但这时排长变得老实了，他歪着脑袋，好像正在摸索着什么，还做出让我们安静的手势。

慢慢地，排长的表情越发惊喜。

"又花生了神马戏（又发生什么事）？"一灿这种不缺姑娘的世外高人都好奇了。

"靠，我不单能看见，还能听见了！"排长振臂欢呼，"妹子们的嘴吧唧吧唧，也不知道在聊啥，我就想，如果我能听见就好了，就试着集中精力去听，真听见了！"

敢情这款玩具还能系统自动升级？这下岂止是针孔摄像机，还加上窃听器功能了有木有！

喜事接二连三，排长刚升完级，眼镜娘出现了。她手里捧着一盆衣服，看来刚刚是去洗衣服了。

"小镜。"武则天打招呼，"来看这个，415 的老排长送的噢。"

眼镜娘放下衣服，走近柯南。排长立刻紧张起来，眼镜娘现在也只穿着睡衣，那令她更显单薄，也更楚楚动人……

排长看见眼镜娘露出了一个甜美的笑容，顿时心花怒放。

"交给你啦。我也该去洗澡咯。"武则天说着，大大咧咧地当堂脱起衣服来，剽悍的举止震得排长目瞪口呆。

然后排长觉得眼睛被蒙住了，是眼镜娘抓着柯南的脑袋把它带上了自己的床，排长恢复视线时，只见眼镜娘皱着眉头端详着自己，嘴里嘀咕："怎么感觉这柯南有点色色的？"

然后，她伸出两根指头，玩笑一般朝柯南眼睛一戳——

"哎呀！"415 宿舍里，我们看到排长忽然捂着双眼倒在了床上。

"你又怎么了？"大卫问。

"小镜戳了我眼睛一下，好痛！"排长揉着眼睛，竟有一些红肿。

"等等，为什么柯南被戳你会有感觉？"我敏锐地提出，"难道除了视觉、听觉，你连触觉都跟柯南连在一起了？"

"这么说，如果小苹果把柯南抱在怀里，你就会觉得自己正跟小苹果拥抱？"八达惊叫。

……事情顿时变得很严重！

拿了我的给我送回来

各怀鬼胎的一夜过去后，太阳升起时，容嬷嬷郑重地对排长说："去把柯南要回来吧。"

苹果汁们纷纷点头。既然他们控制不了排长也控制不了妹子们，那么回收罪恶的源头就是最好的办法。

不管排长是否乐意，在群众的威压下，他也只能够前往 520 宿舍。出门的时候，排长不甘愿极了，那佝偻的背影不禁令人联想起被无良儿女赶出家门的老父亲……

但据排长自己说,他想起的则是初中时候的一篇课文——《羚羊木雕》。

为了监督排长,嬷嬷、烂操和我也一起去了。当然我纯粹是去看热闹的。

走进520后,我们四个人不约而同做的一件事就是看向眼镜娘的床位,江户川同学果然正威风凛凛地矗立在书架上。

"喂,别朝女孩子床上乱瞟。"武则天犀利地察觉了,然后她拍着排长道,"你的心意,我有好好帮你传递到位哦。"

眼镜娘对排长笑笑:"谢谢。我很喜欢。"

不得不说,眼镜娘虽然漂亮,但娇小的身材与低调的作风让她一直很没存在感,可是那一刻,她淡而清甜的笑容把我们都给萌到了。我们似乎能理解排长为什么喜欢她了。

但这样一来,排长更说不出"哈哈哈客气什么呢,所以把柯南还我吧"这种话了。

"喂,你们来这里干吗的?"武则天叉腰问道。

"这个……"善良的嬷嬷见排长很尴尬的样子,不忍为难他,便求助地看着我。事不关己,我把目光投向了别处。

这时烂操的存在意义就体现出来了,他非常直接地说:"这个柯南我们要拿回去。"

此话一出,520妹子们的目光从不同方向射来,将烂操射了个千疮百孔,武则天扬声道:"为毛?这货是你的?"

"不,不是……"烂操长满痘痘的三角脸酷似狼牙棒,但如此具有杀伤力的长相,在面对一代女皇时也不禁气短三分。

"那你有毛权利拿回去!"武则天白了烂操一眼,又一推排长,"还是说你这老家伙想出尔反尔?"

排长叫苦不迭:"没有没有!"

烂操顿时陷入水洗难清的境地,在众妹子的注目下,他最终选择了夺路而逃……

那一天我们学到了:一样东西送给了女生,尤其是喜欢的女生,就不要再想拿回来了……

我们步烂操的后尘回到415后,排长连线柯南,得知女生们正针对我们莫名其妙的造访展开探讨。武则天教诲眼镜娘:"如果一个男生连玩具都舍不得,千万别跟他!"小苹果好奇地打量柯南:"这个是不是很值钱呀?"而更多女生则在针对烂操做一些非常不礼貌的发言……

"兄弟们,你们都看到了,不是我不想讨回来啊。"排长理直气壮地说。

"谁跟你是兄弟!别把我叫老了,我给你当孙子还差不多!"金氏用愚蠢的方

式吐槽道。

"奴果席在拿八肥来，辣就芥末算鸟吧。"一灿帮老排说话，他的话翻译过来就是"如果实在拿不回来，那就这么算了吧。"

"放任摄像头和窃听器安在女生宿舍里，好像不太道德欸。"锅炉工这时像个神父了。

"真麻烦，要不干脆化被动为主动，用偷的算了！"经常在玩游戏时开挂的老蜗说。

"不行不行，这要万一被抓到……"八达摆手，"被误会偷钱事小，以为我们想偷女生内衣事大！"

我们七嘴八舌地讨论着各种不靠谱的办法时，一旁的排长再次悄悄闭眼，欣赏他心爱的眼镜娘去了……

07 你真的是来上自习的吗

这天是三月七日，女生节。沾了妹子们的光，我们下午没有课。排长装模作样地拿着课本跑到自习室去了。

自习室里满是埋头苦读的书呆子，因此没什么人在意排长，否则他们就会看到，这位瘦得让人想起"路有冻死骨"绝句的男生刚一坐下，就立刻进入了闭目养神的状态。

是的。这货就不是认真来学习的，丫只是挑了自习室作为观察眼镜娘的窗口。要知道他如果在 415 做这件事，必然会被烂操们烦死。

但排长实在有些欲罢不能了。

他在后来才告诉我们昨晚他被眼镜娘带进蚊帐后的遭遇。

眼镜娘捧着柯南端详着，排长透过柯南端详着她。从柯南的视角看，眼镜娘仿佛 IMAX 银幕上的人物。

这种孤男寡女共处一室的气氛让排长心跳不已。认识眼镜娘以来，他一直跟她有种微妙的距离感，然而那刻，两人却没有距离。

"笨蛋，居然送我这个。"眼镜娘轻声自语，甚至伸出手指，在柯南鼻尖上一按。

排长立刻感到自己的鼻子被按了，那种恋人间的亲昵小动作令他的心狂跳不已。有哪个单身汉不喜欢自作多情呢？排长就觉得，眼镜娘是有一点喜欢他的。

可惜，不知道有意还是无意，眼镜娘将柯南放回书架上时，选择了让它头朝里边。

这样一来，排长色眯眯的双眼就失去了用武之地。

尽管如此，排长还是非常幸福。他甚至觉得自己看到了眼镜娘不为人知的天真与清纯。他实在想看更多，所以他怎么舍得就此取回柯南呢？

排长在自习室与柯南连线时，发现柯南已经不是面壁状态了。眼镜娘的花蚊帐仍旧是放下的状态，主人却不在床上。

蚊帐之外传来女生的嬉笑声，依稀也夹杂着眼镜娘的分贝，排长便很有些心痒，偏偏蚊帐隔绝了视线。

可恶啊。当时排长想，只能看、听和感觉还是不够啊，要还能动就好了，那就可以悄悄过去把蚊帐掀开……

"女生节快乐！"排长胡思乱想了不知多久，忽然听见了男孩子的声音。更确切地说，是容嬷嬷与大卫的声音！

"你们来得真勤啊。"武则天在说话。

"嘿嘿，今天不是你们的节日嘛，所以来送点礼物。"大卫说。

"看看这个你喜欢吗？"容嬷嬷说。

排长心头的好奇风起云涌，他更加渴望能够看到蚊帐之外了——后来排长告诉我："是你帮了我的忙。"

"我帮了你什么？"我当时莫名其妙。

"还记得买回柯南的第一晚，你说好像看到柯南动了？"

"喔，老实说我都忘了这个设定了。"

"也许不是错觉，是它真的动了！在我不经意的操控之下！"排长语出惊人，"我能通过柯南看和听，它感受到的我也能感受到，我跟它都快合一了，那为什么不能操纵它动起来？"

带着强烈的意愿，排长尝试着驱动柯南。

这个特殊材料制造的玩具，关节是可动式的。所以理论上，如果它能"活过来"，不难做出一系列接近人体的动作……

排长成功了，柯南真的动了！

刚开始非常不灵活，第一步就从书架上摔到了床垫上。但接下来明显得心应手多了，排长想象柯南是一个游戏人物，必须根据他的指令抬手、抬腿……

柯南就这样来到了床的边沿，它悄悄将蚊帐掀开一道缝隙，往外一看——

容嬷嬷手里捧着一个皮卡丘的毛绒玩具，而大卫手里捧着哆啦Ａ梦！他们的目光有意无意扫向眼镜娘的床。

共襄盛举

现在想起来，我和嬷嬷、大卫在学生街上再次邂逅那个玩具摊时，大概正是排长装模作样跑去上自习的时候吧。

那时我们刚吃了麻辣烫当午餐，完了穿过学生街回校。大卫一路都在表达对排长的不满："既然柯南拿不回来，就更应该老实点。但这两天丫就没断过连线！这么老了还色迷心窍……"一番话说得容嬷嬷忧心忡忡。我都不忍安慰他："真心没人会想看武则天的。"

经过同样的地点时，我又看见了那个玩具摊子，立刻一左一右地拉住了嬷嬷与大卫。

"嗯？难道那就是……"大卫反应很快。

我点点头。摊主又在殷勤招呼了："小弟，买个玩具送女朋友吧。"

"我要柯南！还有没有柯南？"大卫立刻道。

见摊主一愣，我连忙解释："就是上次你说的，什么厂商的积压货，装在盒子里的。"

"哦哦！"摊主立刻又从箱子里翻出了几个带包装的玩具，这次除了柯南那种手办型，也有毛绒质感的皮卡丘、哆啦A梦、Hello Kitty等等。

"慢着大卫，你难道也要潜入520？"看着大卫拿起哆啦A梦，嬷嬷忙问。

"相信我。"大卫正直地对我们说，"我不是为了自己，只是希望能够监视一下排长那个老淫虫而已。"

……这话很没有说服力啊！如果你监守自盗怎么办？

显然嬷嬷也有同样的担忧，我倒是相信他真没兴趣偷窥女生，可是为了守护武则天，他犹犹豫豫地拿起了一个皮卡丘。

其实我也想买个阿童木的，但想想一个柯南已经让宿舍钩心斗角不已了，我还是别添乱了吧。

就这样，嬷嬷与大卫也登上了这出闹剧的舞台。他们一人抱着一个玩具离去时，我问摊主："这些玩具到底哪里生产的，你知道吗？"

"不知道。就积压货啊。我是看便宜所以批了一点来卖。有什么质量问题别找我啊。"摊主警惕地说。

我不再问下去了。这个世界总有许多来路不明的奇妙事物，什么变成人报恩的猫，什么带来诅咒的假币，而我们能有幸目睹它们造成的现象已经很不容易，寻根究底就超出能力范畴了。

"那么，段公子，"大卫叫我的绰号（这个绰号跟金大侠笔下的段誉没有关系，只是因为我经常扯一些冷段子），"这玩具该怎么用，你知道吗？"

我回忆了一下，说："排长好像是先盯着柯南的眼睛看了半天。"

"喔喔，我们也看。"于是大卫与嬷嬷分头凝视哆啦A梦与皮卡丘，他们脸上都微妙地呈现出被什么深深吸引的感觉，我猜想这就是与玩具建立联系的第一步吧。

然后，大卫与嬷嬷就迫不及待地将他们的礼物送到了520宿舍，并被排长第一时间察觉。

名为自作多情的邪教

容嬷嬷与大卫离去后，武则天抱着皮卡丘，小苹果抱着哆啦A梦，抚摸不止。

"你们的男朋友很体贴呀。"眼镜娘打趣道。

"讨厌。他不是我男朋友啦。"小苹果娇嗔着把哆啦A梦塞进眼镜娘怀里，"你抱抱，好软喔。"

眼镜娘于是用力地拥抱了一下哆啦A梦，那一刻，排长的心都碎了。

做贼心虚的排长毫不怀疑这两个玩具也有连线功能，他就想：如果大卫跟哆啦A梦已经连线到能够传递触感的地步，那么刚才，他心爱的眼镜娘岂不是拥抱了大卫？

排长无法再在自习室待下去了，他拔腿跑回415。气喘吁吁进门的时候，金氏第一时间送上慰问："排长你是参加老年人运动会去了吗？"

由于心情欠佳，排长先朝金氏的肥臀踹了一脚，然后才对正在各自床上打坐的大卫与嬷嬷说："你们太卑鄙了吧！"

"哇，做贼的喊抓贼。我们怎么就卑鄙啦？"大卫不服。

"我又不是贼。我只是希望能近距离了解小镜，知己知彼，百战百胜……"排长分辩。

"我也没有动机不纯啊。"嬷嬷红着脸说，"我只想通过皮卡丘监督你们，别看不该看的。"

"那你们为何选择毛绒玩具，小镜去抱该怎么办啊？"排长说。

"等一下，送小苹果礼物怎么不通知我？"八达与烂操异口同声，老蜗也投来责备的目光。

"因为你才是会干坏事的那个人。"大卫对烂操哼了一声，然后转向八达，"买

玩具要钱！你舍得吗？"

烂操气急败坏自己跑出门买去了（遗憾的是当他赶到学生街，摊主已经不在），而八达被大卫那么一质问，立刻迟疑起来，果断被淘汰出局。

至于老蜗？虽然他也对小苹果有意思，但似乎并没有到让他舍得从游戏中拨冗的地步。

于是从那天起，排长、大卫与容嬷嬷就展开了奇怪的较劲。如果有人来到415宿舍，肯定会以为他们加入了什么邪教。因为他们没事就背靠墙壁，双目紧闭，像冥想又像打坐，时不时还爆发出这样的吼叫："小镜要晾内衣，你们不许看！""老排！刚才一阵风吹起小苹果的裙摆时你闭眼没？！""嬷嬷你可以歇歇了，我们真心对武则天没兴趣……"

……总觉得长此以往，这仨不是白日飞升，就是走火入魔。

爱的力量是伟大的。就算只是自作多情。嬷嬷与大卫虽然比排长晚起步，但与玩具的连线程度已经不比他弱。我觉得那主要还是取决于——你多渴望成为那个玩具。

因为520战线有了这三位特派记者，我们有幸分享了大量垃圾情报。

女生挖起鼻孔来比男生都凶。

女生也会抠脚趾缝和牙齿的。

女生也会抄作业，也会背后对教授骂娘。

女生肚子痛时的嚎叫完全不输给动物园。

女生看电影看到儿童不宜镜头时，并不如我们想象或期待的那样，用手捂住眼睛叫着"呀——讨厌——"然后跑开，非但没有，部分妹子甚至会用身经百战的口吻点评哪一幕实在太假。

至于我们非常期待的讨论"哎哎班上男生你们喜欢谁？"迟迟没有上演。要知道我们宿舍可是每天必讨论哪个女生正点的啊！520的妹子居然如此矜持。也许武则天是例外的吧，但她并不能给我们带来更大的信息量。

比如武则天问眼镜娘："打算接受那个老骨头不？"眼镜娘只是笑而不语。

比如武则天问小苹果："那么多人追你，你选哪个啊？"小苹果总是叫着"讨厌"避而不答。

偶然武则天自己会被问："容嬷嬷对你那么好，你还不答应他？"那时武则天就一手叉腰："男人只要一得手就不会珍惜了，所以能考验要尽量考验……"

至于其他零碎话题如"415的一灿好帅啊""那个姓金的好像又胖了啊"之类，则完全没有帮助……

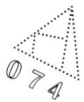

在这样的情况下，透过玩具窥视520的意义不断流失。

玩具总动员

"不玩了吧……"

来到第三天，排长抚摸着沧桑的胡茬提议道。而那时，嬷嬷与大卫也同样是心力交瘁。

"我也觉得该停止了。"嬷嬷点点头。这些日子，他被迫提前见识了武则天的睡相、呼噜以及大早起来披头散发眼泡浮肿的形象，很有些受打击。比起来，小苹果私下只是三八了一点，而眼镜娘相对健谈了点，让大卫与排长不至于幻灭。

"可是怎么停？"黑眼圈严重的大卫说，"老实说，我现在眼睛多闭一会儿，都会看到520……"

"必须把我们的玩具拿回来。"排长说，"讨要不成，我们就自己跑路吧。"

"自己跑？"众人皆惊讶。

排长于是吞吞吐吐地告诉我们，只要让意识完全融入玩具，就能控制它们行动。这本是他秘而不宣的隐藏技能，此刻不得不公开了。

这里插入一下我对这种玩具的猜想。我觉得它们很像传说中的巫蛊偶——在偶人里放入某人的生辰八字和头发，然后对其各种施暴，当事人就会生不如死——至少"人与物隔空建立联系"这个原理是很相似的。不同的是，巫蛊偶是拿来控制人的，而这些玩具相反，是由人来控制。或许它们更接近QQ的"远程操控"功能吧。

听排长介绍完，嬷嬷与大卫立刻开始尝试驱动玩具，而我们则在一旁质问排长有没有操纵柯南对眼镜娘怎么样，排长说："滚啦！"

根据事后对嬷嬷、大卫的采访，他们驱动玩具的体验跟排长差不多。刚开始只觉举步维艰，但随着意愿越发强烈，越发把自己当成玩具，行动也就越发自如了。

不过，在520宿舍里有人的情况下，玩具们是没法公然出逃的，只能悄悄做一些小动作。直到当天下午……

下午有课。520的妹子们都很规矩，时间一到就拿起课本出门了。由于那是一位魔鬼教授的课，我们也不敢缺席，就连老蜗都十二万分勉为其难地坐在了教室里。

好在对排长三人来说，本体在哪里与意识在哪里并不冲突。课堂之上，他们以书本为掩饰，努力进行着远程操控。

空无一人的520，总算可以让他们一展拳脚。想想那都是很童话的情景：人不

在的时候，玩具擅自动了起来！

　　柯南、皮卡丘与哆啦A梦所在的位置都是上铺。他们要做的第一件事就是下床。须知对玩具而言，那其实跟跳崖一样险峻。

　　"抓着蚊帐滑下去。"大卫闭着眼提议。

　　于是哆啦A梦、柯南与皮卡丘分别抓住了所在床铺的蚊帐，哧溜哧溜往下滑。

　　大卫运动神经不错，哆啦A梦顺利着陆；柯南本就很有人样，所以不仅平安过关，动作还非常灵活；肥成一团的皮卡丘就比较吃亏了，一不小心，它朝着地面陨落！

　　"啊！"嬷嬷吓得发出低呼，眼睛猛地张开，连线被切断了，皮卡丘受到的冲击很幸运地没有传回给他。嬷嬷擦擦汗，看了看身边的我们，重新连线，他的皮卡丘总算也落地了。

　　明明只是微不足道的小事，却因为隔着老远操控玩具进行而显得惊险万状。但排长三人却纷纷露出冒险一般的兴奋神情。不知情的老教授看在眼里，还以为是自己讲得太好了。

　　"接着怎么办？"排长问嬷嬷与大卫。

　　"她们窗户没关，就从那里走！"大卫说。

　　"等一下，有人！"嬷嬷警觉。

　　520宿舍的窗外，晃过一道黑影。

名侦探柯南VS怪盗基德

　　我说过的，前阵子宿舍区发生了两起入室盗窃案，不明作案者以顺手牵羊的方式A走了无人宿舍里的笔记本电脑——没想到如今，这件事就要在520重演！

　　"是小偷！穿得像个送快递的，手里拿着纸箱！"嬷嬷低声对我们复述，"原来如此，偷完东西装箱子抱走，就算碰上了人也只会以为是来收快递的！"

　　"芥还鸟得（这还了得）？"一灿二话不说站起来，"偶民去抓他（我们去抓他）！"

　　"这位同学，请你坐下！"目光如炬的老教授厉声说，全班立刻都朝一灿看来。

　　"八……八系您想滴酿（不……不是您想的那样）。"一灿忙解释，普通话却越发离谱，"有朽偷（有小偷）！"

　　"坐下吧，另外我真诚建议你去报个普通话培训班。"教授说。

　　而那边厢，大卫们看见小偷已经进了520，他拉好窗帘，用最快速度把桌上的几台本子据为己有。地上倒着的三个玩具，他没留意。

"再拖下去那家伙得跑了！"大卫解除连线，对我们说。

我们相互对视，一股热血油然而生——教授什么的，见鬼去吧！

于是继一灿后，415的另外九人陆续站了起来。因为我们起立在一灿被羞辱之后，教授不禁有些忌惮。

"干吗？想为他讨回公道？"教授把教鞭像西洋剑一样挥舞着。

"我们要去……"金氏正想耍帅宣布，锅炉工捂住他的嘴："不能说，他要是问我们怎么知道的，怎么办？"

"直接走就对了！"老蜗已是迫不及待，他是真心不想在课堂多留一分钟。

此刻全班都在看我们。包括妹子们，春菜、小苹果、眼镜娘、武则天……这感觉真好啊。

"你们仨留在这里继续监视吧，有什么情况电话联系我们。"锅炉工不愧是我们宿舍头脑最好的。

"好！"排长的眼睛就没睁开，"你们得快，他马上就要跑了！"

"噢噢！"我们一通鬼叫。

全速奔跑的话，我们赶到宿舍区大概得十分钟。可是小偷只用了五分钟就功成身退。他将三台笔记本电脑装入箱子里，看看窗外没什么人，就准备撤了。

小偷挑520下手不是没理由的。一来上课时，女生宿舍区本就比男生宿舍区更空旷；二来520靠近楼梯口，进退自如。

小偷正要开门，排长们忍无可忍了，"呀——"课堂上的他们发出怒吼，而520里，他们的玩具分身同时扑向小偷！

小偷显然吓坏了。皮卡丘、哆啦A梦与柯南这三位天王巨星居然显灵抱住了他的大腿！小偷一时慌了神，竟飞起一脚，把皮卡丘踢个老远。

真遗憾那个皮卡丘是不会放电的，它重重撞在墙上，嬷嬷只觉脑袋一阵剧痛，眼冒金星地切断了连线。

大卫怒了，挥动哆啦A梦的小圆手一下一下打在小偷身上，那场面光是听也觉得软弱无力吧？小偷又飞起一脚，哆啦A梦也牺牲了。

唯一的战力只剩下排长了。课堂上，他大汗淋漓，脸皱得犹如酸梅干。而柯南发挥"好歹是个人"的优势，死死抓住小偷的裤管，任他怎么踢也不放手。

小偷干脆弯腰用手去扯柯南，却被排长顺势攀住了他的胳膊，就像是名侦探柯南死咬住宿敌怪盗基德不放……

"靠！"小偷干脆将手臂连柯南一起朝墙上一抡，排长的老骨头立刻发出散架

般的声响,全班同学眼睁睁地看着他瘫软在了桌上……

照理说,排长在挨了那么一击后应该中断了连线的,可当415的援军赶到时,柯南玩具仍旧紧紧缠着那个快递打扮的小偷。

十厘米高的玩具没法打败一百七十厘米高的男人,却为我们争取了宝贵的时间。

接下来的事情就没有悬念了,以多欺少什么的,真是惨无人道啊。

其他人海扁小偷的时候,我用双手捧起了柯南,看着这玩具疲倦地对我比了个V字,我终于对那头的垂垂老者产生了一丝尊敬。

如何追求一只黄雀

小偷抓到了,失物全都拿了回来。本来要为藐视教授而受处分的我们摇身变成了大英雄。至于我们是怎么知道520遭贼了的,锅炉工胡编了一个"朋友来找我,无意中看到一个家伙鬼鬼祟祟上了楼,赶紧通知了我们"的理由就过关了。

赶在520的妹子回来前,我们回收了柯南、皮卡丘与哆啦A梦。后来妹子们找不到玩具而质问小偷时,小偷一口咬定:"那些不是玩具!是妖怪!外星人!会动的……"负责此案的警察于是认定他《玩具总动员》看太多以及脑子被打坏了。

……这些都是后话。那之前,还有一件严重的事情。

排长昏迷不醒了。

强壮的嬷嬷把排长背回了415。我们忙将宿舍门关起,然后把柯南摆在排长身边。

柯南能动,排长却不能动。

"老排你搞什么?快点回来。"老蜗说。

柯南冲我们比手画脚,显然也很焦急。

"这意思是不是,他没法回去?"八达迟疑着问。

"所以以后排长就是个玩具了?"金氏惊叫,"这种返老还童太残酷了!"

闻所未闻的状况令我们手足无措。这时,门外传来一个声音:"他太投入了。"

我们集体回头,只见窗外走道上站着的,竟是眼镜娘!

我们给眼镜娘开了门,她径直走到八号铺,看看排长,又看看一旁装死的柯南。

"别演了。"眼镜娘忍俊不禁,"我早就发现了。"

躲在柯南里的排长大窘之余,对眼镜娘的淡定表示吃惊。

"越是热衷把自己的意识转移到玩具上,越能像控制自己的身体一样控制玩具。"眼镜娘说,"但凡事都有个限度,全身心地当一个玩具,意识没准儿就回不到本体里了。恐怕你在逞英雄时太投入了吧？"

我们呆呆地看着对一切了然于胸的眼镜娘，嬷嬷问："你知道怎么救他吗？"

"嗯，虽然没试过，但我想，应该给身体一些刺激，一些足以让离开身体的意识迫不及待回归的刺激……"眼镜娘边说，边做了一件让我们下巴碎一地的事——

她竟俯下身子，亲了排长的额头一下！

那其实只是蜻蜓点水的一吻，却立刻发挥了奇效。只见柯南忽然恢复了玩具应有的呆板，一动不动了，而排长宛如诈尸一样坐了起来！

排长痴痴地看着近在咫尺的眼镜娘，后者依旧只是淡淡地笑了笑。

"谢谢你帮我们守住了财产。"眼镜娘说着，用熟悉的动作轻轻一点排长的鼻子，"所以别的就不追究了。但以后，不该看的还是别看吧。"说这话的时候，她的目光扫过大卫和嬷嬷。

说完做完这一切，眼镜娘就走了，我赶忙问道："那个，你对这些玩具了解多少啊？"

"没多少。只不过我也玩过。"眼镜娘淡淡回答，"再见。"

眼镜娘走了，但415全员还沉浸在她的气场里无法自拔。一灿欣赏地说："金系疲男捕残凡雀债后啊，她比偶民还腻害呢（真是螳螂捕蝉黄雀在后啊，她比我们还厉害呢）。"

我们表示同意。排长仍旧一脸智障，嘴里喃喃着："怪不得戳我眼睛啊，怪不得让我面壁……"

"不过，她到底是什么时候发现玩具有问题的？"大卫狐疑。

"她刚才说的话，简直像是把我们看透了似的。"嬷嬷也嘀咕。

"看透？"我忽然想起什么，猛地一指排长书架上那个眼镜娘送的储蓄罐。

我说过吗？那储蓄罐是小熊维尼造型的，差不多也是个玩具。维尼的眼睛不大，但要把我们干的好事尽收眼底，倒也不难。

果然还是一灿说得对：螳螂捕蝉，黄雀在后。这个让人琢磨不透的女孩，一直把排长玩弄于股掌之间啊！

四级穿越事件
chapter 5

Tales of the Unusual Youth

415

"我要外出两天。"我对室友大叔说。

"噢,笔会还是旅行啊?"大叔一脸的羡慕嫉妒恨。

"比那些更刺激你。大学舍友结婚,我去参加婚礼!"

年过三十还"待字闺中"的大叔闻言果然悲愤:"帮我祝他们早点离婚!"他咆哮道。

"很遗憾,那是不可能的。"我说,"没人可以拆散他们。未来就是这么决定的。"

01 深夜食堂

这件事发生在英语四级考试前夕。

四级考试不陌生吧?专为大学生量身定做的门槛。不少大学严格规定,拿不到四级证也就休想拿到毕业证。于是每个月的那几天……不对,是每年考四级的那几天,各种花钱买答案的事件层出不穷。据说有些大学甚至为此添置了能干扰手机信号的考场设备,让那些做题不成因此想在作弊上有一番成就的同学捶胸顿足。

不过,当然,考不过四级就不能毕业神马的是好学校的政策。在我们这种垃圾学校,四级是一种爱考不考的东西。那一年,我们415宿舍报考四级的就四个:锅炉工、容嬷嬷、大卫和一灿。其中锅炉一向是415相对好学的那一个,他会报四级一点儿不奇怪;而容嬷嬷绰号虽娘,却很懂得替未来打算,觉得没过四级许多工作不好找;大卫报四级倒是没有特殊理由,想报就报咯;至于一灿,他虽然是415最帅的,但成绩一点儿也不帅,他会报四级完全是被他的女朋友拉着的。一灿的女朋友叫静静,是他从一个富二代手里抢来的美少女。

至于415的其他人，老蜗、烂操、排长这仨最具不良气质的家伙压根儿没打算报考，而我、金氏与八达则想再多备战一年——四级报名是要花钱的，吝啬的八达尤其不肯打无把握之战。

那天的情况是我、八达、锅炉和嬷嬷一起去上晚自习。准备回宿舍时觉得有些饿，就决定去食堂吃宵夜。

"锅炉，请客吧。"我说。

"为什么啊？"锅炉工叫。

"我们完全可以去别的地方吃宵夜，选择食堂还不是为了帮你创造见阿玲的机会？"嬷嬷温柔得像个媒婆。

阿玲是一个在食堂工作的农村女孩。不很漂亮，却自有一股小清新魅力。而锅炉工这绰号一听就具有底层劳动人民气质，跟阿玲真是绝配——我们本来是这么开锅炉工玩笑的，谁知一来二去，锅炉还真的喜欢上阿玲了。

但锅炉毕竟是锅炉，闷骚木讷，喜欢只敢放在心里，行动上的表现不过就是……锲而不舍地光顾食堂，然后让阿玲打菜。于是迄今为止，他们之间只存在"我要茄子。""好。""我要排骨。""好。"这种层面的交集。真是纯爱又苦逼。

所以作为兄弟，能帮还是要帮他一把的。

夜晚的食堂客人不多。招待我们的正好是阿玲。她系着围裙，看到我们就露出淳朴的笑容。锅炉显然有点儿紧张。

"我在她面前讲你的好话，你再请我吃个煎蛋好不好？"逮着省钱机会就不放的八达轻声问。

"滚。而且'再'是什么意思，本来也没打算请你啊！"锅炉轻声呵斥。

阿玲这时温柔地问："学习到这么晚吗？想吃什么？"

"是啊。"嬷嬷说，"四碗清汤面。"

阿玲向食堂门口望望："就你们几个？宿舍其他人没来？"

"没来。"

"那你们先坐一下，一会儿就好。"阿玲脸上掠过一丝失望。

我们在桌旁坐下，锅炉脸上共鸣一样地升起了失望的表情，我们都知道原因。

阿玲想看见的人，是一灿。

阿玲暗恋一灿。关于这一点，跟一灿一起吃过食堂的都清楚。阿玲看一灿几乎是目不转睛，给的菜也多到过分。一灿是那么英俊，阿玲像极了一个憧憬白马王子的灰姑娘。

不过，很遗憾，我们学校暗恋一灿的妹子不要太多，据说一些男的也对他心如

鹿撞。一灿知道阿玲的心意，为了不让锅炉尴尬，他毅然选择了从此不吃食堂的方针来表明立场。

我们闲聊了一会儿，面端上来了。我故意当着阿玲说了一句："一灿这家伙真是重色轻友，有了静静，自习都不跟我们一块儿了。"

嬷嬷立刻对我的用意心领神会，补充道："宵夜更不会跟我们一起啦，他跟静静要互相喂着吃的。"

八达也忙道："他们同居我看是迟早的事了。"

我们哪壶不开提哪壶时，阿玲暗暗咬着下嘴唇。锅炉看着有些不忍，说了一句"快点吃吧"就埋头吃面。我们见好就收，也跟着吸溜吸溜。

阿玲走开后，锅炉工瞪了我们一眼，说："真多事。"

事关美少女的超展开

吃罢宵夜，我们返回415。四周像旧社会一样黑暗，经过摆着长椅的小花园时，我们感叹：如果有女朋友，这该是多么适合调情的场所啊。

就在这时，"嘎——"我们听见一声划破空气的声响，还看见了一道闪电。不是来自天上，而是来自地面。我们都吓了一跳。再然后就听见了匆忙的脚步声和呼救声。

我们的脑海立刻浮现出各种犯罪情节：拦路抢劫！耍流氓！编辑催稿……正YY着，一个身影跑过来了，长裙摇摆，显然是个妹子，而后面有人在追她。我们同时产生了英雄救美的心理，四个大男人以多欺少完全无压力啊！

可我们大错特错了。

追着那妹子的，竟然是另一个妹子。她留着短发，银灰色的紧身衣勾勒出优美曲线，正以敏捷如豹的速度奔来！

我们也看清求救的妹子是谁了，居然是静静。她不是该跟一灿在一起吗？一起自习，然后吃宵夜，然后找个地方做些有利消化的事……一灿人呢？

静静认识我们，她大叫着躲到了我们身后。银色妹子同时赶到，与我们形成对峙。

喔喔……近看更美型啊。完美的五官搭配白皙的皮肤，真是各种动人。可是这身打扮算什么？Cosplay？我莫名想起学校曾办过一个环保走秀的活动，一堆人穿着用报纸、垃圾袋、光盘、卫生筷等废品神奇组装的非主流衣服登上T台，宣扬环保理念……

银色妹子不客气地对我们说："把她交给我。"

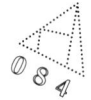

"你要干什么?"人称妇女之友的容嬷嬷尝试沟通。

"交出来就对了!"

"莫名其妙。快回去睡觉吧同学。"八达说。

妹子失去了耐心,手一扬,赫然掏出了一支——手枪!作为男生宿舍,415偶尔也会出现一些军事杂志,但我们从没见过那种枪。流线造型分外简洁,酷似地摊玩具。

我们很快知道了刚才看到的闪电是怎么回事。妹子扣下扳机后,枪口立刻射出一道光芒,亏得我们反应快,或闪或趴地躲开了,锅炉还摔了个嘴啃泥。

这下我们知道此妹不简单了。话说容嬷嬷平常虽然被我们当成女性调戏,关键时刻真是毫不含糊,他朝着那妹子猛扑过去,妹子一个不防,枪脱手了,锅炉鬼叫着把它踢到老远。

妹子生气了,她抓住嬷嬷的俩胳膊,轻易将它们扭到了身后。嬷嬷惨叫起来,曾在紫薇和小燕子身上叱咤风云的他,终于得到了应有的惩罚。

我们忙去帮嬷嬷。我们想拉开妹子,她却纹丝不动。尽管我们都是正直青年,此刻也顾不上那么多了。我们决定通过拥抱她来造成压力,于是我抱住了她的腰,八达抱住了她的腿,锅炉能下手的地方只剩胸了,这令他十分犹豫。

"讨厌!"这招果然奏效,妹子脸红了。接着就发生了让我们一生难忘的事——她带着我们飘浮起来!我们犹如一串被点燃的孔明灯,朝着夜空悠悠升起……

我不停地蹬着双脚,确定自己处于悬空状态后,下意识将妹子抱得更紧了;而八达手一滑直接掉了下去,幸好离地还不远;而嬷嬷仍旧维持着那被钳制的痛苦姿势,脸色都变了。

锅炉和静静已经看傻了。这时响起一个威严的声音:"坏给偶下奶!"

……是一灿。普通话水平跟容貌形成反比的一灿,他说的应该是"快给我下来",如此帅气的登场台词被说成这样,实在太杯具了。

然而妹子听了这么一吼,一下子老实起来。身上的浮游感消失了,她像蝴蝶一样翩翩落地。我和嬷嬷总算脱离了险境。

向来好脾气的一灿,脸上有着明显的愠怒。不过帅哥怎样都帅,生点儿气反而更添霸气。我相信丫就算便秘数日的表情都会有人喜欢的。

静静扑到一灿怀里,嘤嘤啼哭,同时心疼地摸着他的后脑勺——那里有个肿包。

银色妹子又对静静举起了枪,一灿瞪一下她:"听八听偶滴发(听不听我的话)?"

"……听。"妹子不甘心地收起枪,"谁让你是我的曾爷爷?"

跨越时空的作弊

整件事实在太让人风中凌乱了。可以的话，我宁可相信刚才的遭遇是幻觉。所以课本看多了人会变傻啊！

一灿向我们解释了前因。在这个过程中，最令人难以接受的是他的普通话。本来已经不好理解的事情经他一说，更不好理解了！

事情发生在当晚十一点左右。一灿和静静结束了他们小两口的晚自习，走出图书馆，穿过两侧长满白玉兰树的足球场，返回宿舍。

"灿哥你看，月亮多美。"静静指着夜空。

"但更美的，永远是你的容颜。"一灿微笑。

"灿哥你坏你坏，人家不来了~"静静娇羞地说着，连串粉拳打在一灿胸口，一灿淫笑着，顺势揽过她，两人的嘴唇越靠越近……

……好吧,以上是我的脑补。总觉得孤男寡女同走夜路总该发生点什么才正常呢。

可惜一灿的回忆里没有这些情节，他真是个不解风情的人。他说他和静静下了晚自习后边走边聊。静静说："希望明天我们都能考过。"

一灿说："偶木有信星（我没有信心）。"

静静对爱人的口音有着神奇的领悟力，她对答如流地说："这次考不过下次再考咯。"

完全不看重学历的一灿笑了笑，不置可否。

就在这时，他们四周的空气发生了不寻常的波动。一阵小型旋风在足球场中央生成，旋风平息后，无中生有地多了一个人——那个银色妹子。

妹子环顾四周，表情有些困惑，然后她注意到了一灿和静静，眼神骤然变得清晰。

"曾爷爷！"妹子对一灿大喊一声。

一灿和静静都怀疑自己听错了。"偶八就那个迷记（我不叫那个名字）。"一灿说。

"错不了，你是我的曾爷爷！"妹子握住一灿的手来回摇。

静静对所有可能性小三都是毫不手软，她打掉那妹子的手："你在胡说什么？"

"曾爷爷，我叫一叶。"妹子并不气恼，"我是您的曾孙女，来自2163年。"

"神经病！"静静尖叫。

一叶将手在腰带上一按，整个人飘浮起来，居高临下地看着一灿和静静，然后降落。

"反引力装置可以让我飞起来。这是未来科技，这个时代绝没有的，这样你们信了吗？"一叶对目瞪口呆的两人说。

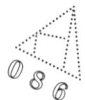

不等他们回答,她又朝地面猛然一击——地面竟然硬生生被砸出了一个拳坑!

"这身衣服能改变神经伸缩性,增强力量。"一叶摆个女泰山pose,"信了吗?"

作为传奇宿舍415的一员,一灿不是缺乏想象力的人,况且大家都是看着哆啦A梦长大的,他又惊又喜道:"里金系偶滴金熏旅(你真是我的曾孙女)?"

一叶咯咯笑了:"曾爷爷,你的发音好怪哦,要不是我戴着翻译机,"她指指耳上的麦,"几乎听不懂你的话呢。"

一灿对自己的口音重到要靠未来科技翻译感到很不好意思,而有机会邂逅曾孙女则令他惊喜交加,一时间竟然只顾露出好看的傻笑。

"你来这里干什么呢?"静静问。一旦接受了这个设定,她的态度就好多了。

"曾爷爷明天要考四级吧?"一叶问。

一灿点头。一叶从腰间的暗袋摸出一张纸条塞给一灿。一灿展开,只见上面写着密密麻麻的英文字母:"……芥系(这是)?"

"这是明天四级考试的全部答案。曾爷爷,你一定要过四级!"

"你特地来帮他作弊?!"静静惊讶道。

"准确说,我也是为了自己。不帮曾爷爷,我会消失。"一叶道。

"肿摸肥系(怎么回事)?"一灿忙问。这人的口音真的烦死了。

"我……生了一种病,'时光病'。"一叶说,"我的身体有时会若隐若现。电脑告诉我,这是因为我的某位祖先遇到麻烦,如果解决不了,他的人生就会改变,直接后果就是不再有我。"

一叶按了按左腕上一个类似手表的小装置,立刻有一道纤细的光柱投射在空气中,形成一个小型屏幕,上面是一灿的头像,以及密密麻麻的数据和文字。一叶沉声道:"曾爷爷,你在大学期间只参加了一次四级考试。如果考不过,毕业后你将无法进入某家公司,也就遇不到我的曾奶奶,我的爷爷也就不会诞生……最后,我的存在也会被抹消。你明白我为什么要来帮你作弊了吗?因为靠自己的力量,你永远不可能考过。"

虽然这话有贬低的成分,但一灿很有自知之明地点点头。一旁的静静这时插嘴道:"你的曾奶奶是谁?"她迫不及待地想知道,未来自己是不是会跟一灿在一起。

然而一叶却警惕地瞪了她一眼:"我不能告诉你。越多人知道未来的事,越可能干扰历史。"

"你穿越到这里来,难道不是在干扰历史?"静静反问。

"不。非要这样说的话,我是在创造一个让自己活下来的历史。"一叶坦然,"这

里面的差别，你这个原始人不会懂。"

静静气结，出其不意地抓过一叶的手，在她腕部乱按一通，空气屏幕上的画面变了，歪打正着，静静看到了她想看的东西。

她的表情立刻凝固了，身体也呈现站不稳的趋势。

一灿不知道静静看见了什么，却立刻明白——她不是那个"曾奶奶"。说实话一灿虽然在跟静静交往，对她也不算讨厌，但毕竟还是年轻人，未来结婚什么的，暂时还没想过。如今静静这副世界末日的样子，让他有些心疼。

一灿想扶一把静静，一叶已经掏出了枪。

"这枪杀不死人，只会破坏你的记忆。"一叶道，"为了避免节外生枝，请你忘记刚才看到的吧。"

话音未落一叶就开枪了。且不说会不会打死人，但开枪多可怕啊。一灿眼疾手快地把一叶的胳膊扭去别的方向，光线射歪了（这就是我们那时看到的"闪电"）。

静静回过神来，跌跌撞撞地跑掉了。

"站住！"一叶急了，就想追上去，一灿忙抓住了她。一灿身材匀称，虽不强壮也不至于拿个女孩没办法，但一叶轻而易举就挣脱了，不仅如此，还把一灿推得撞到一棵树，晕了。

当时一叶应该有点后悔吧，毕竟曾爷爷躺着也中枪了。但想了想，一叶还是追静静去了，然后，她和静静就遇见了我们——刚从食堂出来的我、锅炉、嬷嬷和八达。

爱上未来的你

我们带着一叶返回415宿舍。容嬷嬷没有一起回来，一灿拜托他去安慰静静了。

我们常说，这个学校里生存着三种人：男人、女人和容嬷嬷。他是我们班朋友最多的人，静静这样的舍友家属都能把他当闺蜜。所以静静伤心离去时，安慰她的最佳人选就是嬷嬷。

——之所以不是一灿，是因为一灿肩负着安抚一叶的重责大任。不然谁知道这个"曾孙女"会做出什么失控的事？

一叶走进415，立刻在还没见过她的男性中引起了轰动。大卫、排长、金氏的眼睛都直了，老蜗也百年不遇地将视线从电脑游戏挪到她身上，最夸张的是烂操，他竟像迎接领导那样情不自禁地起立。

这种反应很正常。一叶毕竟是个出众的妹子——就这点来说，不愧是一灿的后代。

我们言简意赅地介绍了一叶的来历，烂操他们听得下巴都要掉了。

"专程给一灿送答案！"排长怪叫，"这是怎样的孝子贤孙啊！"

"是啊，同样老得能当曾爷爷，老排的子孙却六亲不认。"我飞快地吐槽一脸老态的排长。

"排长你是因为没人要养你才到我们宿舍来的吧？我说得没错吧？"胖子金氏兴致勃勃地补枪。

"滚啦！"排长怒喝，"我是想说，早知会有这种事，我今年也该报考四级啊，稳过的！"

排长的话提醒了大卫，明天也要考四级的他忙对一灿道："答案借我抄一份！"

"不行。"一叶厉声道，"答案只有曾爷爷能用！"

"为神马？代家都系熏弟（为什么？大家都是兄弟）。"一灿可不是个小气的人。

"听说过蝴蝶效应么？历史是牵一发而动全身的。我给曾爷爷答案，只会让他遇见曾奶奶，然后我出生。可是给了你们答案，保不准会发生什么事，最严重的连锁反应也许是世界末日！"

这种可能性太夸张了。但未来人这么认真，大卫也不好坚持什么，悻悻闭了嘴。

"说起来，你是怎么来到这里的？"我转移话题，改善气氛，"2163年时光机很普遍吗？人们都可以穿越吗？"

"不。那时穿越技术虽然已经很成熟，但是普通民众的穿越还是禁止的，只有时空管理局的人有那样的资格。"一叶得意地笑笑，"正巧我是公务员，就找机会来到了你们这里。"

"2163年，我们都挂了吧。"锅炉工说。

"不，都活着。未来人的平均寿命是两百岁。你们大概在八十多岁时接受了基因改造，一直活了下来。"

大家兴奋地交头接耳，觉得太奇妙了。

但我忽然警惕起来："你对我们说这么多不要紧么？你不担心会对历史……"

"啊，所以我在离开前，一定会将你们的记忆全部消除。"一叶微笑。

"表浮烙。里换心吧，偶民八费把里的系套处梭（别胡闹。你放心吧，我们不会把你的事到处说）。"一灿轻声呵斥。

一叶咬咬嘴唇。烂操终于有机会插话道："你什么时候回去？"

"明天，确认曾爷爷考完后。"一叶说着看了烂操一眼，脸忽然红了。

"等一下，你脸红什么？"老蜗冷不丁丢来一句。

"谁脸红了？谁脸红了啊！"一叶急急分辩。

……这算什么？这根本是所谓傲娇反应好吗！为什么要傲娇？我们面面相觑，再看烂操，这小子竟一脸的受宠若惊。

"喂，你觉得你曾爷爷帅不？"排长忽然问。

"不帅。"一叶老老实实地摇头，"我像他。我们家族的人都不好看。"

"……请问我们这里谁最帅？"八达问。

一叶似乎早已答案在胸，她分别向金氏和烂操投去羞涩的一瞥，状若怀春少女。

……2163年的审美居然是这样的吗？我不想活在那种时代啊！而最缺女生缘的烂操已经露出枯木逢春的表情，他迈着正步走到一灿面前，庄重地鞠了个躬。

"曾爷爷。我是您的曾孙女婿。"

"滚！"一灿字正腔圆地说出这个字。

……超自然事件带来的震撼就这样被渐渐冲散。接下来的时间，415恢复了一贯的没心没肺，如果不是嬷嬷回来时慌得像刚被非礼一样，这一定是个很High的夜晚。

"大事不好了！"这是嬷嬷回来的第一句话。

当花瓶遇见花盆

却说刚才，嬷嬷接受一灿交予的任务，送静静回宿舍。静静一路哭哭啼啼。

"别哭啦。"嬷嬷苦笑，"你这样，简直跟被甩了似的。"

"反正也是早晚的事。"静静哽咽。

"不会啦，我们家一灿很有良心的。"

"那你说，他以后会跟我结婚吗？"

嬷嬷语塞。这可不是他能打包票的。

"我从那个未来人那里看见了，我们最后没有在一起。"静静在一处花圃边坐下来哭，"而我真的好喜欢他啊。"

"一灿到底跟谁在一起了？"嬷嬷按捺不住好奇。

静静用力摇头，不肯说。气氛变得尴尬。

大概五分钟后，静静忽然笑了，笑得嬷嬷毛骨悚然："你、你怎么了？"

"一灿的曾孙女可以穿越来这里，别人也可以吧？"静静说。

"什么别人？"嬷嬷纳闷。

"比方说，我留下一张字条给我2163年的后代，让他们穿越来这里帮我对付那个一叶。"静静的半身隐藏在黑暗中，令她显得深不可测，"如果我能活到2163年就更简单了，我可以直接雇人做这件事！总之只要一灿考不过四级，他就不可能跟那女的结婚吧！"

嬷嬷正在错愕，花圃后传来一声低呼，两人一起回头，看到一个意想不到的人物——阿玲。她一身睡衣，拿着脸盆，似乎刚从澡堂出来。既然被看见了，她友好地对嬷嬷和静静点点头。嬷嬷也想点头，却发现静静正以高度敌视的目光看着阿玲。

"难道……"嬷嬷迅速反应到了什么，"不、不会吧？"

察觉到静静的不友善，阿玲转身想走，两步后却忍不住回头，轻轻问道："你们刚才在谈论，那位一灿同学的未来？"

阿玲看着像偶然路过，却似乎听到了不得了的事情……静静炸毛一样跳起来："他是我男朋友，关你什么事？！"

"他以后会跟谁在一起？"阿玲一反逆来顺受的形象，积极地问。

"当然是我，难道还会跟你？！"静静的态度却完全暴露了真相。

阿玲一副被幸福砸晕的样子。这个淳朴的女孩，在爱情方面却出乎意料的敏锐。

"我们聊电视剧呢，你别多想。"嬷嬷忙打圆场，"静静，我送你回宿舍吧。"

嬷嬷几乎是拽着静静走了，阿玲还是一脸喜悦地杵在原地。

"为什么一灿会选她？"静静抓狂，淑女气质荡然无存，"一朵鲜花插在牛屎上！"

"别那么说。"嬷嬷不是很喜欢这种用词，"人家怎么就牛屎啦？"

"鲜花应该插在花瓶里，可她简直像个土里土气的花盆！"

"哎，你还是早点洗洗睡吧。"嬷嬷叹气，"还有，刚才你说的，想想就好，别太认真。"

虽然这样叮嘱了，但静静走进宿舍楼时的脚步杀气腾腾。嬷嬷越想越不安，匆忙返回415。

老夫聊发少年狂

嬷嬷的复述结束了，415一片死寂。

一灿的对象居然是阿玲……这真是打死我们都想不到的超展开。大家看看一灿，又看看锅炉工，不知道说什么好。

一灿用眼神询问一叶，一叶对他点点头，似乎是觉得没什么隐瞒的必要了。

于是一灿看锅炉的眼神尴尬极了，他不知所措地说："脑锅，偶（老锅，我）……"

锅炉从来都是个习惯掩饰感情的人,他的脸上没有失恋的痛苦,尽管失落仍旧充斥了他的每个毛孔,但他终究只是苦笑了一下:"没关系……未来的事,谁能预料呢?"

"我还以为一灿的媳妇会是个白领!"金氏怪叫,"拿到四级证书、进入好的公司,却是为了遇见阿玲?搞什么……"

"因为曾奶奶不久就会离开这所学校,到那家公司的食堂做事。"一叶瞪了金氏一眼。

也许是因为一灿的条件太好了,所以很失礼的,我们下意识觉得他配阿玲有些可惜。一灿却没有特别抗拒的样子,似乎跟谁生活都没差。

"一定是因为他已经尝试了各种女性,所以最后索性返璞归真。"这是我们的最终结论。

"那个,"嬷嬷把我们的关注重点拉回来,"静静说要找人对付一叶,有可能做到吗?"

"不是没可能。"一叶说。

"真是最毒妇人心啊!这么说你很危险!"烂操焦急地看着一叶。那关心的架势,还真把自己当一灿的曾孙女婿了啊!

一叶蹙眉,不语。

"进进奴果金滴酿做,就太过混了(静静如果真的那样做,就太过分了)。"一灿掏出手机,拨号,"偶得烂她打休恋头(我得让她打消念头)。"

"我觉得她不会听你的。"嬷嬷嘀咕。

嬷嬷的女性直觉很快得到了验证:静静关机了。这个时间点,一灿要闯去女生宿舍跟她面谈也不是那么合适,他看着一叶,表情忐忑。

虽然这两人目测没差几岁,虽然他们才当了几小时的曾祖孙,但现在明显惺惺相惜。亲情真是微妙啊。

"曾爷爷别管我,好好准备考试吧。不管会不会有敌人来,只要他们来的时候你已经考完,我的目的也就达到了。"一叶说,"明天,我会在考场外为你守关!"

"我明天没有考试,我陪你一起!"烂操豪气干云道。

"谢谢。"一叶羞涩地说。

"谢什么!一灿也是我的曾爷爷!"

……为了不让这么恶心的对话继续下去,415的大家长排长站起来发言道:"这样吧,明天不需要考四级的都去帮一叶的忙。就当我们这些长辈为晚辈做些事吧。"

"喔喔喔喔！"排长真不愧是在长江黄河喝过水、和鞭炮地雷亲过嘴的老一辈，说话就是有煽动性。我们都被热血到了，纷纷振臂响应。

07 终结者

太阳每天都照常升起。

次日，415各位的出门宛如出征一般悲壮。一灿、嬷嬷、锅炉工和大卫是要上考场的，而剩下六人与一叶则要上战场。谢天谢地那个"敌人"没有提前到来，那么我们接着要保证的，就是考试期间的安定。

那天是周末。我们学校每到周末就特宁静，许多住校生会迫不及待回家，许多小情侣会迫不及待去虐狗……这是题外话。四级考场位于靠近游泳池的一栋教学楼，我们在底层安营扎寨。

为了避免奇装异服引发围观，一叶勉强在紧身衣外披了一件烂操的外套。行动中，她跟烂操也走得特别近，那画面真心打击士气。

"谢谢代家（谢谢大家）。"一灿在进入考场前，过意不去地对我们说。

"少废话。"从来没有上午概念的老蜗打着哈欠说，"你看老子为了你特地早起，你一定要考好！"

"考不好别回来见我们！"排长补充。此刻的他，宛如高考时在场外等候儿子的慈父。

这时静静来了。虽然只隔了一晚，可是她跟一灿已经产生了微妙的隔阂。静静看一灿依旧热情，一灿却更多是无奈。

"你别作弊，好吗？"静静恳求。一位路过的监考老师恰好听见了这话，立刻露出赞许的表情。

"里有木有（你有没有）……"一灿想问静静关于"敌人"的事，却欲言又止。

静静很失望。广播开始通知考生进场了，她别过头，走进教学楼。一灿的身影也跟着消失在我们的视野里。

"希望她没做什么多余的事。"八达说。

"难说，失恋的女人什么都做得出来。"金氏用一种"万花丛中过"的口气说。

"搞不好是我们杞人忧天。"老蜗伸个懒腰，无精打采的样子让人怀疑他能否成为战力。

四级考试开始后，我们就这样一边站岗，一边闲扯，一边祈祷万事顺利。就这

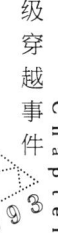

样过了半小时。顺便说一句，这半小时里，烂操就没断过跟一叶献殷勤。

一叶本来很配合地跟烂操调笑着，忽然，她的脸色变得凝重了。我们注意到她的表情，集体进入高度紧张模式。

"时光隧道的能量反应……啧，还是来了。"

靠！静静玩真的！我们情不自禁向一叶靠拢。顺着她的目光方向，看到虚空中出现了裂缝，接着走出了一个人。

这次的未来人是个男性。精干的平头，一身的横肉，如一叶般穿着紧身衣……鉴于丫块头不小来者不善，我立刻给他起了个代号：阿诺（看过《终结者》的应该知道这个梗）。

阿诺登场后，完全不看我们，而是一脸新奇地打量着四周。在他眼中，我们这里大概是古迹吧？片刻后，阿诺将目光锁定一叶，露出阴险的笑容。

"一叶队员，你为一己私欲擅自穿越到过去，是很严重的问题……局里接到举报，派我带你回去。请解除武装。"阿诺铁面无私地说。

不等一叶开口，烂操一个马步向前一记左勾拳……不是，他一马当先地替一叶回答："解除你妹啊！我们家一叶哪儿都不去！"

如此一触即发的气氛下，我们已经懒得吐槽烂操了。只是集体瞪视阿诺，想用联合气场逼他知难而退。

"一群傻瓜。话说那位被塞了答案的同学正在考试吧？我还是先找他去。"阿诺说着，就要走进考场。

"站住！"爱情的力量令烂操勇气倍增，他第一个冲向阿诺，然后像苍蝇一样被一巴掌拍飞。

身先士卒的烂操队员败了！这种"打得好！"的感觉是怎么回事……不论如何，我们也纷纷出击，有着丰富打架经验的排长与老蜗同时踹向阿诺的下半身，却被他把双脚抓个正着，一边一个倒提起来。

但阿诺也因此中门大开，金氏见状立刻哇哇叫着朝他撞去。吨位惊人的他此刻仿佛一台迷你小坦克，阿诺中招，身体一晃，而烂操这时原地满血复活，抄起一块板砖砸向阿诺。

板砖碎了，阿诺的生命值没有降低，可他显然怒了，他居然做出把老蜗和排长像风车那样挥舞起来这么惨无人道的事，我至今还记得老蜗的嘴巴因此撞上了金氏的嘴……那群炮灰背对着斜阳，那画面太惨我不敢看。

至此，我跟八达再不上就说不过去了。但我们真心不会打架，所以能用的招仍

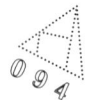

是像爬山虎一样缠绕着阿诺。阿诺正欲甩开我们，旁观良久的一叶终于动手了，她朝着阿诺就是一枪。

"吱——"真不幸没有射中。但阿诺在闪避中趔趄摔倒，其他人见状，纷纷使出橄榄球战术，一个接一个叠压在他的身上。饶是阿诺如此健硕，顿时也动弹不得。

"靠！你们这群白痴！"阿诺怒不可遏，"你们知道自己在干什么吗？你们应该帮我对付她才对吧！"

"对付你妹啊！"为爱痴狂的烂操用手中的半块板砖又给了阿诺一下。

"你们做得很好。"一叶将枪口对准阿诺的脑门，"请你忘掉这件事吧。"

眼看胜券在握，变故再生。阿诺猛地将头一昂，重重撞上一叶的下巴，一叶直挺挺地向后倒去。趁我们错愕的工夫，阿诺挣扎起身，并毫不客气地赏了我们每人一脚。

我们倒在地上呻吟之际，一叶已经被阿诺彻底击晕。

"真遗憾，你的计划要破产了。"阿诺冷笑。

看着曾侄女儿遭遇毒手，我们却心有余而力不足。烂操拼老命想站起来，身体却不听使唤，那令他不禁双目含泪，仿佛被法海拆 CP 的许仙……

忽然，有谁飞快地冲过来把阿诺撞开了。那竟是——锅炉工！他一手拿笔，一手拿垫板，犹如仗剑持盾的勇士……大概吧。

"老锅，你不是在考试吗？"我们惊讶。

"实在没心思。就来看看有什么可以帮忙。"锅炉苦笑，"也许历史本来就注定，我这次四级考不过吧。"

所以你干脆将余热发挥在解救情敌的后代身上吗？老锅，你这个人真是……我们都被感动了。

阿诺爬起来，看着眼前的新登场角色。锅炉吓得后退一步，这时有其他脚步声传来，是一灿、嬷嬷和大卫！

"我们来帮忙了！"呜呜，415 真是相亲相爱的一家人啊！

阿诺表情复杂地盯着一灿："你……考完了？"

"考王了（考完了）！"一灿挺胸。

"就用她给的答案？"阿诺指着昏迷的一叶。

"里八又为兰她（你不要为难她）！"

"啧啧……被人卖了还帮着数钱。"阿诺摇摇头，给一叶戴上手铐，"等你知道了事情的真相，再判断究竟是谁为难了谁吧。"

接下来就是见证谎言的时刻

阿诺让我们借一步说话。带着戒备,我们一起走进附近的小树林。一叶被阿诺扛在肩上,这让烂操几次都想跟他拼命。

"里又说神马(你要说什么)?"一灿问。

"那之前,先让我问问你,"阿诺满脸轻蔑,"你真的相信她是你的后代?"

不止一灿,我们都愣了——这是什么意思?

"就因为她来自未来?"阿诺的笑容越发讨厌,"你是觉得,没有人会特地穿越来开你玩笑,对吧?"

"里又说神马(你要说什么)?"一灿怒了,大声喝问。

"你们刚才都考了四级,不如对对答案吧。"阿诺道。

一灿、嬷嬷、大卫和锅炉工对视,随后展开"第一题是选 A 吧?""不对,选 B 啊。""嗯,是 B。"……这样的探讨。其他人莫名其妙地旁听,我们没做过卷子,不知道阿诺让他们交流这个的用意。

但我们很快知道了,因为一灿的脸色越发难看了。

他的答案全都是错的!

"因为是曾孙女提供的答案,所以你完全没有怀疑?你看也不看题目就直接把答案涂上去了?"阿诺继续说,"恭喜,你帮她达到目的了。"

"她的目的……不就是让一灿过四级吗?"金氏脑满肠肥,脑筋不像我们那么容易转弯。

"别傻了。她是要他过不了四级!"阿诺大声道,"正常人都不会拒绝这种天上掉馅饼的机会吧?尤其对自己的实力没把握的人。你的头脑果然跟长相一样差劲!"

……他也觉得一灿长得差,看来一叶虽然满口胡言,关于未来审美观什么的,倒没有骗人……

"为什么她要这样?"大卫难以置信,"她到底是谁?"

"她是我的同事。我们同样隶属时空管理局。可惜她不是个有职业道德的员工,只要给得起价钱,她就会很乐意利用穿越技术帮人一些小忙。比方说,帮助一位叫静静的老太太回到过去,让曾经的男友考砸……"

当时我们就震惊了。什么?!一叶才是静静派来的?!

一切都说得通了。根本不存在什么"你不过四级,我就会消失"的事。真相无比单纯:一灿原本真的可以考过四级,然后进入某公司,与阿玲重逢、结婚生子……但那些与一叶无关。一叶不是他的后代，只不过是受了静静的委托，来改变这一切的！

可怜的静静，即使到了人人能活两百岁的未来，也还是对没能和一灿共度人生而耿耿于怀吗？

我们看着整件事的最大受害者一灿（烂操认为他也受了很大伤害，但谁理他啊），不知该说什么。片刻后，嬷嬷想到了什么，指着阿诺说："难道你……"

"猜到了？对。一位叫阿玲的老太太向时空局举报了一切，所以我才会来。"阿诺笑笑，"一叶干这种勾当已经不是第一次了，若没有你太太，"他看着一灿，"……的举报，还真不好人赃俱获。她很爱你啊，很努力守护着跟你一起的未来。"

一灿的心情复杂得像这个社会。

我们唏嘘不已。这真是415的黑历史，我们以为一叶是自发来的，结果却是静静派来的；我们以为阿诺是静静派来的，结果是阿玲让他来的……没理由不相信阿诺，因为一叶给了一灿错误答案是铁一般的事实。

"就算一切都是假的……"半晌，烂操轻轻开口，我们都等着他说出高见，"但一叶和我的爱情是真的！"……阿诺怎么不把这人打死啊！

仿佛听到了我们的心声，阿诺真的掏枪把烂操爆头了，正是那支可以毁灭记忆的枪！烂操中枪后昏迷不醒，脑门青烟袅袅，却没有血花和伤口。

"其实我不必解释这么多的，因为你们终究必须忘记。"阿诺吹吹枪口，"抱歉，这是时空管制中铁一般的纪律。"

不等我们抗议，阿诺又接连射出数枪，将我们宿舍团灭。

——这里就有一个矛盾了。

如果我也中枪了，为什么还记得整件事，乃至写下来给你们看？这个问题问得好。那是因为阿诺正要射我时，忽然停了下来，不仅如此，他还凑近了我仔细打量起来，眼中流露出的兴趣让我毛骨悚然！

"你是两色风景？"阿诺这样问。

那时我已经在写东西了，可是啥也没发表过，也没有笔名的概念。阿诺的问题让我一愣。

"哇哈哈，就是你，居然能在这里碰到。"阿诺爽朗地笑起来，"我看过你的书！"

惊恐立刻被虚荣取代，我喜出望外："我写书了？还流传到了一百多年后？"

"当然。未来图书馆完全电子化了，人类历史上出过的书应有尽有。那天我无聊，去搜最没人看的列表，就这样认识了你，缘分啊。"

……缘分你妹。我想哭。

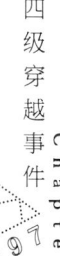

阿诺收起枪,我意外:"你不消去我的记忆吗?"

"你的话,就没必要了。你大可以把这件事对别人讲,甚至写成文给他们看,没有一个人会相信的,哇哈哈,那当然也不存在扰乱历史的可能。"

"可历史仍然被扰乱了不是吗?一灿始终没过四级!"

"但那不会改变他跟阿玲结婚的未来。"阿诺像一叶那样按了按腕表,弹出空气屏幕,"过程可以变,结果不会变。这就是历史。至于他们将以什么形式在一起,你就自己去见证吧。"

自己去见证吗……也只能那样了吧。关于时光、历史和未来,我们能了解的始终太有限。

阿诺扛着依旧昏迷的一叶,慢慢消失在空气中,留给我的最后一句话是:"我刚才是跟你说笑的。你写的东西还能看啦,坚持下去吧。"

最浪漫的事

又一桩怪事结束了。跟之前的经历不同,这一次的事件只有我记得,甚至静静与阿玲都忘了。不知道未来人什么时候消去了她们的记忆。这更让我觉得自己记住的弥足珍贵。

至于四级考试,在毕业之前,我们又考了两次,很不幸,都没过。除了锅炉工和容嬷嬷。

失去那段记忆的锅炉仍旧暗恋着阿玲,阿玲仍旧暗恋着一灿,而一灿仍旧与静静不咸不淡地交往着。就像什么也没发生。

烂操还是一天到晚抱怨着没有妹子,只是偶尔会说些"我梦见一个穿紧身衣的妹子说我好帅"之类的话,然后被我们集体吐槽:"不愧是做梦。"

那之后我们再没有遇见过未来人。而未来依旧不慌不忙到来。过去不知道的,后来慢慢都知道了。

没等到毕业,一灿和静静就分手了,而一灿刚毕业就结婚了。隔了两年,他请我们去参加姗姗来迟的婚礼。至于他的结婚对象——是的,是阿玲。不再需要在什么公司食堂认识了,他俩在大三时就配对成功了。

婚礼上我逮了个空隙问阿玲:"等你到了一百多岁,知道有人要来抢你老公,你会怎么做?"

"那当然是再把他抢回来喽!"新娘子叉着腰,英姿飒爽的发言博得了满堂口哨。果然,她才是最大的赢家!

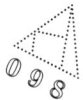

手机复仇事件
chapter 6

Tales of the Unusual Youth
415

隔壁屋住着个自由画家。为了多赚一些钱,他接了很多画稿,然后经常在深更半夜挥毫泼墨,困极了就直接睡在地上。有一次他还失手打翻了红颜料,顿时画室宛如凶杀现场,他就是那具倒在血泊中的尸体。

"我也经常熬夜赶稿的,我能理解你。"我对画家说。

"看来我们俩都是受虐狂呢。"画家呵呵笑着。

"不,我们算什么受虐狂?"我反对,"我见过比我们受虐多得多的!"

01 冰场上的来客

那件事要从一场令人疲惫的溜冰说起。

大学生是世界上最会找乐子的群体,何况是就读于三流大学的闲得蛋疼的我们。415宿舍的活动从来形形色色,冷门的有大家每人捧一盒饭坐电脑前看重口味血浆恐怖片比谁能撑得最久不吐出来,热门的包括爬山唱K烧烤火锅打八十分……那天,学校附近有一座露天旱冰场新落成,趁着开业半价大酬宾,我们兴冲冲前去捧场。

关于溜冰,我在小学的时候经常玩,中学就几乎没有碰过。不过溜冰这种技能就像是骑车游泳,掌握了就不会忘掉,摔过几跤后身体就又开始熟悉起那种感觉了。当然我只能做到穿旱冰鞋站着不摔和前进而已,跟那些旋转漂移若等闲的高手可不能比。我们宿舍完全不会溜冰的有八达、金氏和锅炉,其他人的水平则半斤八两。不过就是要这样才好玩,于是旱冰场上的笑声和叫声都由我们一嘴包办,看八达站起来几次就摔几次,又或是排长在指导金氏的过程中被他多次泰山压顶(就好像孙悟空被压在五行山下）………都是多么有乐趣的事情啊。

我们玩得正嗨,又一些客人进场了。我们随意地朝入口瞥了一眼,气氛就有些变了。

新来的客人,有光饼。

光饼是我们的同学,一个长着鹰钩鼻子的高富帅。高富帅这种设定本来就不得民心,这家伙还性格恶劣。在一次歌唱比赛上,他通过半假唱的方式夺得冠军,而同样参赛的金氏却名落孙山。虽然以金氏的歌喉而言,甭管真唱假唱他都必然是要败的,但跩跩的光饼还是让我们很不爽。后来一灿代表整个415惩罚了他,方法为——抢了他的女朋友静静。要知道对英俊的一灿来说,撬墙脚什么的完全无压力。

对于人生一帆风顺的光饼而言,这大概是他长到这岁数最大的挫败了。没错,他也挺帅的,但除非去整容,否则很难跟一灿帅成平手。真解气啊!从此我们看到光饼就故意把目光在他和一灿之间来回游走,然后遗憾地摇摇头,气得他那引以为傲的鹰钩鼻都变直了。

光饼应该也没有想到来溜冰会碰上我们这群冤家吧。只见他一边换旱冰鞋一边观察着我们。鞋换好后,他径直溜到了我们面前,动作灵活。

"好热闹,都在啊。"光饼笑着说,"我的溜冰技术还行,要不要我帮带两个?"

"不用了。"八达虽然摔得很狼狈,但作为415的头号贫困户,他与一切高富帅都有不共戴天之仇。

其他人也表示对跟他一起玩没有兴趣。事实上我们很奇怪这家伙怎么就凑过来了。但我们很快就知道了——光饼遗憾地耸耸肩,伸手在金氏背上推了一把:"那你们就自己加油吧。"

可怜的金氏,他好不容易维持住的平衡就被光饼这一推给推崩溃了,他哇哇大叫双手乱挥地朝着最近的一堵墙撞去。"咚!"整个旱冰场都震撼了。

"喂!"一灿生气了,他很清楚415里光饼最恨自己,于是富有担当地上前解决问题,光饼却嬉笑地看着一灿,倒退着滑开。

这家伙的溜冰技术居然真的不错,S形的滑行轨迹简直可称美妙。一灿虽然追得上他,却不及他动作灵活,在一个拐弯处狼狈地绊倒了。不过一灿到底是一灿,就连绊倒都很帅气。很快就有几个女孩子上去扶他了。

光饼居然主动来挑衅我们!这下我们都被惹火了。于是接下来,旱冰场上展开了一场实力悬殊的追逐战。锅炉、金氏、八达这种完全不能成为战力的自觉退到了休息区,不给大家添乱;我、大卫、容嬷嬷这种滑得很一般的则以路障形式为光饼添堵,滑得稍微好点的烂操、排长、老蜗、一灿则兵分四路对其进行追捕。

"揍不死你丫的！" 415最为火爆的大家长排长连跑带滑地逼近光饼，却被他引得跟迎面而来的烂操撞上，可怜排长那把老骨头几乎碎了一地。

老蜗追光饼上了一个斜坡，坡度一波三折，就在光饼姿态优美做出飞跃动作时，因为玩游戏过度而体力不足的老蜗果断被斜坡甩了出去，更险些被一个路人碾到要害。

……总之一轮下来，我们十个人居然无法讨到便宜！

"我一定要教训那小子！" 排长气喘吁吁地发誓。

"可那伙跟泥鳅似的，完全抓不住。" 锅炉工以花瓶的身份表达意见。

"有办法！我们守在出口！" 烂操的话极具流氓气质，"会滑是吧？看你出了旱冰场还怎么滑！"

大家一致认为烂操的办法很好，于是计划就这么决定了。期间容嬷嬷不安地叮嘱："教训教训就行了，可别闹出事来。" 被老蜗认为是打击士气。

我们幻想着待会儿光饼惊慌失措的样子……谁知道这家伙似乎早有准备，只见他一边看着我们，一边掏出手机打了几个电话。

大约一刻钟后，这家旱冰场迎来了新的客人。他们穿着花花绿绿的衬衫，下身是肥肥大大的裤子，头发清一色染过，还都是绿色、紫色这种非主流色调，唇环鼻环耳环什么的更是一个也不能少，而光饼非常热情地朝他们迎了过去。

……这算什么，忽然开这种外挂太作弊了吧！赶在光饼对他的狐朋狗友介绍之前，我们飞快地溜出了旱冰场。

嬷嬷有三宝，活泼贤惠脾气好

集体吃瘪的感觉并不让人愉快。

我们回到415的时候，已经是傍晚。前后溜了三小时，我们都有些累了。除了老蜗一回来就立刻像回到水中的鱼一样打开电脑开始玩游戏之外，其他人都选择了爬到自己床上休息。

"那小子，明天要他好看！" 烂操还在骂骂咧咧。

"必须的！老子膝盖都摔肿了。" 排长边上膏药边说。

我们开始七嘴八舌地讨伐光饼，期间带出不少跟那家伙有关的八卦。比如拿自己当黑社会太子爷，靠着老爹的钱结交些三教九流；又比如在学校里糟蹋过一个又一个妹子，就算一灿不抢走静静，她估计早晚也得被甩掉……越聊越讨厌这家伙。

忽然出现的武则天，打断了我们的话头。

武则天是与我们 415 来往甚密的 520 宿舍的大姐头，性格与体型一样剽悍的奇女子。容嬷嬷对她一直有一份莫名其妙的迷恋，一看到她就忙不迭地爬下了床。

"你怎么来啦？"嬷嬷很高兴地问。

"我跟你讲啊，学校附近开了个旱冰场！"武则天做天真雀跃状，"哎，我很喜欢溜冰的！陪我一起去吧！"

嬷嬷的表情就有点儿僵住，一旁的大卫啼笑皆非地说："拜托，我们刚从那儿回来。"

"你去了？怎么不叫我？"武则天怒目圆瞪。

"这个……我们也是临时决定的……"嬷嬷百口莫辩。作为一代女皇的忠诚子民，他是第一时间想过叫她一起去的。但是排长在约他暗恋的眼镜娘时失败了，因此立下一个报复社会的规矩："谁都不许带妹子！这是只有我们男人的活动！"所以嬷嬷才没叫武则天。

"好吧，既然你去过了，那我就自己去！"武则天愤愤地一跺脚，扭头就走。

试问以逆来顺受为己任的嬷嬷怎会在这样一句话后袖手旁观呢？何况跟心上人有约本就是他求之不得的事，他立刻跟上去道："等等，我陪你。"

"喂，嬷嬷你不是吧？"略有些大男子主义的排长鄙夷道。

"光饼他们也许还没走，你去送死啊？"烂操提醒。

"八能又爱八又命……"一灿的意思是"不能要爱不要命"。

可是嬷嬷最终留给我们的却是一个无奈的笑，然后屁颠屁颠地跟上去了。

目送着嬷嬷消失，我们的讨论话题从光饼转移到了他的身上。

有些事情是众所周知的。

如果要在我们 415 选出一人担任对外形象大使，那必然是嬷嬷。

如果要在我们大学举办"这个贤内助真厉害！"活动，胜者必然是嬷嬷。

如果有一天出台了"性别不同怎么可以谈恋爱"的残酷政策，我们的首选……大概也会是嬷嬷……

就好比美国队长是复仇者联盟中的良心，嬷嬷就是我们 415 宿舍的良心。他在宿舍英俊排行榜上的地位仅次于一灿，但若论"可爱"，一灿再加上我们八个都不够他秒杀的。这样的好男人怎么就腻上了武则天呢？

嬷嬷跟武则天去吃小龙虾，全程帮她剥壳，当武则天心满意足地打饱嗝时，他才发现自己啥都没吃。

嬷嬷半夜收到武则天想吃烧烤的短信，立刻翻墙出学校去买，气喘吁吁把外卖

送到520时武则天已经睡了。

武则天发脾气的时候,会用她那老虎钳般的大手将嬷嬷掐得花里胡哨……

这些都可以算了,关键是,他们不是男女朋友啊!按说有这么个新好男人就该直接嫁了,武则天却一直也没有承认跟嬷嬷在交往。两人之间最亲密的举动,大概只有走在一起时肩膀无意识地碰触以及同一个碗里吃东西不分家,就连拉手我们都没看见过……

"这家伙真是受虐狂。"我说。

"受虐狂!"大家异口同声表示同意。

就在这个时候,谁的手机响了。大家互相看看,结果声音来自嬷嬷的七号铺。这家伙走得匆忙,居然连手机都忘了带了。嬷嬷下铺的排长一伸手,就把那台三星拿了过来,并且很无良地打开。

那是一条短信。上面写着这样的话——

尊敬的用户,本公司最新推出SM兑换活动。根据您的受虐次数发送M值。每受虐一次,您可获得M值1点。积满10点M值,可兑换1点S值,即获得一次虐待别人的机会。机不可失时不再来,回复Y开通套餐。本信息免费。

"这是什么?"排长看得莫名其妙,"搞笑短信?"

"什么东西?我看看。"热爱冷笑话的我对排长挥手示意。排长就把手机抛给了我——这家伙,从来也不考虑别人接不接得住的问题。

于是我就看到了那条短信,也不禁愣了愣。虽然这短信的腔调很像移动公司的广告,但官方会随便使用受虐之类的字眼吗……还SM!最诡异的是发送这条短信的号码居然不显示。这是什么现象?

我把那条短信看了三遍,鬼使神差地回了一个Y过去。很快又有短信过来了,我打开后吓了一跳——屏幕忽然黑了。这时我才想到病毒短信这种邪恶的可能性,完了,我把嬷嬷的手机玩坏了!

但漆黑一片的屏幕开始闪出光泽,好像小游戏的界面一样,浮现出一个天平来,两端分别写着S和M。我正纳闷,新的提示字眼就出现了:

尊敬的用户,感谢您开通SM套餐服务。当您的M值积满10点,即自动为您兑换1点S值,您即拥有虐待他人的权限。使用时,请将手机对准目标人物,提出指令,虐待即强制执行。本信息无需回复。本公司祝您生活愉快。

刚把这条短信读完,标着M的托盘上的数字就发生了变化,弹出了一个"1"。过了一会儿,又变成了"2"。

有虐有还，再虐不难

一直到我们都要熄灯睡觉了，嬷嬷才回来。走进415时，他疲倦的身影显得佝偻极了，使我们纷纷误会又来了一个排长。

"哇，嬷嬷你没事吧？"八达惊呼。

"光饼那家伙怎么你了？"大卫也问。

通过烧水来展示人生价值的锅炉工则二话不说，为嬷嬷递上一杯温水。嬷嬷一边大口喝一边苦笑："我们最后没去溜冰。"

"迷去（没去）？"一灿意外，"辣里萌去了喇（那你们去了哪）？"

"走出学校，她忽然又说想逛街……"嬷嬷说，"我们就坐车去市中心了。车上好挤啊，还好逮到个位子让她坐。腿走得好酸啊，买了好多东西。重死了，差点儿拎不动……"

嬷嬷滔滔不绝地向我们描述起他的约会，我们听着只觉各种辛酸坎坷，但嬷嬷那飞扬的神采分明显示他有多么乐在其中。所以他其实是在跟我们晒恩爱啊，如果那都算恩爱！

"等一下，嬷嬷。"我拿着他的手机，"不想出门还硬被拉走、公交来回都站着、提很重的东西、钱全部你出、吃你根本不喜欢吃的超辣水煮鱼……十二次，你今天一共被虐了十二次对吧？"

"什么虐不虐的……咦，你怎么拿着我的手机？我还以为它被偷了呢。"

我看着那个"SM套餐"的界面，M托盘上的分值现在是2点，而S托盘有1点。

10点M值可以兑换1点S值。换言之M值本来应该是12点。而通过刚才验证嬷嬷的话，他今天的确被虐了不多不少十二次——尽管本人完全没有发觉，但这绝不仅仅是巧合！

"不是恶作剧也不是病毒，是真的！"我兴奋地对大家说，"现在，谁持有这部手机，谁就拥有一次虐人的机会！"

大家闻言茫然地看着我。这群缺乏想象力的家伙，这个设定有那么难理解吗？我忽然把嬷嬷的手机对准金氏，金氏误以为我要给他拍照，立刻摆出自以为很帅的姿势，只听我大喊一声："金氏，去走廊上跳肚皮舞！"

大家像看疯子一样看着我，然后，视线转移到了金氏身上。因为金氏像被催眠了一样，毅然掀起T恤，露出他那宛如十月怀胎般的肥肚腩，然后以肚脐为中心画了一张脸，走上走廊，开始翩翩起舞。

……是传说中的肚皮舞啊啊啊这人真的跳了啊!

所谓百闻不如一见,所谓事实胜于雄辩。在这个重口味的实例面前,大家毫无难度地接受了我的话。要知道金氏虽然在我们面前挺放得开,在415之外丢人现眼他是绝对不会干的!可是刚才就连对面楼的同学都闻讯开窗欣赏了啊!一曲舞罢,四周围掌声雷动。而金氏露出如梦初醒的表情,然后到处找哑铃要跟我拼命。

"总之,嬷嬷你的受虐体质之严重,已经到了能引发奇迹的地步了。"我将手机还给嬷嬷时,拍着他的肩膀这么说。

对于415而言,这又是一个不眠之夜。就连老蜗都暂时中断游戏加入了我们,面对真实世界的奇妙,网游什么的简直弱爆了!

"就这样瞄准、下令,就能够虐人?"排长拿着嬷嬷的手机比画着,旁边的人纷纷抱头躲闪。

"安啦,没看到S值已经清零了吗?因为刚才那次虐人机会已经用掉了。"我说。满脸仇恨的金氏险些又向我扑来。

"太好了。嬷嬷你老被武则天欺负,现在终于可以报复回去了。"锅炉工真诚地表示祝贺,"这个套餐是多么人性化啊。"

我们纷纷点头称是。想象着嬷嬷对武则天说:"去!去帮我做作业!"或者"去!去帮我洗内裤!"啊啊,这种农奴翻身的代入感好励志!

"不过那之前,嬷嬷必须要先被武则天再虐八次吧?"烂操看着仅剩2点的M值道,"不划算,这根本不是等价交换嘛。"

"切,那是应该的好不好。"游戏狂老蜗拍桌反驳道,"游戏里的升级不都这样?不经历杂兵,怎么打老怪?从被虐到虐人,这本身就是个进化过程,况且被虐的时候虽然身不由己,虐人的时候你却可以自由选择不同的方式!这多好啊,多付出点儿代价算什么啊!"

嗯嗯,听起来也有一定的道理。没想到能从这个游戏狂的嘴里听到这种又宅又有哲学色彩关键还很通俗易懂的解释。话说这个功能真心适合嬷嬷啊,换了别人,除非倒霉透了,否则一天下来连续被虐不太可能,但是嬷嬷就有这种天赋!

04 好钢用在刀刃上

打从第二天睁开眼睛起,嬷嬷的手机就不断传来M值up的喜讯。

明明睡眠不足外加腰酸背痛,却还是要一大早去给武则天买KFC的早餐——M

值 +1。

　　武则天在收到早餐后发脾气道："怎么又是这个呀！能不能换点新鲜的呀！"然后生气地罢吃，而嬷嬷赶紧重新去买——M 值 +1。

　　在武则天惬意地吃着鸡蛋饼配玉米汁时，嬷嬷一句"你好像啃玉米的小野猪喔"换来了她一顿毫不留情的掐……+1。

　　……如果不是密切留意着嬷嬷的 M 值变化，我们不会发现有人的爱情如此水深火热。他的受虐频率也太密集了啊！密集恐惧症患者看了会发病啊！

　　当然了，这里面也包括了某些人为了尽快玩玩具而添砖加瓦的成分。比如烂操在见到武则天的时候就称赞道："嬷嬷说你越胖越好看，是真的！"——然后武则天就会揪住无辜躺枪的嬷嬷咆哮："老娘什么地方胖？什么地方胖啊？！"又比如排长故意在武则天面前吟诗道："一骑红尘妃子笑，无人知是荔枝来。"——吟到第三遍的时候，武则天就开始对嬷嬷表示想一尝当妃子滋味的强烈心愿了。

　　总之，到了第三天的中午，嬷嬷已经拥有了 9 点 M 值和 1 点 S 值。也就是说，这两天他共被虐了十七次……他又攒到一个反虐的机会了。

　　"快，快，嬷嬷，以其人之道还治其人之身！"排长不知道在兴奋什么。

　　"四该烂她学费将西比西（是该让她学会将心比心）。"一灿表示同意。

　　"不要荒废老天爷的一番美意啊！"大卫说。

　　与我们的群情激奋形成鲜明对比的是嬷嬷的茫然，他好像至今没有进入状态。

　　"真是婆婆妈妈！"烂操训斥道，"不用给我，我还想试试呢！"

　　"少来！你肯定是想用来非礼小苹果吧？"八达犀利地揭穿烂操的阴谋，"嬷嬷，给我。"

　　"你也只会用来吃白食吧！"金氏说，"不如拿来整辅导员！他居然敢撤掉我的班长职务……"

　　当时我们所在的地点是学校食堂。除了固定待在宿舍里等我们带饭的老蜗，415 的九人都在。大家闹得正欢呢，一个人影进入了视线范围，一下子，我们变得无比团结，所有的自私念头都统一到了同仇敌忾的方向。

　　光饼！那家伙大模大样地上食堂来了！

　　话说我们的学校食堂有个小灶分舵，卖一些比快餐贵得多的菜色，比如海鲜，一般都是给教授们准备的。学生之中，数光饼光顾最多。丫总是当着莘莘贫苦学子的面走到那窗口，然后得意扬扬地点上一堆东西，并且最后肯定吃不完。以勤俭闻名的八达每次看见都要痛心疾首，好像光饼刷的是他的饭卡。如果不是八达还保持

着最低限度的男性或者说人类的尊严，我们不排除他会把光饼吃剩下的菜偷偷打包解决的可能。

光饼点完菜后找位子坐下，排长和烂操已经一左一右地站到了他的身后。

"你们也来吃饭啊？"光饼皮笑肉不笑地说。

"是啊，遇见你真是有缘。"排长冷笑着勾住他的肩。

"上次的事情总算可以好好道谢了呢。"烂操模仿着电影里的反派对白。

"公众场合，不要乱来喔。"光饼淡定地说，"没看到我刚才点了多少菜吗？那可不是我一个人吃的。我要请朋友，就是你们上次也见到过的，我的一些哥们儿。"

靠，又是这一招！刚刚找回点儿主场的我们不禁面面相觑。尽管跟那些流里流气的家伙只打过一次照面，但我们都本能地感觉他们不好惹。虽然排长和烂操也很有流氓气质，但说到底也只是纸老虎罢了，跟那些为了获胜拿酒瓶敲人脑袋无压力的狠角色不可相提并论。

所以我们果然还是太弱了啊！想想海贼王路飞在面对受世界政府保护的天龙人时，仍然可以做到不顾一切把他揍飞，而我们却要瞻前顾后，真是愧为他的脑残粉……虽然粉得最厉害的只有我。

"明白了就滚开吧。"光饼不客气地将排长勾住他的手拨开，排长脸都气紫了。

"啊，对了，那个水性杨花的女人我早就玩腻了，谢谢你帮我接收喔。"光饼又对一灿说。

这时光饼点的菜陆续上来了。端菜的是暗恋一灿、又被锅炉暗恋的食堂妹阿玲，她感受到我们这边的紧张空气，神色十分不安。而光饼嬉皮笑脸地掰好一双筷子，就要开吃。

"去吃屎吧你！"

骂出这一句的，是嬷嬷，他不知什么时候掏出三星对准了光饼。我们不能确定他那句话是单纯在骂人还是真有具体所指，但见光饼毫不犹豫地放下筷子，丢下满桌佳肴，以如狼似虎的速度，奔向距离食堂最近的那间厕所……

我们集体震惊地看着嬷嬷，他的脸上还带着因为朋友受辱而激起的愠怒。

……嬷嬷你赢了，结果你才是要成为海贼王的男人啊！

复仇者联盟

这天晚上，如果有客人来到415，一定会以为自己不小心走进了戏园子。因为除了老蜗，我们每个人脸上都有不同程度的瘀青和红肿，找个巧夺天工的化妆师来上上色，就能直接登台去唱戏了。

恶整光饼真是各种过瘾啊。过瘾之后的代价……真是惨烈啊。

当我们捂着笑到快脱臼的下巴走出食堂、走在返回415的路上时，身后忽然传来喊打喊杀的怪叫，回过头就看到了光饼那张人生观被扭曲的脸，他几乎是歇斯底里地指着我们怒吼："给我打死他们！"而他那几个非主流的朋友就非常仗义地朝着我们冲了上来。

我们再怎么勇敢也不会想要跟他们硬碰硬，更何况我们一点儿也不勇敢，于是我们撒腿就跑。食堂跟我们宿舍之间隔着广阔的操场，因此这场涉及生命的追逐竟被许多人误以为是在锻炼，甚至有不知情的妹子冲一灿喊："加油！"

我们到底还是没逃掉。事实上，在跑得最慢的金氏被他们抓到之后，我们的选择只有回过头去救他。虽然我们的人数达九个之多，但所谓贵精不贵多，那些个不良分子显然都是极擅长打架的，三拳两脚之后，锅炉队员就败阵了，接着是八达队员，接着是我……

万幸学校的保安大叔不是白领工资的。虽然他来得慢了点儿，但总算是阻止了那些家伙对我们继续施暴。尽管如此，我们该挨的打也都已经挨过了。

"那家伙真干得出来啊……"看着我们的惨状，老蜗一边帮忙打水递毛巾，一边愤愤道。

"老子如果不讨回这笔账，就不姓金……"外强中干的金氏永远只会在嘴上剽悍。

"疼死我了……"锅炉工看着自己摔破的镜片，眼泛泪光。

"不过，那家伙吃屎了耶。"我说。

然后大家又无可抑制地爆笑了起来，越笑越厉害，越笑越想笑，笑到捶地捶桌捶床板捶胸顿足。哇哈哈哈哈哈，只要想到光饼那厮有着百倍于我们的惨痛经历，就忽然觉得自己挨的那几下值回票价了呢哇哈哈哈哈哈……

笑归笑，我们肯定要复仇的，这点基础的共识不会变。但是目前看来，硬碰硬绝对干不过他们，于是我们的目光再次云集在了嬷嬷身上。

"嬷嬷，M值存到多少了？"大卫问。

嬷嬷举起手机让我们看，只见M盘上的分值显示为9。

"怎么正好卡在这个点？"烂操不满地嘟囔，"要对付那帮家伙，这个数字可不给力。"

"嬷嬷你快去找武则天！你待在宿舍她怎么能虐到你？"排长下指示道。之前

还为嬷嬷被虐而愤愤不平的他，此刻表现出的完全是另一种追求。而被仇恨蒙蔽了眼睛的我们竟不约而同表示附和。我们毫无保留地相信，嬷嬷与武则天在一起的每一分每一秒，都是见证虐待的时刻。

"恐怕不行。"嬷嬷抓抓头，说出令我们大失所望的话，"她回家去了。"

……说起来今天是周五了，下午没有课，很多住宿生都忙不迭地往家跑了。也就是说接着两天我们都将看不到武则天了？M值也将连续两天得不到更新？No！

"那个，"嬷嬷抱歉地看着情绪低落的我们，好像千错万错都是自己的错，"不然这样好吗？这次大家挨打都是我害的。按你们的说法，我只要被虐就会增加分数吧？那么，"他豪迈地一挺胸，"我让你们虐！一起上吧！"

……这算是什么台词？不过好像这样的确也是符合规则的？我们纷纷浮现出惊喜的神色。可惜持续不超过三秒便又暗淡了下去。很简单：我们怎么忍心虐可爱的嬷嬷呢？

"如果这手机的持有者是金氏就好了。"排长遗憾地叹了口气。一旁的金氏高叫："我靠！"

"你们不动手啊？那我自己打自己吧！"嬷嬷认真地说。

"等等。"老蜗忽然阻止，"嬷嬷，你刚才也挨打了，M值有变吗？"

……这真是注重分数的游戏狂才能发现的盲点！之前在食堂的时候，嬷嬷的M值已经是9个点了，可现在依然是9个啊！

嬷嬷挨了光饼们的揍，M值没有增加，说明那个神秘的系统不认可他那时是"受虐"。反而是只要跟武则天一起，分数就噌噌地长……这是为什么？这里边的区别是什么？

我们不禁陷入了沉思。

区别在于，被光饼虐，嬷嬷很不甘心；但是被武则天虐，他心甘情愿！

经常吃苦的人可以算是受虐狂吗？经常吃苦却还甘之如饴的，才是真正的受虐狂啊！用专业术语来形容，那就是所谓的"抖M"！只有抖M，才能像嬷嬷那样，开通神秘的"SM套餐"，也只有真正"不以为苦"的M状态，才能产生M值！

我将自己得出的推论说给他们听，大家纷纷露出恍然大悟茅塞顿开的表情，除了嬷嬷。

然后，排长忽然大叫了一声："啊！"他大声问我们，"旁人看着都觉得惨不忍睹，当事人却还乐在其中……除了嬷嬷，我们宿舍还有谁是这样？！"

大家齐刷刷看向八达，脑袋摆动的幅度之整齐，就像经过多年的军事训练。

对！超级吝啬鬼八达！不在意他人目光、把日子过得各种穷酸却还为能省下哪怕一毛钱而沾沾自喜的八达！这样的人难道不算是受虐狂吗？灯塔之下是最暗之处，我们竟忽略了他！

"八达！你收到过那种开通 SM 套餐的短信吗？"大卫飞快地问。

"没……吧？我很少看短信的。"八达不确定地说。他的手机是那种典型的充话费就送的低端老年机。除了偶尔拿来跟家里通个电话外，基本上只有闹钟用途，八达甚至都不常开机。

说时迟那时快，排长像猴子一样矫健地翻上八达的床，轻舒猿臂将书架上的手机拿在手中，开机，然后飞快地浏览收件箱里的未读短信。

"啊哈哈哈我就说了，如果嬷嬷能开通那套餐的话，你没有任何理由不能开通啊。"排长跪在八达的床上，背对我们，肩膀伴随着阴冷的笑而放肆颤抖。然后，他缓缓地将那条熟悉的短信亮到我们的面前，并用中指推了推眼镜，说出那句极其装 X 的台词：

"集合了弟兄们，是时候生起复仇的狼烟了。"

如果宿舍失守，我们必将复仇

雄赳赳气昂昂步出 415 时，我们深刻地体会到了什么叫走路有风。自信，就是那阵好风！

你们可以想象吗？开通 SM 套餐仅一天半，八达的手机里就有了多达八次的虐人机会！那说明他在这三十多个小时里自虐了总共八十次！八十次啊亲！换成淘宝交易记录都不丢人啊！

之前一直把目光局限在嬷嬷身上的我们实在太肤浅了，八达才是最终 Boss 啊！嬷嬷的 M 值必须在武则天的配合下才能获得，而八达光是靠自己就行——他忍着饥饿不吃早餐好省钱，M 值 +1；我们请他吃东西他悄悄藏起来作为储备粮，M 值 +1；他的鞋子破了还坚持穿着，M 值 +1；他的头发黏黏的因为使用了便宜洗发水，M 值 +1……

总而言之，八达是那种只要活着就在自虐的超强物种！嬷嬷什么的跟他比完败了啊！被轰得渣都不剩啊！完全不需要我们做什么 M 值就跟牛市股票一样全线飘红了啊！这意味着我们将拥有无论怎么用都用不完的 S 值了啊啊啊！

在掌握了足够的弹药之后，我们出征了。一个不落，集体行动。我们都不愿意

错过自以为是神的人被虐得像猪一样大快人心的镜头。

光饼虽然是个富二代,但他是住校的。原因很简单:只有置身穷酸的环境,他才能最大限度地满足自己的炫富需求。这样一来就缩小了我们的搜索范围,我们径直去了他所在的 101 宿舍。

101 是一楼的第一间宿舍,地理位置非常独特,它处于长廊尽头凹进去的一个拐角处,因此相对要僻静一些。我们曾不止一次地幻想如果咱宿舍要是这样就可以更嚣张更自由了。而现在,101 给我们一种赶狗入穷巷的感觉,只要堵住那里,就能把光饼及其党羽一网打尽了!

光饼真是好孩子,他和他那群非主流的朋友正在宿舍里抽烟喝酒搓麻将,没有跑去外面洗桑拿什么的。而 101 因为他的关系,好些原本的住户都搬走了。当金氏代表我们用他的金华火腿响亮地踹开门时,我们只看到光饼,以及五个非主流。

"擦!"我们的进门声势昭示着来者不善,非主流们纷纷不爽。

"你们还敢来啊?"光饼摸着麻将,冷笑如同黑社会。

"如果你们不想把整个粪坑都吃光的话,就跪下来给我们赔罪吧。"排长口出狂言,已然变身大反派。他的话唤醒了光饼的丑恶记忆,光饼的脸色顿时变得极难看。"你找死!"他大声喊道。

"你找揍!"排长帅气地掏出老年机对准光饼,"自己掌自己的嘴!"

"啪啪啪啪啪!"连串清脆的巴掌声响起,在非主流们的震惊目光中,光饼左右开弓猛打了自己数个耳光。

"呵呵呵呵呵。"我们集体满足地笑了。我们真是大坏蛋呀,羞。

"怎么样?服气没?要不要多玩一会儿?"排长叉腰道。

"给我玩!我也要玩!"烂操去抢排长的手机,排长忙将手机举高:"等一下,我还没玩够呢。"

所谓的转机,往往是在敌人最松懈的时候上演的。

很不幸,这一次,我们是敌人。

一个黑皮肤的非主流出现在了排长的身后,他伸出手,轻而易举地抢过了排长手里的老年机。没等排长反应过来,他就被那家伙一脚撂倒了。

我们大惊失色!

"啤酒买回来了。"黑皮肤冲光饼们举举手中的袋子,另一只手则拿着老年机,"对了,这帮家伙来干吗的?"

搞了半天居然还有这种隐藏角色!我们疏忽了!烂操和老蜗第一时间扑上去想

抢回装备,黑皮肤后退一步,用拿着手机的那只手指着他们,骂道:"给我滚远点!"

那句话被不分敌我的手机判定为施虐指令。烂操和老蜗同时中枪。如果那"滚"仅仅只是 Out 的概念,那就算不得什么虐待了。于是,我们看着他俩双双躺倒在地,骨碌骨碌骨碌,跟轮胎似的出了 101 宿舍。还真是名副其实的"滚"啊……

101 里静极了,片刻光饼爆发出大笑,他接过黑皮肤递过来的老年机,笑得满脸都是牙齿:"原来如此!原来如此!你就是用这个在玩我的啊?"

刚才还以踢馆气场塞进这间宿舍的我们,此刻不约而同地向门口挪动脚步。

"掌自己的嘴!"光饼有样学样地用手机对准我们下达指令,中招的金氏立刻开始噼里啪啦地摧残自己的胖脸……同一时间,大卫猛然掀翻了身边的一张桌子,借着那一挡,我们头也不回地冲出这间宿舍,金氏一边跑还一边噼里啪啦……

"别让他们跑了!追!"光饼兴奋地大叫。

"喔喔!"非主流们也很来劲。

我们一出 101 宿舍就很有默契地四散奔逃了。不跑能行吗?万一落在那家伙手上被要求给他们全体暖被窝怎么办?!不过我们也不能回老巢,我们马不停蹄地跑出了宿舍区。

——不,除了一灿。也许是实在受够了光饼的气焰,也许是想为我们争取时间,总之他在跑过宿舍区铁门时忽然停了下来,以一夫当关的气势把守住了这条交通要道!

先前帮助过我们的那位学校保安也出现了,他大老远地指着光饼们嚷嚷:"喂!喂!你们这几个家伙又想干什么?!"

"去跟他打。"光饼拿手机一指,一灿便情不自禁地助纣为虐去了,他跟保安叔叔纠缠成一团的身影是那么悲壮,那么英俊……

拜一灿努力争取的时间,我们个个跑得没影儿了。

当时和我跑在一起的是八达和嬷嬷。八达跑得非常痛苦,一路喃喃着:"我的手机,我的手机……"如果不是我和嬷嬷一左一右地拖住他,没准儿这厮会冲回去跟光饼拼命。谁能想到握着大把 S 值的我们居然还会落到这种田地啊?!

我不厌其烦地强调过,我们就读的是一所破学校。破学校没可能幅员辽阔,也就是比普通的中学再大个一倍左右。光饼们的动作不慢,而我们三个跑得却不快,所以我和嬷嬷对视一眼,一致决定:先躲起来!

宿舍区往右是操场,无遮无拦的非常容易暴露,因此我们是往左边跑的。那里的主要设施包括公共澡堂、舞池、小卖部、小公园……要藏总是有地方的,最后我们选择了小公园。

躲在一片树丛后，通过树叶的空隙观察着外面，我们紧张极了。所以人绝对不能做坏事啊，想做的时候就想想如果同样的坏事发生在自己身上是什么滋味。是的，那一刻我们的想法一致：只要有可能，光饼绝对会让我们415一个不剩地变成人形化粪池。此刻嬷嬷一定很后悔，因为他，让光饼拥有了那样一种跳进黄河也洗不清的黑历史……

"真是衰毙了。"我嘀咕。

"这下该怎么办啊？"嬷嬷说。

"我的手机，我的手机……"八达说。

"别管你的手机了！"我不耐烦地打断八达。这家伙每天都会刷新M值，换言之光饼只要拥有他的手机，每天都会得到新的虐人机会，他现在等于是无敌的了啊！我都不敢想象这个学校会被他摧残成什么样了。

这个时候，我的手机忽然响了，接起来，竟是锅炉工的来电。

"喂？老锅。"我压低声音说。

"段段，你和八达现在在一起吗？"锅炉工也压低着声音。

"是啊，你在哪里？"

"别管我了。听我说，你立刻带八达去移动营业厅，让他办理停机！"

"停机？"我莫名其妙。

"对啊，就当手机被偷了，去营业厅办理停机。那样的话，光饼手上的手机就不能用了吧？"锅炉工说。

我恍然大悟，这真是个值得尝试的好主意啊！锅炉工不愧是我们宿舍头脑最好的！我恨不能把手伸到电话那头去拥抱他。

但也就在这个时候，锅炉工发出了一声惨叫，天，他被光饼发现了！听着电话那头持续传来的凄厉的呼号，我的手不禁颤抖……我默默切断电话，迎着八达与嬷嬷震惊的目光，沉痛地摇摇头。

"锅炉他……牺牲了。"

听见噩耗的八达与嬷嬷，眼中不约而同出现了晶莹的泪花……

"不能让他的血白流！"我毅然决然从树丛后站起来，"走，我们去营业厅！"

距离我们学校最近的那个营业厅大概要走十分钟。我一边言简意赅地转述锅炉工的计划，一边跟嬷嬷、八达一起离开小公园。

记得逃跑的时候，锅炉工选的是跟我们相反的方向，现在他被光饼抓到了，也就是说，光饼距离我们还有一段路程。我们还有时间！

可惜我们的如意算盘再一次落空了。出了小公园，我们向前跑了不到一百米，就看到光饼出现在了前方拐角处！

……完蛋，失策了！谁说锅炉工是被光饼抓住的？！他可能是落在了非主流的手里啊！没想到光饼身为富二代，竟然还拥有兵分N路的智慧。这下可好，我们被他撞了个正着！啊啊啊为毛好死不死碰上他啊！他怎么不去追金氏啊？（金氏：你大爷……）

暖被窝的阴影浮上脑海，我们紧急扎进路边一个简陋的自行车棚里，借着几辆自行车隐藏自己。我们三人将身形尽量压低，就差趴地上了。这种恶劣的情境，令我不禁想起以前曾经因为一张假币而跟大卫、八达一起被个通缉犯追杀时的情形。想不到时隔没多久，我们又被人追着……暖被窝。这样的人生想想真是，还不如喂狗算了……

"嬷嬷，你的手机现在能不能用？"我轻声而紧张地问。

"不行。"嬷嬷让我看他的三星，"还是9点啊。"

我勒个去……再多1点是会怎样啊！没有武则天就真的不行吗？明明只需要1点，我们就能够尝试着扭转乾坤……

"一开始就不该招惹那家伙的。"八达碎碎念着，"S值什么的，嬷嬷拿着虐武则天就好了不是吗？那样的话我的手机也不会……也不会……"你够了啊祥林嫂！

嬷嬷在这时转过头，对我们苦笑了一下。

就在那一刹，我看到嬷嬷的手机屏幕亮了，天平上的S盘跳出了一个"1"，而M盘上的分值变成了0。怎、怎么回事?!为什么嬷嬷忽然得到了1点M值？9+1，10点M值自动兑换成1点S值，一次虐人机会，生成！

"喂！他们躲在这里啊！"

又是那个高个子黑皮肤的非主流，他发现藏在自行车后面的我们了！光饼和其他人立刻冲进自行车棚，我们暴露了！

"哇哈哈哈，太好了，是你这小子啊！"光饼兴高采烈地指着嬷嬷，"你对我做过的事情，该付出代价了！"

如果要为我的人生评选十大最帅名场面，我一定会毫不犹豫地选择接下来的这一幕——我抢过嬷嬷的手机，双脚用力一蹬地面，直接跳到了一辆自行车的后座上，我双手握紧三星犹如持枪的星际牛仔，对着光饼大声呐喊道：

"出！去！裸！奔！"

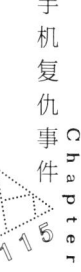

恋爱中的傻瓜，全都是受虐狂

以光饼的转学为句点，这一次的事件结束了。

光饼少爷也只能转学了，我的命令让他再也没法在这个学校待下去。当时他毫不犹豫地褪尽身上的纺织物，然后义无反顾地冲出车棚，任那些目瞪口呆的非主流怎么阻止也不肯停止。话说那些家伙真是脑残啊，如果是真爱，当时就应该也脱光了跟他一起裸奔造成一种复兴古希腊全裸奥林匹克的错觉不是吗？可他们只顾慌里慌张地拿着衣服在后面追……吃惊太甚的缘故，他们甚至忘记了将掉在地上的八达的手机捡起来。

八达的老年机又回来了，这一下我们什么也不怕了。不管是光饼还是非主流都尽管来吧！可事实是我们后来再没有受过挑衅。也许是我们放出的狠话"来一次让你们裸奔一次！"起了作用，总之那些非主流跟光饼一起，消失在了我们的生活中。直到毕业都再没有遇见。

至于嬷嬷是怎么在千钧一发之际得到了1点M值的，理由也非常简单——在听八达说了那句"S值什么的，嬷嬷拿着虐武则天就好了不是吗？"之后，他说他很想告诉我们："我永远都不可能虐她的。"

"所以就是这个想法带来了M值？为什么你要忍到这种地步啊？"我们问。

"为什么要说忍呢？喜欢一个人不就是要这样吗？"嬷嬷反问。

我们集体沉默了。是吗？喜欢一个人就是要这样吗？包容她的一切缺点，享受她的一切任性……所以不能理解嬷嬷的我们，只是因为还没有找到那个令自己痴迷的女孩，又或是找到了却陷得不如嬷嬷那么深？

即使有着出轨的机会，仍然不愿背叛爱人，这才是真正的忠诚；即使有着变成S的机会，仍然无怨无悔地选择当一个M，这，才是真正的受虐狂。每一个深陷恋爱的傻瓜，都是受虐狂！

新旧更替事件
chapter 7

Tales of the Unusual Youth

4 | 5

"好烦啊,不想画了!"室友之一的画家将画笔往地上一丢,郁闷地躺到沙发上。

我很能理解这种心情。因为我跟画家一样,每个月总有那么几天……要各种赶稿,而那个时候就会各种想死。

"振作起来。不劳动者不得食。"我说。

"手头还有点儿存款,一时半会儿饿不死。"画家像个不想做作业的小孩子那样发着牢骚,"好想给自己放一年假,什么都不做,整天睡到自然醒,然后吃喝玩乐……"

"听起来是很不错啦,不过活得太堕落的话,小心会碰到那个。"

"什么?"

"会碰到……你自己。"

蜗牛背着那重重的壳呀,一关一关地往上打 01

这件事发生在一个夏天。当时天气热得不像话,平均气温高达三十八度,气得我们每天都要指着温度计大骂一句:"臭三八!"后来温度计不知是质量问题还是不堪受辱,居然在我们又一次集体谩骂它时"砰"地爆了,侧面反映已经热到了什么地步。

但就算是热,出门还是跟出恭一样无法回避。尽管我们就读于一个破学校,有些课还是得去上的。况且天气原因我们不敢在宿舍里摆太多饮料水果零食,生怕坏掉,无形之中增加了往外跑的频率。

这种时候最令人羡慕的,莫过于老蜗了。身为415的头号懒虫,他真是没有辜负自己的外号，永远像只蜗牛那样缩在床上打游戏。那床就好比他的壳。老蜗的所有存在感都是通过游戏来体现的。他的人生似乎没有第二件需要操心的事。课不上，作业和考试用抄的，想采购什么也只需要跟我们打声招呼就行。值得赞美的是415的和睦氛围。面对这种懒得发指的生物，我们仍旧有求必应。想来这跟老蜗的脾气有关吧，不管怎么说，他还是很好相处的。做室友和做恋人一样，好相处是第一位的。

却说那天，我和嬷嬷、大卫顶着烈日，走了十分钟路抵达学校附近的永辉超市。刚进门就有一阵冷气扑面而来，顿时整个人都复活了。我们慢悠悠地在里面逛着、买着，努力拖延着离开的时间。

"老蜗让我们帮他带什么来着？"我一边挑苹果一边问。

"可乐，卤肉饭，还有……"大卫正回忆着，表情忽然有些疑惑，望定了一个方向。

我们顺着他的目光看去，望向人头攒动的熟食区。虽然同样是卖肉，但并不像擦边球动漫那么值得一看。

"我好像看到老蜗了。"大卫说。他是我们宿舍最高的，理论上能看到的东西比我们都多。

但我和嬷嬷都笑了："那怎么可能，老蜗能保证大小便不在床上解决就偷笑了！"

"有道理，应该是看错了。"大卫深表赞同，但视线还是忍不住越过一个个头顶，"说起来那人真的好像老蜗啊，你们要看到肯定也会这么觉得的。"

"既然你如此思念老蜗，那么我们就赶快给他送饭去吧。"嬷嬷善解人意地说。

"嗯，师父他一定等急了呢。"大卫非常合作地进入415特有的三八剧场模式。

而不出我们所料，回到415，我们一进门就看到了仍旧乐此不疲地打着游戏的老蜗。与我们离开时相比，他的姿势甚至都没换一下。

"老蜗你刚才没出门吧？"大卫问。

"这种天气他会出门，金氏就会上树了！"排长说。

"靠！"金氏说。

至此大卫终于相信，自己的确是看错了。

世界第八大奇迹

下午有课。一节很重要的C语言。除了老蜗，我们全体怨声载道地出了门。这种天气让人实在不想动，而只想在风扇下面睡死成一只树懒。可我们毕竟不具备老蜗那种死猪不怕开水烫的魄力。

"死猪不怕开水烫本是专为金氏发明的句子，老蜗太过分了，居然侵权。"排长边走边发出控诉，然后如愿以偿换来金氏的一声"靠！"

"老蜗实在太勇敢了。"锅炉工擦着满头的汗说，"这样下去他还能毕业吗？"

"我们学校政策这么宽松，毕业有什么难？他需要担心的是以后能不能找到工作。"八达说。家境贫寒的关系，他对找到有钱途的工作相当上心。

"早八到工卓他就又给季己家看店了（找不到工作他就要给自己家看店了）。"一灿说。那个夏天他剃了个平头，非但无损俊朗反而更添韵味。一灿跟老蜗是念同一所中学的，所以很熟悉老蜗家的情况。话说回来老蜗唯一比一灿强的地方，大概也只有说话不带口音了。

老蜗家是在一个城乡接合部开小超市的，生意据说不错。柜台收银这种没什么技术含量的活儿也非常适合老蜗的状态，简直可说是天职。就在我们九个人对未来感到迷茫的时候，老蜗的余生却似乎已经尘埃落定，这样一想我们又不禁有些羡慕他。

我们就这样闲聊着来到电脑教室，一进门就愣了。

我们看到谁了？老蜗！竟然是老蜗！他坐在一台电脑后面，笑着冲我们挥手。

"快告诉我今天的太阳是不是从马桶里升起的！"同班的武则天惊恐地问我们，"超级大懒虫居然来上课了！"

我们跟她一样吃惊。要知道老蜗因为太少出现在课堂上，班上有相当一部分人甚至不认识他。而我们出门前他分明还在优哉游哉地下副本，怎么反而赶在我们前面来到教室了？

我们各自在虚位以待的电脑前坐下。大卫坐在老蜗旁边，问："你什么时候来的？"

"就比你们早一点。"老蜗说。

"从小卖部旁边那条路绕过来的？"

"是啊，顺便买个冰棍补魔。"

"不过你居然会想来上课！"有着管家婆气质的嬷嬷显得很欣慰。

"因为这里可以吹空调嘛。"老蜗一脸坏笑。

嗯，这个答案一出来，我们就都能接受了。大夏天出门虽然难熬，但是晒个十分钟换来一小时的清凉并不亏。何况这是电脑教室，老蜗照样能玩他的游戏。虽然一上课我们的电脑就都会被老师控制住，但开小差党早就娴熟掌握了解除束缚的秘技。

不久就开始上课了。一如既往的，有人听讲操作记笔记，有人看书睡觉玩游戏。诡异的是，老蜗居然属于前者！我还是第一次看到他面前的显示屏不是花花绿绿的游戏界面。

"他是不是中暑了？"八达问我。

"绝对是。"我想不出第二种可能。

接下来发生的事接二连三跌碎了我们的眼镜。老蜗被老师叫起来回答一个问题，结果他以完美流畅的解答赢得了老师的赞许。到了自由上机的时间，老蜗还凑到我们班最受欢迎的小苹果身边，指点她课业上的迷津……

天啊，这是我们家老蜗吗？这根本是会动的世界第八大奇迹啊！

"老蜗你振作点啊！你不该是这样的啊！"暗恋小苹果的烂操揪住老蜗大叫，脸上的妒意奔流不息。

"靠，那我该是怎样？"老蜗笑骂。

"你应该专心玩游戏。"锅炉工嘟囔。他一直通过烧水和提供作业给我们抄来证明人生价值，老蜗的崛起让他产生一种客户流失的淡淡失落。

"别小看我，我偶尔也是会翻翻书的。"老蜗说。

"你想说你的智商其实比金氏还高吗？"排长叫。

"靠！"金氏也叫。

总之，老蜗的一反常态令我们万分诧异，并且他似乎打定了让我们吃惊吃到饱的算盘。下了课之后，他不知用了什么花言巧语，竟跟小苹果一起去图书馆了。

树上的老蜗成双对

我们再次回到415，再次看到那个在游戏世界里纵横驰骋的老蜗，一瞬间都产生了"这才是本尊"的感想。

"这么快回来了？被小苹果甩了？"烂操幸灾乐祸地问。

"你在说什么胡话啊？"老蜗懒洋洋地抛来一句，眼睛不离屏幕，"喂，谁来陪我杀两盘？"

"里不似去图苏广了吗（你不是去图书馆了吗）？"一灿操着他那瞬息万变的普通话问。

"你的口音已经重到让我听不懂了。什么什么广？"老蜗莫名其妙。

"图书馆啊。你不是一下课就拉小苹果去了？"嬷嬷说。

"你们热出集体幻觉了吗？快去洗把脸吧。不是我自夸，哥这个学期以来还没上过一节课呢！"

我们大眼瞪小眼，一种怪异的感觉战胜炎热，在我们的皮肤上攀爬。

"……刚才那个你是谁？"八达没头没脑地问。

大概是因为他的口气分外认真，老蜗停下了灵活操作鼠标的手，茫然地看着我们九人。

"你刚去上课了，我们都看见了。"我说。

"还跟你说了话。"金氏说。

"你还非常勤奋。"排长说。

"你还跟小苹果有说有笑。"烂操咬牙切齿。

"……这要是鬼故事，留到睡前讲比较好。"老蜗收敛起笑容说。

"鬼你妹。"我们异口同声。

"这么说来，我在超市看到的不是错觉，是真有个跟老蜗长得一样的人！"大卫恍然大悟。

"不过那家伙为什么要变成老蜗的样子？"嬷嬷怯怯地问。他用了"变"这个字，增加了整件事的神秘感。

接下来我们又聊了几句，就各干各的去了。当一个问题暂时得不到解答的时候，那就当它不存在吧——这是415一向推崇的鸵鸟精神。

不过看得出来，老蜗的心情已经受了影响，他打起精神继续玩游戏，很快就Game Over了。

这时我收到了一条短信。打开手机，是林姑娘发来的。

大学里我最要好的异性朋友是春菜，她跟学姐们一起住。林姑娘就是其中一位。她大我们一届，但是模样完全看不出来，相处起来更是毫无隔阂。跟她交换手机号码后，她有时候会忽然给我发短信，聊些有的没的话题。必须承认，我不讨厌这种互动。

林姑娘说："好无聊喔。有什么好玩的事情不？"

我想了想，回她："咱们学校有关于分身的传说吗？就是在你不知道的情况下，身边莫名其妙多出来一个跟你一样的人。"林姑娘毕竟比我们在这里多待了一年，关于校园灵异传说什么的知道得也比我们多些。之前遭遇的"诅咒假币"事件，也是她告诉春菜，春菜再告诉我的。

林姑娘的回信来得很快："你说二重身吗？你遇到二重身了？"

"二重身"这三个字让我一呆。我当然是听说过这个现象的，大意是指一个人在镜子之外的地方看见了自己。富有怪谈气质的是,遭遇二重身的人，通常都活不久。

……气氛忽然变得可怕起来了有木有！而林姑娘活泼的短信仍旧不断发来：

"喂，部长你该不是遭遇二重身了吧？那你这几天一定要注意安全喔！"

"部长"是春菜宿舍的学姐们给我起的绰号，全名是后勤部长。这是她们基于我平常对春菜的照顾做出的肯定。当然这跟现在进行中的话题无关。

我没有再回林姑娘短信，看看老蜗，犹豫着该不该告诉他二重身的传说。

这时我忽然看见，老蜗的样子变得透明了，我忙瞪大眼睛，呃，又变清晰了，刚才似乎是错觉。

黑子的篮球

看来老蜗的确很在意自己被人盗版的事情。证据就是第二天，也就是星期五，他居然主动提出要跟我们一起去上课。"我倒要看看另一个我长得什么样！"他捏着拳头说。

"放心，我们挺你！"法令纹很深的排长立刻以大家长的姿态表示支持。

然而，那个冒牌货似乎察觉了今天本尊会到场，没有出现在教室里。我们下意识期待的"真假美猴王"场面因此没能上演。倒是武则天再次指着老蜗大惊小怪："连续两天都来上课！这绝对是天地异变的前兆吧！"……这女人真烦。

不过看得出老蜗还是松了一口气。毕竟不是每个人都可以平静面对另一个自己的。老蜗一放松就立刻进入打混模式，趴在课桌上直嘀咕："我看我下一节课就溜回去算了。"

"搞不好你一走那家伙就会冒出来。"嬷嬷提醒。

"也许那是个路过的外星人，看哥长得帅所以 cos 了一下，现在回火星了。"老蜗一边说，一边懒洋洋地看着窗外。

万里无云，日照猛烈。楼下的篮球场上，几个不知死活的男生正在打篮球。一切显得多么平常，不像有什么怪事要发生的样子。

但老蜗的眼睛渐渐直了，他甚至发出"啊"的惊叫，趴在了窗台上。这是一节英语课，正口若悬河的欧巴桑老师不满地敲了敲讲台。

但是老蜗眼里已经完全没有老师了，他披着全班投来的目光，大张着嘴望着篮球场，坐在他身边的我们预感到了什么，也跟着往那边看。

……不出所料，那家伙又出现了。那个冒牌老蜗！他穿着球衣，正在打篮球，上篮动作还十分优美。热爱篮球的大卫也不禁搞错重点，脱口称赞。

冒牌货似乎知道有人在看他。他撩起背心的下摆擦了擦汗，抬头冲上面笑了一下——那一刻，两个老蜗四目相交了。

他们真的是一个模子刻出来的。老蜗那海胆般的发型、服部平次般的黑皮肤、佟大为般的小眼睛、被人打过般的鼻子……那个冒牌货也全都拥有。

"我……我靠！"老蜗不顾一切地推开课桌，在英语老师气急败坏的"喂！喂！"中跑出了教室。我们面面相觑，立刻追随老蜗而去。于是英语老师的叫声变成了："喂！喂！喂！喂！喂！喂！喂！喂……"

老蜗三步并作两步朝楼下飞奔，看那火急火燎的架势，刚才没直接从窗口一跃而下已经是奇迹。但等我们来到篮球场，冒牌货已经没了影子。

"你说去上个厕所，怎么把衣服都换了？"球场上一个国字脸的壮男冲老蜗招手，"快来，就等你呢。"

显然他是把老蜗当成那个冒牌货了。老蜗一呆，真就上场去了。

"请问，你们认识他吗？"嬷嬷指着老蜗问场边一个同样穿球衣的。

"不认识，我们几个在这里打球，他突然凑进来，技术一流，就一起玩了。"那位球员说着叫起来，"哎呀？怎么搞的？"原来老蜗犯了个低级错误，在运球的时候把球给运到敌人手里去了。

据一灿所说，高中时期的老蜗也是篮坛一枝花，甚至刚入大学时他都还矫健过那么一阵子。可惜时间是把杀猪刀，自从电脑搬进了415，老蜗大显身手的舞台也搬到了二次元。一个除了上厕所外懒得动一下的家伙如何能上球场呢？短短五分钟，老蜗顺利帮自己的队伍丢了七分。

"我不打了……"这么点儿工夫老蜗已是汗流浃背，这气温和运动量对现在的他来说显然太沉重了，他摆摆手就想下场。

但球场上的其他人不干："靠，你玩我们啊？"我们见状不妙，连忙上去帮老蜗说话："对不起他不舒服！""他早餐忘了吃了！""他最近痔疮又犯了！"……而大卫更是直接把T恤一脱："我来替他打好了。"

高个子的大卫球技不俗。况且他那一身白如美玉的肌肤在太阳下还有反光效果，实乃出奇制胜的法宝，总算是安抚了球场上的民心。

而老蜗在我们的簇拥下灰溜溜地离去。一个恍惚，我又看到他的身体呈现出飘忽不定的半透明。

调包牌便当

05

所谓百闻不如一见，有些事情听别人说和亲身经历，感受是完全不一样的。撞

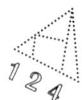

见"二重身"的老蜗深受刺激，日夜操劳的电脑因此得到了两天的假期。要知道那两天可是周末，名正言顺堕落的日子，老蜗反而都拿来睡觉了。

所幸这个周末过得还算和平。至少我们去食堂去超市去图书馆去篮球场的时候，都没有再看到另外一个老蜗。我们把这种微不足道的好消息告诉老蜗，以为他提供"那家伙走了，真的走了"的安慰。

可是，就在周末即将过去的时候，一通电话摧毁了老蜗最后的淡定。那电话是老蜗的娘打来的。老蜗一接起就用家乡话叽里呱啦了半天，说着说着，分贝陡然提高，还在宿舍里的人都朝他望去，只见他的脸色难看得仿佛某些贺岁烂片。

"肿摸了（怎么了）？"老乡一灿及时送上关心。

"怪不得这两天在学校里碰不到……"老蜗低喃。

"你说什么？"烂操问。

"我说，这两天之所以没看到那家伙，是因为他跑到我家去了！"老蜗彻底崩溃了，竟一把揪住烂操，"刚我妈打电话来我才知道！我妈说这个周末我特地跑回家看他们还抢着做家务让她觉得我真是长大了啊！可我没回去啊！我一直在这里！那么是谁回去了？！"

……在如此炎热的天气里，我们都硬生生打了个寒战。果然空调、冷笑话和怪谈是夏日降温的吉祥三宝啊！

"那家伙冒充我上课，冒充我泡小苹果，冒充我打篮球，冒充我回家……他怎么对我这么了解？就没人识破他？"老蜗很激动，"他到底想干什么？想干什么？"

"嘿！老蜗你……"烂操大叫起来。

老蜗松开烂操，保持着双臂伸出的姿势缓缓后退。他和我们一样，看到了自身显而易见的变化。

……他变得透明了。天气这么热，大家都穿得比较清凉。事实上夏天的男生宿舍果断就是胸毛与裤衩的展览会。而现在，我们的目光竟能穿透老蜗黝黑赤裸的上半身，直接看到后边的墙壁。

之前我看到的并不是错觉，是真的！而现在的老蜗，透明化的程度显然加重了！

老蜗自己去照了照镜子，看完后脸色苍白得能跟大卫媲美。事态严重，一向在乎自己是不是宿舍最白的大卫都顾不上燃烧竞争意识了。

而我也在那一刻猛然醒悟了"二重身"的诅咒原理。

所谓看到了二重身就会死的传言，更确切地说，应该是消失在这个世界上吧？以这种渐渐变透明的方式消失。

如果二重身只是单纯出来咒人的话,那他有必要那样渗透进老蜗的生活吗?他顶着老蜗的皮囊,却表现得更加出色,简直是在帮他树立形象。为什么要做到这个地步?

也许,他根本是想要取代老蜗?当他的存在感越发强烈而老蜗越发淡薄,"看到二重身就会领便当"的诅咒不就成立了?

我将上述推论尽量浅显地说了一遍,听得宿舍里鸦雀无声,仿佛正为老蜗的追悼会提前彩排。真是太不吉利了。

"表……表换气(不要……不要放弃)!"半晌,一灿坚定地扶住了老蜗的肩,"里又撸腻!又撸腻烂季己变层无口取代滴淫!(你要努力!要努力让自己变成无可取代的人!)"

老蜗哀怨地看着一灿。这么脆弱的时刻还要分心去翻译他的普通话,实在太为难人了。

让我们用心把你留下来

深更半夜,我们被老蜗的惨叫吵醒。我飞快地爬起来摁亮电灯,只见老蜗指着窗外,脸色煞白。

"吵死了!我要早起陪客户打高尔夫的!"睡糊涂了的排长发泄着起床气。

"老蜗你做噩梦了吗?"嬷嬷永远是最治愈的存在。

"看……看到他了……"老蜗惊魂未定,睡前好不容易恢复清晰的身体,这会儿又变得影影绰绰,"我睡不着一直睁着眼,就看到他出现在窗外,这绝不是做梦……"

他说的是靠走廊的那扇窗,那里现在当然是空空如也。我们想象了一下半夜三更看到另一个自己在窗外探头探脑的情景,纷纷裹紧被子。擦,这种事情要能普及开,地球的温室效应就能得到很好的控制了。

可怜的老蜗,他是真的已经心力交瘁了。

现在是星期三。连着三天课程都排得很紧。当然,过去的我们并没有那么老实,会每节课都去上的。现在之所以"课不容缓",完全是给可怜的老蜗做伴。为了不让自己的存在感被进一步剥夺,他努力出现在每一个应该出现的场合,我们这些亲友团也只好如影随形。武则天已经不止一次赞叹道:"415真了不起啊,居然集体变性了。"这人绝对是故意的!是不会说转性吗?!

如果不是二重身的"帮助",我们大概不会反思一个人该如何建立、巩固与加强自己的存在感。其实很简单：无非就是自己的事情自己做，自己的日子自己过。如此而已。谁不是这样活过来的？可老蜗之前一直都过得太理所当然了。对于那些天经地义的事情要么回避，要么坐享其成。

而人世间最大的悲哀莫过于子欲养而亲不待——我的意思是说，终于下决心要认真对待某些事，却已经太迟了。

因为，在我们不知道的时候，在我们看不见的地方，那个冒牌货竟然悄悄地做了更多更甚于老蜗的努力——

有时候，老师会忽然点老蜗起来回答问题，但老蜗不会，老师就不满地说："上次你不是特地跑办公室来跟我交流了半天吗？"

有时候，会有陌生的女孩来找老蜗，老蜗对此深感茫然，但乐得接受，然而约会下来总被对方嫌弃："你跟上次比怎么像换了个人？说的话都好没趣。"

有时候，走在路上的老蜗会被学长拉去打球……

冒牌货拥有比老蜗更强大的能力与人格魅力，他背着老蜗接受了他原有的人际关系网，还额外扩展了好些。而老蜗跟415之外的人接触下来，得到的鲜明结论是：人们喜欢那个冒牌货，多过他。

这可悲的感觉，就好比天地会努力地反清复明，群众却已经很习惯这个人人有饭吃人人有书念的康熙政权了。

几天下来老蜗的身体变得越发透明。原本他还会透明一会儿就还原的，渐渐就透明得非常专心了，已经不是光靠掩饰就能够糊弄过去的了。这样的老蜗要还敢出门，后果恐怕是把电视台吸引到这座穷乡僻壤的学校来。于是，老蜗连出门的权利都被那个无良的冒牌货给征收了。尽管，那家伙一次也没有堂堂正正地在老蜗和我们面前现身过。

如果老蜗能挺过这一难，他必然会成为伟人。我们都这样想，因为"天将降大任于斯人也"的剧情还陆续有来。这所破学校忽然抽风了宣布要参加某个文明卫生奖的评比，未来的一个月内，宿舍区将恢复舍监每天三趟检查卫生的初始设定。这意味着不便出门的老蜗还不能躲在宿舍里，否则就会被舍监发现。当然不是没有应对的方法，那就是每次舍监到来时老蜗都躲出去——以全副武装的造型。问题是这种天气裹得严严实实不是更吸引眼球吗……况且这个卫生评比要持续一个月，他有办法躲一个月吗？

没有想到的是，就在这种四面楚歌的关头，冒牌货主动联系了我们。

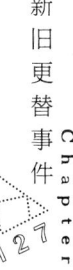

是否替换当前文件？

每间大学宿舍都有公共电话。虽然在手机普及之后，固话什么的根本形同虚设，但是那天，它百年不遇地响了。一时间我们都在琢磨到底什么在叫，等到反应过来，我赶紧过去拿起听筒，那头，一个熟悉的声音在说："你们好。"

"……"我一下子呆住了，这不是老蜗的声音吗？但是这会儿老蜗正以半透明的姿态蜷缩在床上，并且还面色憔悴……这么说，来电的是……

我做手势让415的各位都安静下来，按下免提，然后屏住呼吸听那头说什么。

"是不是觉得我们的声音听起来很像？呵呵，其实我和他就生理而言，可以说是完全一样的，就算做DNA化验也查不出区别。"冒牌货笑着，我的眼前浮现出老蜗的表情，"当然我们还是有最根本的不同，那就是，我比他更优秀。"

"……你想怎么样？"身为宿舍长的我努力让声音沉着镇定。

"没想怎样，以后大家都是好基友，所以来打个招呼。"冒牌货开着典型415风格的玩笑，"旧版本已经不行了，他的消失是早晚的事情。但不要紧，我会立刻补上，谁都没有损失。大家仍然是好兄弟。"

"旧版本？"我注意到这个微妙的用词，"你到底是……什么东西？"

"怎么跟你解释呢……这么说吧，我是进化的一个环节。生物的进化不都是在长年累月潜移默化中发生的吗？但我，或者说我们，是直接以更好的版本取代旧版。听得懂吗？就像用新文档覆盖旧文档一样。"冒牌货侃侃而谈，"不管愿不愿意，这种取代都是不可抗拒的。但你们太麻烦了，我不得不现身说法。"

"你们有什么权利这么做？是谁指使你们的？你们来自哪里？"

"就知道你会想问。但很抱歉，我也不知道，我只知道自己来到这个世界的使命。或者，你可以把这当成一种超自然的物竞天择吧。你们应该清楚，当下你们努力保护的那个旧版本有多么废柴。"

"……"我在心里承认着他对老蜗的点评，但不想做出回应。有时候我们重视一个人，与他是不是废柴没有关系，"你刚才说我们太麻烦，什么意思？"

"说实话，原本当我出现在你们的生活中时，旧版本就应该自然而然消失掉的。不会有人抗拒进化的发生——除了你们。我观察过了，正因为你们固执地守着那个落后版本，他才会迟迟消失不掉。'羁绊'的力量居然能够超越优胜劣汰原理，所以我说很麻烦。"

我不期然产生了一种热血和豪迈："于是你想怎样？杀光我们吗？"

"哈哈,怎么会?我是要取代旧版而活的,对你们动手,搞不好我还得去坐牢。"冒牌货笑了,"但是呢,既然世界上有两个我,解决掉其中一个就不会触犯法律。放心,他会消失得非常干净……但你们不管怎样都会妨碍我吧?我之所以联系你们,就是希望能获得理解。这不是一桩恐怖事件,这只是进化的必然趋势。旧版本的一切记忆我都有,我就是他,你们不会失去他。"

"你要真的是他,就应该清楚,415绝对不会出卖同伴。"我一字一句,说出这句义薄云天的台词。

那头沉默了片刻,把电话挂了。

我放下电话,看着各位战友。大家彼此交换眼神,也许算不上多坚毅,有件事却心照不宣:现在,我们是老蜗存亡与否的最后一道防线。

"早个地荒,把他馋起来吧(找个地方,把他藏起来吧)。"片刻,一灿提议道。

望拾到者及时告知,定有重酬

也只能先把老蜗给送走了。

冒牌货,不,他不是自称新版本么,叫他"新蜗"好了。他不知什么时候就会来对付老蜗。把老蜗留在宿舍里,目标太明显,况且检查卫生的舍监是个问题。现在的老蜗不宜抛头露面,我们寸步不离地保护他也不够现实……如果能找到一个地方让老蜗先待着,不必我们分心照顾,我们就可以集中精神对付新蜗了。

好在老天没有抛弃我们。本来避难所不是你想找,想找就能找的。可是我在给林姑娘发了一条询问短信后居然就搞定了。她很惊讶地回信给我:"你要租房子?终于打算跟春菜同居了吗?正好我当家教的一户人家让我帮他们看房子欤。"

不少勤快的大学生都有打工习惯,林姑娘也身兼数个家教,而其中一户的家长近期要出远门,考虑到治安问题,希望相处甚欢的林姑娘能帮忙看几天房子,被她一口答应下来。她也没有想到,这会在无形中帮了我们大忙。

老蜗与林姑娘第一次见面时,全身从下到上分别是运动鞋、长裤、长袖衬衫、口罩和渔夫帽,双手还戴着手套。在将近四十度的高温里,这种造型俨然酷刑。我曾在电影动漫里无数次看见透明人穿风衣缠绷带的样子,没想到现实中也能亲睹一回。话说回来老蜗还不是一个严格意义的透明人,真到完全看不见了,他也就不存在了。

我已经事先把老蜗的事情告诉了林姑娘,但她还是在看到老蜗时吃惊得合不拢

嘴,尤其是老蜗为了表示对学姐的感谢,还摘下口罩跟她问了声好。

林姑娘带我们去的那个房子,二室一厅,还算干净,作为临时躲藏地点简直太理想了。况且老蜗现在命悬一线,也顾不上挑剔什么。

"那你就先在这里待着吧。不要随便出门,饿了就吃泡面。我们会定期给你补充粮食的。"我叮嘱老蜗。老蜗点点头。

"那我先走了,有事给我们打电话。"

老蜗又点点头,忽然悲从中来:"靠,简直跟坐牢似的!为什么劳资非要遇到这种事情不可啊?"

"没办法,你平常过得太散漫了,就当这是报应吧。"我没好气地说。毕竟新版取代旧版这种事情,也是会挑对象进行的。

"早知道会这样,我宁可每天去上课。"老蜗哭丧着脸。

我又安慰了他几句,就跟林姑娘一起走了。

"他要这样躲到什么时候?"来到楼下,林姑娘问,"顶多半个月,主人就要回来了。"

"唔……希望能赶在那之前抓到那个二重身吧。"

"抓到了他,你朋友就能得救吗?"

"不知道。死马当活马医……到时候再看了。"我也只能这么回答。

"可是,"林姑娘轻声说着打击斗志的话,"我从来没有听说过,遭遇了自己的二重身,还能够活下来的。"

也许真的是那样吧。可是没办法,既然老蜗是我们的一分子,那我们就不得不救他。

415宿舍里一共有十个人,实在是太拥挤了。拥挤到,只要少掉一个,我们都会觉得空荡荡的。

老蜗方面既已安顿好,我们便按照原计划,兵分九路,开始了对整所学校的地毯式搜查。操场、篮球场、图书馆、体育馆、食堂、学生街、宿舍区、游泳池……我们不单用自己的眼睛找,还都随身携带了老蜗的照片,询问每一个遇到的人:"这是我哥们儿,唉,绝症,脑残,又走丢了。你见过他吗?"

如果新蜗就在学校附近徘徊,咱们这种掘地三尺的干劲应该能收到一点成效吧?我们约好了,谁一有线索就立刻通知其他人来集合。在不知道新蜗有什么凶残能力的前提下,暂时还是只能采取人海战术。

我们在寻人的同时也不落下每一节课,因为新蜗可能会去上课。

一灿特地往老蜗家打了电话，以确保新蜗没有故地重游鱼目混珠。

一天就这样过去了。万事开头难，但对于找人来说，开头往往是最容易的。因为如果接下来你每天都要不断重复相似的流程而徒劳无功，会对身心造成残酷的折磨。可惜上了贼船就无法回头了，我们能做的只有像八达那样鼓励自己："等到这件事解决了，一定要让老蜗请我吃一个月的饭！"

如果不是在天开始变黑时发现了老蜗的手机充电器，真不知道这件事该怎么结束。

"欸，这不是老蜗的充电器吗？"打着"我们为他做了这么多事，吃他一点零食应该不过分吧"的旗号乱翻老蜗抽屉的无良八达发现了新大陆。

"那家伙居然忘了带充电器？手机没电了可怎么办？"锅炉说。

"如果手机没电了，想求救都没办法吧！"烂操说。

"如果他能背出我们的号码，也许可以打那户人家的固话。"大卫说。

"不！他肯定背不出。"排长信心十足地说，"谁快送去给他！"

大家的脑袋不约而同朝我摆来。送老蜗去避难所那天，为了不打草惊蛇，我们没有全体出马，后果就是那里怎么去，只有我知道。

……太过分了，我也累得完全不想动好吗。但总觉得不马上送充电器过去，老蜗搞不好今晚就会陷入被新蜗操刀砍而求救无门的绝境，那时候就都是我的责任了。无奈，我只得强打精神出了门。

新旧交替之夜

那个避难所位于一片老街区。附近的房子每一栋都是70后，沧桑陈旧，很有历史。周围的地形更是胡同套胡同，如果不是才去过，我绝对会迷路。

老街区就是老街区，盏盏晦涩的路灯切割开一段一段流浪，忧伤……不对，是一段一段黑暗。优点是还算安静。让我没想到的是，我会在小区入口处碰见林姑娘和老蜗。

是的，老蜗。长袖长裤，帽子口罩，炎炎夏日做这种打扮的，除了他还有谁？

"段段！"他看到我也很惊喜。

"靠，不是说了不许你出来？"我很有些恼怒，这人真的知道自己现在什么立场吗？

"我太烦了，想买包烟抽。"老蜗讪讪地让我看他手里的烟，我们宿舍抽烟的人就一灿，其他人只会在特定情况下叨一根，"我记得来的时候看见过小卖部，不远，

就自力更生了。"

"却差点儿回不去了不是吗？"林姑娘的口气像个严厉的老师，指着老蜗对我告状道，"知道我在什么地方捡到他的吗？快到大马路了！"

"我们家孩子不懂事，麻烦您送他回来了。"我向林姑娘道谢，"老蜗你啊……要什么跟我们讲不行吗？"

"嘛……你们最近已经够烦了，这点小事我就想自己做了。"老蜗有点不好意思。这家伙，平常总把我们当成外卖小弟使唤而面无愧色，现在居然有羞耻之心了……看来新蜗的出现也不全是坏事啊。

我们一边聊一边走向避难所。路上我告诉老蜗，今天的收获是没有收获，他闻言不禁眉头打结。

避难所位于一栋旧楼的三层。远远的，我们看见窗户射出的光芒。

"诶，"我问，"老蜗你出来的时候没关灯吗？"

"不，我关了啊。"

我们不约而同地停下了脚步，六道目光齐刷刷与那灯光接轨。虽然隔着一段距离，但我们明显看到窗户后面有个人影，那轮廓似曾相识，尤其是发型。那不就是……老蜗吗？但老蜗这会儿就在我们身边啊！

"是那个二重身？"林姑娘的声音有些颤抖。

"欺人太甚，居然找上门来了！"老蜗将拳头捏得咔吧作响。

而我慌忙去摸手机，准备通知弟兄们赶来集合。

这时人影消失了。老蜗大叫一声："糟！好像被发现了！"他拔腿就往前跑去，"我拖住他，你快叫人来！"

"等等！"我大惊。虽说错过这个机会不知啥时候能再逮到新蜗，但那家伙的目标就是老蜗啊，这么冲上去不是找死吗？手机里传来了嬷嬷的声音，我一边将目前的情况告诉他，一边去追老蜗。林姑娘原地发了一会儿呆，竟也小跑步跟了上来。

不知道是不是我们三个人给新蜗造成了大军压境的错觉，当我跟在老蜗身后跑进楼道时，忽然听到什么东西摔在地上的声响，向外一看，只见一个黑影正跌跌撞撞朝小区后门跑去。旧楼的墙体外围一般都附着一根粗大铁管，那家伙竟顺着铁管下了三楼？我忙喊了老蜗一声，两个人又争先恐后地跑出了楼道。

到底是有过运动健将的基础，认真跑起来的老蜗比我快多了，我们很快落开了距离。这时新蜗已经跑到了尽头铁门处，开始攀着铁门往外翻了。

老蜗快马加鞭，犹如一阵风刮到了铁门前。但新蜗已经翻过去了，老蜗当机立断，

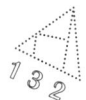

忙也跟着翻。

气喘吁吁来到铁门前的我,正琢磨着自己还有没有体力像他们那么利落时,悲剧发生了。

铁门之后是一条并不宽阔的马路。新蜗已经逃到了路的对面,而匆匆跑过马路的老蜗,正好遭遇了一辆突如其来的面包车!

"……"我根本来不及发出叫声,就看着老蜗整个人飞了起来,什么叫犹如一只断线风筝,那一刻我全懂了,那一刻的老蜗,轻盈得仿佛没有重量。

我的腿软了,脑海里不断盘旋着林姑娘说过的话:"我从来没有听说过,遭遇了自己的二重身,还能够活下来的。"

所以这是真的吗?老蜗最终还是只能被"取代"吗?

那辆面包车停下来了,开车的师傅颤抖着从车上下来。其实就事故责任而言他没有错,但他的脸上写满了枪毙、电椅、坐牢、剥夺政治权利终身等血字。

我勉强提起力气,翻过铁门——我要见见我朋友最后一面,哪怕那一面是血肉模糊的番茄肉酱意面。

但我什么也没看到。

重口味的死亡现场呢?没有。刚才的一切就像一场幻觉,但是面包车头的凹陷痕迹是真的,然而老蜗的尸体却不见了。难道这就是新蜗说过的,"消失得干干净净"?

我正克制不住地战栗着,一道影子向我伸来。竟是那个新蜗!这家伙终于如愿以偿了,以后他就是老蜗了。想到这里,我无法不对他抡起拳头。

"等等,等等!段段,是我啊!"

新蜗大声喊出了我的外号,但我的拳头已经势不可当地落在了他的脸上,他被我打得一个踉跄。

"靠,都说了是我还打……我没有挂,是那家伙挂掉了!"

我愣了,呆呆看着眼前的人,他到底是新版还是原版?

"真的是我……我刚才站在窗户边往外看,忽然就看到那家伙气势汹汹地冲过来。不怕你笑话,我吓死了!连忙屁滚尿流地逃了……就逃到现在。"老蜗苦笑着说。

……哈?变成这样了吗?!这么说我和林姑娘碰到的那个是新蜗,我们差一点儿就助纣为虐地带他去找本尊了?!然而那个倒霉的家伙却出了车祸,以一种神秘的方式消失得无影无踪……

"你别想骗我。"我狐疑地打量着老蜗,现在的他一点儿都不透明。到底那是

因为来自新蜗的威胁消失了,还是因为他根本不是原来的老蜗?

我的脑海忽然灵光一闪。好吧,如果刚才我带进来的是新蜗,那么就算他足智多谋到学老蜗全副武装来混淆视听的地步,有一件事他肯定不知道,而只有真正的老蜗和我们知道!

"我不知道你发现没有,你来到这里,却忘了带一样东西。"我对老蜗说,"你如果能说出那是什么,我就相信你。"

老蜗毫不犹豫大声道:"充电器!"

我终于可以笑出来了。没错,这就是老蜗。新蜗根本没有进过避难所,他不会知道老蜗有没有带充电器。

我一边笑一边回头,看到隔着铁门望着我们的林姑娘,我说:"都结束了。看来,还是有人可以遭遇二重身而不必领便当的。"

林姑娘摇摇头,说:"不对。遭遇二重身,必死无疑——那个新版是原版的二重身,但原版也完全可以看作是新版的二重身啊。"

2.0 姑娘

"所以最后你们家老蜗活下来了?"春菜问。

"对啊,达尔文会很火大吧?劣胜优汰,进化论要哭了。"我说,"不过,也许老蜗以后会变成大人物也说不定。你看他最近都有去上课。"

说真的,目前这个老蜗到底是新是旧,我还是不能百分之百确定,毕竟只靠一个充电器当证据太牵强了。但老蜗近期的表现给我打了有力的强心针。新版本肯定要比旧版本强,否则就没有取代的意义了吧?而老蜗却一如既往。虽然出现在课堂上的次数比过去多了,但成绩与体力依然很烂,也依然沉迷网游,对待小苹果等良家妇女,也不再散发出会让烂操等光棍着急的诱惑力。

"这次林姑娘帮了你不少,你得好好谢谢人家。"春菜说。

我点点头,忍不住朝身边林姑娘的床位望了望。这会儿我和春菜孤男寡女地待在她的宿舍里,没有其他人,林姑娘也出去做家教了。

"说起来林姑娘也真是勤奋,一个人兼了那么多份家教。"春菜像是自言自语,"听说大一的时候她还不是这样的,整天也是逃课上网看电影,大二就忽然升级了。"

"哈,没准儿现在的她也是新版本呢。"我靠着林姑娘的床铺开玩笑。

手臂察觉到了一个微小的凸起,来自草席之下的床板。我鬼使神差地掀开那草席，看到林姑娘的床板上写着一句话：

"如果这行字没被涂掉，说明我已经被取代了。"

我整个人忽然跌进了冰窖。林姑娘曾经借给过我她的课本，我认得她的字，这是她写的字。

这句话是……什么意思？林姑娘也曾经遭遇过一个新版的她吗？她对二重身很有研究的样子，会是因为她自己就是二重身吗？这行字没有被涂掉，是否意味着……

我的脑子变成了一团糨糊。

倘若现在的林姑娘是2.0版本，那说明她对老蜗的遭遇并不陌生，因为她是过来人。既然她也是新版，就没理由帮我们藏起老蜗，而应该促成"进化"的发生啊。

于是，后来带着新蜗去避难所的林姑娘，到底是跟我一样，被新蜗的演技给骗了，还是根本是在为新蜗引路？难道她之所以慷慨提供避难所，是为了锁定老蜗？而等她通过某种渠道跟新蜗接上头后，她就带着新蜗去执行"取代"，却恰巧被我撞见……

我正心乱如麻地想着，林姑娘回来了。她看到我照例温柔地笑笑："部长来啦。你朋友没事了吧？"

我勉强一笑，忽然没头没脑地问："对于新版取代旧版这种事，你有什么看法？"

"怎么突然这么问？"林姑娘说。

"就想听听你的意见。"我看着林姑娘的眼睛，神情认真。

林姑娘与我对视，似乎从我的目光中察觉了什么，淡然道："坦白说我是赞同的。如果新版完全具备旧版的记忆，却又比他更积极、更出色，那么死守着没法进步的旧版，不过是一种习惯和偏袒，对于整个世界的进步没有帮助。"

果然是这样吗？林姑娘，你果然……

我没有跟她对质出真相。一来她未必会对我实话实说，二来如果这个林姑娘是2.0版，那就意味着旧版的林姑娘已经被"淘汰"了。那么，属于林姑娘的人生只能由眼前这个人去活。

如果这只是我一厢情愿的想象就好了。如果床板上的那行字并没有什么内幕……

只是，这种发生在人类之间的新版取代旧版的现象，世界各地究竟有多少起？会不会我们也在不知不觉中被取代了而自己却记不得？是不是所有人都面临着被淘汰和取代？

我不知道。那一刻，我的脑海中只是反复回荡着一灿对老蜗说过的励志名言。他说："里又撸腻！又撸腻烂季已变层无口取代滴淫！（你要努力！要努力让自己变成无可取代的人！）"

星际投票事件
chapter 8

Tales of the Unusual Youth

415

某大片近期上映。同住的大叔兴致勃勃地拉我去电影院看。

"那部啊,"我摇头,"不去。朋友说不好看。"

"不会吧,豆瓣评分很高啊。叫好的很多。"

"不用怀疑,那些肯定是托儿啊。"

"如果豆瓣不值得信赖,那以后怎么判断一部片是好是坏呢?"

"要么就锁定几个口味接近又比较有品的影评人。"我说,"要么,就用自己的眼睛去见证吧!"

01 随随便便出现外星人真的不要紧吗

这件事很扯。当然扯的事情我们经历过不少,像什么穿越时空的少女、虐待人的手机套餐、取代旧人类的新人类……但它们至少是循序渐进发生的。以如此直接的形式开幕的,却是第一次。

当时是星期天。我背着包提着一袋水果从家中返回学校,走进415宿舍的时候,感觉气氛不对。

宿舍里有个新面孔,戴着鸭舌帽,发型是及腰的黑长直。见我进门,对方转过头来面对我。本以为是女孩,结果是个男的,鼻梁上一排整齐的圆钉,看着不像好人。

肯定是烂操或者排长的朋友,我想。他俩最像不良少年了,不对,排长是老年。

"都到齐了。"黑长直欣慰合掌,"那么开始吧。"

"什么啊?"我莫名其妙。

"喝啊——"排长抄起一把椅子就朝那家伙砸去，动作之突然让我目瞪口呆，而接下来的事更夸张——黑长直一甩脑袋，满头长发跟章鱼触手一样挥舞起来，不仅轻易接住了排长的攻击，还把他捆成了粽子。

　　其他头发继续伸长，把门和窗都关了，拉上帘子。

　　……所以这到底是什么情况？！排长大吼大叫着："干掉他！保护地球！"为什么话题突然就跑到拯救地球上去了？

　　"我一来就说了，让你们别轻举妄动。"头发犹如群魔乱舞的黑长直说，"我只想你们帮我个忙。"

　　我镇定地举手："那之前先告诉我你的身份吧。"

　　"你猜猜？"

　　"美杜莎。"

　　"错了。用你们的话说，我是外星人。具体来自哪里不说了，反正超出了你们的智商范畴。"

　　这话真是让人火大。但，外星人！我们终于接触到外星人了吗？！我莫名有些兴奋。

　　"那么外星人先生……"最温柔的容嬷嬷怯生生地举手发言了，"您到底要我们干什么呢？"

　　"一定是人体实验！"锅炉工面色苍白。

　　"男男生子方面的别找我！"老蜗发挥恐怖的想象力。

　　"……我不是腐女，谢谢。"黑长直说，"其实我跟你们一样是个大学生，来这里是要完成一份报告，研究团体作业之于大众心理导向的操作上限。"

　　我们面面相觑。这厮刚才肯定说的是外星语，我们一个字也听不懂。

　　"我用电影来举例吧。"黑长直说，"每部电影上映的时候，网上就会对它进行点评和打分，而这些往往就会成为另一些人的参考标准。"

　　我们点头。IMBD、豆瓣、时光这些网站，我们都不陌生。但突然说这个干什么？

　　"除了电影，书啊、餐厅啊、旅游景点啊，也常常遭遇类似的品评。那么人呢？如果把一个人放到网上，供所有人鉴赏、打分，会怎样？会得出公平的结果吗？这结果对他本人以及完全不认识他的人又有什么样的影响？这就是我的研究课题。因此——"黑长直的手在空中转个圈，所有的头发也都呈箭头状，"我选择你来完成这个实验。"

　　我们看黑长直所指的方向，他锁定的人赫然是——大卫！

"……哈？！"存在感经常比总在打游戏的老蜗还要弱的大卫一时反应不过来。

"我会在你们学校的网络信号里动点手脚，所有人每天必须对你做出至少一次鉴定。"黑长直兴致勃勃，"而你们这些舍友呢，就作为大卫同学的团队成员，全力以赴帮他提高支持率！"

"等一下！为什么是我？"大卫怪叫。

"因为你是这一集的男主角啊。"

"……不要随便破坏作品的世界观啊喂！"

"总之你们没得选，最好乖乖配合我。"黑长直皮笑肉不笑，"表现得好，会有奖励喔。"

"什么奖励？正妹？"想交女朋友想出病了的烂操忙问。

"我保证你们期末考交白卷也不挂科。"

……作为外星人的礼物，这还真是意外的小家子气啊。

"那么，期待你们的好消息，尤其是你。"黑长直拍着大卫的肩膀，"加油吧，主角！"

想上网？除非先踩过大卫的尸体

我们很快就领教到了外星科技的厉害，黑长直果然是认真的。他走后不久，我们的电脑和手机就忽然黑屏了，弹出的一个窗口指示我们输入身份证号，完了才能开机，进入的却是一个关不掉的页面，居中的赫然就是大卫的照片！

415宿舍六号床成员大卫，以一张放大版的典型证件照，霸占了我们的视野。他的单眼皮，他雪白的皮肤，他那嵌进尺寸刚好的窗户就休想拔出来的国字脸……第一次如此发人深省。

除了以贫困著称的八达，我们宿舍的人都有电脑，而就算八达也是有手机的。结合隔壁宿舍和楼上楼下传来的"我的电脑中毒了！""重启也没用！""这人谁啊！"之类的哀号来看，这是全校性事故应该没跑了。

"我还要玩游戏的啊！怎么才能去掉这张脸？"老蜗的焦急非常具有代表性。大卫微妙地感到不爽。

"镇定，你们看这个。"我指示老蜗把鼠标从大卫的鼻孔移到照片下方，那里有个投票栏，分为"顶"和"顶你妹"。还有一行温馨提示字眼：投票后就能正常使用了哦。

外星人真狠啊！要知道电脑和手机是大学生，不，是现代人最不可或缺的两样东西！那一刻，我想起动漫里常有的名台词："想前进？除非踩过我的尸体！"

那个流氓页面上除了照片和投票栏，还有大卫的资料。他的真实姓名、身高、生日、籍贯、就读专业与班级、所住的宿舍……一应俱全，完全是个小型百度百科。此外还有个留言板，应该是给大卫写点评用的吧，很遗憾，现在上面的内容全都是——

"这是什么鬼啊！"

"这个二货是谁啊？"

"竟敢强迫老子投票！果断差评！"

"欸！这人不是我班上的吗？"

……大卫将留言细读一遍，脸都烧起来了。正所谓"我不杀伯仁，伯仁却因我而死"，虽然严格来说，他也是受害者，但面对如此多不客气的留言，他却没法不感到尴尬。

不过，黑长直还算有良心，在页面的最下方附有一则声明，宣称为此事负责。而当我们给大卫投完票后，页面右上果然出现了一个X，变得可以关掉了。

身为舍友，我们给大卫投的当然是支持票。也是那一刻，我情不自禁地琢磨起大卫这个人来。

415十个人，每个都有自己的鲜明特色。我最欠最冷，锅炉工头脑最好且热爱烧水，金氏最胖，烂操痘最多且缺乏女生缘，八达最穷最小气，嬷嬷最娘也最萌，排长最老最瘦，一灿最英俊也最口齿不清，老蜗最宅最堕落。那么大卫呢？

大卫是我们宿舍最高的。他有一米八，瘦，戴眼镜，喜欢打篮球，不帅，不说话的时候显得有点呆。

大卫是我们宿舍最白的，白如石膏，我们因此把他跟著名的大卫雕像相提并论，而大卫跟那雕像的共通之处在于他睡觉时会全裸。

其他呢？成绩？我们宿舍除了锅炉工和嬷嬷，其他人成绩都一样烂。女人缘？大卫暗恋小苹果多时，两人的关系却一直没什么进展。性格？大卫很好相处，我乱开他玩笑老蜗让他跑腿八达偷吃他的东西，他顶多稍微发一下飙，然后就跟没事人一样了。

嗯，总之对我们而言，支持大卫并不勉强。我们都挺喜欢他的。

但很显然，更多的人不这么想。于是当我们投完票后，看了看结果，大卫的支持率只有3%，真是够低的。对此，大卫口口声声说太无聊了，但看他的表情，还是

有一点微妙的纠结的。

莫道大卫哪根葱，校内谁人不识君

大卫在极短的时间内家喻户晓。我们去食堂、超市、教室、图书馆……只要是跟大卫在一起，就免不了遭遇指指点点和窃窃私语。

"看！是那个大卫！"——这是最常见的反应。

"确实挺高的嘛。"——这是比较友善的态度。

"妈的每次开机都要看见他烦死了！女朋友还质问我为毛把手机桌面设成男人！"——这是躺着也中枪的情况……

只要置身学校范畴，哪怕不是学生也会被迫加入评审团。因此小卖部老板、食堂师傅、教授、校医……统统都知道大卫。甚至不时有人会跑我们宿舍来一睹真人。其中最过分的是武则天，她居然带了一大帮陌生妹子组团前来观光，手里还拿着一面小旗……

"该死的外星人！"低调的大卫发脾气道，"我做错什么了，他要这样整我？！"

"别难过了，你看人家科波菲尔和贝克汉姆，身为大卫注定就是要做公众人物的。"锅炉工安慰道。

"大家慢慢都会习惯的。"我说，"等到新鲜感过去，他们就会把你当成一种劣质的屏保。"

"混蛋！"

宿舍里凭空响起一声呵斥，吓了我们一跳。随后，只见两天没见的黑长直披头散发地从床底下爬出来了……这家伙不是外星人吗？为什么出场方式像贞子？胆小的嬷嬷吓得花容失色，幸而被距离最近的一灿以英雄救美之势护住……

"我不是让你们尽全力支持他吗？"黑长直鼻梁上的圆钉寒光闪闪，"结果你们都干了什么？"

"我们有支持啊，我们每天都有投票！"八达抗议。

"只靠你们这点儿票就够了？"黑长直横了我们每人一眼，"3%的支持率，连零头都算不上啊！"

大卫的脸有点红。学校里对外星人的骚扰感到不满的人太多了，他们恨屋及乌发泄在了无辜的大卫身上，怎么能指望票数会高呢？

"用用你们的头脑！"黑长直戳着自己的太阳穴，"你们应该冲出宿舍，走向全校！"

"烦死了！"脾气火爆的排长大叫，当惯了大家长的他最讨厌受人摆布，"谁稀罕期末不挂科啊，不陪你玩了！"

烂操和老蜗立刻表示响应。就连一灿也皱起了好看的眉头说："偶也觉得席债太无袅了（我也觉得实在太无聊了）。"

"有种！那我就让你们到毕业为止都集体挂科。你们一辈子待在学校里吧！"黑长直冷笑道。

……没见过这样的外星人！专门拿成绩来威胁人！不过这种贱招又真的很奏效啊，排长们又软了。

"怕了吧！那就拿出干劲来！什么花招都使出来！"黑长直的口气俨然地主，"你们的舍友被人看得这么扁，难道你们不会不甘心？"

说真的我们没差的，毕竟事不关己啊……可大卫那时一拳砸在了桌子上。我们看见他的眼中，确实有什么东西被点燃了……

04 你知道有一款产品叫大卫吗

为了大卫，更加为了期末不挂科，我们必须认真起来了。虽然我们是就读于烂大学的一群烂人，但果真下了决心，又觉得没什么能难倒我们呢。

"这就是所谓烂船也有三分钉。"烂操说。

"不，应该说三个臭皮匠顶个诸葛亮。"八达说。

"这么说来诸葛亮的帖子很少人看啊，只有三个臭皮匠在顶。"老蜗说……这人在想什么！

"我们学校这么小，学生老师什么的加一起撑死三千人。"智囊锅炉工说，"3%的支持率，也就是有九十人给大卫投票了。大卫，你在这个学校里认识的人有九十个吗？"

大卫计算了一下，我们一个班的同学有五十个，他参加社团认识的人有二十来个，打球认识的也有十来个，再算上其他七七八八认识的……"大概有吧。但不能保证他们都给我投了票啊。"

"有些人完全不认识你，但是也可能随手给你投票，必须把这种可能性算进去。"锅炉工说。我们闻言点头不已，这个时候的锅炉工好有气质！

"可惜这个投票系统是用身份证登录的，没法上马甲。"金氏遗憾地说。

"有了,可以采取老鼠会发展下线的策略。"八达推推眼镜道。这家伙家境贫寒,除了省钱之外也非常在意如何赚钱,因此研究过许多诸如"你知道有一款产品叫安利吗?"的工作,"我们到各自的交际圈里拉人来帮大卫投票,再让那些人拉更多的人……"

"520 的女孩子们肯定乐意帮这个忙!"嬷嬷眼睛一亮。

"春菜宿舍的学姐也会帮我的!"我也喜出望外。

"还有我那些生活部的同事。"排长道,"一灿!阿玲喜欢你,就由你搞定她以及食堂那些员工的票。其他对你有意思的妹子、老师全拜托了!"

一灿露出一副生无可恋的表情,但还是点了点头。他最大的缺点就是太讲义气了!

大家七嘴八舌地贡献着自己的搅基……不,交际圈,就连老蜗这种与世隔绝的生物都说:"经常跟我组队的网友不少是我们学校的,我会搞定他们!"

总之这真心是一个振奋人心的会议。我们充分了解了什么叫"团结就是力量",什么叫"只要通过六个中介你就能联系上比尔·盖茨"。会议散场后,陷入一种莫名狂热的我们立刻开始各自行动。

上网找网友……发短信给朋友……实地走访……边翻联络簿边绞尽脑汁看还有谁可以利用……事后想想,如果当时我们不是在帮大卫拉票而是在募捐,搞不好能筹到一个值得携款潜逃的数字也说不定……

努力总是会有回报的。三天后,大卫的支持率上升到了 9%。提高了三倍啊!在这个学校里,有将近三百人给他投票了!

于是,第二次作战会议顺理成章地召开了。

"大家都已经出尽人脉了吧?"大家长老排以会议主持人的身份发问。

我们点头不已。嬷嬷还诚恳地说:"为了能拉大卫一把,这几天我还交了好些新朋友。"一灿则内疚地表示:"偶忙着进进,答印了耕吼几个旅孩几约费(我瞒着静静,答应了跟好几个女孩子约会)……"

看得出大卫感动极了,他默默地别过头,眼眶湿润了。

可是 9% 还不够,必须再接再厉。

"我觉得,"因为玩游戏而具备了一定战术调整思维的老蜗罕见地率先发言,"只靠人情票还是有限,应该让更多陌生人也认识到大卫的优点,自愿投票。"

"大卫应该打扮得更帅一点。"嬷嬷立刻从女性角度贡献意见,"很多女孩子是相貌协会的!"

"偶借里一些衣胡吧,里个几高,吼搭配(我借你一些衣服吧,你个子高,好

搭配)。"帅哥一灿闻言慷慨借衣。

"谢谢。外星人一开始选你就好了，那就不怕没人投票了。"大卫惭愧道。

"表芥末梭，他木有选精似已鸡谢天谢地了。"

"靠！"金氏对于坏话有着惊人的领悟力，竟听出一灿在说"他没有选金氏已经谢天谢地了"。

"要勤快刮胡子，否则很邋遢。"八达加入讨论。

"改一下发型，脸就没那么方了。"烂操说。

"眼镜最好换一副……"一年四季穿衬衫人称打扮绝缘体的锅炉工也不甘示弱。

大卫一边听，一边虚心地做起了笔记……

经过拾掇的大卫，美型度果断上升不少。我们让黑长直撤下了投票页面的证件照，将大卫不同角度不同姿势不同表情的照片更新了上去。那感觉，犹如在为一部电影添加剧照。

接着我灵机一动，想到可以以朋友的名义在留言板里写些大卫的印象谈，来丰满大家对大卫的认识。"好主意，就由你替我们写吧！"排长说，"你不是很喜欢写东西吗？"

我写的那篇初稿是这样的：

比山更高的，是天空；比天空更高的，是人的心；比人的心更高的，是我的挚友大卫。

比雪更白的，是象牙；比象牙更白的，是涂改液；比涂改液更白的，是我的挚友大卫。

……

用文字 PS 一个人，简直比给《小说绘》写连载还困难！总之全写完后，我已经是一名成熟的软文写手了。

"大卫以后上课千万不能缺席，作业一定要按时交，还要主动帮教授端茶倒水收拾讲台。"烂操说。

"没事就去小公园或者舞池那边扫地，或者给花草树木浇水，让大家看到你是多么环保。"金氏说。

"我跟生活部的同事说说，把你的事迹作为先进在宣传栏报道。"排长说，"还可以联系广播站……"

我们七嘴八舌，思如泉涌，说到后来，连我们自己都快要爱上这么优秀的大卫了。这件事再次说明，每一款成功的产品在走向市场前，首先被征服的必然是推销员！

我不是大卫，是大卫·改

在415的联合打造下，大卫重生了。

清晨六点，大卫起床了。漱洗完毕后，他将头发梳得飘逸又不失自然，然后换上一灿赞助的服装，喷上两滴金氏提供的香水，就去自习了。

现在所有人都认识大卫，包括那些一心只读圣贤书的家伙。他们的票数不容小觑，大卫需要为他们塑造一个勤奋好学的形象。勤奋好学之余还能把自己收拾得这么清爽，就更动人了。

读完一个小时书后，大卫就往操场去了，他要在那里跑一会儿步，好给那些一早有课或热爱晨练的人造成"啊这家伙的生活真的很健康"的错觉。锻炼完大卫还会随手捡起操场上的垃圾，在众人赞许的目光中丢进垃圾桶。

不迟到不早退是必须的。作业也都在锅炉工的帮助下好好地完成了，跟别的班级一起上课时，锅炉工还会事先告诉大卫一些题目的答案，好让他主动举手作答。

往返宿舍的路上，跟大卫走在一起的人也是精心安排过的。绝对不能是一灿和嬷嬷这两大花样美男，最理想的人选当然是金氏和烂操，可是这俩居然把自尊看得比友情和大局还重，宁死不作陪衬。没办法，我们只好退而求其次，让骨瘦如柴行将就木的排长与缺乏光合作用脸色蜡黄的老蜗担任左膀右臂，以增加大卫的视觉效果。

午餐和晚餐还是尽量吃食堂，因为那里人多。大卫排队时的规规矩矩、点菜时的文质彬彬、吃饭时的细嚼慢咽，全都有人看在眼里。此外他的吃相还不能太难看，点的菜不能太奢侈也不能太寒酸，不能有剩饭挑食之类的行为……万恶的八达甚至窥准时机，当众让大卫请了一次客，惹得我们群起效仿。

……总而言之，那真是一段犹如混迹演艺圈般的时光。除了到处贴海报以及租一辆车沿街嚷嚷"请惠赐您宝贵的一票！"外，我们跟那些为选举而出尽百宝的政治家幕僚完全没两样！在我们的努力下，大卫的支持率水涨船高，一周后达到了25%。

"你们太棒了！"再次出现在415的黑长直心花怒放，操纵他那一头长发拥抱着我们，"我真没挑错人！"

"那你答应我们的——"八达提醒。

"放心，我保证你们期末不挂科！"

我们欣慰地笑了，我们也就这么点儿出息了。大卫笑得尤其意气风发。

就在这时，意想不到的事情发生了。

"呼——"一阵疾风刮进了415,毛巾课本卫生纸什么的稀里哗啦乱飞起来。风停下,宿舍里又多了一个人。

那是一个头发短到可以忽略不计的女孩,眉清目秀,耳朵上却缀满了银环,让人不由担心她还能不能听得见声音。她穿着黑色背心与热裤,身材?反正烂操垂涎不已了。

黑长直的脸色变得不太好看,显然,他跟这个光头娘是认识的。这么说,她也是外星人?我发现我们对这种超自然的存在越来越有免疫力了。

"你来干什么?"黑长直问。

"你干的好事我都知道了。"光头娘笑嘻嘻地说,"真有意思,让我也掺一脚吧?"

"不行!这是我一个人的实验,你不会去别处搞啊?"黑长直急了。

"别那么小气嘛。况且就算你不答应,我也已经把该布置的都布置好了。"光头娘坏笑着说。

黑长直大惊。我们忙各自开机,然后就看到,原本由大卫独占鳌头的投票页面,有半壁江山已经拱手让人——那个人竟是我们的班长!

石膏 VS 花岗岩

班长叫岩,这个名字跟他那硬朗阳刚的脸部线条不谋而合。如果说大卫是石膏雕像,那么岩班长的原材料就是花岗岩。他那浓眉大眼间传递出的刚正不阿,令人心折。

学校网络被绑架的情形已经进入了第二周。拜乱入的光头娘所赐,游戏规则发生了改变——现在想要用手机和电脑,仍必须先投票,却不再是针对大卫一人,而是在大卫和岩班长中二选一。

凝视着投票页右边、属于岩班长的那张可以给公安系统当形象代言的正直照片,我们的心情很复杂,但要做的事情仍然没变——帮助大卫尽量多地争取票数。岩班长可不是一个容易打败的对手。

首先,他是一个很有声望的班长。办事认真负责,成绩出类拔萃,深得老师和同学们的信赖。他甚至是学生会的骨干,还在校运会上取得过好成绩呢!

除了内在,岩班长的外在也跟大卫完全不同。大卫雪白,他却黝黑;大卫光洁无毛,他却体毛旺盛;大卫气质奶油,岩班长却 Man 得能直接派往前线……虽说风格各有千秋,但感觉上岩班长更有吸引力。

最后就是团队了,岩班长所在的110宿舍也跟我们415完全不是一个级数。415是堕落的代名词,而110却是强者大本营。事实上110这个数字听起来就很有杀伤力啊!岩班长的舍友都是些个性与能力兼具的好学生。比如名字很娘的眼镜男"小芳"是个计算机高手,比如满脸横肉看着仿佛杀人不眨眼的"大反派"是围棋社中坚,比如身材活像改造前的美国队长的"小朋友"是个证书专业户……

大卫VS岩班长的局面出现的第二天,我们在去上课的路上碰见了110的各位。

110宿舍的人不坏,不过我们之间没什么话题和往来也是事实。现在大家已经是竞争对手了,这一碰面,赫然就有了几分风云变色的味道。而路上的同学们同时看到了大卫和岩班长,也不禁交头接耳起来。

"外星人也跟你们说过了吧?这个事……"我问。

"是的,那个光头的女孩子。"岩班长说,"老实说,我觉得很莫名其妙。"

"就是嘛。也不知道外星人是不是都这么蛋疼。"大卫忙说。

"但事已至此,我还是决定要好好加油。"岩班长认真地说,"一起加油吧。"

大卫哑然。

"对我们而言,这也是一个自我提高的机会。"

……还真像是正直又死板的人会说的话啊!顿时我们不知道该从哪里吐槽起。而围观群众又嘀嘀咕咕开了,我听到一些对岩班长的赞美性台词,觉得有些不妙。

岩班长的第一次开票成绩,就获得了16%的支持率。由于他跟大卫的交际圈有一部分是重叠的,所以大卫的票数被他分去了一些,支持率跌到了22%。

"别在意。"嬷嬷用最土的台词鼓励大卫,"你是最棒的!我们永远支持你!"

"可是你们家武则天都去给他投票了……"大卫哀怨地说,"还有好多教授也叛变了。"

"那你也不能输给他!"金氏咬牙切齿。他曾经是班长,后来被岩班长"横刀夺爱",从此对他恨之入骨。虽然这件事归根结底是他自己技不如人,活该。

"对。不要小看我们这段时间的努力。"排长说,"他是比你人缘好点、人脉广点,但学校人这么多,他总不可能全部垄断吧?"

我们给大卫打气,同时也是给自己打气。毕竟大卫能有今天,我们功不可没,既然是一条绳上的蚂蚱,我们怎能甘心就这样认输?

于是未来的几天,415宿舍火力全开,比过去更卖力地宣传大卫的种种优点。我想到了好玩的段子,就以大卫原创的名义发到留言板上去;一灿承诺"我们约会吧"的对象已经排到了两个月后,他为此累出了黑眼圈;老蜗把辛苦打出来的装备

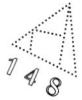

拱手送人，以吸引对手愿意朝大卫来一发……这些都太感人了！110宿舍那些自视甚高的强者们绝对做不到这个地步！

但……强者能做到一些我们绝对做不到的事情。

某个夜晚，大卫在上晚自习的时候遭遇了尴尬。一个女孩拿着一道高数题来请教他该怎么做。想当然尔，大卫除了贡献一串省略号之外什么也不能给她。而那个时候，恰巧在场的岩班长声若洪钟般道："同学，让我看看好吗？"

不久我们就在投票页上看到了那个女同学的拆台发言："力挺岩同学！他是有真材实料的！而大卫虽然很刻苦，却做不出一道简单的题目，我很失望……"

……既然是简单的题目你为什么还要问他？坑爹吗这不是！这条留言带来了很坏的影响，从此大卫再去自习室，经常会碰到一些故意来问他问题的人，大卫成绩很烂的真相因此浮出水面。成绩很烂当然不是什么罪过，可是伪装上进好学却不具备相应实力，就会让人觉得感情受到了欺骗。

糟糕的还不止这个。大卫去运动场跑步的时候，又与岩班长不期而遇。

"一起跑吧？"岩班长和蔼地建议。大卫当然只有点头说好。

第一圈，他们俩并驾齐驱；第二圈，大卫开始略微落到下风；第三圈是下下风了；第四圈，岩班长居然还有余力加速，大卫被抛下了半圈有余；到了第五圈，大卫忽然醒觉我是来锻炼的又不是来比赛，为什么要这么辛苦啊？遂不跑了。但岩班长仍孜孜不倦地跑着，这一幕于是被解读为：大卫中途弃赛，太没有体育精神了。

而岩班长的其他加分事迹还包括：他以学生会的名义组织了一批志愿者去给孤寡老人献爱心；他在最近的一场演讲比赛上发挥出色大放异彩；他在女生宿舍出现老鼠时挺身而出守住了少女的梦与和平……

岩班长与大卫最大的不同，就是他的实力、他的人品，不管有没有外星人的实验，那些优点都是毋庸置疑的。而他的那些舍友虽不曾正面出手相助，各自取得的成绩却能够与岩班长相互辉映，形成联合气场，让人觉得110宿舍出品的家伙品质有保证，你，值得拥有。

岩班长的支持率上升到了35%，而大卫降到了13%。

低端黑VS高端黑

留言板上的一篇长文，掀起了轩然大波。那是一篇黑岩班长的文章，内容大概是这样的：

岩这个人，永远板着一张脸，苦大仇深的样子，对比不上自己的人理都不理。一个字，装！

岩的毛多得，哎哟就算去裸奔别人也会以为他穿着毛衣秋裤，这人是根本还没完成进化吧！

别看岩长得耿直不屈一身正气，还不是照样会做出躲在宿舍里偷看卖肉动画这种事情！

……

只能说，这是一篇水平相当低的文章，充满了作者自己的主观看法和不痛不痒的人身攻击。我们看了两遍，越看越觉得口气似曾相识……

"金氏！"排长忽然叫道，"这是你写的吧？！"

九个人的目光锁定金氏，这个死胖子顿时满脸尴尬，他不安又好奇地问："你怎么知道的啊？"

那当然是因为我们很熟悉你那种幼稚的酸葡萄心理啊！我们都知道金氏对岩班长篡位一事耿耿于怀，但没想到他会做这种多余的事情。"我是想助大卫一臂之力的……"他试图辩解却被我们集体喷回去："屁咧！你这根本是借刀杀人吧！"

但事实证明，舆论这东西真的很微妙。金氏的没品行为固然激起了一些人的反弹，却也带动了一些早就对岩班长不满的人纷纷站出来。顿时"岩那家伙看着很男子汉，其实可会抱教授大腿了！""对别人宿舍的秩序抓得很严，对自己宿舍还不是睁一只眼闭一只眼！""有次我看见他偷瞄女生晒的内衣，这个闷骚色狼！"

很有点像多年后，网友抱团带节奏。

岩班长的票数掉下来了，此消彼长，大卫升到了24%。我们看在眼里，心情微妙。始作俑者的金氏则一声不敢吭。

再见110宿舍的各位，验证了我们的担忧——他们鄙夷的眼神分明是在说："没想到你们为了赢可以做出这种事情。"天地良心，全都是金氏一个人的错啊！当然这件事，我们也不能告诉他。因为就连武则天这种粗枝大叶的人都对我们旁敲侧击了："黑班长那些话不是你们写的吧？如果是，那可不太厚道！"

所以说不怕神一样的对手，就怕猪一样的队友。

事情从此变得不单纯了。

仿佛是报复岩班长受到的伤害，有人往投票页上传了一张新的照片——大卫的，裸照。

不不，不要误会，不是全裸的那种，但是你知道的，大卫确实有裸睡的习惯。那张照片狡猾地将他盖住下半身的被子替换成了马赛克，结合大卫睡得一脸幸福的

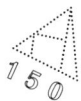

表情，看上去犹如他正享受着被拍艳照……

留言板顿时就被齐刷刷的"啊啊啊瞎了我的钛合金狗眼啊！""变态！大变态！""你真把自己当大卫了吗？！"……给刷屏了。

就像110宿舍的人误会了我们一样，我们也无法不去猜想那张照片跟他们之间的关系。

"都是我不好。"金氏惭愧地对大卫说，"如果我没写那东西，110的人就不会做得这么绝了。"

"就算不是你，他们也早晚会黑大卫的。"锅炉工理智地说，"现在，大卫你赶快起草一份声明，就说那照片是宿舍拍着玩的，没有别的意思。可以的话，最好能开一个小型的记者招待会澄清一下。"

……锅炉工真是太投入了。记者会不现实，但由我代笔的大卫自白书很快发出去了，只是收效甚微，因为一堆人的回帖都是："呵呵。""呵呵。""呵呵。"……笑得好讨厌啊！

大卫的麻烦并未过去。不久又有人上传了一张新照片，题目：大卫和他秘密交往的女友。照片上的妹子赫然是小苹果！那是大卫跟小苹果谈笑风生的一张合影！

"你丫竟敢偷跑？！说！你们什么时候到这地步了？"烂操悲愤地揪住大卫的衣领吼道。

"没有啊！我们就聊天而已，什么也不能代表好吗？"大卫尖叫。

连舍友烂操都误会，其他人更不用说了。要知道小苹果在这个贫瘠的学校可不是一般的受欢迎。况且就算那些"苹果汁"相信了大卫跟女神没在交往，也不可能对这种照片无动于衷，就冲着制裁情敌，他们也不可能再给大卫投票了！如果这也在110的计算之中，只能说他们不愧是精英宿舍啊，太狠了！那一刻，我想起政治家参选时，竞争对手为了打败他们，总是不择手段，下至美人计，上至扒祖坟……

就在大卫被黑得心力交瘁之际，一条来自岩班长的短信冲进了他的手机。打开来，只见上面写着：

"勾心斗角太没意思了。不如我们用彼此都擅长的方式来分出胜负吧。"

大卫沉默片刻，回道："行，一对一。"

是男人就用篮球来对话

与岩班长相比，大卫各方面都技不如人。唯一未必输他的，就是篮球了。

通过那个不管愿不愿意每人每天都得看见的投票页面,大卫要跟岩班长进行一场篮球PK的消息迅速传开,并引起了广泛的兴趣。

"这才对嘛!比起小动作,还有什么比实打实的球赛更直观?"

"嗯,只要不出现假摔、改判之类的状况,这的确是最公平的办法了!"

"比一场!比一场!"

"在一起!在一起!"

虽然许多人都是抱着看热闹的心态在期待这场比赛,但这样的气氛总算比之前的黑来黑去要健康多了。只是当黑长直知道大卫接受了与岩班长的比赛时,表现得十分暴跳如雷。

"你能保证赢他吗?为什么要答应?"他大叫,"这要是输了,人们更有理由不给你投票了!你知道自己的支持率现在多低吗?!"

"不一定会输吧。"大卫没好气地说,热爱体育的岩班长诚然是我校的篮球一把手,但他也不是吃素的,"而且那么多人知道这件事了,我如果说不比,票数只会掉得更厉害吧。"

黑长直没办法了,只得喃喃地说了句:"既然这样,你一定要赢!"

于是,在没有课的当天下午,大卫雄赳赳气昂昂地出征了。

排长所在的生活部,宗旨是为广大住校生的生活增添乐趣,因此对这场颇有话题的比赛给予了大力支持。不仅协助宣传,还神通广大地借到了体育馆的篮球场。当我们步入场地时,发现四周看台竟座无虚席,正规篮球赛都未必有这种上座率。

岩班长已经换好篮球服在场上热身了,体毛发达的他仿佛一只刺猬。与这副粗犷形象不同的是,他的运球动作十分优美、仔细。

"哔哔——"担任裁判的同学吹响了口哨,热闹的观众席立刻安静了些,注视着篮球场中央的大卫和岩班长。二人看着对方,走近。

没有废话,比赛开始。

裁判将篮球抛向空中,大卫和岩班长几乎同时跃起,出手争夺,四周立刻爆发出响亮的喝彩。

必须承认,之前我们呕心沥血包装的大卫,全部的帅气指数加在一起,也不及他刚才的纵身一跃。大卫不愧是有篮球才华的人,这里才是他的领域啊!

岩班长的身高不过一米七五,大卫比他更高,手脚也更长,那颗球最后还是被他给收下了。落地之际,岩班长顺势来了个抄手,想自下而上把球打掉,却被大卫洞悉了他的阴谋,及时避开。

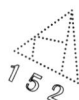

大卫一落地就运球冲向对面篮架，岩班长急忙跟上，这一次他成功地把球给断了下来。"哦哦！"支持岩班长的人立刻欢呼，我们则发出遗憾的叹息。

岩班长运球跑了，大卫不敢怠慢，紧急回防，一番拉锯后如铜墙铁壁般拦在了岩班长面前，岩班长这时摆出了跳投 Pose，大卫立刻跳起阻拦。

不料岩班长那只是个假动作，他迅速收起 Pose，闯入禁区。

不料大卫那也是假动作，他将计就计地潇洒转身，幅度很大的一巴掌，将球从岩班长的手中拍飞。然后他追球追至三分线，试图投出一个三分球，却遗憾地没进。

下一瞬间，两人双双变身樱木花道，争着去捞那个篮板球……

比赛就这样激烈而精彩地进行着，我们看得十分投入。这个时候的我们纯粹是在享受比赛的可看性，跟赛果将带来多少票反而没关系了。

上半场比赛终于结束时，大卫和岩班长之间的比分是 16：22，暂时落后。这要归咎于大卫虽有身高优势，体力却不及岩班长。更何况岩班长毛多势众，大卫与他近距离磨蹭的时候，会被痒痒得影响发挥。

下了场，大卫坐在烂操扛来的椅子上，头上盖着嬷嬷亲手拧的毛巾，饮用着锅炉工熬夜烧的开水，接受金氏将功赎罪的按摩。一旁的排长则以教练的口吻道："我注意到，他右侧的防守薄弱，待会儿你尝试以左勾拳将他逼到擂台的死角……"

大卫说："这不是拳击赛，谢谢。"

这个时候，黑长直出现了。他匆匆忙忙地跑到大卫身边，问："能赢吧？"

"都说了不一定。"大卫说。单挑其实更消耗体力，他此时汗流浃背。

"来，把这个吃了。"黑长直悄悄塞给大卫一颗小药丸，"我们星球的兴奋剂，吃了你就能赢了！"

"作弊？我不干。"大卫是一名正直的运动员，他断然拒绝道。

"笨蛋，作弊怎么了？他们还不是……"

没等黑长直说完，光头娘再次一阵风似的出现了，她指着黑长直骂道："好啊，就知道你会不老实！"

"你又老实了？"黑长直冷笑，"把那些照片放到网上煽动舆论的是谁啊？"

"我亲自动手，总比你借别人的手哄抬股价来得光明正大吧？"

"你跟我都不是什么光彩的庄家，就不要五十步笑百步了！"

这两个外星人梗着脖子，越吵越大声。

"你打着实验的旗号在学校里开股市，利用地球人帮你赚钱，这件事要是传到教授耳朵里你觉得会怎么样？！"光头娘道。

"你既然知道我干的事情是非法的,干吗还硬要凑热闹分一杯羹?你赚的钱比我还多吧?"

"喂!"大卫忽然大叫一声,盯紧了黑长直,"她刚才说你干了什么?"

"不用在意,她是想挑拨离间呢。"黑长直意识到失言了,忙掩饰道。

"你利用我们帮你赚钱,是真的?"

"都说了那是她在挑拨离间……"

"我没有乱说!"光头娘痛痛快快地说,"你们处心积虑尔虞我诈的时候,这家伙数着赚到的钱到处泡正妹呢!泡的时候大概还眉飞色舞地把地球人的愚蠢当成谈资吧!"

"我……"黑长直正想继续解释,大卫忽然用樱木花道舍身救球的动作朝他扑了上来。全场哗然,本来是来看球的人,此刻看到的却是大卫把一个非主流的男子按倒在地,玩命痛揍。非主流男子的长头发像蛇一样漫上大卫的身体,我们见状,连忙上去帮大卫拉开那些"蛇"……

就在场面越发失控的时候,天花板上悄无声息地出现了一轮飞碟状的光团,它像接触不良的电灯那样闪烁了几下后,光头娘和黑长直就不见了,然后,它也不见了。

装模作样算什么,天然才是真绝色

415 宿舍。

因为大卫的暴走,篮球赛彻底玩完。回到老巢的大卫,坐在床上双手抱头,喃喃自语着:"完了完了……我打了外星人……这下地球要毁灭了……要毁灭了……"

"放心吧,不会毁灭的。"一个声音凭空响起,然后老蜗的电脑就黑了,浮现出一张目测五十岁以上的男人面孔来。

"又系外心仁(又是外星人)?"一灿皱眉。而大卫则吓得浑身一哆嗦。

"别怕,我是来跟你们道歉的。"中年外星人说,"之前你们碰到的那两个,是我的学生。当老师的管教不严,真是愧对地球的朋友啊。"

"那两个家伙到底搞的什么鬼?"排长问。

"简单说……他们在地球选定了对象,把他们当成股票一样,在我们学校里上市。"外星教授说,"你们懂股票的吧?低价买进,高价卖出。走得好的股票,股值会不断升高。"

"大卫越有人气,他所代表的那只股票就会越值钱?!"我恍然大悟。

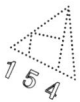

"对咯。因为你们很努力,所以我那笨学生发了一笔小财……而另一个笨学生看见了,眼红,也就有样学样了。不过学生毕竟资金有限,买了这只股票就不好买另一只股票,所以他们才要你们相互竞争,好刺激股民的择优录取的购买欲望……"

……原来这就是光头娘推出岩班长的原因,对她来说,那就好像新股上市吧!

"就是这样了。他们赚的钱,我会全部没收。以后也不会再让这种事情发生。希望不会影响你们对外星人的印象。啊,还有,那个强制投票的页面也会取消。那之前你们要不要最后看一眼?"

说着,外星教授的画面缩小了,取而代之的是那个熟悉的投票页面。有一封外星人的公开信缓缓打开,上面记录的,赫然就是我们刚刚了解到的闹剧真相。那等于是侧面告诉了所有人:为什么大卫要痛扁那个黑长直!

我们震惊地看到——大卫的支持率现在竟是52%!这是什么样的飞跃!而留言板密密麻麻都是赞叹:

"大卫纯爷们!铁血真汉子!"

"是男人就要在大庭广众下痛扁外星人!"

"男人打吧不是罪!没点血性还算男人吗?!"

大卫喜得合不拢嘴。虽然现在票数如何已经不重要了,但这最后一刻,他完败了岩班长!甚至岩班长还以本尊ID发帖对他表示祝贺呢!

"书也好,电影也好,股票也好……别人吹得多天花乱坠,也跟自己无关。自己觉得好,才是真的好。"教授的脸又出现在屏幕上,"而要想受欢迎,与其把重心放在耍小聪明上,倒不如表现出自己最真诚和个性的一面——我也是这么教育那些笨学生的。"

教授的说教总结完毕,对我们做了个挥别的手势:"那么,再见了,有机会还会再见的吧。"

"等一下!"我叫住他,问出心头的疑惑,"那个黑长直,他既然要把人当股票用,为什么非挑大卫不可?光头娘挑岩班长还比较有道理!"

这是一个对大卫缺乏尊敬的问题,可是大卫本人也表现出很想知道的样子。

"哦,要不我怎么说他是个笨学生呢。他是看到大卫跟我们星球的人长得最像,下意识地觉得他会比较受欢迎,却没考虑到地球人喜不喜欢这种长相的问题。"教授一边说,一边像《画皮》那样伸手去扯自己的脸,把它像一张面膜那样揭了下来——伪装之下,他的真实面孔居然跟个盒子一样四四方方的!"这是我们星球人的样子,放眼这所学校,脸能方到这种程度的,可不就只有你们家大卫嘛。"

异色指甲事件
chapter 9

Tales of the Unusual Youth
415

租住的这间单元房里,我有三个室友:一个画家、一个戴眼镜的上班族以及和我同住一屋的大叔,都是很有趣的人,大家相处愉快。某天画家奋笔疾画,双手沾满了红颜料,看起来触目惊心。

"我割脉了……"画家颤抖着爪子跟我们开玩笑。

"哟,这位美人,指甲油哪儿买的?真妖娆。"眼镜用调戏的目光打量画家被染红的指甲盖。

"大红的指甲油太恶俗了吧?"大叔说。

"恶俗没什么,"我说,"不带来噩梦,那就谢天谢地了。"

变性大本营,天天好心情

那个周六的黄昏,415 的十个臭男人正在做一件宿舍史上最寡廉鲜耻的事情——我们集体来到了 520 宿舍,向那里的妹子们借衣服。

"你们要借女生的衣服?"武则天怪叫,"单身太久终于憋出病了吗?!是不是还打算指定没有洗过的原味内衣裤啊?!"

"你把我们当成什么人了?"烂操奋起捍卫宿舍的尊严,"借你们的衣服是要穿的!原味内衣裤谁舍得拿来穿啊!"——话音未落,排长跟大卫已经一左一右地把这个男性之耻拖下去打了。

"你不要误会。"有"415 的良心"之称的容嬷嬷连忙解释,"我们是要男扮女装所以才借衣服的,绝对没有任何不良企图。"

……嬷嬷，你的这种说法本身就是不良企图啊。气氛顿时变得非常凝重，520的妹子们看着我们，包括文静的眼镜娘与温柔的小苹果，目光都充满了鄙夷与同情。

天地良心，我们只是在为当天晚上的化装舞会做准备而已。

大学生是世界上最有闲的群体，这话我是第几次说了？身为垃圾学校成员的我们更是闲到发指。有志气的学生会好好利用这种闲，考证书啊打工啊什么的，但更多人还是选择从容地度过这段青春，方式之一就是参与各种活动。

我们的学校勉强也算麻雀虽小五脏俱全，所以舞池这种娱乐场所也是有的。周末的夜晚经常会有同学在那里载歌载舞。化装舞会是由学生会策划的。注意是化装，不是化妆。"化装"是易容等级的概念，相比之下为美丽添砖加瓦的"化妆"太小儿科了。从小到大我们听说过无数次化装舞会，却还是第一次有幸亲身参与，可想而知我们兴奋极了、期待极了！既然要玩那就要玩到最High，这一向是我们的座右铭。于是我们开始思考能化装成什么，最后的结论是——女孩子。听起来非常恶趣味吧？但横竖我们都是去增加笑点的，那还有什么比男扮女装更保险、更具有可操作性呢？

"喔……"耐心听完了我们的解释，520的妹子们这才将看我们的目光从变态波段调整成小丑波段，脸上纷纷露出忍俊不禁的表情，看来已经开始脑补娘化后的我们是什么气象了。

接下来，她们很配合地给我们找起了衣服。顿时宿舍变成了试衣间，我们一拿到妹子贡献的战袍就立刻跑到她们的等身穿衣镜前比画画，搔首弄姿。大家互通意见、交流尺寸，气氛真是既和睦又微妙。偶尔不知情的女生从门口经过，朝里面瞥上一眼，轻则当场石化，重则夺路而逃。

"学生会这次真给力呢，居然想出这样的活动。"小苹果边挑衣服边说。

"嗯，也是多亏了有老师大力支持啦。"排长说，"就是那个贞子！"

贞子是考场四大名捕之一，也是我校首屈一指的美女老师。她最近心情应该不错，因为她恋爱了，对象还是个开宝马的富二代。对此校内有许多传言，什么他不是真爱贞子只想要钱，什么贞子一脚踹掉了某穷逼前男友……

我们边聊八卦边更衣，半个小时后终于武装完毕，人人有了一身称心如意的女装。金氏穿的那件是武则天提供的，虽然紧了一些，但毕竟是穿上了，这令武则天非常不爽，嬷嬷却是一脸艳羡的表情。

服装OK之后，就该化妆了。妹子们纷纷贡献出了自己的化妆品。到底是学生，用不起太高级的化妆品，那些都是山寨货。但是眉笔、粉饼、口红、假睫毛也都一应

俱全。小苹果更是不知道去哪里借来了两顶假发，看来她们的热情比我们还高……

在天正式黑下来的时候，415的十个臭男人从地球上消失了，取而代之的是……十个臭女人。我们看看镜子，又看看对方，笑得脸上都掉粉了。520那些可爱妹子们的法令纹更是果断加深。

"那么，我们这就出发去舞池了！"排长代表大家告辞道。

"去吧，要艳压群芳哦！"妹子们花枝乱颤，"我们待会儿也会去捧场。"

于是我们走了。走过楼道，走下楼梯……所过之处都是各种嚎叫和爆笑。我们听在耳里，竟产生了一种变态的快感……

走出宿舍楼的时候，头顶传来了武则天的喊叫："喂——"她冲着嬷嬷一挥手，嬷嬷的脑袋就被什么给砸到了。捡起来一看，是一个小瓶子，比眼药水瓶大不了多少，里面装着鲜红色的液体。

"差点儿忘了我还有这个指甲油，拿去用吧！"武则天用犒赏三军的气概喊道。

我们看向嬷嬷，紧攥着指甲油的他表情振奋，仿佛武则天抛来的不是指甲油，而是选婿的绣球。

红指琴魔 02

皓月当空，天朗气清，这是个很适合群魔乱舞的夜晚。415的怪物们借着夜色的掩护，来到了化装舞会的现场。

关于变性后的我们，简单来说分为三种：

第一，"鬼啊！"型，以金氏、烂操和排长最为惊悚。作为415身材最胖、皮肤最烂和样子最老的三人组，变装后的他们俨然成了肚皮舞娘、女鬼以及把毒苹果卖给白雪公主的巫婆，触目惊心。

第二，"这女的真丑！"型，涵盖了我、锅炉工、大卫、八达和老蜗。尽管我们在往胸部塞水果的时候有意挑选了大个的，但裙下若隐若现的腿毛还是无法挑起哪怕一个男性的欲望。

第三，"意外的居然很合适！"型，不用说那是415的两朵金花容嬷嬷和一灿了。本就十分俊美的他们穿起女装后除了骨架大了点儿之外，赫然便是两枚标致的女子。仅有的两项假发也归了他们，嬷嬷看起来妩媚如同站街女，而一灿颇有些中性韵味……烂操曾在盯着他们看半天后伸手过去调戏，被一灿扇了个巴掌并大叫："凑牛蛮（臭流氓）！"……瞧瞧，这入戏得有多深啊！

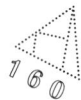

舞池已经灯光大作，音箱正声嘶力竭地呐喊着动感曲目，场面热闹非凡。我们415的出现更是将热闹程度翻了一番。一群正喝饮料的人集体喷了，那情景就跟鲸鱼喷水一样壮观；拿着麦克风的主持人爆发出一声响亮的"噗！"，通过扩音效果传遍全场……

估计万圣节的时候我们穿这身出去，至少能讨回一车的糖果来。

踊跃化装参加舞会的人不在少数。有的罩着蚊帐，在眼睛位置挖俩窟窿，这就算是幽灵了；有的披起浴巾内裤外穿，就是超人了；有的把拖把毛剪下来黏在下巴上cos关公；有的脸上画道疤再戴个草帽穿上拖鞋，到处放话说自己是要成为海贼王的男人……他们也算是很努力了，但是吸引眼球的程度跟我们一比，还是弱爆了！哇哈哈这就叫一分牺牲一分收获，哇哈哈为什么我觉得有点可悲……

话说回来，化装舞会虽然重在化装，但是真正让大家打成一片的还是舞会。在经过了一番鉴赏与吐槽后，谁化装成什么又像不像，已经不重要了，大家开始投入到欢乐的歌舞气氛中。你搭着我的肩，我搂着你的腰，绕着舞池跳起了兔子舞。而一个高出地面的台子上，一个打扮成红毛丹的舞者正甩着红发带领大家跳街舞……

哦哦！果然青春就是应该这样子度过呢！我们High极了。不久其他熟人也陆续到了，比如110宿舍的岩班长们，比如520宿舍的姐妹们，比如春菜和林姑娘……我们破罐子破摔地对他们秀出各种下限，比如努力晃起胸前的橘子，比如撩起裙子展示强健的大腿……"美少女"一灿和嬷嬷还惹来了一些不怀好意的男性，当他们知道搭讪的对象跟他们一样需要站着尿尿后，纷纷露出性取向摇摇欲坠的表情……

直到音乐戛然而止，这场狂欢才暂时停了下来。每个人都像被拔掉了插头那样动作一滞，激情的节奏被抗议取代。

"怎么没声音啦？"烂操扯着嗓子喊，他正跟一个艺高人胆大的妹子跳贴面舞，非常不满幸福被中断。

人群议论纷纷。学生会的人正在检查设备。半晌后，那个超人打扮的学长哭丧着脸宣布："电脑硬盘烧了。"

"芥末梭米得王了（这么说没得玩了）？"一灿不无遗憾。当时还是他女朋友的静静正跟他以姐妹花的姿态翩翩起舞，两人都有些意犹未尽。

扫兴的飓风席卷全场，越来越多人开始指责学生会办事不力。超人学长被千夫所指，急得满头大汗，忽然他瞥见舞池边坐着个嘴巴有点噘的男生，腿上架着一把电吉他，立刻跟看见救星似的分开人群跑过去。

"帮帮忙吧哥们儿，用你的电吉他伴个奏！"

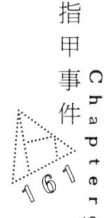

大家的眼睛又亮起来了,是哦,电吉他可是很强力的装备呢,这要能弹得好……可惜那个嗫嘴男——就让我们叫他鸭子吧!鸭子亮出一根包扎着绷带的手指,抱歉地说:"我受伤了,弹不了太激烈的曲子……"

就在这个时候,一个人出列了。他来到鸭子面前,一伸手就把吉他拿了过来。

"嬷嬷?!"我们集体吃惊,眼睁睁地看着穿着碎花长裙、戴着发箍的嬷嬷拿着电吉他上了台。立刻有人给他端来了椅子,并把音响的线接在了电吉他上。而嬷嬷低下头,十分老练地开始调弦……

随着一记漂亮的扫弦,舞池的活力回来了!就像断电的夜晚忽然来电,就像熄灭的炭火死灰复燃。嬷嬷激情四射地弹着电吉他,那是一首郑秀文的《眉飞色舞》。虽然现场没有其他的乐队伴奏,但只靠他也完全够了。嗓子不错的林姑娘落落大方地站到落地麦克风前,高声唱道:"爱的是非对错已太多,来到眉飞色舞的场合……"

我们一边本能般继续跳舞,一边叹为观止地看着挥洒音符的嬷嬷。做了一年多的室友,我们还是第一次发现,他有这一手!

月色下,他的指甲盖越发鲜红。

03 猪王

"我从没学过弹吉他啊……"

夜晚十二点,化装舞会结束了。我们拖着疲惫的身躯回到415。今晚真是玩得太爽了,就连老蜗这样的穴居动物都一身是汗。这里面有一大半是嬷嬷的功劳,因为舞会的一半时间都是靠他弹琴在撑场。可是当我们表达赞赏时,嬷嬷却对我们说出了上面那句话。

"那还叫没学过?你当我们集体瞎了?"大卫说。

"真心不会。"向来有一说一的嬷嬷老实道,"是……是我的手,它自己动起来了。就好像变成了别人的手,拖着我去拿那把吉他,拿到了就自然懂得怎么弹了,弹再久也不会累……"

这种解释已经超出谦虚的范畴了,但我们没理由不信,因为那是嬷嬷啊。我们不禁好奇地打量起他,在他身上发生了什么事?

"兰道梭(难道说),"一灿若有所思,"里紫要窗散缕砖,就费变曾吉他高叟(你只要穿上女装,就会变成吉他高手)?"

"不对,那我们也穿了啊,怎么就没变?"锅炉工理智地分析,"也许是因为我们穿得不好看？可是一灿，你也不会弹吧……"

"也许，"嬷嬷竖起了双手，"是这个的关系？"

嬷嬷的十指都涂着鲜红的指甲油，对，就是他们家武则天贡献的那货。嬷嬷是很大方的，愿意跟我们分享一切东西，所以八达老喜欢他了。但是武则天送的东西是例外的，嬷嬷总是会很珍惜地收起来。有次武则天百年不遇地送了嬷嬷一盒饼干，嬷嬷几乎是用舔的方式在吃。

所以那个指甲油我们都没跟他抢，只有嬷嬷一个人有涂。指甲油是用在手上的，嬷嬷的吉他神技又是源自手，二者之间真有关系？

"猜个头，试试看不就知道了？"金氏说着，随手拿过嬷嬷放在床头的小瓶子，翘着小指把自己的猪蹄粉刷了一遍，动作妩媚。经过这一晚，这人好像有什么地方坏掉了……而嬷嬷因为也很好奇，竟没有阻止金氏分享他的定情信物。

等到金氏给自己涂完指甲油，我们才发现415就没有吉他这种高雅的玩意儿。但也真是想什么来什么，宿舍的门这时被敲开了。门外站着的，赫然是刚才提供电吉他的鸭子，他的手中还握着那把被嬷嬷调教了一晚的吉他呢。我注意到，看见吉他时，金氏的手指不安分地蠢蠢欲动。

欸，还真跟指甲油有关吗？

"你真住这里啊，总算找到了。"鸭子很高兴地对嬷嬷说。

"有事吗？"嬷嬷问。

"你的吉他弹得太好了，我想请你帮个忙。"鸭子说，"我本来是在一家酒吧担任吉他手的，这两天手受伤就暂时请假了，老板很困扰，问我能不能找人顶一下，我本来不知道找谁，直到刚刚——"

"有钱拿不？"八达越俎代庖，进入经纪人模式。

"有的。以他的技术，一晚两百没问题。"

对于果真技术了得的人来说，这其实是个相当坑爹的价位。不过我们那时都是穷学生，两百就是半个月的生活费啊！我们都觉得这买卖可以做。八达尤其羡慕嫉妒恨。

"喂，你到底是看上了嬷嬷的技术还是美色？"金氏插嘴道。

"当然是技术了。男人不是靠长相混的！"鸭子正色道。

金氏二话不说拿过鸭子的电吉他。他的手掌肥厚、手指粗短，原本是不适合扣和弦的，可是那一刻，他却行云流水、帅气逼人地来了一段solo！事后我们一对口供，发现那一刻彼此想的竟都是：如果金氏真出道了，艺名就叫"猪王"吧！

这下事情再清楚不过了：那瓶指甲油果然是关键所在。受震撼最深的莫过于鸭子，他愣愣地看着琴艺完全不逊嬷嬷、却显然更希望出风头的金氏，半晌跟嬷嬷握了握手道："那么明天我来接你一起走，这把琴先借你熟悉一下吧。"

"喂，我呢？"金氏问。

"再见！"

"喂！喂！"

如果不是我们死死地拖住金氏，口是心非的鸭子一定会被他用大屁股一寸一寸地碾死。

04 指甲油这么一抹呀，是别的咱不夸……

化装舞会的第二天，我们去了学校的洗衣房，掏了点钱让洗衣机把520姑娘们的衣服洗得焕然一新。昨天我们能玩得那么开心，跟她们的慷慨解衣不无关系。咦，我好像用错了一个成语？总之，洗干净衣服再还给人家，这点基本的礼貌我们还是有的。

见到武则天的时候，嬷嬷问她："你给我的指甲油哪儿买的？"

"干吗？上瘾了？我这里还有不少，你要吗？"武则天打趣地问。

"要要要要要！"我们异口同声地回答，把武则天吓了一跳，打量我们的目光瞬间变得复杂，也许那时她正想着：难道经过昨晚，我们体内某个全新的开关被按下了？难道一直交不到女朋友的我们，终于决定以彼此为伴……

"其实下周ＸＸ大学也要办化装舞会了，我们还想再去玩。"我瞎掰道。

"喔……"武则天居然有些失望，"好吧，那些指甲油反正是逛学生街时别人送的试用小样，不值钱，都给你们吧。"

听到"学生街"，我不禁想起排长曾在那里买到过一个神奇的柯南玩偶，可以把视觉、听觉什么的逐步转移到它的身上……那个地方真是鱼龙混杂啊，现在又出现了这种奇妙的指甲油！

武则天交给我们的指甲油总共有五瓶，分量有限，但我们还是很高兴。毕竟这道具太有趣了啊。唯一的遗憾是它怎么就是指甲油呢？除了视觉系艺人和人妖，有几个男生会没事涂指甲油啊？尤其还是这种醒目的红色。

除了嬷嬷和金氏，我们一回宿舍就各自涂了起来，都想试试在琴弦上运指如飞的滋味。烂操是第一个涂完的："接下来就由我来为大家献上一曲！"他迫不及待地抢过吉他道。

我们看向烂操。只见他摆弄吉他的手势无比笨拙，完全就是个外行人。欸，这是怎么回事？

接下来吉他到了大卫手中，但他也没能弹出一手好琴。接下来是我，接下来是八达……

我们都失败了。

"哎，看来只有最初的那瓶有魔力，没意思。"排长说着，十分扫兴地往他的床上一趴。

锅炉工的十指这时不由自主地动了起来。当着我们的面，他就像是被手给拖到了排长床前。

"老锅你干吗？"排长正莫名其妙，锅炉工的双手已经按在了他的肩上。

接下来是排长的哀号时间，他全身的老骨头都在发出咔吧咔吧的声响，使我们产生锅炉工正在拆骨扒皮的错觉，而事实是——锅炉工在给他做马杀鸡！他以精准的指法按压着排长的身体穴位！

锅炉涂的指甲油让他拥有了一双按摩师的手！那么我们又如何？

视线与桌上的纸笔接触后，烂操给出了新的答案，他用躁动的十指拿起纸笔，开始为惨遭蹂躏的排长画像。他沙沙勾勒的草图乍看就像锅炉正凌虐排长，但随着轮廓越发清晰，我们看到了一幅十分生动的素描。

至此我懂了：这些指甲油每瓶都能带给使用者一种不同的、需要通过"手"来表现的能力。弹吉他、马杀鸡和画画不都跟手有关吗？而触发能力的关键是看到相关事物。吉他手要看到吉他，按摩师要看到趴着的客人，画手要看到纸笔……

总共五瓶，即是蕴含五种能力。真可惜，只有五种。要知道手能做的事可太多了：打球、打架、写作、射击、搓麻、猜拳、插花、缝纫、举重、洗衣服、修电器……游戏狂老蜗非常想要一双超级玩家的手，那可就是名副其实的"金手指"了；而大卫则希望能掌握一手雕刻技术，因为他认为自己本就是艺术的化身……

指甲油带来的第四种能力是烹饪，涂到那款指甲油的是一灿。他在走进食堂时忽然食指——不对，十指大动，径直闯入厨房。不等那些敷衍了事的厨师反应过来，他已经用利落的刀功唰唰唰切起了菜，丝、花、丁、片，样样工整；接着他又开始洋洋洒洒地掌勺，煎、炒、煮、炸，丝丝入扣。工作人员都看呆了，暗恋一灿的阿玲更是心如鹿撞……当天，美男厨师一灿的加盟令食堂营业额再创新高。因为一灿太帅了，大家甚至选择性无视了这个厨师居然涂着指甲油做菜这一不卫生的事实。

至于最后一瓶能力不详的指甲油,被我涂到了。能力不详是真心不详,因为我插着口袋在学校逛了一圈,把能想到的、能发挥手之所长的东西都看了个遍,一双手还是没有任何起色。指甲油所剩无几,我又舍不得轻易洗掉它,这一天,415最郁闷的人莫过于我了。

05 画手与咸猪手

傍晚,鸭子准时出现,接嬷嬷去那家名叫"迷宫"的酒吧表演。我、锅炉和烂操跟着凑热闹去了。八达去打工了,一灿要跟静静约会,排长和大卫则被老蜗拉着玩魔兽,加上赌气的金氏,有一半人没去。不过对嬷嬷而言那不重要,关键是武则天出于对酒吧的好奇而决定一同前往。事实上,那正是嬷嬷答应帮鸭子的主要原因,有哪个男生不想让心上人看见自己的帅气一面呢?

在那之前,我们被迫见识了烂操猥琐的一面,则是始料未及的……

当时我们一行人在公车上。那个时段,公车非常拥挤,烂操被挤到了一个女孩的身后。开始我并没在意,只是觉得烂操难得跟青春少女近在咫尺,肯定很享受吧,结果……丫还真就享受起来了!

"呀——"那个女孩忽然发出忍无可忍的一声尖叫,全车人人侧目。水泄不通的车厢内,女孩费力地转过身来,面红耳赤地看着烂操。此情此景我太熟悉了:漫画和电影里经常会有的公车色狼啊!难、难道烂操……

说时迟那时快,武则天力压群雄地挤到了那女孩身边,大喊一声:"小燕!"

"学姐?"女孩跟武则天居然是旧识,"你来得正好,这个家伙……"

这时公车刚好到了一个站,武则天不由分说地拉起小燕姑娘,对她和我们吼了一句:"下车先!"我们便在众人狐疑和费解的目光中鱼贯下了车,烂操的步伐匆忙而狼狈。

小燕下车后做的第一件事就是赏了烂操一巴掌,她对武则天说:"学姐,这个人非礼我!"

"冤枉啊!"烂操百口莫辩,"我没有……我也是情不自禁……不对,我是不小心……"

小燕鄙夷地看着烂操:"你的动作那么熟练,显然是干惯了这种事的,信你才怪!"

"……你们一定相信我的吧?"烂操扭头看向我们,目光中带着哀求。我们当

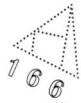

然是相信烂操的,所以我们百分百认定他是会干这种事的人!我们纷纷将头扭向了别处。

这时候化解尴尬的,反而是武则天。她对她的学妹说:"我想八成是误会。这家伙——"指着烂操,"虽然长得像根棒槌,但给他一万个胆子也没种做出这种事!"

这应该算是目前对烂操最有力的证词了,烂操感激涕零,对武则天曾有的不满在那一刻烟消云散。

听了武则天的话,小燕再三打量烂操,自言自语:"那难道是那个胖子?手法倒是很像……他趁乱躲起来了?"

"你说什么?什么胖子?"烂操忙问。看得出,如果小燕的怀疑对象是当时根本不在场的金氏,他都会为了脱罪把金氏绑了推出去。

"一个留小胡子、长着痣的……"小燕形容着,"我在车上见过他好几次了,他每次都会靠近我……碰我。刚开始我以为是不小心就忍了,结果他的胆子越来越大。原本我已经下定决心,再发生这样的事绝对不放过他!结果……"她一瞪烂操,"结果今天就换人了!"

我们总算知道小燕对烂操"动作熟练"的评价是从何而来的了,敢情她是个资深受害者啊……我们交换了一下意见,确定当时车上并没有那么个胖子。

"好吧,就当是一场误会吧。"小燕无奈道。

我们都松了口气,这时,烂操反而激动了。

"就是因为有那样的人渣,才害得我们这些无辜的好人背黑锅!"他大叫,"那家伙什么样,你再说具体一点!人肉不死丫的!"

一边说,他一边从口袋里掏出了纸和笔。

烂操涂的指甲油赋予了他强大的绘画能力,他竟然真的仅靠女孩的描述就将那胖子还原到了纸上!虽然这跟那胖子长得很有特色不无关系,但烂操的画工还是可见一斑。小燕看得十分惊讶,甚至忘了发出"你一个大男人居然涂指甲油!你还说你不是变态!"的指控——顺便说一句,这话目前适用于 415 每一个人,因为我们都舍不得洗掉指甲油,加上天色已晚,就直接把红艳艳的爪子揣口袋里带出街了……也亏得是这样,烂操依旧能发挥能力。

又跟武则天聊了几句后,小燕坐车离开了。鸭子说这里离酒吧已经不远,我们就干脆走着去了。路上,烂操对武则天千恩万谢,却背着她悄悄告诉我们:

"我当时确实对她出手了……不过那不是我的本意,是我的手忽然不受控制了……"

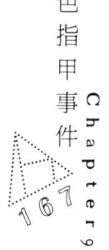

宝马男与爆头姐

"迷宫"是个很大的酒吧,复杂的摆设与晦涩的灯光让它犹如一个盘丝洞,感觉江湖片里常有的摇头丸、打架斗殴等统统蛰伏在暗处等待出没。嬷嬷一到场就被鸭子拉去后台了。我、武则天、烂操和锅炉工则在鸭子安排的一处沙发上就座,等待着嬷嬷的登场。

没有想到的是,我们竟然先等到了……贞子!

美女老师贞子,陪着一个油头粉面的男人走进了酒吧,姣好的身材与容貌立刻引起了各种注目,有人甚至吹起了口哨。那个男的想必就是传说中开宝马征服贞子的富二代吧?他似乎十分享受这种气氛,而贞子却一直眉头深拧。

虽说大学不比中学,并没有禁止学生出入游戏厅、酒吧一类的规章,但在这种地方碰上老师总让人下意识觉得不妥,我们便都缩了脑袋,贞子在我们身后的沙发上坐下,倒是没发现一群学生跟她近在咫尺。

"嘿,开心一点嘛。"我们听见宝马男说。

"我不喜欢这里。不能换个地方么?"贞子忍气吞声地说。

"这里很好啊,我常来。喝什么?红酒?"宝马男宾至如归,完全无视贞子的意见。

八卦的武则天立刻压低声音对我们说:"看来他们处得不太好嘛。"

"谁让她喜欢傍大款。"烂操不屑地说。

"公子哥都这么任性。"锅炉工表示同意。

这时一束灯光打到了舞台上,负责制造气氛的乐队登场了。鼓手、贝斯手、键盘手和主唱各就各位,担任主音吉他的当然是我们家容嬷嬷。他换上一身演出服,显得十分拘谨。嬷嬷形象不错,但气质完全不是玩音乐的料,不过他那鲜红的指甲油倒是跟这种场合不谋而合。我们一下子兴奋起来,连连发出三八的呐喊:"嬷嬷你是最棒的!""小容,我们永远支持你!"……而武则天的表现最扯,她居然一拍桌子大声嚷嚷:"外套脱掉脱掉!上衣脱掉脱掉!"……服务生很困扰地跑过来说:"这位小姐,我们不是那种酒吧……"

总之经过我们一番富有415风格的打气,嬷嬷显得镇定多了。但我们的忘情应援迅速引发了后遗症:我们被贞子发现了……

"你们怎么在这里?!"艳光四射的贞子惊讶地大叫。她除了在考场上抓我们外同时还教授C语言课程,对我们绝不陌生。

"这些小鬼谁啊？"宝马男喝着酒，懒洋洋地望了我们一眼，态度十分嚣张。

"我的学生。"贞子皱着眉头说。

"又是那所破学校出来的啊。对了，辞职的事情你考虑得怎么样了？"

他们又在三言两语间呈现出了不和谐的空气，这令爱好八卦的我们纷纷竖起了耳朵，只听贞子懊恼地说："我不是说不会辞职吗？"

"辞职有什么不好？我养得起你，我可不像——"宝马男说着，不知出于什么心态一指嬷嬷，"那些弹吉他的废物。"

此话一出，包括贞子在内，我们都觉得各种火大。但我们的反应不及嬷嬷激烈。酒吧里并不安静，嬷嬷理应听不见隔着一段距离的我们在说什么，他却忽然跳下舞台，朝这里冲了过来！他双手攥着琴颈，将它像锄头那样高高抡起……

"咣——"电吉他被砸出了一个刺耳的音节，酒吧一阵骚动。宝马男摔倒在地，四脚朝天，不知道是红酒还是尿的液体在他身下绵延不止，如果不是嬷嬷一个手歪，他刚才已经被爆头了……

容嬷嬷是什么人？是骑在小燕子和紫薇头上作威作福的女中豪杰，爆头什么的果然像是她会做的事情呢……但415的容嬷嬷不是这样的啊！我们从震惊中回过神来，连忙拥上去阻止嬷嬷，那把吉他已经被砸变形了，但嬷嬷还是高举着它，企图再砸……

贞子和武则天这两位驰名中外的女性都吓傻了。

酒吧的保安很快出现，他杀气腾腾地来到我们面前，挥拳就要揍嬷嬷——那一拳却被锅炉工给接住了，然后锅炉工把他的胳膊一扭，利落地做了个拉筋动作，保安怪叫一声，踉跄摔倒，不等爬起来，锅炉工已经骑在了他身上，呼啸着施展起激情SPA……

嗯，虽然表面看不出，但按摩师的手通常是很有力的，否则怎能按出效果呢？没想到锅炉工会以这样的方式立下奇功……

喧闹的酒吧，乱得不能再乱。有人边鼓掌边哈哈大笑，而嬷嬷拿吉他砸人的分贝不依不饶持续响起，夹杂着宝马男屁滚尿流的尖叫……

地球真是太危险了。

07 顺着贞子的藤，抚摸胖子的瓜

晚上九点，正是酒吧生意最旺的时候，因为嬷嬷一手炮制的闹剧，我们无缘见

证"迷宫"的高潮了。

值得谢天谢地的是,我们全身而退了。鸭子意外的是个很讲义气的人,多亏他的求情,盛怒的酒吧老板才没有为难我们。另一个很讲义气的人是贞子,当宝马男解除了爆头危机后扬言要让嬷嬷退学时,贞子厉声对他说:"不许你那么做!"

"靠!我被人打耶!你居然站在他们那边?"

"他们还是些学生。你又没受伤,何必跟他们过不去?"

"你他妈真是我马子吗?你是不是对我那句'弹吉他的废物'耿耿于怀?他们就是废物啊!"

"啪!"

当时贞子当着所有人给了他一耳光,清脆响亮。然后她就带着我们出了酒吧,留下站在原地叫"喂!喂!"的宝马男。他的出言不逊这次被更多人听到了,无数道反感的目光四面八方戳向他。

宝马男后来并没有对嬷嬷怎样。与其说是他良心发现了,我更愿意相信是他觉得自己没有立场。锅炉工说:"也许他是通过这样的方式在跟贞子道歉?"武则天一翻白眼:"想太多。"

贞子跟宝马男就这么结束了。亲眼见证了一段感情的玩完,我们的心情好复杂,大人的世界好复杂!

贞子跟我们一起离开酒吧时,一直低着头。

"对不起老师,我不是故意的……"嬷嬷以为贞子在惋惜失去一桩好姻缘,顿时无比愧疚。

"不关你事。"贞子淡淡地摆手,"跟他早晚都得分的。三观太不合了。"

"老师是不是有朋友也弹吉他?"武则天问。这是个突破盲点的问题,想想宝马男侮辱嬷嬷——确切说是侮辱吉他手时,贞子反应的确很大,也很不自然。

贞子沉默了,眼泪忽然流了下来。我们不禁手忙脚乱,连忙乱翻口袋找纸巾。烂操动作比较快,递上去的却是一张折叠的画,就是那个关于公车色狼的素描。

"啊,错了。"烂操尴尬,想要拿回来,贞子却已经随手把画展开了。

"这人你们认识?"贞子擦擦眼睛,有意无视了武则天的问题。她做得很成功,因为烂操立刻义愤填膺道:"不认识!但我们正在找他!"

"这不是他的自画像?这个胖子在紫阳夜市摆摊。这幅画的笔触跟他的画一模一样。"贞子说。

还真是好意外的情报来源……我们没想到居然这样得到了胖子的下落。顿时贞子的爱情怎样我们不在意了，有缉拿色狼这种正义的事情等着我们去做呢！

与眼睛通红的贞子告个别，我们立刻乘车前往紫阳夜市。路上武则天对嬷嬷说："今晚很神勇嘛，那个富二代是欠揍。"

嬷嬷被心上人表扬了，高兴得笑了起来，然后又把头摇得像嗑了药："没有没有，我没有要那样做。是……是手自己……"

嬷嬷那十根涂了指甲油的手指醒目依旧，只是这时我们觉得有点诡异：之前烂操在车上骚扰女生时，也说是"手不由己"！

"那个，"锅炉工这时缓缓举手，"涂了这个指甲油后，我变得喜欢挖鼻孔了。"

我们静静地看着他，不明白这货干吗要在这时晒自己的恶心兴趣。锅炉忙补充："我以前没那种坏习惯的，就像烂操不会猥琐女生，嬷嬷不会打人……我在想，会不会是……"

我的脑子火花一闪，一些无关的线索被组织了起来。其一，小燕说过烂操骚扰她的手法跟那个胖子很像；其二，贞子说那胖子也是个画画的，烂操的笔触跟他很像……

是不是可以这样推理：那不可思议的指甲油，其中一瓶提炼自胖子？所以涂上它不禁会拥有胖子的能力，也同时拥有了他的坏毛病，反正不管是画画还是性骚扰，都要用到手就对了！

我把我的想法说给大家，嬷嬷一边听一边对武则天讲解，到后来所有人都恍然大悟。锅炉工大叫："这么说我涂的指甲油，来自一个喜欢挖鼻孔的按摩师？丫还敢更恶心一点吗？那是要为客人服务的手啊！"

温和的嬷嬷为什么会突然发飙也很清楚了：他涂的指甲油来自一个很厉害的吉他手，然后那个吉他手大概有点暴力倾向，并且还很仇富……

应该说这是我们得到本不属于自己的能力的代价？那些魔幻指甲油，居然是有副作用的。

但这毕竟是纯粹的推论，还需要事实做支撑。

事实就是那个胖子，我们一定要找到他。

……我们很快就找到了他。紫阳夜市是个不大的地方，而胖子的体积相对那种场所，实在是太大了。

胖子所摆的摊子一如所有不得志的画家，挂满了各种明星肖像画，客人可以通过对比判断像不像。于是我们对比了一下，发现贞子说得不错，胖子的画风跟烂操果然一样！

我们一群人杀到那个摊位前。生意冷清的胖子还以为来了组团客户,立刻堆起满脸的笑。靠,还真像淫笑!

蒜头鼻、下巴长痣、青春痘、小眼睛、冬菇头……嗯,确定是画像上的人无误!这家伙还搞不清状况,热情地问:"骚年不来一发吗?"……这是什么揽客台词啊!

"来你妹啊!你这色狼!"烂操爆发道。

"谁是色狼?饭可以乱吃话不能乱讲!"胖子一惊,色厉内荏地回嘴。

颇具流氓习气的烂操已经揪住了胖子的衣领。这厮块头不小,本质却完全是个猥琐的脓包——事实上也只有脓包才会用那么低级的方式来满足自己。果然烂操一凶,他就有点怂了。

"哥……哥们儿,有事好好商量行吗?我到底哪里得罪了你们?"

"你得罪的不是我们,而是天下所有搭公车的少女!"烂操将那画像狠狠拍在胖子脸上,"别给我狡辩!要不要我立刻找人来跟你对质?"

老实说就凭这几句话外加一张素描,是不足以构成证据的,但胖子也是做贼心虚,那素描被他理解成通缉令了,细细密密的汗珠立刻布满了他的胖脸。

"兄……兄弟……"胖子颤抖着说,"你们是那女孩的朋友?我……我其实也没敢做得更过分……这事私了行吗?"

武则天这时说了一句:"我忽然发现你们家金氏像天使一样可爱。"我们整齐地点头称是。金氏纵有百般肥腻,节操至少没有碎一地!(金氏:……肥腻是多余的!)

"求你们了,我再不敢了,我发毒誓!"胖子就差下跪了。

烂操还要不依不饶,我拦住他,问胖子道:"你认不认识吉他弹很好的?"

"吉他弹很好的?"这个问题的转折度太大,胖子的脑细胞一时跟不上来。

"还有很会烧菜的,还有很会按摩的!认不认识?"我继续问。

"认识……啊。"胖子小心翼翼地说,"你说的不就是我的邻居吗?我住的那破地方,干什么的都有。住我对门的就是个厨师,住我楼下的是个盲人按摩师……弹吉他的住我楼上,不过他最近好像不弹了……"

"你们一起干过什么事吗?!"

"没、没有……我只喜欢女生……"

"靠!我是问,你们有没有一起参加过什么活动!比如……"想到了指甲油的颜色,我忍住发毛的感觉,"比如跟血有关的事?"

"啊,还真有!一次一辆采血车停在我们小区门口。我们几个刚好一起下楼,听说适当献血有益健康,就一起献了。"

"就是这个！"我大叫一声，一切都对上了。既然那些指甲油产生的能力来自现实中人，那么何不大胆推测，那些人可能住得很近？反正，不管是外星人还是恶魔还是什么异次元来客，换了我是他们，想要拿人类做个实验提炼个指甲油什么的，肯定懒得东奔西跑，干脆选定一个范围收集就好了。说起来采血是个好主意，血液流经人类全身，人体一切信息都融在血里，特长和劣根性也不例外，只是那指甲油居然是拿血液做的，这得多重口啊！为免各位恶心我还是得解释一下：那指甲油闻起来是没有任何血腥味的，它跟血的最大共同点就只是颜色而已。哦？你说即使这样还是很重口？好吧我也这么觉得……

"请问，到底发生什么事了？那个采血车该不是不卫生吧？该不是有艾滋吧？"胖子惊恐地问。

我已经懒得和他废话，直接问："你家住哪里？"

这是一首简单的小情歌

请大家放心，我们当然不会放任那个危险的胖子继续为祸女性。从他嘴里套到一切想要的情报后，我们就把他卖给警察了。希望他能在警察叔叔那里得到想要的快感，阿门。

然后，我们前往胖子所住的那个名叫阳江新村的地方。到那儿都快十一点了，一晚上跑了这么多地方，今夜真够颠沛啊……

略过了爱挖鼻孔的按摩师以及不知有什么坏毛病的厨师，我们来到了吉他手所住的 601 室。敲开门，一阵烟味扑面而来。往里一看，脏乱差一应俱全，如果不是角落躺着一把掉灰的吉他，我们准会以为自己走错了门。

"你们找谁？"长发凌乱、胡子拉碴的吉他手很不满我们的东张西望，没好气地问。

"你认不认识贞子？"武则天问。

"啥？！"

"错了，你认识ＸＸ老师吗？"ＸＸ是贞子的原名。

刚才还一副颓废艺术青年模样的吉他手，此刻表情变得呆滞了。我不得不佩服武则天的女性直觉，对喔，她好歹还是个女性呢……她似乎认定了在贞子的欲语还休后面潜伏着一个吉他手。那么现在我们穿越千山万水果真找到了一个，她怎能不把二者联系起来呢？

吉他手恢复了平静，他说："我们已经分手了。她跟了个开宝马的家伙，把我甩了。"

乖乖，丫居然是贞子的前任！这个真相也太迂回曲折了吧！顿时所有的疑惑都解开了。对宝马男动手的嬷嬷，本质是通过指甲油的魔力驱使，而代替吉他手在痛扁情敌啊！

知道了我们是贞子的学生后，吉他手把我们让进了屋。不用我们旁敲侧击，他就把他跟贞子的过去抖了个彻底。看得出，这人已经憋了很久了……

这其实是一个非常老土又非常简单的爱情故事：吉他手跟贞子是大学情侣。毕业后他一心搞音乐，贞子则成了大学老师。这年头音乐不是那么好搞的，他们因此常常吵架。贞子希望吉他手换一份更踏实的工作，吉他手则认为贞子社会地位提高了开始嫌弃他了。一次口角后，二人选择了分手，再然后，贞子一时想不开就跑到了宝马男的碗里——这个"一时想不开"是武则天的意见。

"因为她很明显还对你念念不忘嘛。"武则天得意地说，"那个宝马男根本就是用来让她发现真爱的炮灰。他们也处得不好，所以才会这么快分了。"

"他们分了？！"吉他手像打了鸡血般激动。

"是啊，你要回去找她吗？"嬷嬷说，"你也还在想着她吧？"

"我……"吉他手的脸红了，"我太幼稚了。她其实并没有嫌弃我，都是在为我好，是我自己自卑……其实女人想要安定的生活有什么不对？玩音乐未必没前途，但我不是能玩出名堂的那块料……"

这个时候，除了嬷嬷和武则天全神贯注地听着吉他手的话之外，我、烂操和锅炉工都快睡着了。"为什么明明相爱，到最后还是要分开"的旋律在我们脑海盘旋。笨蛋情侣什么的最讨厌了！不要因为你们家的事随便害别人卷进麻烦啦！

"我要去找她。"吉他手握住了拳头，"我要让她再给我一次机会！我们再也不分开了！"

"哦，祝你好运。"我们打着哈欠说。

"那么……可以借我一点钱吗？"吉他手羞涩地问，"我刚交完房租，现在身上一毛钱都没有。这个时间公车早就收班了，我只能打车去她家。"

我们"……"了一会儿，嬷嬷开始掏裤袋，我们也只得有样学样。不管怎么说，如果没有贞子，宝马男肯定会让我们吃不了兜着走。而贞子是会愿意跟吉他手重修旧好的吧，那样对她比较好，大概吧。

可是我们摸了半天，摸出的是一个绝望的事实：我们自己的钱都不够了！这个地方距离学校很远,我们该怎么回去?!

就在这个时候,我的眼睛忽然一亮。

刚走进阳江新村的时候,我们曾看见一个健壮的男子穿着运动衣从楼道里跑出来,当时没有在意。毕竟夜间跑步的人不在少数。可是囊中羞涩的现在,再想起那一幕,我的灵感忽然来了。

当天晚上,我们是跑着回学校的。十几公里的路,我们跑得毫无压力,吉他手甚至还有余力第一时间赶去教职工宿舍找贞子演狗血剧。

我们拿到了五瓶指甲油。弹吉他、按摩、烹饪、绘画,四种能力之外,还有一种是什么,一直不知。我接触了很多跟手有关的物事,都没激发出能力。那瓶指甲油我一直带在身上,多亏了它,那晚我们才回得来。

人在青春的我们,做过许多蠢事,也饱尝过许多遗憾。但没关系,一切不正确的都有纠正的可能,至少是机会。比如吉他手的三观,比如涂指甲油的地方——为什么非得是手指甲?为什么就不能是脚指甲?而跟脚关系最密切的能力,那不就是跑步吗?!

圣诞礼物事件
chapter 10

Tales of the Unusual Youth
415

圣诞节快要到了,又是各种交换礼物与祝福的时间了。我问我的室友大叔:"你想要什么礼物?"

"哎哟,你要送我吗?"大叔喜出望外。

"不,我只是随便问问而已。"

"不送问个毛啊!欺骗感情!"

"好吧我错了。你说想要什么吧,我考虑一下。"

"我想要,"年过三十仍孑然一身的大叔眨巴着一双饥渴的星星眼,"真、爱。"

……唯有这件事,就算请圣诞老人出马,恐怕也没法满足他。

正宗好屌丝正宗好邂逅

这个故事发生在平安夜前夕,后天就是圣诞节。

说到这圣诞节,它就仿佛《中国好声音》,虽然原产地在国外,但引进之后大受欢迎,继而演变出许多本土化的特色,尤其是在趁火打劫的商业性上做到了不输给任何一个国家。每一年的圣诞节都是差不多的。天气寒冷吐气成雾,人人都包裹得跟熊一样;各大卖场纷纷挂出促销招牌,圣诞树和圣诞歌在大街小巷摇曳生姿;雄性动物一边肉痛一边策划着带妹子去哪里吃大餐又该买些什么送她;至于另一类雄性动物,他们一边强忍住恨不能找基友的寂寞,一边幻想有朝一日也能边肉痛边策划该带妹子去哪里吃大餐……

那夜的415宿舍一如往常,非常安静。除了锅炉工不时磨牙,金氏偶尔放屁,

八达冷不丁嘀咕一句梦话，嬷嬷忘了关的MP4里流淌出音乐，大卫的翻身压得床板嘎吱响，熬夜玩游戏的老蜗敲得键盘噼里啪啦……之外，真是安静得连节操碎了一地都能听得见呢。

除了老蜗，还有两个人没睡，一个是我，一个是烂操。我正如痴如醉地看一部手机电子书，烂操则在聊QQ。

作为415最希望结束单身的男性，烂操打入学开始就不遗余力地实践着他的泡妞梦想。对415最帅的一灿来说，泡妞好比泡面，三分钟就能搞定；而对415最那啥的烂操而言，泡妞好比泡沫，"啪"，妞就没有了。在三次元受了太多伤害后，烂操转战二次元，在QQ秀的掩护下勾搭着一个又一个网友。尽管成功率就像他的个子一样不高，但至少烂操的兴致很高。

夜越来越深了，早就超过了十二点。我关掉手机，打了个哈欠，准备去趟厕所之后回来睡觉。经过烂操床前，我随口问了句："还不睡？"

"开玩笑，夜晚才刚刚开始。"烂操盯着显示屏，双眼放光。

"岛国动作片不要看太多，很伤身体的。"

"滚。哥已经不需要那个了。"烂操压低声音，神秘而骄傲地看着我，"我马上就要脱团了！"

听了这话，我尽量温柔地对烂操笑了笑。这个空虚的屌丝时常向我们展示最新的感情进度条，所以我们很清楚他最近又跟哪个网友打得火热了。但这种火热通常持续不到一周就会熄火。金氏曾经点评："如果烂操每说一次他要脱团，天上就掉下一头猪，那么我们现在估计可以办起一个养猪场了。"嗯，尽管不知道胖乎乎的金氏为何要举这种敏感的例子，但这真是非常犀利的意见啊。

"这次是真的！"见我完全不信，烂操急了，"过去我碰到的女孩都太肤浅，只重视我的外貌。但这次这个不同！我给她发过我的照片，她没有拖黑我！"

原来过去你都是一发照片就被拖黑吗……当时我能说的只有："你把一灿还是嬷嬷的照片发给人家了？"

"滚啦。是我自己的照片，并且毫无PS痕迹喔！对了，我们还视频过了。"烂操越发扬眉吐气，"她说我长得很个性，很愿意跟我有进一步的交往！"

听到这里我真的吃惊了，第一反应是那位网友可能酷爱武侠小说，因为烂操的脸型完全就是一根狼牙棒。这是非常厚道的假设。要让排长他们表达意见，那位网友酷爱的可能就是恐怖小说乃至盲文了。

在我的记忆里，只有一位假冒一灿曾孙女的未来人曾对烂操暗送秋波，但那还

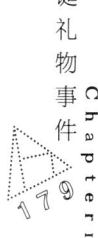

是建立在未来审美观扭曲的基础上。现在烂操勾搭上的这位网友,她真是有着超时代的审美啊。

"……好吧,祝你成功。"我只能这么对烂操说。说完后,我就走出宿舍,去尿尿了。

415位于四楼,五楼起是女生宿舍区,厕所正对五楼的一个露台。某个情人节,嬷嬷向武则天告白时,就选择了那里作为阵地,摆满一地浪漫的蜡烛,然后被拒绝了。

我想说的是,我在走出厕所的时候看见了一个人。

五楼露台上,有一个人。夜色暗沉,月亮被乌云紧紧地搂在怀里,以至于我只能模模糊糊地看见那人的轮廓。他的身体有一大半被围栏挡住了,几乎只露出一个脑袋。

不过,时间再晚,露台上有人也算不上什么事儿。所以我只是看了两眼,就准备回宿舍了。可就是那两眼,引出了后边的一系列故事——

露台上那家伙,背着个大包欸!

什么人会在这么深的夜里背着个大包出现在女生宿舍区?我首先想到了内衣小偷,然后才想到普通小偷。虽然我们就读的是个破学校,但一直以来都风波不断,保安什么的更是形同虚设,小偷们个个进得厨房入得厅堂。

我跑回415,本想一嗓子吼醒所有人去捉贼,转念一想,都还不能百分百确定就立刻带大部队杀去,这要万一是个误会,我就只能代替小偷让大家揍一顿了,起床气十足的排长估计还会把我往死里打。这可不行啊。

"段公子你干吗呢?"正玩游戏的老蜗瞥了我一眼,随口问。

"五楼好像有小偷。"我说。

"真假?"烂操惊讶。

"不敢肯定,但是背着个大包,鬼鬼祟祟的。"我说,"我们得上去看看!"

烂操和老蜗对视,彼此都流露出强烈的不想离开电脑的意愿。

"这要真是小偷,抓住了,肯定会大受妹子们的欢迎啊!"我说。

不管是游戏宅还是屌丝,没有一个男人会介意自己受妹子欢迎。二人毅然决然地站起来,加入了我。

我拿洗衣板,烂操拿扫帚,老蜗拿晾衣叉,我们就这样出发了。穿过走廊,顺着台阶无声无息地接近五楼。

路程总共就这么点儿,我很快就看见了那个可疑的人影。没有错,他确实背着个大包,那包是那么的鼓,那么的沉,而他正猫在520宿舍的窗前向内眺望,那剪影是多么猥琐……

　　我还没想好怎么办,老蜗先打草惊蛇了,"当!"他的兵器不小心掉了,发出清脆的声音,黑夜里听来格外刺耳。那家伙猛一扭头,察觉了我们的存在。在他扭头的时候,后脑勺有个垂下来的东西晃了一下,马尾辫?不等我仔细观察,他拔腿就跑。嘿,做贼心虚了这是!那背影十分狼狈,看得烂操信心大增,高举起扫帚就追上去了!我和老蜗也忙跟上。

　　这时候,夜空的浮云开始移动,月光若隐若现,让我们可以更清楚地看见那个抱头鼠窜的家伙。作为小偷,丫的身手够迟钝的啊,跑得慢不说,还显得特别笨拙。烂操很快追上了他,不由分说,抡起扫帚就打!

　　"表!表……"挨打的家伙发出阵阵惨号。

　　"让你偷!让你偷!"烂操打得兴起,浑然忘我。我和老蜗受他的斗志鼓舞,陆续加盟。喔喔,没想到洗衣板揍起人来还挺有手感的!

　　那家伙再也受不了了,他忽然把背上那大包一丢,猛地攀上了围栏,这个举动大出我们意料,不等我们反应过来,他义无反顾地跳楼了!

　　……这里是五楼好吗!偷个东西犯不着自杀啊亲!我们吓蒙了,原地石化了三秒钟,然后只听"咻"的一声,不是某人摔得血肉模糊的钝响,那是一道风声……

　　月亮又被意犹未尽的黑云推倒了。我们只来得及看见,一匹马的轮廓拖着一大团黑影,笔直地扎进夜空。

　　这……是……什……么……情……况……

　　我们仨像智障那样对着天空目瞪口呆了半天。回过神来,我才发现,刚才那"小偷"没有带走的大包,现在忽然空了,只剩下一个瘪瘪的口袋,就好像从未装过什么东西。

没事毁童年是我的爱

　　"这就是你们的战利品?"

　　第二天上午,我睡到九点半才醒来。睁开惺忪的睡眼,就看到宿舍诸君正在围观昨晚我们捡回来的那个口袋。看烂操正擦着嘴巴,不难想象他刚刚已经口沫横飞过一轮。

　　"早,段段。"嬷嬷跟我打招呼,"你们昨晚干了什么,烂操都告诉我们了。"

　　"嗯啊,包括最后那一幕吗?"我坐起来,边挠头边问。

　　他们一起点头。锅炉工说:"如果你们当时没在做梦……你觉得,是碰上谁了?"

　　"等一下!我刚起床,不要给我那么大压力!"我捂着脸大叫,"那个答案,

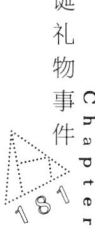

大家一起说吧！我也觉得那家伙搞不好是——"

"圣！诞！老！人！"

415 的十个臭男人异口同声念出了这四个字。当然，以口齿不清为注册商标的一灿说的是"性荡脑能"，听着仿佛某款情趣用品。快跟圣诞老人道歉！

然后，沉默。漫长的沉默。今天是平安夜，明天就是圣诞节。这个节骨眼上碰到个背着大口袋的，以及目击到一个马状物拖着什么飞天的剪影……稍微有点常识，都不难想到传说中的圣诞老人。如果昨晚光线充足点，也许我们早就能看清他的招牌红白棉袄也说不定。

啊，这么说的话，那一直在他脑后摆来摆去的并不是什么马尾辫，而是圣诞帽子！圣诞帽子不就垂着一个软趴趴的毛球吗？

于是，最终得出的爽朗结论是：昨天晚上，415 宿舍的三个热血大男孩，手持生活用品把圣诞老人殴打到跳楼，并且抢走了他的口袋！呵呵！

……头好痛。

我们到底干了什么？跟我们的行为相比，过去的毁童年都弱爆了好吗？！

大家良久不语。尤其是我、烂操和老蜗，表情都能拿去给百度百科当"此刻我不知道该做什么表情"的示意图。我们是后悔的，但内心深处又隐约有一种大爆笑的冲动，那是一种自暴自弃吗？我也不知道……

不知不觉，我们的目光集中在了排长身上。也许是因为 415 就数这厮最接近"老人"吧，我们都希望听听他的高见。排长感受到了我们的热情，微微沉吟，说道：

"世界上是没有圣诞老人的。"

……嗯，我们期待错人了。真正意义上的老人的确不可能赞同圣诞老人的存在。

"总而言之，"大卫抚摸着那个口袋，"这就是圣诞老人用来装礼物的口袋吧？它本来是鼓鼓的？"

"对啊，不知怎么就空了。"烂操说。

"圣诞老人的口袋就跟哆啦A梦的口袋一样，要什么有什么吧！"八达忽然激动起来，"否则他怎么有办法给全世界的小孩子送礼呢？总不可能用买的吧！"

我们看着八达一把抢过口袋，大声嚷嚷："我要五百万！五百万！五百万！"

痛扁圣诞老人的内疚一下子就冲马桶去了。我们凝视着八达，期待看见那口袋忽然鼓起来，然后有钞票源源不绝冒出……

结果是令人失望的。口袋里除了空气一无所有，八达把手伸进去摸了半天，欲哭无泪。

"蠢材！圣诞老人的神器也是凡夫俗子能用的？"金氏嘲笑道。

"更何况世界上根本没有圣诞老人！"排长补充一句。这家伙好烦啊！

接下来的时间，我们漫无边际地讨论了一会儿。无非就是"圣诞老人没有了道具一定很困扰要不要帮他贴个失物招领""啊昨天救走他的绝对是传说中的飞天驯鹿呢它是圣诞老人的好基友"之类。事实上除了扯淡，我们也不知道还能干吗。圣诞老人这种传奇人物的下落和他的口袋用法一样，都不是我们能随便掌握的。

——如果不是春菜恰好到来的话。

圣诞节和情人节其实只有名称和日期上的不同，反正都是借着送礼名义跟心上人打开天窗说亮话。我们 415 也早已各自有了计划，比如排长是要送眼镜娘礼物的，嬷嬷要送武则天，大卫要送小苹果，烂操理论上也该送小苹果的，但他现在已经有了新目标，就是那个 ID 为"拉芳"的网友……

跟我关系最近的女孩当然是春菜。我们是年年都要互送礼物的。虽然春菜说过："咱闺蜜之间来这套干吗呀。"但我还是很想送她。于是春菜提议，我们一起去逛街，看到中意的礼物了，对方买单。这样一来虽然少了些神秘感，却一定能送出彼此都满意的礼物。

我们约好十点走的，现在时间已经到了，春菜就找我来了。当她看见我身穿睡衣蓬头垢面的样子，啼笑皆非："你不是刚睡醒吧？"

"等我五分钟，很快！"我赶紧把圣诞老人从心里赶出去。

"这个口袋是干什么用的？你们要扮圣诞老人吗？"春菜瞥见了我们抢来的口袋，随手捞了起来。

奇迹立刻发生：那口袋陡然一沉，原本扁平的它，犹如做了手术般一秒变丰满了！春菜一下子拿不动它，只能任由它掉在地上，袋口哗啦啦，掉出一大堆花花绿绿的漫画来。

……漫画！我最喜欢的漫画！还都是港台正版！面对这无中生有的奇迹，我们都惊呆了。"为什么？"神装备的前任体验者八达率先发出控诉。

"我明白了，圣诞老人的使命是给别人送礼物，所以这个口袋是不能用来假公济私的。"锅炉工飞快地总结道。这个大眼镜大牙龈的家伙不愧人称"415 的大脑"。顺便说一下，因为我们喝的开水都是他在烧，所以他又名"415 的膀胱"。

锅炉工的判断很好验证。我从春菜手中拿过口袋，刚刚瘪掉的它再度膨胀，这次倒出来的是一个硕大的熊玩偶。

"你想要这个不？"我问春菜。

"是……是啊。"春菜抱着那头都快有金氏胖的大熊，喜出望外。

这个时候,不必锅炉工再分析,我们也知道这个口袋的使用窍门了。它只能用在"送礼"这件事上,并且变出的不是你想送的东西,而是对方想要的东西。

"那就好办了!"八达把口袋塞给金氏,"快!快送我五百万!待会儿我也送你!"

金氏的肥肉剧烈颤抖,我们也跟着颤抖了。415忽然找到了一条无限发家致富的道路!圣诞老人的装备居然还可以这么用,真是太恐怖了啊!

可惜,现实再一次粉碎了我们的梦想。金氏用掏粪的动作掏了半天口袋,一毛钱都没掏出来。

这次又是什么原因?数目太大了吗?动机不纯被发现了吗?我们被口袋讨厌了吗?在宿舍里一片遗憾的长吁短叹中,我和春菜抱着各自的礼物对望了一眼。

鹿见不平一声吼

大地像一个在熬夜过程中昏昏睡去的孩子,慈爱的天空妈妈见状,轻轻为他披上一条黑色的毛毯。嗯,好诗好诗。

今晚学校里有圣诞晚会。对于许多没有妹子可以约出去玩,又或是虽然有妹子却没钱可以带出去玩的人来说,校内活动是个十分经济的选择。也许内容乏善可陈,但一群人凑一块儿唱歌跳舞正是青春的浪漫啊。况且许多人还能趁机配对,去的时候还光棍着,回去可能已经是双节棍了。

415最期待这次晚会的莫过于烂操。因为那位拉芳网友已经答应了要出席。这让烂操高兴坏了,他说:"今晚我一定要成功。我要在送出礼物的时候跟她告白!"

"她系内总搜到你物就费答印里的旅孩纸(她是那种收到礼物就会答应你的女孩子)?"一灿问。

"哼哼,没有女孩子不喜欢礼物的,关键是能不能把礼物送进她的心坎里。"烂操用情场浪子的语气说,"如果一个人在没有事先沟通的情况下送出了你梦寐以求的礼物,那只能说明他真的非常在乎你、了解你!女孩得到了心爱的礼物,又充分感受到了你的爱,那还不手到擒来?"

我们叹服于烂操坚实的理论基础,虽然没有很明白但总觉得好厉害的样子。金氏这时傻乎乎地问:"但你又知道她真正想要什么?"

"笨!"排长训斥,"我们有圣诞老人的口袋不是吗?"

"你现在又相信圣诞老人了?"老蜗说。

"那当然——"排长把头一扭,"不信。"……这家伙真令人火大!有种待会儿不要用口袋给眼镜娘变礼物!

闲话表过,却说我们当时纷纷整装,前往舞池。那地方我们绝不陌生,有一次学校的化装舞会也是在那里举行的,我们因此邂逅了一种能带来能力的魔幻指甲油……

我们走在一条小路上。两旁是高大的树木,今晚天气不错,月光穿过叶缝,斑斑驳驳地洒下,犹如某人的节操般碎了一地。

忽然,我们听到了一阵急促的风声。与此同时,地上出现了一个影子,原本很小,小得让我们以为是一只夜鸟,但它迅速放大,大到足以覆盖两三个人。我们集体惊到,集体抬头看天——

"沙啦啦啦!"

劲风吹得两侧的树木剧烈摇晃,树叶纷纷飘落,如某人的节操般铺满一地,有什么庞然大物从天而降了!我们被那突如其来的冲击撞得七零八落,我勉强撑起身子,眼前的情景让我不敢相信自己的眼睛——

鹿!一匹"高头大马"等级的鹿!有着一双珊瑚般直刺天空的大角,漆黑的眼睛漂亮得犹如宝石,它威风凛凛地举着一只蹄子,踩在烂操的肚皮上——它的嘴里叼着那圣诞老人的口袋,而口袋的另一端被烂操紧紧攥在手里!

原来如此……那是驯鹿!负责拖着圣诞老人走四方体验路迢迢水长长的飞天驯鹿!驯鹿跟圣诞老人的关系就好比牛跟牛郎的关系,他们从来就是官配好吗!看它这样子,显然是想要夺回基友的遗物……如果圣诞老人已经挂了的话。

"烂操,把口袋给它!"我大叫。那鹿一身杀气腾腾,烂操要敢反抗,它能直接把他的大肠踩出来。

"咿呀呀呀呀!"容嬷嬷双手捧脸作呐喊状,有效渲染了紧张气氛。

驯鹿用鼻子喷出两股气,一副"哼"的德行。它瞪视着烂操,等他松手。

谁也没想到烂操居然在这种时候表现出威武不能屈,他死死抓住口袋嚷嚷:"我不要!"

如果那一幕用漫画来表现,那只鹿的上半张脸绝对已经被黑线打码,下半张脸则是咬牙切齿的口腔特写,而背景将是各种十字路口和电闪雷鸣。驯鹿果断怒了!它加重了踩踏力度。

"哎哟妈呀!"烂操鬼哭狼嚎起来,"圣诞老人不是站在好孩子这边的吗?你是他的宠物怎么能杀人呢?"……居然有脸说自己是好孩子,鹿君请用力点。

见烂操意外的顽固,驯鹿使出出其不意的一招,它四蹄一踏地面,呼啦啦朝上直升起来!喔喔,圣诞驯鹿的必备技能——飞天!死不撒手的烂操就跟着口袋一起

被带上了天!

"去班蛮(去帮忙)!"一灿大叫一声,上去抓住了烂操的脚,接着个头最高的大卫也冲了上去,跳起,真不愧是擅长打篮球的呢,他用抢篮板的动作抓住了一灿的脚,然而那鹿的力气异常的大,竟带着他们仨一同升空!最后上阵的是我,我抓住了大卫雪白的玉足,一起飞了起来……那一刻,驯鹿就像是天边最美的云彩,而我们都想用心把它留下来。可惜金氏这死胖子完全派不上用场,如果这个人肉秤砣当时上来的话,光是他一个人也足以把驯鹿给拉住吧!可这家伙关键时刻居然龟缩了!

在传统的观念里,圣诞老人都是肥胖不已的,他乘坐的雪橇重量也不轻,偶尔口袋膨胀一下装满礼物,这鹿的负重更是可想而知,就这样它还必须飞得比动车还快,否则没法到处赶场,总之驯鹿的力气之大是不容置疑的。但它显然也担心再拖下去会出现猴子捞月亮的绝景,赶在那之前,它铆足全力,一口气来到了就近一座教学楼的天台上。

"哎哟!""呜哇!"我们惨叫着,被那鹿狠狠地甩在地上,摔个七荤八素。而即使是这样,烂操也依然与那口袋形如连体。这厮是用生命在捍卫他的爱情啊!

我们喘着气,从不同方向看那头愤怒的驯鹿,然后,同时感到有声音在自己脑海响起。

"你们这些个白痴,打伤我Boss还不够,还打算霸占他的东西吗?!"

我们面面相觑,确定都听到了。那声音颇有《诗经》中"呦呦鹿鸣"的韵味,必然是那头鹿所发出,但是它的嘴巴张也没张,看来应该是心灵感应一类技术吧。想不到圣诞驯鹿是如此高能的存在……

"打伤你Boss是一场误会。"我对驯鹿说。那件事因我而起,我超愧疚,真的,我甚至都不敢对Boss这种称呼吐槽了,"他现在没事吧?"

"打伤事小,那么夸张地跳楼就事大了!虽然我及时接住了他,可是冲击过猛,他给撞骨折了。"驯鹿气哼哼地说。圣诞老人真心是高危职业啊,入行需谨慎……

这时一灿发问了:"宗国肿摸费有性荡脑能呢?"

"哈?"这头脾气不太好的驯鹿露出一个火大的表情,"你在讲什么东西?"

"他的意思是,中国怎么会有圣诞老人呢?"从外号开始国际化的大卫连忙翻译,"而且,为什么你们会出现在我们学校?"

"都什么时代了,圣诞业务也全球化了好不好?我跟Boss是总部派来这里开拓市场的。你们不需要知道太多。"驯鹿不耐烦地说,"过去的圣诞老人只给正太和萝莉送礼,但既然是开拓市场,我们想说把年龄层往上拔升一些,所有心地纯净又怀有梦想的人,都该得到祝福。"

……听一头鹿满嘴术语还真是说不出的违和,不过这番话是有意义的。一想到今后妈妈再也不用担心我的礼物,就不禁觉得世界很美好。

"中国很大,未成年群体我们都未必能完全服务到,何况你们呢?所以目前这只是一个构思。昨天 Boss 是在踩点,想说熟悉一下地形,回头在你们学校做个送礼实验,结果……"

原来我们的行为不只是毁童年这么简单,还顺带连青年一起毁了……我继续内疚。

"好了,哪里轮得到你们来八卦!"鹿提高声音,"Boss 跟总部承诺过,这两天就会递交一份市场调查报告,拜你们所赐,这事儿已经黄了!还不快把口袋还回来!神圣的送礼道具不是给你们玩的!"

"求你了,我真的很需要它!有个人我无论如何都想送礼物给她啊!"烂操可怜兮兮地哀求道。

驯鹿与烂操对视,漫长地对视。我们大气也不敢出。半晌,鹿重又开口道:"都什么时代了,人类竟然还是一样白痴!但是这份誓死传递心意的觉悟,我倒是不讨厌啊!"

……气氛忽然变得惺惺相惜了是怎样?还有这台词总觉得哪里听过!我们看着忽然得到另一种族承认的烂操,他的表情是受宠若惊。

"那口袋是圣诞世界的科技结晶,能够通过感应脑电波来发生作用。具体包括送礼者希望对方快乐的诚意,以及收礼者对礼物本身的渴求度。"驯鹿侃侃而谈,"圣诞老人最值得骄傲之处,莫过于总能够不带私心、一视同仁地对待所有客户,真诚地期待他们收到心仪礼物后的笑容。相反,差劲的圣诞老人,无法捕捉到对方内心真正的愿望,即使捕捉到了,也没有足够的力量使之成真。哼哼,小子,你的话,或许有成为新生代圣诞老人的资格也说不定。"

总算知道为什么不能用口袋变钱了——说白了就是那种做法缺乏"诚意"!不过烂操忽然被摆上了一个很高的位置,这不科学……

"只限今晚。让我看看你能做到什么程度。"驯鹿对烂操说,"反正我 Boss 这几天也做不了什么,我会借由考察你们使用口袋的情况,作为参考资料交由总部研判,看中国有无发展圣诞业务的资格。"

驯鹿噼里啪啦说了一堆,烂操却只是傻乐。圣诞业界的前景怎样他毫不关心,只顾着沉浸在对个人爱情前景的展望之中了。

礼存在，我深深的脑海里

飞天驯鹿的忽然出现，前后耽误了我们半个小时，但总算是有惊无险，相反还解开了我们许多迷惑。离开天台后，我们四人迫不及待地来到了圣诞晚会的舞池。

"天呀，还好你们没事。"嬷嬷看到我们，显得非常欣慰，"大家都很担心呢，但又实在不知道那鹿把你们抓去了哪里。"

我们的目光扫过其他兄弟。排长和金氏正在舞池里嗨，老蜗在玩手机游戏而锅炉在一旁投入地看着，八达正在猛灌免费汽水……让你们担心成这样真是不好意思啊！

"对了烂操，刚才有个女孩子跟我问起你，说打你电话都没人接。"嬷嬷说。

烂操"啊"了一声，掏出手机一看果然好几个未接来电，估计是在专心应付驯鹿时错过的。来电的不用说就是他魂牵梦萦的拉芳了。循着嬷嬷的指示，我们和烂操一起朝某个方向看去——

欸欸，我们真的看见了一个漂亮的女孩子！挑染过的长发随意地在肩上流淌，脚蹬长靴令她更显高挑，虽然天气颇冷，但她还是穿着膝上短裙，脸上的妆和指甲油及一些小配饰则略显狂野，可是这样时尚的风格下，她又有一张甜美温柔的笑脸，何止烂操，我都被秒杀了好吗！

拉芳发现了烂操，向我们走了过来。到他的面前后落落大方地一笑，用带点撒娇味道的口吻说："你约我来，自己跑哪儿去啦？"

"哈啊……"烂操果断进入智障模式，手足无措。

"算啦，去跳舞呗！"拉芳爽朗地一挥手，拖着烂操就进了舞池。那一刻，我们分明看到他浑身上下都在抽筋，丫一直强调跟拉芳有戏，看来不是自作多情啊……

拉芳的舞姿十分灵活，脖子扭扭屁股扭扭就带烂操玩起了贴面。烂操动作笨拙还老抓着个口袋，两人感觉超不搭的！但也因为这样迅速引起了关注。美女拉芳得到了极高的收视率，而野兽烂操就像是广告一样饱受嫌弃。

"酱滴旅孩费抗丧难操还增八龙易（这样的女孩会看上烂操还真不容易）。"一向厚道的一灿也不禁感慨。

"我想起《天龙八部》里，刀白凤为了报复段正淳而选择了世上最丑最脏最恶心的男人来糟蹋自己……"大卫的联想则更加失礼。

烂操与拉芳形影不离地共度了一连串欢乐时光。而我们在不习惯不平衡了一会儿之后，也就各自玩儿去了。520宿舍的妹子们来了，春菜和林姑娘来了，食堂的阿玲、

黑珍珠学姐和贞子老师也来了……

时间慢慢地流逝。

舞会接近尾声时，黏着假胡子穿着红白制服的主持人上台了，他拿着麦克风大叫一声："圣诞快乐！"

"圣诞快乐！"大家整齐响应，气氛超好。

"你们今晚开心吗？"

"开心！"

"那就来做一些更开心的事情吧！马上进入圣诞节的重头戏——交换礼物啦！"

本已十分热烈的场面，顿时变得更加热烈。男生们纷纷掏出蓄谋已久的礼物，准备送给心仪已久的妹子。嬷嬷、排长和大卫齐刷刷地望向烂操，都在觊觎他手上的圣诞口袋。

"这位同学今晚很活跃哦——你打算送礼物给谁？"主持人走下台来了，他挤到烂操旁边，眼睛却盯着拉芳，"是不是眼前的这位美女呀？嘿嘿嘿……"

烂操简直像个在婚礼上配合司仪的新郎，连连点头："我送的礼物，她保证喜欢。"

"这么自信？"拉芳笑看着烂操手里的瘪口袋，"你把礼物藏在哪里？你要变魔术吗？"

"对……你看好了！"烂操说着，将口袋举高，"一、二——"

口袋在众目睽睽下鼓起一个轮廓，烂操将手伸进去，掏出了一个——摩托头盔！周围的人在惊讶这个礼物的另类之前，先为烂操的魔术造诣报以热烈的掌声。而拉芳，那一刻完全傻掉了。

"怎么样？"烂操将摩托头盔塞到拉芳手里，"这是你最想要的对不对？"

"在一起！在一起！"主持人忽然莫名其妙进入了人来疯模式。

"不……"拉芳捧着头盔，呆立很久，忽然将它砸在地上，"不是！我没有想要这个！"

现场一下子静了下来，415的我们都愣住了。也许在别人看来，送女孩子摩托头盔根本是胡闹，难怪人家不喜欢，但我们十分清楚烂操的决心——他可是要趁着送礼成功的东风一鼓作气告白的，虽然本质上仍是为了自己，但正因为如此，希望拉芳收礼收到喜极而泣的愿望才不输给任何人。圣诞口袋没理由变错礼物啊。

"……我走了。"拉芳忽然调头，栗色长发划出一个弧度，她径直离开了舞池，很不给面子地将起哄的人潮留在背影里。

"等一下！"烂操慌了，屁滚尿流地追上去，但拉芳去意已决，二人呈现出一

种谈崩了的拉拉扯扯。

"我错了,我错了!"烂操的屌丝气场全开,"再给我一次机会好吗?我保证,这次一定会变出你想要的礼物!"

拉芳紧咬着下唇,眼神复杂地看着烂操。烂操一边打躬作揖,一边攥紧了口袋,更下意识地抬头看了一下天。唔,一定是在向圣诞老人祈祷吧。然后他死盯着眼前的拉芳,眉头深拧,好比便秘患者正在奋力酝酿产物。我们光是看都觉得他调足了全身的力气与意念——他真的是发自肺腑地希望拉芳喜欢他送的礼物啊!

口袋又开始膨胀了,烂操伸手进去,抓到了什么,猛地提出袋来。

鸦雀无声。

烂操拿出了……一……颗……人……头……

半路抓出程咬金

上文使用了名为装神弄鬼的修辞手法。其实不只是一颗人头,头下边还有脖子,还有身子。是的,烂操从口袋里拖出来的,是一个大活人……

一身摩托车手的紧身制服,腰间垂下金色的链子,手上戴着戒指,耳朵穿着银钉,还留了一头长发。总之,这是个蛮酷的男子,他的形象……跟拉芳相当速配。

拉芳从看见他的那一刻起就捂住了嘴,眼睛瞪得极大。男子看到她后也非常震惊。他们震来震去,连这种见面方式实在太不合理都不计较了。

他们走到一片远离人群的阴影里去说话。我们远远地看着,看他们说着说着,拉芳开始哭,而狂野男抱住她的肩。

然后拉芳也抱住他了。

然后他们越抱越紧了。

然后他们开始热吻了。

……以上,是前方记者为您发回的第一手报道。

我们的烂操崩溃了。送礼送出个横刀夺爱的程咬金,这实在太超展开了。"程咬金"跟拉芳聊了些啥我们不知道,但从各种细节看来,他们的关系都浅不了,不出意外是一对余情未了的前任。如果不是我们拼死拦着,烂操早就捋起袖子上去跟"程咬金"拼命了。虽然他其实没有一毛钱的立场。

好半天,那俩总算是谈妥了,手拉着手走到我们面前。光是手拉着手这个动作,就让烂操喷出了一口老血。

"我们和好了,谢谢你。"拉芳诚恳地说,然后她向我们、向欲哭无泪的烂操说明了自己跟"程咬金"的关系。

跟我们猜的差不多。拉芳和"程咬金"本是一对,几个月前掰了,原因是拉芳觉得飙车什么的太危险了,为此老跟"程咬金"吵架。他们分手后,拉芳到处寻找心灵寄托,就这样认识了烂操,却仍不可免俗地怀念着前任。那个摩托头盔不是她自己想要,而是她本想买给程咬金当圣诞礼物的。置身今天这种互换礼物的有爱场合,她无法不想着那头盔,直接后果就是导致头盔具象化了。再然后,烂操集中九牛二虎的心意去感受拉芳"内心深处最最想要的东西",口袋于是发挥了逆天的力量,把"程咬金"给召唤了出来……

"我当时正跟一帮哥们儿飙车。"程咬金说,"也不知道怎么回事,眼前一黑,就出现在这儿了。这是什么魔法?"

"那不重要。"有爱万事足的拉芳依偎在"程咬金"怀里,"重要的是,多亏了阿文(烂操真名里的一个字),我们才能重归于好。这真的是我这辈子收到的最好的礼物。"

烂操快哭了,这绝对是他这辈子送出的最糟的礼物。

拉芳说完了该说的话,给了烂操一个轻轻的拥抱。那柔软带香的Touch简直是致命一击。拉芳大概还觉得不够彻底,又补充了具有鞭尸意义的一句:"认识你这个朋友太好了。谢谢你这段时间一直陪着我,你真是一个好人!"

然后,他们就走了,留下石化在原地的烂操,相亲相爱,渐行渐远。

圣诞老人 VS 暴走族

圣诞舞会已经散场,校园里恢复了寂静,跟烂操那寂寥的心境不谋而合。原本计划着要跟妹子共度良宵的他,到头来还是只有我们九个人陪。

"算啦,天涯何处无芳草。"排长对烂操说。

"爱她就要祝福她。"言情看多了的嬷嬷说。

"其实她也没多漂亮啦。"老蜗挖着鼻孔评价。

烂操仍旧失魂落魄,一蹶不振。这时,又是一阵"呼啦"的风响,那头圣诞驯鹿再次出现。依然是那昂首阔步的造型,依然用那双美丽的眼睛看着我们。

"都什么时代了,安慰人的方法也没点进步。"驯鹿先对我们表示不屑,然后转向烂操,"倒是你,真让我刮目相看。"

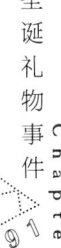

烂操愁眉苦脸地看着驯鹿。

"我说真的。我在这个圈子混了十几年,还从没看到哪个圣诞老人的送礼心意强烈到能突破空间的,真是让我大开眼界,这是很宝贵的参考资料。作为回报,我应该送你点啥。"

"送他个妹子吧,他只缺这个。"我说。

"基友也行。"八达补充。

"呃,这就是你最想要的?"驯鹿问烂操。

看烂操的样子,应该是迫不及待想点头的,但一阵由远而近的摩托车轰鸣声打断了他。现在的烂操对摩托车蛮敏感的,他愣了一下,拔腿就向校门口跑去,我们忙也跟过去。

一支车队在校外的空地上聚集,来者不善的样子,惊得夜游的学生们纷纷绕路。我们赶到的时候,正看见两名保安鼓足勇气上前交涉,然后被推倒在地。那些摩托都是经过改装的,长得张牙舞爪不说,排气管更是响到仿佛随时会爆炸。请原谅我的词穷吧,总之夜的宁静仿佛某人的节操般碎了一地。

毫无疑问,这些家伙就是传说中的暴走族。当然也可以叫飞车党。他们戴着头盔,穿着紧身衣,环佩叮当,造型犀利,跟"程咬金"如出一辙。

"程咬金"跟拉芳正被他们包围在当中。事后我们了解到,"程咬金"一离开我们学校就给他的弟兄们打了电话,宣布要为爱退出车坛。弟兄们闻言,立刻第一时间赶到现场。也真是很巧,我们的破学校位于乡下地方,不像城里那样五步一岗十步一哨,最适合暴走族发挥。事实上"程咬金"被烂操从口袋里拖出来时,正在这附近飙车呢。车队中,有一部没有人骑的摩托,正被俩车手一左一右地扶着。那想必就是"程咬金"的座驾了。

"你被外星人绑架后洗脑了?"一个发型酷似迪克牛仔的男人瞪着眼睛问"程咬金","忽然消失,再出现就宣布要退出!开什么玩笑!"

其他车手闻言,默契地翘起车头,油门一拧,车轮汹涌地空转,声嚣震天,气场惊人。

拉芳缩在"程咬金"身后,瑟瑟发抖。我注意到烂操的眼睛就没离开过她。

"对不起,队长,请你答应吧。""程咬金"哀求。

"好吧,随便你。但车队的规矩你是知道的。"队长冷笑,"咱们这儿,一切让速度说话。谁快就听谁的。你跟我比一场,赢了随便退。"

"程咬金"的面色立刻变得严峻,拉芳惊慌地拉住他的手,不断摇头。

"怎么样?说话啊!"

"别躲在女人后面不出声!"

"你有本事提退出!你有本事应战啊!"

暴走族成员们纷纷起哄。"程咬金"狠狠一咬牙,正要说什么,一个身影忽然插入了他与队长之间。是烂操,他攥着拳头大声问:"谁赢了听谁的,是不是也包括外来者?是的话,有没种跟我比一场?!"

我们的下巴都惊掉了。而队长诧异地打量着乱入的烂操,哑然失笑:"就凭你?"

"对!如果我赢了,你们就不许再为难他们!"

"有意思。但我赢了有什么好处呢?"

"不管是钱还是别的,你想要什么我都给你!说到做到,我可以跟你立字据!"

我们终于反应过来了,纷纷劝烂操千万别想不开。"你傻了?""你疯了?""你会骑摩托吗?""万一输了被卖去泰国怎么办?!"……

拉芳看烂操的眼神微妙极了。

"好吧,我接受你的挑战。"队长说着,又猛地拧了几下油门,虚张声势,"上车,别浪费时间!"

"我没有车,骑别的跟你比可以吧?"

"就知道你想玩花样。"队长冷笑,"你想骑什么?马?龙?扫帚?"

"我想骑的,是鹿。"

伴随着烂操的话,飞天驯鹿优雅地从暗处踱了出来。415之外的人眼睛全直了,虽然这里是乡下,但忽然冒出这么一头漂亮的鹿,感觉还是很怪。但怪归怪,以他们的智商,绝对无法想到这里边的内幕。

"……行吧!"队长说。

于是,定好一条起点线,摩托和鹿分别站好,烂操翻身上鹿的时候轻轻对着它的耳朵说:"你答应要送我点儿啥的吧?"

驯鹿心照不宣地点了点头。

而赛道之外,拉芳看着烂操,喃喃道:"你为什么要做到这个地步呢?"

"因为——"烂操看着拉芳和"程咬金"始终牵在一起的手,露出一个苦逼万状的表情,"因为今天是圣诞节,我是个圣诞老人!"

07 祝你圣诞快乐

关于烂操如何驾鹿完败暴走族老大,这里采取了留白的写作手法带过。不是我

不想写，是因为实在没什么可写的——要知道开启了飞行模式的驯鹿跟摩托车比快，那就像举重冠军跟婴儿掰手腕那么坑爹。如果我把那种只用秒杀两个字就能交代的剧情一笔一画详细写出来，那才真叫骗钱了。

烂操赢了，且虐得队长渣都不剩。恶魔被消灭，王子公主从此幸福地生活在了一起。送走"程咬金"和拉芳后，烂操骑士跟我们以及驯鹿一起返回学校。

"操哥你今晚真心帅呆了。"老蜗说。

"偶又系旅的，偶都又爱丧里了（我要是女的，我都要爱上你了）。"一灿说。

"别急着回宿舍，不然我们找个地方通宵 K 歌吧？"排长提议。

我们纷纷表示赞成，只有烂操摇头说："不要了，我想回去睡觉了，反正也没有妹子……"

话音未落，有人伸手过来敲了他的脑袋一下，之后是一声娇叱："愚蠢的人类，就这么点儿出息！这样你满意了吧？"

我们转过头，集体震惊。原本跟我们走在一起的圣诞驯鹿不见了，取而代之的是一个面容精致的女孩！她身材苗条，双腿修长，除了胸平一点外一切都很完美。她的头顶伸着一对鹿角，非但不怪异，反而像是 Cosplay 一样引人注目。

"你……你是……"烂操结结巴巴。

"都什么时代了，还以为圣诞驯鹿只能有一种造型吗？"鹿角女孩翻了个白眼，脸稍微有些红，"帮你赢得比赛是我自愿的，所以不算礼物。你不是很想要妹子？只限今晚，将就一下我吧。"

烂操忽然像打了鸡血那样一蹦老高！喔喔，复活了！万年屌丝烂操！他兴奋地跑过去，鹿角女孩很配合地挽住他的手，烂操红光满面地喊："去啊！去 K 歌！玩个痛快！"

我们摇摇头，一起笑了。

"这家伙真是太现实了。"金氏说。

"有奶就是娘。"八达说。

"也算好心有好报吧。"容嬷嬷说。

"锅炉你在想什么？"我说。

"我在想，"锅炉工推了一下眼镜，面色十分凝重，"从角的长度来看，这应该是头雄鹿。"

……气氛骤然降回冰点。我们看看彼此，又看了看走在前边的、正努力在鹿角"女孩"身上揩油的烂操，不约而同地决定：至少在圣诞节过去前，不要说破这个秘密。亲爱的烂操，415 祝你圣诞快乐！

祸福与共事件
chapter 11

Tales of the Unusual Youth
4/5

人品杂志社逢年过节都会寄来礼物。比如中秋寄来一个月饼,打开盒子以为是一面锣,正准备敲才发现原来是能吃的,可见有多大了。与我同住的大叔很担心我变成个胖子,所以每当这种时候总会非常仗义地冲过来抢一杯羹。

"大家好兄弟,有福要同享。"他说这话的时候,丝毫不脸红。

"有福同享是可以啦,但有难你愿意跟我同担吗?"我故意这么问。

"必须的!"

我深深地凝视着大叔,他的目光坦然而皎洁,令我感受到了男子汉的决心,一股强烈的冲动驱使着我,使我不禁脱口而出:

"……就为了个月饼你能说出这种瞎话!"

原配,你怎么看 01

静静飞快地在一灿的脸颊上亲了一下,转身走了,挑染过的长发在空气中划了个动人的弧度。

周围的同学立刻发出一阵"啧啧啧"的声音,起哄的表象之下,隐藏着羡慕嫉妒恨的真相。而一灿目送着静静逐渐变小的身影,面容淡定,仿佛刚才什么都没有发生。

"投怀送抱献吻什么的,对我们一灿来说就是这么平凡的事。"我说。

"他早就腻得不行了,但为了礼貌也只能一再勉为其难。"大卫说。

"目前他还没尝试过的玩法,恐怕也就只有万人体育场当众 SM 了。"金氏说。

来自415宿舍的犀利点评总算让一灿有了点儿反应,他笑着给了我们每人一脚。

现在是上午九点。我们来上一节广告学的课。当然不是全宿舍都来。地球头号堕落生物老蜗肯定是不会来的,总是通宵网游的他白天永远在补觉;排长也没来,这老家伙明明距离长眠的那天已经不远了,却还是那么爱睡懒觉;还有一个没来的是烂操,大概是昨晚又在QQ上诱骗未成年少女了。

穿过操场的时候,我们遇到了隔壁班的同学。他们在上体育课。这些人里有一灿的女朋友,静静。

虽然曾有来自未来世界的人泄露了一灿和静静早晚会玩完的天机,可当时他俩还是在一起的。静静是个热情活泼的女孩,一大嗜好就是当众跟一灿秀恩爱。所以她会突然亲一灿,我们一点儿也不感到意外——非要说的话,也就是好像亲得比平常保守了点。不过看一灿的表情,他反正是怎样都没差的。

在这段感情里,一直都是静静喜欢一灿比较多。

话说回来,这些关我们屁事啦。

接下来,我们走进教室开始上课了。很惭愧的,除了锅炉工和容嬷嬷,415的其他人是根本不会听课的。看小说、发短信、睡觉、聊天……我们不过是来赚出勤率而已。这还得是当天教授有点名的情况。

鉴于有许多学生一点完名就开溜,现在教授也学精了。他们会在课开始一阵子后才点名,杀旷课党一个措手不及。每当那时,我们要么努力伪装别人的声音来代点,要么火速致电他们赶快过来,并且进门的时候还必须掰一个诸如"啊老师,我刚才大便去了没听到你点名"之类的诚恳理由。必要的时候甚至要拖教授去厕所看证据。

这天就是这样。大概半小时之后,教授清清嗓子说:"我们来点一下名。"

"段段替老排,锅炉替老蜗,八达替烂操。"大卫立刻部署任务。

"可是老排的声线那么沧桑,我没有自信……"我说。

"还是别替了,这个教授超精的,他会认真对照每张脸。"嬷嬷一边说一边摸出手机,"喂喂,烂操?点名了你们快点儿过来,我们在……"

从415到这里,摒除刷牙洗脸之类步骤再爆个种跑个高速,差不多十分钟能搞定。这十分钟,我们就一边听着那此起彼伏的"到"一边眺望窗外,顺便打赌烂操他们仨谁会最先到。

然后,我们就看到了不得了的一幕。

远远的,烂操蓬头垢面地飞奔而来,他这个学期已经缺了太多课,为免期末被当掉,的确有必要如此拼命。他穿过操场时,同样邂逅了正上体育课的隔壁班,同

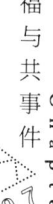

样邂逅了静静。

　　他在跑过静静身边的时候，被她一伸手拦了下来。然后静静凑上去，飞快地在烂操的脸上亲了一下。

　　静静的身材和发型很出众的，我们不可能看错。

　　……但这必须是看错了才对啊亲！

　　烂操傻在了原地，后来居上的排长和老蜗也傻了。他们的震惊程度，仿佛看到出尘脱俗的白素贞正在跟法海一起大跳"偶爸刚弄死他！"教室里的我们机械地转头看一灿，他显然也看到了，现在的表情非常微妙。

　　教授在喊一灿的名字了。喊到第三遍，一灿才反应过来，平静地回答了一声："到。"其实相当字正腔圆，却被我们不约而同地听成"靠"。

新一代的开山怪

　　这大概是415史上的头号不可思议事件了。静静居然亲了烂操！亲！了！烂！操！天，这不就是所谓的脚踏两条船吗？话说这两条船的差距真心大啊，如果说一灿是豪华的泰坦尼克，那么烂操就是竹筏……

　　但史实告诉我们，泰坦尼克也有撞到冰山吃瘪的时候。那就是现在的状况了。

　　我们多少知道些一灿的感情生活。这厮虽然不是那种来者不拒同时泡好几个妞的禽兽，但身边从未断过异性也是不争的事实。对他而言，这种被劈腿的体验搞不好还是第一次。主要是谁都看得出，静静是那么喜欢一灿，这样的她怎么会随便亲别人呢？虽然现在中国人满嘴亲来亲去，但风气其实并没有那么开放啊亲！

　　烂操进到教室的时候一脸的惶恐和尴尬，看向一灿的眼神更如同一个做贼心虚的奸夫。本来我们上课都习惯坐一起的，但烂操选择了一个远离我们的角落，更加深了这件事的暧昧程度。

　　接下来的课，一灿上得闷闷的。因为口音的关系，他不是个多话的人，但这会儿的沉默显然别有原因。看来，他还是有点在意的。

　　就这样熬到了下课。下了课，一灿对我们说了一句："偶先肘了（我先走了）。"呜呜，可怜的一灿，我们都不忍心对他的普通话吐槽了。

　　等不及回到415，我们在路上就对烂操进行了严刑逼供。

　　"人渣！"排长揪住烂操的衣领大叫，"老实交代！你跟静静什么时候搞上的?!"

　　"朋友妻不可欺，你难道没听过吗？"八达痛心疾首。

"阿操，我看错了你。原来你的内心和长相一样丑恶。"嬷嬷情不自禁地说出了真心话。

"冤枉啊！我也不知道是怎么回事！"烂操委屈地大叫，"我平常跟静静的交集基本为零好不好？我怎可能撬一灿的墙脚？再说我撬得动吗？"

烂操说出了很有自知之明的话，虽然我们不能同意更多，但事实毕竟是事实。

"你想说是静静主动勾引你？"大卫鄙夷地说。

"就是。她莫名其妙亲过来，我躲都躲不过。"烂操说着，小脸儿情不自禁有点儿红。这货的脸大概是第一次被妈妈之外的异性亲吧？

我们簇拥着烂操，一路骂骂咧咧、吵吵嚷嚷，引起了许多人的侧目。这时我发现，只要是妹子，看向我们时，眼里都会情不自禁地浮现出一种娇羞。

观察得更具体些，我发现那竟是针对烂操的娇羞！我把这个发现告诉大家，他们表示赞同。顿时事情更诡异了！虽然415也算见过了不少世面，但在"烂操受欢迎"这件事面前，所有的世面都弱爆了！

时值中午，是吃饭的时间。我、烂操、锅炉工和金氏直接拐去了食堂。来到人多的地方，频频对烂操放电的妹子也越来越多。这里面甚至包括了在食堂工作的阿玲。给烂操打菜的时候，她毫不含蓄地给了他比正常要多的分量。

"尼玛我受不了了，怎么好像烂操变成了第二个一灿？"金氏咬着汤勺碎碎念。作为415仅次于烂操的丑男，一种岌岌可危的预感正在侵蚀他。

"想不到连阿玲也……"锅炉工轻声嘀咕，一直对阿玲怀有憧憬的他，此刻非常受伤。

"难道有一种扭曲女性审美观的病毒正在扩散？"这是我当时仅能做出的推测。

"你们这些家伙不要太过分喔。"烂操笑骂道。这个王八蛋，刚被静静亲的时候还有点儿纯情少男式的不知所措，半小时不到居然屌丝气场横溢，开始心安理得地接受这一切了！"我就是突然受欢迎了，不行吗？"

"不行。"我们异口同声。

"你们就妒忌去吧！"烂操挥舞着筷子，"哎呀！"

筷子掉在了桌上，烂操瞪大眼睛摊开手，只见他的左手掌心，忽然出现了一道伤痕，有血流了出来。

欤欤，刚才发生了什么会导致他受伤的事情吗？烂操与我们面面相觑，莫名其妙得都忘了应该尽快处理伤口。

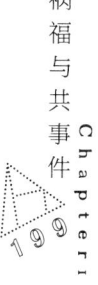

灿烂CP，祸福均摊

踏进熟悉的415宿舍，映入我们眼帘的第一幕是一灿摊着左手，右手则捏着一大团血迹斑斑的卫生纸。

"娘娘！娘娘你怎么咳血了娘娘？！"我大叫。

"你这孩子怎么可以割脉？有什么过不去的坎不能跟我们说？"锅炉工跺脚。

"呵呵呵一灿你长大了呢，今晚就让妈妈给你煮红豆饭吧……"金氏慈祥地微笑着。

以上，就是415宿舍表达关心的方式。其中金氏用的梗来自日本，看不懂的请查度娘吧。

我们的反应让一灿哭笑不得，跟烂操打了个照面后，两人的表情又变得有些不自然。没办法，现在他们严格说正处于三角关系呢。烂操跟一灿会有三角关系，这简直比他们俩有肉体关系更让人惊悚。

"你的手怎么了？"烂操讪讪地问。

"甘柴削随果，一八朽星嘎三了（刚才削水果，一不小心割伤了）。"一灿边说边往手心贴OK绷，"八过，三口一开死很森，肤男就变浅呢（不过，伤口一开始很深的，忽然就变浅了）。"

这话听得烂操一呆，情不自禁地举起了自己的手，将掌心里那道神秘出现的伤口展示给一灿。

大家于是都觉得，这两人之间肯定发生了一些什么事。

"你们好像建立了一种无形的联系。"我分析，"静静原本只喜欢一灿的，现在看来也有点喜欢烂操了；原本只有一灿受女孩子欢迎的，现在烂操也开始受欢迎了……"

智囊锅炉工的思路则走得更远更具体："一灿弄伤了手，伤口本该很深却立刻变浅了，而烂操手上无缘无故冒出了伤口……烂操，你分担了一灿的好事和坏事啊。"

说着，锅炉工忽然打开热水瓶的塞子，将烂操的手按在了瓶口上。

"喂喂！干吗？"烂操大叫。高温的蒸汽是可以把人给烫伤的。

"一灿，你觉得手里什么感觉？"锅炉问。

"有点乐乐的（有点热热的）。"一灿说。

"这就对了。烂操本来应该感到滚烫的才对，可是温度被你分摊了一半，就只剩下热热的感觉了。"

不愧是锅炉工，竟能结合自己的专业做出这样的实验。至此事情已经很清楚，老年痴呆如排长都一脸恍然大悟。

"这么说来,我刚才吃了很多却没有很饱,也是均摊掉了?"烂操说。

"偶神马都米呲,但似有点饱(我什么都没吃,但是有点饱)。"一灿点头。

看来不是烂操单方面在接收来自一灿的福利与厄运,烂操得到的,一灿也是可以分一半的。当然明眼人都看得出,这种交换根本是不等价的。谁稀罕快餐啊,重点是妹子好吗!

不过,一灿和烂操之间的心结倒是可以解开了,烂操没有背叛朋友。也许静静原本是打算给一灿一个舌吻的,但是被某种力量分摊后,就变成两个蜻蜓点水的颊吻了。

那么接下来的问题就是,是什么导致他俩变成了现在这样?

"我们昨晚睡下时,他们俩好像不在?"大卫征求大家的意见。

"我很早就睡了,不知道。"八达说。

"我出去吃了个夜宵,回来都熄灯了,我也不知道。"金氏说。

这时,因为永远在熬夜而有着"人形夜猫子"、"415哨兵"、"会走路的监控探头"等多种称号的老蜗露出了得意的笑容,他说:"昨晚最迟回来的是一灿和烂操。时间大概是一点半。好像都是去喝酒了吧,一回来就去厕所里大吐特吐了。然后烂操倒头就睡,一灿好像还漱洗了一轮才睡。"

"居然有这茬?"嬷嬷惊恐,"难道你们俩酒后乱性所以有了现在的体质……"这家伙真是越来越有腐女的气质了。

"滚啦!"烂操有点狼狈,"我昨晚心情不好,所以去喝了点儿闷酒而已,跟一灿也只是偶然碰上的。"

最近烂操遭遇的打击,大概就是前不久圣诞节的时候,他那个名叫拉芳的、本来特有戏的网友最终选择了跟前男友破镜重圆吧。虽然作为补偿,某驯鹿化成人形陪了烂操一晚上,但鉴于那其实是一只公鹿,最后知道真相的烂操眼泪掉下来,更伤心了。

这么一想我们都觉得烂操挺惨的,的确应该去喝点儿闷酒。"然后呢?"

"什么然后……反正我俩喝着喝着都大醉了,后来发生了什么都不记得了。"烂操说,"早上起来我头还有点痛呢,真亏你还能去上课。"

"偶也有点痛的。"一灿苦笑。他们的头痛大概也是均摊过的了,否则估计会宿醉得更厉害。

"看来,有必要到你们喝酒的地方去找找线索了。"我说。

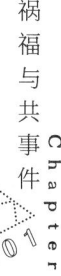

穿过你的黑发我的视线

小柯的经典校园民谣《冬季校园》里有一句歌词:"记得校门口的酒馆里经常有人大声哭泣……"

这个时代其实也没有严格意义的酒馆,反正小卖部也好,小吃店也好,都肯定不会放过大学生这个啤酒消耗群体。只要一个电话,他们都会很殷勤地将一大箱啤酒送到各个宿舍来,喝完了瓶子摆在门口,自然会有人来收。

415也是很有几个能喝之人的。比如排长就经常买点豆腐干、花生米之类的小菜,拉老蜗或者隔壁宿舍的阿童木一起喝上几杯。但在外边喝酒和在宿舍里喝酒还是有气氛上的区别的。在宿舍里喝酒并且是闷酒的话,那通常是喝给别人看的。真正的闷酒就该一个人找地方闷着头喝。

我提议去烂操和一灿流连过的那家店找线索,但并没有得到很积极的附和。因为八达要洗衣服,大卫要睡午觉,嬷嬷要去给武则天送饭……至于老蜗,谁会指望他啊!最后只有我跟两位当事人一同前往。我们去的那家小店是卖烧烤的,而啤酒一向是烧烤的好基友。现在虽然是白天,但已经有不少人在里面觥筹交错了。

"三位这里有位子喔。"老板娘热情地招呼我们。

"我们不是来吃饭的。"我说,"我们想问一件事。"

大学附近开店的人都很圆滑,按说听见你不是来照顾生意的,就该热情减半,但老板娘并没有七情上脸,笑着问:"好啊,要问什么?"

"我们昨晚在这里喝酒,你还记得吧?"烂操指着自己和一灿问。

"当然记得。你们长得那么有特色……"目测四十多岁的老板娘说这话的时候,眼睛贪婪地吃着一灿豆腐,"是不是什么东西丢了?"

"不。我们想问的是,昨晚有没有别人跟他们接触过?请你好好想想。"我说。

"有啊,还是个大美女呢。"老板娘不假思索地说,"你们喝到后来都醉得不行了。我怕你们不记得给钱,就隔一会儿朝你们看一眼。也不知道什么时候,有个女孩子跟你们坐在了一起,头发长长的,长得很漂亮。"

"她对偶民做森马了(她对我们做什么了)?"一灿忙问。

"这个就不清楚了。聊了会儿天,后来还拿了张纸给你们?"老板娘回忆。

看烂操和一灿的样子,显然都对这一环缺乏印象。可耻啊!身经百战的一灿不记得也就算了,烂操你居然能忘记美女,真给全世界的屌丝丢脸!

"然后呢?那是什么样的纸?"我追问。

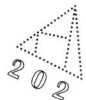

"然后……那女孩子就走了呀。再过一会儿他们俩也走了。纸就是纸吧,我也没仔细看。"

"那个女孩经常来你们店里吗?她还有什么特征?"

"不经常,第一次见。特征嘛……"老板娘忽然朝着门外一指,"欸,那不就是她吗?!"

我们三人立刻转向店外,却只赶得及看见一头瀑布长发的末梢。我们二话不说追了出去,长发的主人居然已经离我们很远。

这么短的时间,她是怎么移动的?从后面我们只能看见那位少女的背影,她穿着一身哥特萝莉装,曲线非常曼妙,非常值得脑补一个先吃饭还是先洗澡的故事……我们三个跑得都还不算慢,但感觉跟她的距离一点儿也没有缩短。期间我们还碰到了几个转角,但少女总能恰到好处地留下她长发的末梢让我们看见。

就在这种近乎被引诱的节奏下,我们进到了一个胡同里。是死胡同,这下不必怕追丢了。虽然我莫名觉得,这个散发出黑色质感的少女只要愿意,墙壁什么的根本拦不住她。

"灼网偶民见到滴就似里吗(昨晚我们见到的就是你吗)?"一灿喘着气,飞快地问,"里似随(你是谁)?"

背对我们的少女,缓缓转过了身。那真是一个装神弄鬼的速度啊,总觉得接着不看到一张鬼脸都对不起这种气氛!但我们同时一凛。

这个少女,的确如老板娘形容的一般,是个大美女。她似笑非笑地看着我们,眉目流盼出魅惑与古灵精怪。

"是我在等你们,可不是你们追到了我噢。"哥特少女单手叉腰道。

"你是谁……"

"用你们的话说,我是恶魔吧,或者应该叫魔女?"少女说,"你们可以叫我巴蕾舞。"她的指尖轻轻划着空气,居然就浮现出了那三个字。

……魔女,我们这次碰到魔女了。难道415是666那样的神秘数字吗?还是我们住的地方风水不太好?亦或我们之中的谁体质特殊,所以总能吸引到这些奇奇怪怪的东西?

"不如说你们十个人凑一块儿就会散发出奇葩气场,因此导致了同性相吸。"巴蕾舞笑着说。她好像知道我们心里在想什么。她的笑容真好看,但奇葩什么的真是没礼貌。

"那么,"烂操擦了一下因为凝视对方太久而淌下的口水,"发生在我们身上的事情，是你干的吧？"

"嘛，人家只有拿契约给你们签而已，而且是经过了你们同意的哟。"

好契约，骚年不来一发吗

自古以来，恶魔、魔女什么的，总是要跟契约联系在一起的。《黑执事》啦，《魔法少女小圆》啦，都是好例子。其实这种超自然的存在不过等同于另一个世界的苦逼推销员吧？整天拉业务什么的……

以下是来自巴蕾舞小姐（舞小姐……）的复述。关于烂操和一灿那不能说的秘密。如果风格令您不适，请找她算账。

呵呵呵，昨天晚上呢，人家心血来潮就在这条街上逛荡，路过那家烧烤店就看到了这俩小青年。都很符合我的审美呢。一个长得超帅，不输给我们那里的任何帅哥；一个长得超像狼牙棒，不输给我们那里的任何狼牙棒。（烂操画外音：你妹……）

狼牙棒本来是一个人在喝酒的，后面帅哥来了，两人就出于"啊原来你也在这里"的理由坐一起了。据我观察，狼牙棒本已很糟的心情在那时变得更糟了。

帅哥不但长得好，脾气也很好，他没有察觉那些，就叫了酒陪狼牙棒一起喝。两人喝着喝着就有点醉了，正所谓饱暖思淫欲……不对，是酒后吐真言。狼牙棒忽然就对帅哥发飙了！

"你啊！"狼牙棒醉醺醺地说，"我很讨厌你啊！"

"为森马啊（为什么啊）？"帅哥有点委屈。

"你他妈长得也太帅了！那么多妹子都愿意倒贴你！一车一车送上门有木有！你怎么就那么好命啊？！"

一般超自恋的人这个时候会说："你说得对！都是我不好！我会好好反省的。"然后超虚伪的人会说："呵呵也没有啦，我其实一点儿也不好看的。"反正这两种人都去死一死就对了。

帅哥当时的反应很得体，他就只是苦笑了一下。真不愧是帅哥呢。

"为毛就没人喜欢我呢？"狼牙棒伤心地说，"好容易出现一个，又飞了。"原来狼牙棒有这样的伤心过往，不愧是狼牙棒呢。（烂操画外音：你……妹……）

"表遭急，费有人喜翻里的（别着急，会有人喜欢你的）。"帅哥安慰道。理解他的话很是费了我一番工夫。

总之接下来的时间里,狼牙棒一直在自暴自弃自怨自艾,帅哥就对他做些没有实际意义的开导。啤酒消耗得很快,做这一行真好赚呢。

"我真想像你一样。"我听见狼牙棒这么说。

"梭咿呀,偶耶愿咿呀(所以呀,我也愿意呀)……"醉后的帅哥已经开始使用魔女都不能理解的语种。

"真的?好兄弟!"狼牙棒神经质地勾住帅哥的肩。

"猴兄弟(好兄弟)!"帅哥继续大舌头。

于是我知道,我应该出场了。我神不知鬼不觉地出现在他们俩的身后,用吐气如兰的声音问道:"那样的话,你们要不要签一份契约呢?"

——以上是前方记者巴蕾舞发回的报道,感谢您的收看,现在让我们切回节目现场。

"那到底似森马七月(那到底是什么契约)?"一灿不安地问。

"好兄弟一般不都崇尚有福同享、有难同当么?在这份契约上盖章的人,从今以后不论遇到好事还是坏事,都将五五分成,一人一半。"巴蕾舞一扬手,不知从哪里变出一份羊皮质地的纸卷,落款是两个指印。

果然是这样。烂操之所以忽然变得招女孩子待见,是因为一灿的异性缘分了他一半!

"听说跟魔女签约,灵魂会被拿走……"烂操脸色煞白。

"拜托,什么年代了,谁稀罕灵魂喔。"巴蕾舞一手掩嘴,发出了"哦呵呵呵"的三八之笑,"我只是借这个机会观察一下人类,给今后的创作找点素材罢了。"

……这人的口气好像一个写手。话说观察人类真是超自然生物最爱用的借口啊,冷艳高贵还显得很有学问。他们把人类当成什么啊!

"哎哟,这话说的。"巴蕾舞又听见了我的心声,"人类不也没事爱观察动植物吗?高等生物研究比自己低等的生物,这是再正常不过的嘛。我还没有拿你们做男男生子实验呢。"

……对不起,我们人类又得了便宜卖乖了。我连忙转移话题道:"那个,契约什么时候到期?总不会永远有效吧?你趁他们酩酊大醉的时候签约,这其实是欺诈欸……"

"小朋友你管得真宽。"巴蕾舞挑起我的下巴,"这契约的成立前提呢,是双方自愿。我只负责提供力量而已。"

"也就是只要他们想解约,你就会给解?"

"靠,那我还观察个毛啊。就算他们都同意解,至少也得等一个星期后!"

……说的和做的完全不一致,这个魔女真的超任性的!任性得就像人类的女孩子……

"总之,横竖现状不能改变,你们就坦率地接受吧。"

巴蕾舞说完这番话,就消失了。那个过程好像她忽然被漂白了似的,哥特萝莉装的浓烈色彩忽然变得模糊,然后整个人从空气中褪去。

我们互相看看。一灿的表情有点无奈,烂操一副"既然这样也没办法了呢"的德行,我则若有所思。

我在想,刚才应该问问巴蕾舞,传递厄运的钞票、偷窥隐私的玩偶、兑换S值的手机套餐、涂上就拥有能力的指甲油……这些,是不是他们"观察人类"的一部分?

曲奇代表她的心

未来的一个星期,烂操与一灿以奇妙的连体状态共度。在"祸福与共"的默契之下,不管愿不愿意,他们的一切都要对半开。

一灿看见地上有十块钱,捡起来就会立刻变成五块;烂操被蚊子叮了,一灿不得不帮他分担一半的红肿与痒痒;一灿和烂操都考了四十五分,推测他们原来的得分相加应该正好九十,所以才会均摊出这么一个数字……话说回来也就只有这种时候我们才会觉得,烂操没有占到一灿的便宜。

重头戏始终是在妹子上。虽然因为烂操的瓜分,女孩子们对一灿的好感纷纷打折,但即使那样也还是很够看的。如果说她们对一灿的爱慕本来是"熊熊烈火",那么就算熄掉一半也还是非常温暖明亮呢。而烂操在跟了一灿之前简直是钻木取火的状态啊,连烟都没得冒的啊。

靠着一灿的福荫庇佑,这一星期烂操过得很充实。

"你们有没有一种火大的感觉?"看着正在楼下跟妹子打羽毛球的一脸淫笑的烂操,排长说道。

我们整齐地点头。八达嘀咕:"如果是我签了那个约就好了。"作为415对"蹭"最具心得的人,我敢肯定八达签约后基本就会不吃不喝任那人养着了。

"喂,你不觉得烂操现在太小人得志了吗?"老蜗问一灿。

"他完全不记得是你一把屎一把尿在喂养他,好像那是他自己的实力!"金氏也果断打出了差评。

"涮咯。缓赠一邹很快就费过去(算咯。反正一周很快就会过去)。"一灿耸耸肩。

"呼——运动运动真好。"我们正说着,烂操回来了,他兴高采烈地擦着汗,"你们不要老是宅在屋子里,有空多出去跟妹子接触接触嘛。"

……我们有很强烈的把这家伙扁一顿的冲动。考虑到那样一来有一半的疼痛会跑到一灿身上,还是算了。

这个时候,最大的不安定因素出现了。

是静静。她提着一个小篮子,像个小兔子一样跳进了我们宿舍,对我们挥挥手,然后冲一灿和烂操分别露出了甜美的笑容。

我们偷眼看一灿,他终于有些不淡定了。单方面萌他的妹子喜欢烂操,他可以不在意,但静静再怎么说也是他的女朋友,谁能坐视自己的女朋友跟别的男性眉来眼去呢?就算这是因为魔女的恶作剧。

而静静岂止是眉来眼去那么简单,她掏出两个包装得很可爱的小口袋,分别塞进烂操和一灿的手里。

"我亲手做的曲奇。"静静笑眯眯地说,"女孩子果然还是应该懂一点儿烹饪呢。要抓住男人的心先要抓住他们的胃嘛。"

一灿和静静的交往,我们是一路见证下来的。刚开始的时候静静相当刁蛮任性,最近却越发温柔乖巧。这里面有很大原因是她渐渐发觉一灿没那么喜欢自己,而她非常喜欢一灿,所以才会想着更卖力地抓牢他。

这么看静静其实也有点可怜。

并且她努力讨好男朋友,却身不由己连烂操一起讨好了,这更可怜了。

"谢谢。"一灿对静静说。声音刻板,很有打发的意思。事后嬷嬷解读说,一灿肯定是怕静静又要亲他什么的,所以赶紧把那种可能性扼杀在襁褓里。

"待会儿要不要一起吃饭?"静静却还不死心。

"表了,偶有点似(不要了,我有点事)。"

"那……我先走了。"静静失望地说。

静静走后,烂操识趣地将手里的饼干交给一灿,一灿则大大方方地把两包饼干都打开放到桌上,说:"代家一起呲吧(大家一起吃吧)。"

我们都伸手过去拿饼干,烂操也做出了同样的举动。我注意到他吃饼干的时候,表情有些感慨。而一灿走到窗边,用忧郁的手势,点了一根烟。

然后,烂操的鼻孔就冒出烟来了。

解约还需签约人

撞见烂操跟静静的约会时，容嬷嬷差点儿吓尿了。

当时嬷嬷跟武则天也在约会。"约会"其实只是嬷嬷单方面的看法，对武则天而言她只是跟嬷嬷随便出来走走。但即使这样嬷嬷也很高兴了。他们的约会内容就是在洒遍月光的操场上散步。

操场旁边有个小树林，被誉为本校十大情侣最爱场合之首。据说任何时候进去都能撞见告白、拥抱、接吻乃至马赛克。嬷嬷与武则天经过那里，武则天忽然攥住了嬷嬷的手。

"我们进去吧！"武则天压低声音说。

"……"当时嬷嬷真是受宠若惊，他曾跟武则天告白被拒，两人一直保持着这种旁人看来水乳交融但其实井水不犯河水的关系，现在武则天忽然把剧情的进度条往前拉了那么多，娇羞的嬷嬷都不知道怎么反应了。

"你们家烂操啊！那根狼牙棒！"武则天兴奋地指着树林说，"你没看见？他跟静静刚才走进去了！"

嬷嬷花了好几秒来消化这个信息，然后随着他当家的步伐，偷偷摸摸地朝小树林挪动。

天色是那么暗。其实那一带本来有路灯的，却被某些居心叵测的情侣砸坏了，能依靠的只有自然光。即使能见度不高，嬷嬷还是准确地看见了——静静依偎在烂操的怀里！

当时武则天真是兴奋得不能自已。她并不知道契约的事情，只当撞破了惊天八卦。而嬷嬷的脸都白了。他们俩就以匍匐的姿势趴在两丛铁树后边，观望事态的发展。

"我好喜欢你啊。"静静。

"……"烂操。

"你不喜欢我了吗？"静静。

"……"烂操。

静静的头抵着烂操的胸口。根据嬷嬷的说法，烂操在当时表现出了惊人的把持能力，丝毫没有轻举妄动。这真是个让人刮目相看的奇迹。

整个过程大概只有五分钟，烂操用颤抖的手推开静静："出、出去吧……"

然后他们就一前一后地走出了小树林。烂操有点夺路而逃的意思，但静静坚持牵住了他的手。

这个结局让武则天大呼不过瘾，却让嬷嬷出了一身的汗。他瞒着一灿把这事告诉了我们，我们纷纷如临大敌，于是瞒着一灿对烂操进行了一番审讯……光听就觉得很累吧？总之这事不好好处理，后患无穷。

"你们什么时候发展到这一步的？"我们质问。

"什么叫这一步？我跟她又没怎样。"烂操反驳。

"你就不该跟她私下来往。"排长教育。

"我本来没想的。"

"她是因为喜欢一灿而不得不喜欢你，你必须时刻牢记这点。"大卫说。

"知道啦，闭嘴，吵死了。"

但说是这样说，谁都能看得出烂操变了。他不再沉迷QQ各种求网恋，也不再狐假虎威调戏良家妇女。这种反应我们不陌生的，之前他迷上拉芳时就是这样。那种"名草有主，理应低调"的专情范儿！

悲了个摧的，烂操真的喜欢上静静了。他们有意无意的互动越来越频繁。

一起逛超市，一起吃午饭，一起轧马路，一起看球赛……这些当然都可以用"偶遇"来解释。但正值敏感阶段，谁信你们那么无独有偶啊？最重要的是烂操表现得越来越坦然，那个在小树林里坐怀不乱的烂操这么快就死在大明湖畔了！

我们的目击率都那么高，一灿没理由不知道。

我们每天都在担心灿烂二人组会因内乱而拆CP，但每一天居然都有惊无险地度过了。只是跟心情愉快的烂操相比，一灿抽烟的次数越来越多。他本就是415的头号烟枪，如今已经有变成烟炮的趋势。

终于，一个星期过去了。第七天的晚上，快到十二点的时候，一灿对烂操说："就素精天了（就是今天了）。"

"什么今天？"正看书的烂操一时没反应过来。

"你们俩结束契约关系的日子啊。"我提醒道。其他人纷纷放下手中的事情参与点头。连老蜗都不例外。

"哦……"烂操如梦初醒，"但……不知道去哪里找那个魔女欤。"

"所以我这不是来了嘛。"伴着这三分妩媚七分俏皮的声音，巴蕾舞在415现身了，"哈啰，初次见面的朋友你们好吗？"

因为巴蕾舞很漂亮，还没见过她的人顿时叹为观止，围观不已。一灿说："里乃得赠好，勤取休偶民的契耶（你来得正好，请取消我们的契约）。"

"观察了一星期，应该够了吧？"我帮腔。

"只要还有观察的价值,时间总是不嫌多的。"巴蕾舞似笑非笑,"我现在就非常有兴趣继续看下去呢。"

"喂,你说话不算话!"

"没不算话呀。但解除契约必须在双方同意的前提下,单方面的解约是不作数的。你们都愿意?"

"单男(当然)!"—灿说。

"没问你,我问狼牙棒哥哥呢。"

烂操再次成为众人瞩目的焦点,他有点狼狈,又有点恼怒。

"里八愿意(你不愿意)?"—灿皱眉。

"你为毛不对静静好点儿?"

一灿一愣,不知道怎么回答。凭良心说他对静静不坏,但肯定达不到静静所想要的男朋友的标准。

"你啊,我最讨厌你了!"烂操忽然暴跳如雷,揪起一灿,"有人那么认真地喜欢你,你还挑三拣四,你这不是在嘲笑没人要的我吗?"

"喂喂烂操,你吃错药了!"我们忙阻止。烂操却已经不依不饶地给了一灿一拳。

于是我们目睹了这样的奇景:烂操的拳头挨上一灿脸的同时,他自己的脸颊也猛然向内一凹,他跟跄倒地。

一灿挨了这么一下,也被挑起了怒火。他抓过烂操,用膝盖朝他肚子来了一下,然后跟烂操一起捂着肚子弯下了腰。

……再没什么比"祸福与共"的两个人打架更蠢了。你给对方造成多少伤害,必然有一半会回到自己身上。都能这么公平,世界就和平了。我们赶紧拉开他们,否则这俩的最终宿命必然是同归于尽。

这个过程中,旁观的巴蕾舞脸上始终挂着没心没肺的笑容。这家伙是早预料到事情会变这样,所以才故意让如此富有代表性的一灿和烂操签订契约吗?

烂操不哭!站起来……

一灿和静静啊,该怎么说呢,他们一开始就不是因为互相喜欢而在一起的。最初一灿是看富二代光饼不顺眼,所以横刀夺爱以示教训。不过,后来静静坚称自己不是被抢走的,她跟光饼本来就存在很多问题,她对一灿是真爱,所以才毅然跳槽的。

一灿一直都不缺妹子,但并没有明确跟谁交往,如果不是突然来了个静静,也许他现在还单身着。他不讨厌静静,但肯定没喜欢到想追她的地步,所以这段感情纯粹是个意外。但如果达到了气光饼的目的就把静静甩掉,那也太人渣了。所以一灿一直跟静静保持着不咸不淡的交往。

"你要对人家没感觉还不如直接摊牌。"身为妇女之友的容嬷嬷曾经这么劝一灿。

"……涮鸟。缓赠偶也米有别的喜翻的人(算了。反正我也没有别的喜欢的人)。"当时一灿这么回答。或许,这也可以解读为他不想伤害静静吧。所以一灿目测还是挺温柔的,他也没做过吃着碗里的看着锅里的这种不厚道的事,但女孩子都是很敏感的,静静想要的也不会只是一灿的忠诚。

偏偏这时候冒出了个烂操,单身时间与年龄始终维持神同步的烂操,因为从没被妹子看上所以比谁都更容易堕入爱河里的烂操。

"如果没有一灿,你对静静而言不过是根狼牙棒,这点你怎么就是不明白!"金氏摇晃着烂操说。

"谁说我不明白?"烂操痛扁完金氏后反问。

"那你更应该赶快解除契约不是?"嬷嬷说。

"那样她还会看我一眼吗?"烂操再反问。

"……这样交到的女朋友有意思吗?"八达不解。

"我就想陪陪她。"烂操轻声说,"假的也好,她毕竟是第一个喜欢我的女孩子。"

至此我只能说,巴蕾舞赢了。她可以如愿观察到她所想要看的复杂人性了。人类就是这么纠结的生物啊,明知道有些坚持缺乏意义,却还是要去做,无法自拔,甚至找出许多冠冕堂皇的借口说服自己。

真够乱七八糟的。

不知过了多久,烂操终于振作起来了。他的脸皱得宛如苦瓜,眼圈还有点红,长长地叹了一口气后,他说:"好吧,解除契约。"

"欸,终于想通啦?"我们意外。

"不然能怎样呢?一灿喜不喜欢静静,静静需不需要人陪,说到底都没我什么事。我根本是乱入加自作多情……"

呃,真是完成度略高的总结。但那一刻我们都没有吐槽,反而罕见地用鼓励的目光看他。烂操不哭站起来那啥的,这个时候我是绝对不会说的。

"那么,一灿哪儿去了?"烂操四顾,"那个魔女也不见了?"

巴蕾舞不知道什么时候遁走的,这个我们不关心,反正她随时可以出现。至于一灿,好像是到门口抽烟去了。

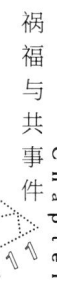

然而门口却没有一灿。地上有个被踩扁的空烟盒。是去买烟了？这个时间小卖部都已经关门了，估计他是翻墙去外面找自动贩卖机了吧。我们没有特别在意，反正烂操既然看开了，这件事基本就可以结束了。

也是这个时候我才发觉，虽然大家平常总是互相整蛊互相攻击，但每个人其实都在下意识维护宿舍的安定团结。一灿一直克制着自己，烂操终于下定了决心，其实也都是为了这个吧？毕竟宿舍里只要有一个人郁闷，就会影响到所有人。

接下来的气氛要好得多了。我们一边东拉西扯，一边等着一灿。

就在嬷嬷嘀咕说"一灿不会又去喝酒了吧不如给他打个电话"时，事情发生了。

原本坐在椅子上的烂操，忽然整个人高高地飞起，重重地砸在桌子上，发出十分响亮的声音。我们全都惊呆了，再看烂操，他的姿势分外扭曲，一条腿更是折成了古怪的形状，有鲜血汩汩地从他的身下漫出。

要是平常，这时应该出来个谁一马当先地吐槽道："烂操你怎么跟流产似的！"然后其他人一起哈哈哈哈地笑。

没有人笑。

一灿不知道在什么地方出车祸了。

于是烂操也出车祸了。

赶在血槽清零前

前面说过，"烂操受欢迎"是我们生命中不能承受之世面，现在我要郑重收回。我们生命之中不能承受的世面怎可能那么肤浅，我们不能承受的……

是曾经朝夕相伴的朋友忽然永远地离开。

救护车将烂操从 415 接走的时候，这个我太熟悉的学校忽然换了一副面貌。我第二次在深夜看到所有本该漆黑的宿舍全都亮灯，本该紧闭的房门全都开启，本该躺在梦乡里的人全都裹着棉被跑到走廊上来。

第一次看到这样的场面，是我们这个南方城市忽然下雪了，非常小的一点雪，却带给了我足够难忘的回忆。那时候我觉得住宿舍真有意思。

可是这一次不一样，这一次我感受到的，是刻骨铭心的恐惧。

我们跟随救护车一同去了医院。按说一辆车塞不下八个人，但不要紧，有另一辆救护车可以分担。那辆救护车是来接一灿的。他在学校后门那里出了车祸。一个晚上接到两名车祸伤者，医护人员非常惊讶，尤其其中一名伤者还是躺在宿舍里被接走的。我们为此承受了"你们怎么可以随便移动伤者有没有常识啊"的严厉指责。

真想不到会发生这种事情,真心想不到。

嘈嘈杂杂忙忙碌碌,一切在烂操和一灿分别被推进两间手术室后暂时安静下来。我们八个人占据了手术室外的两张长椅。415 的十个臭男人,就以一墙之隔的方式荟萃一堂。

热血少漫看多了,习惯了主角血流成河都还能屹立不倒,真的在现实中遭遇一次,没有集体尿崩已经要为膀胱自豪。死亡从未离我们如此之近。

我们死盯着"手术中"的指示灯。拜托,电视剧里最爱用的"我们已经尽力了",千万不要让我们看到真人版!

半夜三更的医院,不像白天那么门庭若市,却也没有悄寂犹如太平间。清冷的灯光下,值班医生、护士、病人或者病人家属,仿佛游魂一般放轻手脚来去。我们忐忑而专心地等待着结果,目不斜视。

不知过了多久,锅炉工拽了我一下,指着走廊的那一头。我们陆续把眼光丢过去,只见有一个护士维持着走路的姿势定在那里,仿佛一尊人肉雕塑。

再看看四周围,这个医院的一切竟然都静止了!墙上的挂钟一动不动!

"嗨。"一个熟悉的声音凭空响起。是巴蕾舞!她再一次神不知鬼不觉地出现在我们身边,瞬间就被我们围住。

"打住打住。"巴雷舞双手交叉,"我知道你们要说什么。放弃吧。我可不是治愈系的,不知道怎么救人。"

连原地满血复活的技能都不具备,你这算什么魔女!我们气得恨不能骂她一顿。

"不过我还是可以救一个人的。"巴蕾舞撇撇嘴,不跟我们的心声计较,"我知道狼牙棒君已经有了解除契约的觉悟,那他就没必要陪帅哥一起死了。"

她一边说,一边走向手术室,只见眼前的门如同水幕一般漾开了,她就这样穿了进去。那真是妙不可言的情景,我们连忙跟上,也顺利地进到了手术室里。

我们立刻看到了正被动手术的烂操。他的身体被医生和护士挡住了,给我们留下了一个大卸八块的联想空间。我们只看得见他的脑袋,他的脸色无比苍白。

巴蕾舞走过去一推烂操的头,烂操就醒过来了,看着我们的眼神如在梦中。不知道这个魔女是怎么做到的,唤醒了烂操的意识,却让他的身体仍处于静止的时空中。

"淡定,你死不掉的。"巴蕾舞打个响指,拿出了那份契约,"喏,手指沾点血,在这里画个叉,这份契约就跟你没关系了。你的伤会马上不见。随叉随走,无痛无痕,不影响工作和学习。"

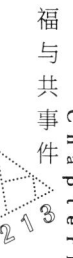

虽然现在不是吐槽的时候，我还是想说魔女姐姐你是不是某类广告看太多了⋯⋯

烂操花了好一会儿来理解目前的遭遇，然后沙哑着嗓子问："我好了，一灿会怎样？"

"像一切出车祸的人那样，看运气咯。"巴蕾舞轻描淡写地说。

"⋯⋯"烂操艰难地摇摇头，"那我不要解除契约。这样，他得救的可能性会提高一倍吧。"

我们全体被烂操的话震动了。巴蕾舞也有点意外："理论上说是这样，但不排除你们俩一起领便当的可能性喔。"

烂操不再说什么，他闭上了眼睛。

"好吧，你自己选的。"巴蕾舞转头对我们说，"那这趟当我白来了。都跟我出去吧，我要让时间重新动起来。"

"等等！"排长猛然抓住她。

"干吗？我说过啦，救人什么的我可不会。"

"是不是只要拿血在这份契约书上盖章，就能够跟他们'有福同享有难同当'？！"排长边问巴蕾舞，边看我们。

我们在同一时间咬破自己的手指，没有一丝犹豫。

10 以后也要一起共度青春

如果把死亡的危机比作一大片树荫，那么当它均摊到十个人身上的时候，再密不透风的影子，也会犹如洒下了阳光那样斑斑驳驳吧。

我们都没出过车祸，不知道那是什么滋味，但我们熟悉疼痛，清楚自己的行为有多么冒险。可是那又如何，你可以对你的朋友，不，你可以对你的兄弟袖手旁观吗？当他们命悬一线，而你的决定有可能左右他们的人生，你会犹豫吗？

那家医院从此多了一个鬼气森森的传说，关于他们曾在某天深夜接待了一个被诅咒的宿舍。先是送了两个如出一辙的病人进来，然后他们的伤势忽然减轻，倒是在急救室外等候的八个人集体倒地不起。人手和床位差点儿不够，总之就是各种打电话，各种输液供氧，各种鸡飞狗跳。

我恢复意识的时候，已经不知道过去了多久。全身都在疼。费力地睁开眼睛，我看到自己躺在一张病床上，一条腿吊着石膏，而在我的前后左右，是烂操、锅炉工、金氏、八达、排长、大卫、容嬷嬷、一灿和老蜗。一个都没有少。大家的床挨得很近，紧凑度跟我们的宿舍有一拼。这家医院在想什么啊，居然让十个病人共处一室？

415医院分部，就此成立。

我们都还活着，包括一灿和烂操。究竟"伤势"这种东西是怎么按比例均摊的，我们谁也不知道。可以肯定的是死神没那么大的能耐跟我们玩团战。死亡的毒经过了十人份的稀释，已经达不到致命的浓度了。我们每个人的腿都打着石膏。据推测一灿原本是要被截肢的，而我们现在只不过是集体骨折。

这样子还真是滑稽，所以我们都笑了。他喵的一笑就牵动伤口好疼啊！但我们还是越笑越大声，直到一个胖护士铁青着脸进来怒吼："笑什么笑！再吵往你们的点滴里加地沟油！"……这年头的护士都这么彪悍吗？但我们还是忍俊不禁。那已经跟笑点高低没关系了，难得死里逃生一次，不笑一笑多对不起自己啊。

我们和巴蕾舞订契约的时候，一灿并不知情，但看看现在的情况，他也就了解发生什么事了。他看我们的目光充满感激，甚至有些闪闪发光。

一灿和烂操的对视，不再有隔阂。一灿说："内过，肥头偶费跟进进提风叟的（那个，回头我会跟静静提分手的）。"

"她挺好的。"烂操说。

"荡妓男偶八够喜翻她，酱对她费比较好（但既然我不够喜欢她，这样对她会比较好）。"

打鬼门关绕了个来回后，一灿忽然表现出一副得道高僧般的大彻大悟。事实就是这样的，一枝独秀不是春，只是因为责任和温柔勉强在一起，反而对谁都没好处。如果不是怕死在医院的话，我真想用一句"这就对了！拉不出屎就不该占着茅坑嘛！"来表示对他的肯定。

"既然你下定决心要分了，"烂操说，"那我可以去追她吧？"

"里去啊（你去啊）。"一灿笑了，"里棱罪到,偶头给里（你能追到,我头给你）。"

"除非静静想要糟蹋自己。"老蜗说。

"除非地球上的男人忽然全死了。"大卫说。

"除非你去整容。"排长说。

"你们这群王八蛋！"烂操挣扎着想要下床扁我们，一动却又疼得龇牙咧嘴，我们对他的反应非常满意，便毫不留情地给予了更凶残的吐槽，病房里再度热闹非凡，依稀又能听见那位护士小姐杀气腾腾的脚步声……

不知道巴蕾舞是不是又躲在哪里偷看。不知道她对人类的观察会不会因为我们

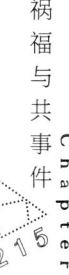

的胡来，而增添浓墨重彩的一笔？

  以后的日子，我们也还是会这样吧，还是会遇到各种天马行空的事情，还是会这样无节操而欢乐地共度青春。

  有福的话，就各自享吧。这点儿自私是允许的。

  但是有难，是兄弟的就一定会同担！

孤岛病毒事件
chapter 12

Tales of the Unusual Youth
415

跟我的室友大叔及画家一起看最新的《生化危机》，大家的反应各有不同。

"打得好爽！"这是来自画家的普通反应。

"真可悲，没有魂灵驻扎的躯壳，仍必须受困于不死的宿命。"这是来自我的文艺反应。

"那个丧尸你在干什么！快点把女主的衣服撕烂啊！"……这是来自大叔的二逼反应。

这时，另一位绰号"眼镜"的室友经过。此君与众不同，他一针见血地指出了这么个盲点："你们怎么那么喜欢看一群死掉的男人搂住还活着的男人并在他们身上制造吻痕的片子？"

……于是这该算什么反应？

415漂流记

睁开眼睛的时候，我发现自己满头满脸都是沙子，有的干了，有的湿湿地黏着我。

耳边传来海浪的声响，我撑着沙地坐起来，发现自己现在居然在一个海滩上，并且还穿着游泳裤！在我身下，是白色的细沙，以及贝壳与珊瑚经海水反复玩弄后剩下的渣。

等等，为什么我会在海边醒来？我努力思考，头脑一片混乱，一不小心还脑补了一个自己不再冰清玉洁的狗血剧情。

我试着站了起来，海滩上那些硌脚的玩意儿让我感受到了疼痛，也因此排除了这是在做梦的可能性。我的眼前是茫茫大海，看不见彼岸或船只，而我身后，是一片由密林与石头构成的风景。

……这算什么，感觉上我现在在一个无人岛啊。顿时各种漂流求生题材的电影动漫小说在我脑内风起云涌。

这个时候我忽然发现，距离我大概十米的地方有人！啊啊，我连忙向那里奔去。等到跑得近了，发现那是我的四个舍友——锅炉工、容嬷嬷、金氏与八达！他们跟我一样只穿泳裤，就这么在海滩上玉体横陈着。其中金氏的胴体最具文学气质，我的意思是他老让我想起诺贝尔奖得主莫言的那本《丰乳肥臀》。

"喂！"我大喊，"醒醒！都醒醒！"

他们陆续睁开了眼睛。嬷嬷看到只穿一条泳裤的我，第一个反应竟是掩住了自己的胸，并羞道："你、你要干吗？"……靠，你还真把自己当女人了啊！

"我们在哪里啊？"锅炉工扶扶他的黑框眼镜，一脸茫然。

"头好疼，好像撞到什么了。"金氏龇牙咧嘴地说。

"我就记得船翻了……"瘦削的八达说。

船翻了？电光石火间，我恢复了记忆。哦，现在是暑假，我们415宿舍的九个人应排长之邀，到他位于海边的老家来避暑。我们玩得非常开心，直到有天租了条船出海钓鱼、并跟另一艘不长眼睛的快艇激情邂逅……

原来如此，所以我们会以阿童木的经典造型出现在这种地方。不过另外五个人呢？老蜗、一灿、排长、大卫、烂操他们呢？是跟我们一样漂流来了这里，还是已经葬身大海？

"这样，"认清了目前的形势后，415智囊兼膀胱的锅炉工说，"我们先沿着海岸线走一圈，也许能捡到一灿他们。"

我们点点头。是的，在这个土地日益紧凑的时代，无人岛好比吴奇隆，是不可能随随便便就让你遇到的。这里应该是某个沿海的城镇，稍微绕一下就能看到人和房子。

于是，五个全身上下的纺织物加起来还没一件T恤布多的男生开始了跋涉。

只走了大概十分钟，海岸线就断掉了。前方礁石嶙峋，无路可以继续，我们只好掉头往相反的方向走去。

结果还是一样。没看到人，也没法走得更远。感觉上，好像这岛不欢迎我们在外围活动似的。

"如果一灿他们也漂到了这里，应该会先在岸边找找我们的吧？"嬷嬷说。

"对，找不到才前往岛内求助。"我说，"前提是这里有人住。"

"这里有人住的吧？"金氏不安地问。

"到那上面去吧。"锅炉指着一座山崖建议，"站高一点，就能看到这座岛什么情况了。"

"我去好了。"八达说。他的老家在一个山村，从小爬山已是家常便饭。

"八达你真好。"多走几步就气喘的金氏见可以偷懒，假惺惺地说。

"还不知道要在这里待多久，能保存体力就尽量保存。"八达认真地说，"至于金氏，你是我们的重要储备粮，更是应该减少消耗。"

在金氏的脸色变得苍白时，八达已经开始利落地攀登那石崖了。这家伙很瘦，因此身手矫健，再加上可供落脚的地方很多，他爬起来并不费劲。仰望着八达，我们不禁感慨：只穿一条裤衩爬山是何等变态的行为啊。

很快，八达来到了崖顶，我们看见他努力踮脚，极目楚天舒，完了又爬上附近的一棵树……不久八达下来了，他摇摇头说："这个岛上好像真没人，放眼看过去全都是树和山。"

这么说这里真的是无人岛？我们意外。已经被定位成储备粮的金氏更是"猪容失色"。

此刻，日头已经偏西。一朵白云正盖住太阳的小半个脑袋，令它仿佛一个头顶毛巾预备去泡澡的糟老头。

"说起来现在几点了？"金氏傻乎乎地问。

"你看我们身上什么地方放得下手机或手表？"八达插着腰问。

"真有决心的话，泳裤也是可以放东西的。"锅炉工说。

"放过它吧，泳裤还只是个孩子！"我说。

尽管目前的处境很特殊，但到底经历了不少奇妙事件，我们还不至于细思极恐。这点从我们还有心情开玩笑就能看出。潜意识里，我们并不觉得这个无人岛距离有人岛很远，况且之前船只的事故应该已经传开了，再况且一灿他们也许已经获救了呢。总之，我们都相信很快就会有船来接我们。像绿箭那种要在荒岛一待五年的苦逼毕竟只是少数，比起跟老虎同船异梦时刻担心着谁推倒谁的少年派，我们已经幸运太多了。

"天快黑了。"嬷嬷说，"无论如何，我们先做好在这里过一夜的准备吧。"

"嗯嗯，这样的体验也是很难得的，应该有意义地度过。"锅炉工点头。

"比如裸奔？！"八达脱口而出。后来我从无下限漫画《银魂》上看到有一话

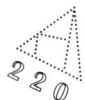

是万事屋的各位漂到了一个无人岛,在解放自我的天性与周边环境的双重催化下,新八就毅然做出了沿岸裸奔的欢乐行为……这是男性共同的浪漫不是吗?所以我理解八达!但我是不会陪他的!

"如果有相机就好了,可以拍照留念。"我说。

"比起裸奔跟拍照,生一堆火才比较重要啦!"嬷嬷说,"晚上海边很冷,小心冻死!"

"说得对,还得弄点东西吃。正好大海是味觉的宝库。"皮薄馅多的金氏,肚子里这时响起了共鸣效果很好的鼓声。

至此我们都有点兴奋了。生火!烧烤!好有野营的气氛喔!当下就立刻分了工。我和八达、金氏去海里打捞,嬷嬷与锅炉工负责钻木取火。在一辈子离不开这里的阴影蔓延开来前,我们为这个夜晚设定的主题曲是《难忘今宵》。

排长歪着脖子来

天黑下来了。

太阳扭扭捏捏地投入好基友大海的怀抱后,415宿舍漂流五人组以抱着膝盖的姿势在沙滩上坐成一排,望着黑色的海面。海浪哗啦哗啦地涌着,我们的肚子咕噜咕噜地叫着。

……没错,我们今晚什么都没吃。

打捞海鲜什么的,真是高难度的活儿啊!这个岛周围的水质还算清澈,可以清楚地看到一些鱼儿在自由地游来游去,不少还肥美鲜艳,让人不禁YY起它们被烤得皮开肉绽的模样。结果这些鱼儿矜持得很,可远观不可亵玩,一旦我们流露出进一步发展关系的企图,它们就会跟箭一样射出老远。相比之下捕捉海胆海参之类不会动的家伙还比较现实。问题只有一个:海胆海参在哪里啊?

于是,位于食物链顶端的人类,今天晚上只能饿着肚子。

至于心灵手巧的嬷嬷与开水烧得出神入化的锅炉工,也没能成功地燃起爱火。他们倒是找到了一截枯树,但是拿着根树枝在上面又是钻又是磨弄了半天,枯树始终十分冷感,别说火星了,烟都不屑冒一缕。

"一堆火也生不好,锅炉工,我对你很失望。"我叹气。

"呸,要是你们能弄来海鲜,生吃也不是不可以!"锅炉工反唇相讥。

"生吃海鲜也许会得病的!"容嬷嬷立刻说。

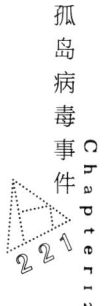

"那你倒是生火啊！"八达指出站错队伍的嬷嬷。

"好了好了！就当给我一个面子，都别吵了！"曾经当过一阵子班长的金氏领导病发作，特大哥地站起来主持公道，却换来我们整齐的唾骂："闭嘴死胖子！再吵吃了你！"

金氏默默地抱腿坐了下来。

人会在两种时候对未来感到不安：没有光线的时候和没有食物的时候。入夜的海风的确寒冷，只穿泳裤的我们瑟瑟发抖，尤其我、八达和金氏的泳裤因为之前下水，还是湿的……我真怕再这样下去，我们会选择用彼此的体温取暖这种现成而重口的办法，为此我甚至认真地思考用沙子把自己埋起来御寒到底现不现实。

如果走进林子里，也许我们可以找到野果子，至少能有避风的地方吧？但晚上走进黑不溜秋的森林怪可怕的，况且我们总觉得下一秒希望之舟就会出现，我们得守在这里。

于是渐渐的不再有人说话。渐渐的，我们开始有了困意。

我不知道我是什么时候睡着的，又具体睡了多久。我是被一阵细微的声音吵醒的，睁开眼睛的时候，一轮圆月不失时机地从云缝中露出满是痘疤的脸，照得这片沙滩一片白晃晃。

我的心骤然一紧：我看到了一个人影！他正弯着腰，打量着金氏！

我的左手边是嬷嬷，右手边是锅炉工，锅炉工旁边是八达，然后才是金氏。所以很容易可以判断：那个人影不属于我们五人中的任何一个。

似乎注意到了我，人影直起腰，向我看来。我正想倒吸冷气，忽然发现，那不就是我们慈祥的老排长吗？绝对是他！明明只有二十出头，却老得好像只剩二十年好活。这家伙竟突然冒出来了！我正想喊他一声，刚落下的心像一部忙碌的电梯，"噌"地又上去了。

排长此刻的姿势很奇怪：他歪着个脑袋、圆瞪着双眼看着我。

……如果是个萝莉摆这种 pose 会很天真可爱的，但排长这种萝莉祖父等级的老怪物这么做就一点都不萌！我被看得都有点发毛了。

老排的脸上，是一种似笑非笑的表情……

"老排？"这时，金氏醒了，很突兀地发出一声。

排长忽然跟打了鸡血似的闪电回头，朝着金氏就直接扑了上去！"哇！"金氏大叫一声，迅速跟排长抱成一团，在沙滩上打滚。感觉上好像久别重逢的好基友正在庆祝。

因为这动静太大了，其他人也陆续醒来了，当他们发现同样只穿泳裤的排长正禽兽不如地对金氏施暴时，嬷嬷率先双手捧脸发出"呀——"的羞涩尖叫——但指缝里还是射出了专注的目光，而锅炉工与八达忙不迭地扶了扶眼镜——你们俩生怕看不清楚是吧！

"哎啊啊啊！"直到金氏发出被宰的惨叫，我们才从投入的围观中回过神来。难以置信，瘦得在田里多站一会儿都会被当成稻草人的老排居然可以完全压制住金氏！他哪儿来的力气啊？而这会儿，他正恶狠狠地啃着金氏的肘子……

离得最近的八达飞快地冲了上去，将排长撞开。排长挨了这么一下，居然身轻如燕地一飘老远，末了还摆出个欧阳锋运起蛤蟆功的姿势，在沙滩上四脚着地，脖子仍是歪歪的。

"死老排！你终于老年痴呆了吗？"金氏气急败坏地大叫。

排长这时又扑上来了，这次他的目标是八达，他俩身高差不多，但八达完全招架不住，也被排长掀翻在地，排长张开血盆小口，又要咬八达。

"呀——"嬷嬷再次放声尖叫。有时候觉得这家伙真吵死了，你的肌肉明明是全宿舍最发达的好吗！说时迟那时快，我及时揪住了排长的头发，将他从八达身上拉开。手心里立刻传来丝丝缕缕的脱落感，对于排长这样头发所剩无几的老叟来说，这一把真是揪得丧尽天良啊。

排长似乎认识到了以一敌五的难度，他歪着脖子、圆瞪着眼睛环视我们。这个时候他已经被包围了，我们与他保持一个警惕的距离。忽然，排长将身一纵，轻而易举地跳个老远，然后用一种连滚带爬的奇怪姿势冲进了林子里。

"……追不追？"嬷嬷胆怯地问。

"追！"锅炉工说，"老排在这里，一灿他们也许也在！"

"他们不会跟老排一样吧？"八达打个寒战，"而且老排是怎么了啊？"

"哎哟，哎哟……"金氏捂着被老排咬的地方呻吟起来。

"金氏你留下来看有没有船吧，我们去。"我说。这个提议正中他下怀，他点头不止。

于是，我们四个人鼓足勇气，循着老排跑走的方向追去，进入了那个看起来危机四伏的森林。

03 我去上学校，天天不迟到

老实说我们刚走进森林就马上后悔了——这比外面看来还要深不可测啊！大树

小树枝繁叶茂盘根错节,构成一座会让环保人士喷鼻血的大自然迷宫。不要忘记我们除了泳裤外什么都没穿,就跟海尔兄弟一样啊!刚走了一会儿就觉得身上好痒脚底好痛,以后谁再宣扬裸奔的快感我非把他往死里打。

　　排长早就没影子了。他本身就瘦如枯木,很容易就与森林融为了一体。这里又这么暗,能看见他才有鬼。

　　"应该把金氏给牵进来的,听说猪的鼻子很灵。"八达抱怨着。

　　"出去算了……"嬷嬷轻声说。

　　"啊!"锅炉工大叫一声,指着前面。

　　借着叶缝投下的斑驳月光,我们看见不远处的一棵树上垂下个人来。头上脚下的犹如一只猴子。那是老蜗啊!继排长之后老蜗也出现了!

　　尽管是采取倒吊的姿态,但是老蜗也还是歪着脑袋,圆瞪双眼。

　　"老蜗!"我们一起叫道,他却犹如受到了惊吓,又缩回树丛里去了。

　　我们赶紧跑到那棵树下,抬头却不见了老蜗的踪迹。正在纳闷,他从另一棵树上跳了下来。

　　"刷啦!"树枝乱晃,树叶乱掉,老蜗居然落在了嬷嬷的背上,双手双脚紧紧地箍住他,张开嘴巴就要咬嬷嬷!

　　"哇啊啊啊!"嬷嬷吓得就差尿了,但他不愧是个战斗经验丰富的老妪,他倒退着朝一棵树撞过去,想把老蜗撞成三明治的内馅。可惜千钧一发之际老蜗弹走了,他抓着一根根树枝,犹如人猿泰山那样轻盈地荡开。

　　……这太不科学了,我认识的老蜗是那个一天到晚蹲在电脑前刷装备的游戏宅!每天最奢侈的位移是从被窝到厕所,因此他曾非常认真地考虑过网购成人纸尿裤。现在的老蜗是怎样啊!从考拉变成长臂猿了!

　　我们四个人心惊胆战地凑在一起,背靠着背,面朝四个不同方向。在我们四周围的树上不断传来窸窸窣窣的声音,是老蜗在高速移动呢。这超乎人类水准的行动力到底是……

　　渐渐的,声音远去了。这次再没人勇敢地说要追上去,我们都被吓得不轻。曾经跟我们朝夕相处的兄弟,突然变成不能理解的怪物了啊!

　　"我们先出去吧……"我说。

　　"嗯,去比较开阔的地方吧……"锅炉工说。

　　"所以往哪边走呢?"嬷嬷说。

　　"啥?!"八达说。

……大事件。被老蜗刚才那么一闹,我们东西南北都分不清了。刚才从哪里进来的就仿佛上辈子的事情那么遥远。啊啊我们忽然好想念金氏!好想马上见到他然后痛扁一顿啊!居然不和我们同生共死!

在无可奈何的情况下,我们只能选定一个方向,前进。

如果我们是女孩子,这个时候可以排成一队,后面的人揪着前面的人的衣角,给予彼此勇气。但我们都是男的,非要揪的话只有前面那人的泳裤,一揪就特别像性骚扰啊。即使气氛已经如此紧张,我们也做不出这么没廉耻的事情。

话说回来,四个只穿泳裤的男生畏畏缩缩地走着,很容易让人怀疑他们是被人抢光了吧。

总之我就一直用诸如此类的胡思乱想来打发那段难熬的时光。

事实证明,我们其实已经在海滩上睡了好几个小时,因为又走了一会儿,天竟然有些蒙蒙亮了。白天总是给人勇气的,当温暖的阳光洒在身上时,我们感动得都快哭了。

排长和老蜗没再出现,不知道他们去哪里了。不知道这片森林究竟有多深,我们又走到了什么地步。

"欸!"锅炉工忽然一伸脖子,"那是房子吗?"

我们纷纷顺着他指的方向看去——我们看到了建筑物的轮廓!那一刻,我们情不自禁地欢呼了起来!这不是一座无人岛,这里是有人家的啊!顿时疲劳一扫而空,我们的脑子里同时出现了热腾腾的食物和洗澡水,也许洗着洗着还有个萌妹在门口怯怯地问:"要我帮您擦背吗?"……

我们快步向那建筑物奔去。一边跑八达还一边兴奋地念叨:"我当时居然没看到!真是……真是……"

可是,距离那建筑越近,我们的脚步却越发迟疑,表情也越发困惑。

那建筑不就是……不就是……我们的学校?!

的确是我们的学校,位于乡下地方的三流大专!小公园、舞池、停车棚、操场、教学楼、图书馆……一应俱全!只是它们都显得非常脏、非常旧,一派"城春草木深"的荒芜样。到底发生了什么事?我们学校怎么会跑到这里来?

虽然地点变了,但学校就是学校,我们对它再熟悉不过。我们扯着爬山虎翻过生锈的校门,踩在一地腐烂的落叶上。这里好像已经几百年没人住了,许多地方几乎成了废墟。放眼望去,门跟窗都是破破烂烂的。我们面面相觑,心里有个念头是一致的:回415去看看。

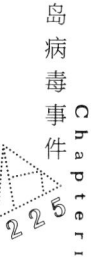

走进宿舍区的范畴,一堵断墙后传来低低的呻吟。然后,我们看见了大卫。

药~药~切克闹,病毒便当来一套

大卫蜷缩在楼梯间的角落,瑟瑟发抖。他也只穿泳裤,石膏般的皮肤染了不少污泥,反而更显白皙,我情不自禁地想起了藕。那句著名的诗是怎么说来着?"春风又绿江南岸,意外怀孕怎么办。"……好像毫无关系。

看到大卫,我们都很高兴。因为大卫并不像老蜗和排长那样,用一种明显不对劲的歪脖子姿势面对我们。大卫的脸上此刻正荡漾着人性化的恐惧。

"段段……嬷嬷……老锅……八达?"大卫一一辨认着我们,神情十分难以置信。

"大卫!"我们齐声叫道,就要扑上去与他来个感人肺腑的拥抱。

"别过来!"谁知这时,大卫抄起一截椅子腿,用尖锐的断口对准我们,"你们是不是也被感染了?"

"什么感染啊?"嬷嬷用快哭出来的声音问。

"病毒……"大卫喘着气,"感染了……就变成怪物了!"

我们立刻想起了排长与老蜗,他们的情况与大卫说的完全吻合。原来是病毒作祟吗?"到底是什么病毒?!还有,这里是什么地方?!"锅炉工问。

"我不知道,我什么都不知道。"大卫颓然道,"我只知道我快死了。"

我们震撼了。我们曾经对彼此的未来各种YY,比如毕业才一年,就要去参加排长的葬礼了,他到底没能挺过寒冬,以九十九的高龄仙逝……又比如走过地下道时,忽然听到金氏混着咳嗽的恳求:"行行好,给点吧……"一句话没说完,他已经轰然倒地,捂住嘴巴的手帕飘落一旁,上面竟是大摊鲜血……

我们对死亡的想象,从来没有半点儿正经,而如今大卫竟那么严肃地告诉我们,他快要领便当了。

"大卫……病毒什么的,你听谁说的?"锅炉工皱着眉头问。

"你们没有看那边的公告栏吗?"大卫疲倦地说,"不知道是谁,在上面写了病毒的事。据说这种病毒在这个岛上流行很久了,被感染的人,运动神经得到强化,但渐渐会失去理智,变成传播病毒的怪物。"

我们不禁想起了金氏。他曾经被老排咬过,那时候是不是就被传染了?我们不禁庆幸没带他一起来,但又有点想看如此肥硕的身材要怎么飞檐走壁。

"也不是都会变怪物,有些人会直接死。死得不留痕迹。"大卫又说,"比如烂

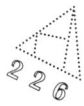

操他就已经……"

我们的心头就像压了一块切糕那么沉重。一个朋友在我们毫不知情的时候永远地离开了,这种感觉实在是太不真实了。

"我们五个比你们更早来到这个岛。然后发现学校居然在这里。"大卫说,"接着,不知道怎么回事,我们就激活了病毒,然后一切就乱套了……我想说反正快死了,不如死在宿舍里。结果没等走到宿舍,力气就用完了……想不到还能见到你们……你们千万不能被感染,一定要好好活下去啊。"

"……"我们的眼眶都湿了。

"真……真高兴能……"大卫没能说完最后的台词,他维持着一个笑容,忽然溃散得无影无踪。

与我们所想过的死法都不一样。竟然是如此彻底、如此让人措手不及!他就像是融化在了空气里。烂操也是这样死的吗?这座岛上似乎还住过其他人,现在却一个都看不见,也是这个原因吗?

病毒,竟然能够做到这个地步?!

气氛从来没有这么严峻过。好半天,嬷嬷哭着说:"我们做错什么了?"

我想了想,问:"你们看过《漂流教室》么?"

"我看过。"415只有锅炉工勉强能在漫画涉猎上跟上我的节拍,"就是那个,一间教室莫名被转移到了未来,还带着一整个班的人,对吧……你觉得我们学校也是一样的情况?"

"我也只是乱猜。"我苦笑了一下,"假设这座岛是个超自然的地方,那么有这种病毒就能理解了。然后我们学校因为不知名的原因被转移到了这里,可能已经转来很久了,所以破落成了现在这样。再然后,我们十个在翻船后莫名其妙进入了这个时空……"

"我可以说我听不懂吗?"八达大叫。

"反正,应该有某种办法能让我们返回原来的世界,对吧?"锅炉工问。

"对。前提是我们能活得下来。"我说。

"啊!"

嬷嬷伸出一只颤抖的手指向上空,嘴巴情不自禁地张大。

老……老蜗和排长!

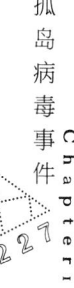

大逃杀真真是极惨的

他们出现在宿舍楼的最顶层,双双歪着脖子,瞪圆眼睛,居高临下地盯着我们。我已经受够这个姿势和表情了!全身鸡皮疙瘩都起来了好吗!

"咻!"得到病毒的加持,排长与老蜗神乎其神地直接从那么高的地方跳了下来!他们像两道闪电劈在我们的身后,直接封住了我们的回头路!

"咿呀呀呀呀!"嬷嬷双手捧住脸颊乱扭着惊叫,我们跟收到了信号一样拔腿就跑!距离我们最近的是食堂,我们慌不择路地跑了进去。两头怪物如影随形。

"哇啊啊啊!"锅炉工惨叫,他被排长抓住后颈,一把摁在了墙上!

"魂淡!"我们也不是只会坐着挨打,我们也会反击的!食堂虽然已经破败不堪,但生锈的消毒柜里还收着一堆餐具。八达随手抄起一张每个食堂都有的餐盘,用力朝老排后脑勺一敲。"咣当!"那薄如蝉翼的货色一下子就变形了。老排转过身,改攻击他了。

"魂淡!!!"我和嬷嬷找准时机,一人高举一摞碗,没头没脑地朝老排砸了下来!连绵不绝的破碎声中,排长狼狈倒地。

那边厢老蜗杀上来了,我们不敢怠慢,抄起锅碗瓢盆什么的就朝他丢过去,顽强的老蜗于是顶着这些散发着浓烈生活气息的枪林弹雨前进。我们拦他不住,只能边砸边溜。

食堂共有两层。我们从一楼跑到了二楼。那里当然是空无一人,看不到锅炉工曾深深暗恋的食堂妹阿玲。食堂与宿舍楼之间有一条通道相连,我们上气不接下气地跑了过去。

"找地方藏!"锅炉工吼了一声。老蜗与排长的移动速度实在太快,用跑的我们绝对不是对手!于是沿途每看到一个房间,我们就会立刻冲进去。

来到四楼的时候,队伍散了。嬷嬷一头扎进了厕所,我和锅炉、八达却溜进了自习室。排长与老蜗也立刻兵分两路,一个进了厕所,一个进了自习室。

当我们抄起满地七零八落的课桌椅劈头盖脸地砸老蜗时,嬷嬷凄厉的惨叫响起。之后,是漫长的宁静。

嬷嬷……被干掉了?!当看到排长独自从厕所里出来时,我们的心像是出逃去了北极。尽管已经没有工夫分心,我们还是难以将目光从厕所门口移开。

嬷嬷再没有出来。我发现,我甚至希望看到他以歪脖子的怪物姿态出来,那样至少他还活着……但是嬷嬷没有出来。排长没有理由放过嬷嬷的,所以他……他是

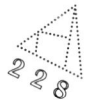

像大卫、烂操一样，人间蒸发了？

"呜啊啊啊啊!!!"八达克制不住地发出悲鸣，居然逆向而行，想要去跟老排拼命！也许因为嬷嬷在415的人缘是最好的。八达经常大模大样地吃他的东西，嬷嬷也不在意。我们经常这么感叹："啊，嬷嬷，你用你甘甜的乳汁，哺育了八达成长……"

我们和八达一样悲愤，但我们不能去送死，我和锅炉一边一个，拖着八达就跑。

很可笑的是，虽然学校已经变成了这样，但415对我们而言，仍旧有着家一样的号召力。我们几乎是本能地朝着当初朝夕相处的宿舍奔去。

门已经溃烂腐朽、摇摇欲坠了，我们推开门进去的时候，它整个掉下来摔了个稀巴烂。

十张床。每张的床头都有一个书架。正中间是两张大桌子。窗户两侧是十个嵌入墙壁的小衣柜——非常普通、非常简陋的一个宿舍。现在看来条件更是差得变本加厉。因为几乎什么都被破坏了，完全就是个废墟了。可即使这样，踏进来的时候还是油然而生一种亲切感。

曾经的十个人，已经有三个挂掉了。然后有两个在追另外三个。还有一个留在海滩上，生死未卜。还有一个至今没有出现过。

还在上学的时候，即使我们想过有一天会各奔东西，也没有想过有一天会四分五裂。

……现在不是伤感的时候。锅炉工叫道："快把门堵上！"我和八达立刻手忙脚乱地抬起那破门板挡住入口，怕不够，又将破床烂桌子拖过来加码。

"嘭！嘭！嘭！嘭！"仿佛有千军万马正在擂门。我们三个连忙把自己的身体也压上去。这才勉强挡住了那两个怪物破门的攻势。

不久，动静稍微停歇了。即使怪物也会累的吧？我们气喘吁吁地对视，稍微松懈了一点。

"嚓！"一只拳头忽然击穿了所有防御，直接伸了进来！更是一下子掐住了我的脖子！是老蜗！丫为什么尽挑自相残杀的时候各种开挂啊！

说时迟那时快，锅炉工从地上拾起了一样东西。喔喔，那竟然是他的生涯神器——电热棒！就是插入热水瓶内不消片刻便能让它发出"咕嘟咕嘟"惨叫的那货！当然现在是没电源可用，但锅炉工还是得心应手地挥起电热棒照着老蜗的魔爪狠命一斩！老蜗吃痛地缩回手，我得以解放，咳嗽不已。

锅炉工的行为激励了八达，他觉得也应该给自己找一样趁手的兵器。窗户下边

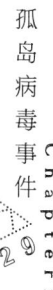

躺着一个哑铃,那是以前咱们拿来练力气的,八达赶快跑去拿哑铃。

当八达弯腰去拿哑铃的时候,窗户外出现了他万万没想到的人。

排长!这家伙原来没有跟老蜗一起撞门,他选了另外一条道路来杀我们个措手不及!八达没能把哑铃拿到手,就先让老排缠住了,"啊!"排长恶狠狠地咬着八达的脖子,那样子太尼玛像吸血鬼了!他咬得是如此投入,连八达的脚步已经开始虚浮都没发现……

身子一晃,八达朝着窗外栽去。

"八达!!!"我和锅炉工不顾一切地冲到窗边,却已经来不及了。我们看到,八达带着一脸万念俱灰的表情、也带着仍旧箍住他的老排一起下坠……

在我们眼中,那一幕完全是无声黑白的慢镜头。

他们没有摔得血肉模糊,几乎是在挨到地面的瞬间,他们融化在了空气里。

我和锅炉全身一点力气都没有了,我们瘫软在地,看着渐渐逼近的老蜗。

我们都来不及见烂操最后一面,他就挂了。

大卫在为我们"授业解惑"后也挂了。

嬷嬷被排长堵在厕所里干掉了。

八达与排长同归于尽了。

415的人口已经减少了一半。接下来完蛋的,就是我们俩吗?

"老蜗你魂淡!枉我给你烧过那么多水!"锅炉工哭号着。

"救命啊!有没有人来救命啊!"相比之下我的叫喊就有意义多了。

老蜗的脸上浮现出一种心满意足的冷笑,他前进的脚步没有疑惑。一个只穿泳裤的男生奸笑着逼近两个只穿泳裤的男生。真不想承认这就是自己的人生片尾啊!

就在我们的绝望快要达到顶点时,一双手从老蜗身后伸了过来,捧着老蜗的脑袋,做了一个扭的动作。

爱与痛的边缘

当老蜗看清攻击自己的人是一灿时,他露出惊诧的表情。

一灿的那招实在是太帅了,随着他的扭螺丝动作,老蜗跟陀螺一样凌空旋转一周,落地,消失不见。

……415头号花美男一灿大大我是你的脑残粉唔啊啊啊!

我和锅炉工几乎是哭着扑进一灿怀里的。顺便说一下,一灿也只穿泳裤,他的身材真棒啊。当然这不是我们投怀送抱的原因，我们只是太激动了。

至此，415的十个臭男人终于都出场了。姗姗来迟的一灿曾引起我们许多遐想。他是挂了？是还安好？还是也成了怪物？现在他终于回归了，并且还及时救我们于水深火热！话说当时可真是一尸两命啊，一尸是老蜗，两命是我和锅炉……

我们有太多的话想问一灿，却见他一脸呆滞的表情。虽然说帅哥就算挖鼻孔都帅，但这样的一灿还是让我们很陌生。不等我们反应过来，一灿忽然伸手把我们一推——那是怎样的力气啊！我们被推得飞起来，撞到了墙上！

"一灿?!"锅炉忍痛道。

"……他也中了病毒！"我惊道。

是的，一灿明显也中了病毒，否则他怎么能一招秒掉老蜗、又对我们造成这样的伤害？只见一灿的眼睛一会儿瞪圆，一会儿又恢复正常；脖子也是一会儿歪下去，一会儿又正回来……看起来，就像是正努力地跟什么搏斗着。是病毒吗？他正在用理性压抑自己体内的病毒吗？！说真的那时我的心头燃起一丝希望：这病毒并不是无药可救的，应该还有某种办法能够克制它！

"坏肘（快走）……"一灿艰难地对我们挥挥手，吐出他那广东与福建混血的普通话。

"一灿，你没事吧？"我们关切地问。

一灿捂住了脸，全身痛苦地颤抖着："里萌债八坏肘，偶怕偶费（你们再不快走，我怕我会）……"

我和锅炉工的内心充满悲伤。不该是这样的啊！正常情况下，我们应该就如此夸张的普通话展开欢乐的吐槽不是吗？可为什么现在完全没有笑的心情！为什么前一秒还宛如怪物猎人的一灿，这会儿又打算像无良漫画家富坚义博那样把《猎人》给停掉呢？！

婆婆妈妈是最误事的。很多电影里早有前车之鉴：原本明明可以干掉某人，却非要端着枪叽叽歪歪一堆，然后被人家反败为胜；原本明明可以逃掉的，却非要在走和不走间纠结半天，最后想走也没得走了……

我们终于决定放弃俊美的一灿时，已经来不及了。

一灿不再脚踏两条船。他正式选择了成为一名怪物，别人做出来就各种滑稽的歪脖子动作在他做来却别具风味，真不愧是一灿啊！

锅炉工还来不及发出叫声，就被一灿给抓住了，"唰！"一灿的动作比老蜗和排长还要快，还要果断！锅炉工的肩胛骨似乎立刻被捏碎了，一灿就跟扔一团废纸那样又将他扔回了宿舍里！他躺在角落，不断抽搐，已经完全动不了了！

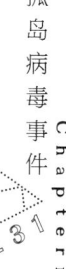

完全动不了的还有我。怎么这病毒也是外貌协会的吗？越帅越能发挥它的力量吗？我没听过这种事啊！

我想去帮锅炉的，却完全迈不开步子。我想丢下他逃跑，却连这么自私的念头都无法付诸行动。我只能看着我的好朋友被另一个好朋友杀掉……

锅炉工在这时不见了。

……不见了！他不见了?!这是怎么回事？一灿刚才并没有咬过他啊。貌似这个病毒是需要通过唾液、血液一类媒介来传播的，否则的话我刚才也与怪物们有过肌肤接触，我也早该发作的啊。在我的印象里，锅炉工并没有机会染上病毒，那么他为什么会消失？人间蒸发难道不是病毒感染者的死亡特权？

锅炉工没了，一灿的目标就只剩下我了。他闪电一样向我冲来，死亡的阴影漫上心头，我总算能动了，我在千钧一发之际踉跄避过一灿。性感的泳裤几乎被他刮下来。

一灿冲力过猛，落到楼下去了。但他没有怠慢，很快又跟蜘蛛侠一样飞檐走壁地蹿了上来。我拔腿就跑！因为一灿是自下而上的，所以我很自然地被赶着往更高处跑。跑上了五楼，跑上了六楼，跑上了七楼！

七楼通往天台的门也早已经被破坏了。就这样,我上了天台。四周顿时一片开阔，但我也正式被逼到了一个走投无路的境地。

一灿出现了。似乎察觉了这就是最后的死胡同，他的脚步也慢了下来。

人心有时候真的很奇怪。可能是物极必反的缘故，那一刻我忽然变得极其平静。

该结束了吧，我想。烂操、大卫、嬷嬷、八达、排长、老蜗、锅炉……全都消失了。金氏虽然生死未卜，但肯定不会有空来救我，而我绝对不是一灿的对手。说真的我能一直跑到现在已经很逆天了。

不知道被咬是什么感觉。被咬后我是会变怪物呢，还是当场蒸发？想想还是蒸发了算了。变成怪物不能算是活着，省得去害别人了。

从我所在的角度，能够看到一间宿舍。那是春菜的宿舍，我曾经多次出入那里，度过了许多难忘的时光。嗯，临死前勾起美好的回忆，其实挺幸运的啊。

更多的美好回忆却是与415的各位共有的。各位，真没想到我们会是这样分崩离析收场啊。

想得越多，我越是悲伤，甚至升起了一种自暴自弃的感觉。

这么说起来，活了二十多年经历了许多事，却还没试过蹦极呢。横竖是死，不如选择新鲜点的方式吧。虽然这个蹦极注定是单程。

我向着天台边沿走去，毫不犹豫爬上了围栏，摇晃了两下才稳住身形，片刻觉

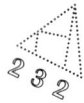

得有些可笑：都要自杀了还稳什么？话说回来，这高度还真他喵的吓人啊！

"再见了一灿。"最后的关头，我还是想做个有型的总结，"变成这样，我知道你也不想的，你一直都是很温柔的人。大家是好兄弟，我不会怪你。不过我也不想被一个男人啃到死，所以我决定自杀。"

让我意外的是，听了我这话，一灿却呆住了。原本已经摆出冲刺姿势的他，居然缓缓后退，表情满是不知所措！欸，奇怪了，没有理智的怪物会在乎我的死活？还是说，一灿的人性一面又开始占上风了？拜我那一番煽情的话所赐？

一灿的脸上甚至出汗了，他继续后退，不一会儿，就离开了天台。

……这就走啦？紧张感如潮水般慢慢退去。我可以认为自己死里逃生了吗？

这时我才意识到，自己仍然踩在危险的围栏上呢。我赶紧从上面跳下来。双脚重新踩到坚实的地面，我有想哭的感觉。

一灿还会出现吗？不出现的话，我接着该干什么？去找金氏？去找离开这座岛的方法？

我坐在地上胡思乱想着，同时警惕地看着门口。一有不对劲，我还是要跳的。

我万万没有想到自己会听到接下来的声音：

"段段——"我全身一震，猛地跳了起来！那是嬷嬷！是嬷嬷的声音啊！

嬷嬷还活着？他还活着！对啊，我并没有确认他的死亡，知道的只有他跑进厕所后一阵惨叫。那也许是他在害怕，未必就是遭到毒手了啊！虽然我想不出嬷嬷是如何脱险的，但此时此刻能听见他喊我，我的眼泪都流出来了！

嬷嬷出现在了天台上。真的是他！那张又受又帅的脸配上胸肌，真是令人怀念的违和感！嬷嬷张开双臂向我跑了过来，我也毫不犹豫朝他跑了过去！喔喔！两个只穿泳裤的男人就要热情相拥了！世俗眼光都去 shi 吧！这么激动人心的场面不抱一下还让人活吗！

……

靠近嬷嬷的刹那，我觉得全身一软。而嬷嬷的手按在了我的肚子上。

"对不起啊，段段。"嬷嬷勾勾嘴角，冷笑，"其实我是最终 Boss，你没想到吧？"

怎么会……这样？！不等我再多问一句，世界已经模糊，这就是……死亡的感觉？

骚年派的脑内漂流　07

"喔喔，醒了醒了，总算醒了！"

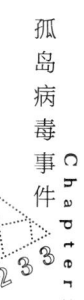

"真是难搞的家伙啊!"

"居然闹到要自杀,服了你!"

我缓缓睁开眼睛,看到的是一个狭小的房间。我的头上戴着一顶奇形怪状的帽子,上面延伸出许多金属线,而在我的床边,是嬷嬷与一灿,他们同样戴着那顶帽子,上面的金属线跟我头上的紧密相连。

至于415的其他人也都在,老蜗、排长、锅炉、八达、大卫,在我身边围成一圈。隔壁床上躺着金氏。喔,有个人不在,烂操不在。

所以这是在闹哪样啊?我正大惑不解时,一扇门被推开了。一位目测医生模样、穿着白大褂的男人边吃鱿鱼丝边走进来,看到我就说:"喔,你也回来啦。"

"段段,这是我哥。"排长引荐道,"他是个医生。"

我努力地拼凑记忆,确实是见过这个男人的。我不是说过吗,现在是大一的暑假,排长邀请我们全员来他家避暑,住的就是他哥提供的房子。话说这趟合宿真是愉快啊,自己做饭、唱歌、爬山、游泳、坐船出海……坐船出海!

那就是一切的起点。船翻了,我们全都落水了,然后漂流到了那个恐怖的岛屿!在那里的经历顿时全部复苏,我惊恐地看着排长他们。

"我来解释一下吧。"排长的哥——我们就叫他连长吧!连长说:"你现在是在一家医院里。你们溺水后就被送到这里来了。五个人抢救醒来了,还有五个昏迷不醒。"

我立刻想到了岛上的势力分布。我、八达、金氏、锅炉、嬷嬷,不就是五个人?

"你们当时估计一只脚已经踏进鬼门关了,要救你们,已经不能用一般的医学方法了。"连长侃侃而谈。

"那……要怎么办?"我问。

"别看我是这家伙的哥哥,"连长指指排长(排长画外音:什么叫这家伙),"我可是以诺贝尔奖为目标的。目前也正参与研究政府拨款的一个秘密项目,因为很前卫,所以不能对外公开。但事关弟弟的朋友们的性命,也只能破例试试。"

连长指示我看一台仪器,那是医院里非常非常见的、用来捕捉脑电波的仪器。如果上面的波形呈一条直线,就说明人已经挂了。

"透过研究脑部活动信号,我们可以破译出一个人在想什么。反过来说,如果能够人为地输入某种信号,就能够反过来影响一个人的脑部活动。"连长说,"你可以理解成,为一款游戏编写代码。只是形成的画面不在屏幕上,而在你们的脑子里。"

我恍然大悟:"这么说,那个无人岛其实是个只存在于脑海里的世界?!"

"你的理解力不错。"连长看到我的表情,表示赞许,"因为时间仓促,我来不

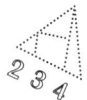

及为你们编造更复杂的世界观,就草草弄了个岛。然后你们的脑子里有关于自己学校的现成资料,我就借用了一下,所以岛上还会有个学校。"

"为什么要这么做?"

"因为你们当时都快死了。要让你们活过来,就必须最大限度地激发你们的生存欲望!"连长解释,"人只有被放到难以理解的环境,才会恐惧,才会不安,才会产生活下去的本能。你想想,如果这个时候再出现一群要你们命的怪物……不过怪物编起来太麻烦了,时间不等人,我就把你朋友的脑子与你们的连接在一起,让他们来扮演怪物好了。"

"不对啊,既然是虚拟空间,为什么我们还会感觉到疼痛?"

"因为疼痛同样是一种信号。我只要编写代码、刺激你的大脑,就能够让你产生痛感,有了痛感才真实。顺便说一下,扮演怪物的那几位之所以运动能力超强,同样是代码的效果。当然,如果他们怎么都杀不死,也会削弱你们的斗志,所以他们被设定成一旦遭遇了致命打击,也一样会消失。"

"可是何必要那么麻烦?为什么不直接告诉我,我其实昏迷着,不快点儿醒来就会死?"

"你以为生存欲望靠嘴巴说说就能激发的?当然是必须靠真刀真枪!危急关头人才会迸发意想不到的能量啊。"

连长兵来将挡地解答着我的疑问,渐渐,我的思路越发清晰。各种不自然的地方,此刻纷纷触类旁通。

因为病毒根本是鬼扯的玩意儿,所以我们被咬了都没变成怪物,而是"人间蒸发",也就可以理解了。那其实不是蒸发,是醒来了吧。比如八达,他在坠楼的时候蒸发了。那一刻,他想活下去的欲望必然是达到了顶点。

锅炉工为何在没被"感染"的情况下消失,也可以理解了——他那时候太害怕了,想要活下去的欲望已经足够,不需要借助"被杀"的步骤,就足以回归现实。

"我超想当怪物的,却抽到了一个下下签。"大卫发牢骚,"他们让我扮演一个濒死的角色,用悲壮的遗言鼓励你们坚持下去。"

"所以连出场都没有的烂操到底是……"我问。

"喔,他发现这个医院有个护士很漂亮,就去泡她了。只好把他设定成早就挂了。"排长说,"还是我够意思吧?整部戏有一半是我在带啊!死也死得很干脆!"

……此刻我只想诅咒烂操屌丝一辈子。

"我一直非常想玩这种真人扮演的游戏。"游戏狂魔老蜗瞪着一灿说,"结果这

家伙突然杀出来,把我的乐趣剥夺了!"

"偶竟去滴四间太网了(我进去的时间太晚了)。"一灿不好意思地说,"一到辣里,就抗到里要撒他蒙,偶就条件晃色(一到那里,就看到你要杀他们,我就条件反射)……"

所以一灿把老蜗干掉什么的,只不过是他当时还没有进入状况而已!不过一灿还是很聪明的,他迅速编了一个"人性与兽性的抗衡"剧情来交代这一段,然后就非常自然地过渡到了屠宰我们的模式。最后知道真相的我眼泪掉下来……

这时嬷嬷开口道:"其实我确实是在厕所里被排长干掉了。醒来后,他们简单告诉了我整件事。不久一灿退出游戏,告诉我们你要自杀。"

"自杀代表放弃,跟求生欲望没有一毛钱的关系。你当时要真跳下去了,就真的得死了!"大卫说,"这就非常难办了。逼你吧,你会寻死;不逼你吧,你又醒不过来。"

原来这就是后来嬷嬷出现的原因啊。我没有目睹过嬷嬷的死亡,所以他的再登场就比其他人更有说服力。说服力是很重要的,一旦我开始怀疑这是个局,紧张感就会降低,求生意志也会趋于薄弱。

嬷嬷的出现,再次激起了我活下去的决心——谁会在看到仍旧在生的老友时仍然想着死呢?从本来打算自杀的绝望到重新充满希望,这之间有着巨大的落差,正是这高涨的求生欲望,让我最终从那个世界消失,活了过来。

"这么说来,我不是被你杀掉而回来的。"我问嬷嬷,"那你最后干吗要说你是Boss?"

"人家,"嬷嬷含羞,"人家难得玩一次Cosplay,总会想耍酷嘛!"

……是不是所有的男生都这么蠢?不要随便在毫无意义的地方寻找浪漫啊魂淡!

不管怎么说,这个计划成功了。我要感谢连长,感谢努力救我的各位。想不到能以这样的方式体验一把国家秘而不宣的高科技,真是赚到了。要说唯一的遗憾,那就是我从头到尾扮演的都是个受害者。其实我也很想体验一把扮怪物是什么滋味啊!

"看你们这么皆大欢喜的,我也很高兴。"连长这时说,"不过,你们好像忽略了一个人。"

他指了指隔壁床的金氏。对喔!金氏还留在那个无人岛上没有回来啊!尽管他被排长咬过,但显然这胖子皮糙肉厚,不至于因此产生死亡阴影,那也就不会有足够的生存欲望让他醒来。不出意外的话,他还在那片海滩上痴痴等待着我们归来吧!

我和锅炉工、八达对视了一眼,彼此的表情心照不宣。还等什么呢!是时候上

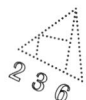

演苦逼的逆袭了！

"这个胖子就决定由我来虐吧。"我说。

"不不，别跟我抢，金氏是我的。"八达说。

"别争啦,金氏那么肥,一条腿就够我们玩一晚上了！"锅炉工大叫,"出发吧！"

……

一阵奇妙的恍惚之后，我们这三个前受害者，又再次回到了那个无人岛的海滩，并且第一时间看到了正躺在那里做日光浴的金氏。我们非常努力地控制住自己的表情，这是很严肃的演出，可不能笑场啊！忽然有点理解排长刚出来时的"似笑非笑"了呢……对了，应该摆个比较恐怖的Pose。什么样的呢，就决定沿用排长他们的创意吧！

我们装模作样地把眼睛瞪圆，把脖子歪向一边，晃晃悠悠地走近金氏……

平行爱恨事件
chapter 13

Tales of the Unusual Youth
415

室友大叔忽然问我："你大学时有喜欢的人不？"

我说："当然有啊。"

"那你表白过吗？"

我沉默。

"没有表白？为什么？"

继续沉默。

大叔便仿佛懂得了什么，轻轻一拍我的肩膀："不想说别说了，我了解的。"

想不到这个粗枝大叶的家伙竟也会表现出这样的体贴，我不禁感激而抱歉地对他一笑。

"你上大学的时候，社会对 Gay 的宽容度还没那么高，你选择不告白是正确的。"

……谁告诉你是因为那种原因啊！

01 男人至死也是男孩

我大学里最亲密的女性朋友是春菜。

我们相逢在黑夜的铁门上。她有她的，我有我的，方向。当时的情况是我们下了一节晚课，准备返回宿舍。原本穿过一扇铁门就能抵达宿舍区的，结果万恶的校工已经把门锁了。许多人只能绕远路。但我们 415 不是墨守成规的主儿，于是除了胖到果真爬上去只会把整个门压塌的金氏之外，其他人都身姿矫健地翻了过去。其中排长因为太瘦，几乎可以从栏杆的缝隙中直接穿过。

我翻过去的时候，看到春菜在不远处看着我们，有点羡慕的样子。显然她是不想舍近求远的，但身为女孩子怎能随便翻墙？见她那么犹豫，此前几乎没跟她说过话的我情不自禁地鼓励道："过来吧，我罩你！"

后来春菜真就在我的帮助下过来了。后来我们就成了最好的朋友。

我和春菜走得非常近。我可以随意出入她的宿舍甚至在那里洗澡，可以坐在她的床沿跟穿着睡衣躺在被窝里的她聊天，可以很自然地给她打饭然后一个碗里吃。春菜在校外联部任职，有什么工作都爱拉上我帮忙。我们总是在旁人的视野里出双入对，总在各种课余时间到处乱逛乱玩。我甚至曾经带春菜回家留宿，甚至曾与她一起外出旅行……

总之一切不知情的人眼中，我们的关系都绝不可能是闺蜜这么单纯。而就算是知情人，也时不时怀疑我们其实在搞地下恋情。

然而我和春菜却不是男女朋友，真的不是。尽管我们比男女朋友还要熟悉彼此。我知道春菜中学时交过一个男朋友，后来他们考上了不同的大学，那个陈世美去了北京，一个月内就另结新欢把春菜给甩了。而我们学校里追春菜的一直很多，比如一个来自银川的昵称叫"小猫"的帅哥学弟。在许多人看来，我如此近水楼台却没有先得月，实在很不可思议。

415的各位经常问我，你喜欢春菜吗？为什么不跟她告白？我则每每高深莫测笑而不语，要么就打着哈哈混过去，不想多谈。

追一个女孩子，尤其是追求一个优秀的、漂亮的、受过感情的伤因而有了些许洁癖的女孩子，万一不成会引起怎样的质变，你们没有我这样的玻璃心，你们怎么能理解？

所以那么长的时间里，我和春菜都亲密地交往着，谁也没有擅自越过那条朋友以上、恋人未满的三八线。

闲话休提，却说那是大二的寒假。415天各一方，除了偶尔在QQ群里聊天或者给对方来一发短信之外，没有什么联络。这是很正常的，如果男生之间要好到如胶似漆片刻不能分离，那才变态呢！也或许，那时我们总觉得大家凑一起玩的时间还很多，却没有想过一旦真的毕业了，联系会变成一件奢侈的事。

待在家的日子，除了415的贱人们之外，和我联络最多的，当然就是春菜了。

"……问你家里人好。特别是你那个可爱的妹妹。那就酱，先挂咯。"春菜说完，放下了电话。我听着那边传来的嘟嘟声，颇有些怅然若失。

我们隔三岔五就会这么通一次电话，漫无边际地乱聊。再过一星期就开学了。开学不久就是情人节了。在这个各种告白的日子里，是不是应该做点什么，成为我

近期的心病。

不过，能做什么呢？这还真是一个窝囊又扫兴的问题，还是不想了吧。当时正是午饭后，我看外边天气不错，就披上外套，出去散步了。

我家住郊区，大学则在更郊外的另一个区，两地之间大概有半小时的车程。愿意的话我甚至可以通勤上学。我家附近有一个很大的造船厂，但已经废弃许久了，听说再过一阵子，就会被夷为平地，盖楼房用。

那个造船厂是我童年的美好回忆，小时候我跟小伙伴常进去玩的。钻到反扣的水泥船里捉迷藏、用冰凉的沙子盖着身体睡午觉、抓着吊臂垂下的铁链荡秋千什么的，都是生活娱乐匮乏的穷逼才能体会的浪漫。

我这人有时候就是会突然陷入某种情怀里无可自拔。当时就觉得我应该做点什么来纪念这个即将泯灭的场所。最后我选择了爬过那扇生锈的大铁门，我要故地重游一番。

有多少年没有来这里了呢？超过十年了吧。造船厂已经改变了太多，记忆中的绿树红墙被爬满青苔的残垣取代，密布的船只更是一艘都看不到。传达室、办公室、仓库……所有的建筑物都跟鬼屋一样。我诗意的怀旧情结就这样被现实无情地强暴。真是太物是人非了啊。

说到了鬼屋，这个造船厂里还真有鬼屋呢。

话说厂子的最内侧，耸立着一栋木屋。从我记事起，那木屋就是一张怨妇脸。外表黑压压的，窗门永远紧闭，带给年幼的我们许多联想，比如里面住着幽灵巫婆吸血鬼什么的。我们也曾玩过去鬼屋探险的游戏，每次都是走到近前就被吓回来。爸妈说那里以前是给管理人员住的，真的？反正多年以来，"鬼屋"都在我的记忆里扮演着一个神秘的角色。

现在我已经长大了，不需要在父母的陪同下也可以欣赏某些可能会令人反感的物品了。我还会怕鬼屋吗？我径直来到了那货面前。

木屋仍在，经过了多少年的风吹雨打，几乎摇摇欲坠，木料全面腐朽，各种阴森可怖。我踩着台阶走上去，脚下传来木地板特有的触感。推推门，还是关得很紧，但窗户掉下来半扇，我索性爬了进去。

喔喔，小时候的我啊，你看到没有，我做到了你不敢做的事情！我现在是个很勇敢的大人啊！那一刻，我的内心如此呼喊着。

木屋内部无比压抑。灰尘多得像世界人口一样，墙角满是蜘蛛网，有几样简陋而破烂的家具寂寞地窝在一旁。总共十平方米不到，也没有隔间，不到两秒就参观完了。真不知道小孩子在怕什么呢。

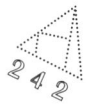

我随便转了两圈，弥补了童年的遗憾，这令我感到充实，但这么大个人还干这种无聊事，又让我觉得空虚。还是回家吧，我想。

我没有爬窗，而是推开门走了出去。迈出木屋的瞬间，我眼前一花——

我直接出现在了家里。

春菜是什么菜

我出现在了我的家里。我的房间里。我的电脑桌前。

……上一秒我明明还在造船厂的破木屋那儿，怎么现在就来到了这里？！

有些什么怪事发生在了那间木屋里——这是最自然的想法。作为一个资深动漫宅与幻想文学创作者兼身经百战的415舍长，我明白无误地了解了这件事。难道那是一座能送你去任何想去的地方的屋子，就像哆啦A梦的随意门一样？

我正在兴奋，房间的门开了，门口是我的妹妹。

刚才她可是看着我离开家的，而这会儿我不声不响就回来了，她必然很吃惊吧！想到这点，我不禁得意地笑了。

"笑什么啊？"妹妹莫名其妙，"有炸南瓜饼，要不要吃？"

"你不觉得我突然就回家了，很神奇吗？"我问。

"你刚才不在家吗？"妹妹翻着白眼，"我一下午都在客厅看电视，就没见你出去。"

我稍微有点意外，但转念一下，这孩子肯定是记错看漏了，她还小嘛。话说回来，妹妹真可爱，呵呵呵。

妹妹出去后，我掏出手机，就想随手给春菜发个短信，内容已经想好了："我又遇到一件怪事了！搞不好待会儿能去看你喔！"

如果那屋子真有瞬间移动的魔力，我当然是能够去到春菜的老家的。

但这时我感到了不对劲——我的手机里竟然一条春菜的短信都没有。

我们宿舍的容嬷嬷有把他跟心上人武则天的短信每条都抄在本子上珍藏的爱好，我没有，不过我一般也都不删春菜的短信。每次要给她发短信，就随便点开一条回复。这会儿春菜的短信怎么一条都没了？谁删的？

我又去看发件箱，也没有记录。再看通讯簿，太怪了，春菜的名字不见了！就算我不小心清空了所有短信，我怎可能删掉春菜的号码？

我呆了一会儿，赶紧上QQ。不出所料，QQ上也没有春菜。春菜的头像和网名我太熟了，绝不会记错。

　　415 的宿舍群还在一闪一闪。我打开，看到贱人们正在聊天。嬷嬷问："一灿你什么时候回学校？"

　　一灿说："就这几天吧。"

　　"呜……"

　　"怎么了你哭什么？"

　　"好久没见你了，特怀念你的普通话，可偏偏你打起字来那么标准……"

　　"……对八起。酱费八费吼点（对不起，这样会不会好点）？"

　　……嗯，一灿真是太温柔了。要把他这种福建与广东的混合口音用文字表达出来是多么不容易的事啊。但现在不是说这个的时候，我问："春菜的号码谁有？"

　　"哟，段公子。"大卫说。

　　"段段，想念我烧的开水不？"锅炉工也冒了出来。

　　"段段！老排都快死的人了居然还抠门不给我们发压岁钱你来评评理难道钱是可以带进棺材的吗……"金氏躲在一个生气的表情后面大放厥词。

　　"死猪皮又痒了是吧？回去扁你！"排长发出一个痛扁人的表情。

　　"听别人说话啊！"我打断他们，"给我春菜的手机号码，Q 号也行！"

　　我没想到会收到这样的反应。

　　"春菜是什么？"容嬷嬷问。

　　"那种可以吃的蔬菜？"烂操问。

　　"旅滴？力本淫？（女的？日本人？）"一灿问。

　　"靠，我们的同学啊！跟我很好的那个！"我说。

　　"段段，你怎么净说些人类听不懂的话。一定是寂寞了吧？来，这时就用嬷嬷代替吧……"排长说着发了一张上次我们集体去海边玩时拍的嬷嬷的裸照，当然是只有上半身的。

　　"糟老头！看招！"嬷嬷不甘示弱地甩出另一张排长的半裸照，那根根分明的排骨，醒目得好比搓衣板上的道道凹槽。

　　我再说什么也没人理睬了，415 群里展开了一场无节操刷屏大战。暑假合宿时我们拍了不少对方的艳照，从此那成了群里相互攻击吐槽时的利器。大冷天看这种泛着肉光的照片简直想打喷嚏。

　　我默默关掉这个变态的群，然后陷入深思。他们刚才的话是什么意思？我跟春菜的关系人尽皆知，他们为什么搞得一副不认识她的样子？这……跟我忽然失去了春菜的联络方式有关吗？

415的家伙们凑一起就没正形，我想还是得问问更靠谱的人，于是我给林姑娘打了电话。她是春菜的室友，也是我们的学姐。谢天谢地，她的号码还在。

"喂。"林姑娘熟悉的声音。

"林姑娘你好，是我。新年快乐啊。"我寒暄着。

"嗯，新年快乐。"林姑娘的声音听起来不是很亲昵。她本来是个爽利的女孩，喜欢管我叫"部长"，这是因为我对春菜非常照顾，她们就戏称我是后勤部的，"有什么事吗？"

"我想要春菜的QQ号和手机号。"

"什么？"那头的声音很疑惑，"谁的？"

"春菜啊。"

"我不认识这个人。"

"……不会吧，她跟你一个宿舍的。"

"不知道。"林姑娘有点不耐烦，"没事了吧？"

"等等，林姑娘，你真的不是开玩笑吧？！"

"开玩笑的是你吧？"

至此，我真的蒙掉了。林姑娘可是个正经人，但她也否定了春菜的存在？为什么这个世界忽然没有了春菜？

这个时候，我想起了那座忽然把我送回家的小木屋，难不成和它有关？难不成，我通过它来到了另一个世界？这里的一切都跟我的世界相同，也有一个我，也有妹妹，也有415，也有林姑娘……可就是没有春菜？！

这个假设的确说得通：我一来到这个世界，就取代了这边的我，当时他大概是在家里，所以我才会瞬间被传送到家里。所以妹妹才会觉得我从没出过门。嗯，这就是穿越小说里很经典的"魂穿"嘛。

这种世界有一个非常著名的称谓：平行世界。

那个小木屋，居然是连接两个世界的纽带！

春菜在哪里呀春菜在哪里

按理说，事情非常好办——我再去一次那个小木屋，只要我推测没错，我就能回到原本的世界。

但是我不想这么快离开这个世界。有一件事实在让我很在意：究竟春菜是真的不存在于这个世界，还是存在，只是我们不认识她？

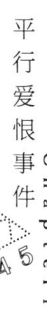

按说那是不关我的事情的，我只要确保原本的世界有春菜而她认识我，就够了。但不知道为什么……就是很想知道，这个世界的春菜是怎样的。

我想去找春菜，问题是怎么找她？貌似我的生活圈子不能提供什么线索。我知道春菜的老家在邻市的一个县城，但光凭这个不足以找到她。

这个时候我忽然灵光一闪——前不久，春菜曾让我帮她老乡网购个东西，我虽然没有春菜的确切家庭住址，却因此有那个老乡的！老乡不就是用来钓老相好的吗？如果找到那个老乡，是不是能顺藤摸瓜找到春菜？

半个小时后，我坐上了前往那个小县城的长途车。路上大概得花两个小时，我百无聊赖，就开始回忆与春菜相处的点点滴滴，想着想着，还有点莫名的难过，简直跟赶去见人家最后一面似的。

那个县城的确不大，我轻而易举就打听到了春菜老乡的家怎么走。太阳眼看就下山了，我干脆雇了辆三轮车载我去。

终于来到老乡的家门口时，我不禁紧张起来。敲门之前，还稍微深呼吸了一下。

门开了。露出一张略带狐疑的年轻脸庞。我断定她就是我要找的人，春菜那个名叫"曲子"的老乡。

"你是曲子吗？"

"你是？"曲子点点头，盯着我。

"我是春菜的朋友。"

我真担心她也问我"春菜是谁啊"。所幸，她说的是："噢，春菜的朋友。"谢天谢地，她知道春菜！果然这个世界也是有春菜的！突然好高兴喔。

"春菜的朋友为什么来找我？"曲子问。

"呃，其实我是来找春菜的。我不知道她的地址，但她告诉过我你的地址……"

曲子看我的表情充满了狐疑。事实上我也觉得这种迂回的找法很奇怪！但事到如今也只能用气势与诚意来让她接受了。

结果曲子忽然指着我，"啊"了一声，恍然大悟的样子。不知道她想起什么了。总之接下来，她很干脆地帮我指了路。道过谢后，我拔腿就跑！

天已经黑下来了，好在春菜家离得不远。我又走了十分钟，看到一栋小洋楼。在这个小县城，算是挺鹤立鸡群的存在了。我正想着该怎样敲开这家人的门才显得不太突兀，就——就看到了春菜！

春菜，穿着一身白色的羽绒服，戴着一个粉红的耳罩，跟一个目测是她妈妈的人一起，提着购物袋向这里走来。

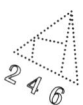

"阿春！"我激动地喊了一声。我跟春菜之间有着限定版的昵称。我叫她阿春，她叫我阿福。

春菜和我打了个照面，脸上露出了惊讶的神色，皱眉看着像头牛一样跑到她面前的我。

"阿春，看到你真好！"我说。

"你是谁？我不认识你。"春菜冷漠地说。

"啊……"我这才发现自己忽略了很重要的一点，顿时不知所措。

春菜想绕过我，我情不自禁地抓住了她的手。

"嘿，不要拉拉扯扯的！"春菜叫道。她妈妈在一旁看得惊讶极了。

"你……真的不认识我？"

"不认识！神经病！"

居然骂我神经病……虽然我们的相处过程也不是完全没矛盾，但被这么骂还是头一次……我有点受伤。

"你不认识我，我认识你。"我只好这样说，"你现在在哪里上学？对了，我的名字叫……"

"够了。"春菜忍无可忍，"你到底要干什么啊？"

"……我也不知道。"我苦笑着，碎碎念道，"但我不是可疑的人。我和你其实是非常要好的，你帮过我很多，和你一起很快乐，你是我非常重要的……"

现在想想，我似乎是想要在这个春菜的身上，彩排一种名为"失去"的心情？反正她不认识我，就让我把想说的说个痛快吧。

但我忽然发现春菜正盯着我，她的眼睛不知什么时候蓄满了泪水，她忽然问："你喜欢我吗？"

"……"我条件反射般点点头。

然后，春菜就没头没脑地将她手里那一大袋东西朝我砸了过来，薯片棉花糖炼乳可乐什么的纷纷在我头上开花，春菜的妈妈发出不知是心疼还是惊恐的尖叫。春菜一边狠捶着我一边骂道："现在说！现在说！现在说这些有什么用啊？！"

……啊咧？！这是什么情况？这是什么台词？我还没反应过来，春菜紧紧抱住了我，放声大哭。你不是不认识我吗？不要随便抱陌生人啊！

这只是一个小地方，所以春菜这么激烈的闹法迅速引起了左邻右舍的围观，那些目光令我尴尬不已。这时目测是春菜老爹的人从楼上探头出来了，他威严地喝问："这小子谁啊？"

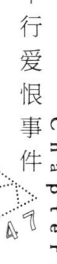

"看起来,"春菜老妈耸耸肩,"是那个甩掉你女儿的臭小子。"

……什么情况?!

CP 可逆不可拆

我犯了一个天大的错误。

这个世界的春菜并不是不认识我,只是……跟我吵架了。嗯,情侣间的那种吵架。

……情侣!这个世界的我和春菜是一对!是一对!是一对啊啊啊!

但他们在寒假开始前分手了,这是我后来知道的——分得相当轰轰烈烈。貌似还是这边的我提出来的,当时他还对身边的人发布了诸如"以后不要再在我面前提起春菜,就当没有这个人"之类的二逼宣言。于是就可以理解,为什么在我问 415 的那些家伙和林姑娘时,他们会是那种反应。现在想想,排长他们也许是在落井下石,林姑娘则多少有点为春菜打抱不平的意思吧。这么说来,那个曲子大概也知道我们"分手"的事。

不过这边的我也的确做得挺绝的。跟春菜分手后就清空了一切与她相关的痕迹,包括手机号码和 QQ,害得初来乍到的我一头雾水。

话说回来,老是"这边的我"、"这边的我",叫起来挺繁琐的。给丫起个代号吧。该叫他两色 2 还是两色 B 呢?还是两色 2B 呢……好像不小心做了侮辱自己的事情。好吧,我的外号是段公子,那就叫他段郎好了。

既然这样,也有必要为这边的春菜起个代号,毕竟她与我认识的那个春菜还是有区别的。嗯……就叫她冬笋好了。

总而言之,段郎和冬笋的爱情(为什么写出来有种诡异的感觉)因为我稀里糊涂的乱入而破镜重圆。其实这也是应该的。因为冬笋本来就没有完全放下段郎吧,现在看我千里迢迢跑来她的家乡,还说了一大堆掏心窝子的话,身为一个女孩怎能不被感动呢?至于她完全没发觉我和段郎不是同一个人……也不能怪她。

那天晚上,我是在冬笋家留宿的,压力真不是一般的大啊,因为冬笋在与该死的段郎分手后相当低潮,连带着她家人都对我很有意见。不过现在既然和好了,冬笋那个可怕的父亲也就没有为难我。

"年轻人吵吵架都是正常的,但过头的话千万别说!"冬爸说。

我惶恐地点点头。

"冬笋你也有不对,你也要反省。"冬妈各打五十大板。

冬笋嘟了嘟嘴。我从未在春菜脸上看过这种傲娇的表情,这到底该算是冬笋的

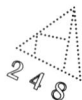

专利，还是春菜身上我尚未勘破的秘密？

冬笋很可爱，我不明白段郎为什么会想跟她分手。

到了睡觉时间，我被安排在一间宽敞干净的客房，甚至换上了一套新睡衣。冬笋穿着毛茸茸的睡衣帮我张罗，刚才那哭惨了的模样已经荡然无存，脸上的笑容甚至带点儿小女生的妩媚，那是只在喜欢的人面前才会流露的。

我心跳加速。

"怎样呀，被我老爸教训的感觉？"冬笋笑嘻嘻地问。

"……我罪有应得。"我替段郎说。

"知道就好。"冬笋挽住我的胳膊，"那以后要对我好一点。"

"啊咧……"我情不自禁地点头。

"那么，早点睡！"

冬笋说完，又做了一件对我有着里程碑意义的事情——她飞快地在我的唇上印下一吻，然后蹦蹦跳跳地跑了。

在那一吻之前，我一直很理智地提醒自己：这是段郎的世界，不是我的。冬笋不是我的女朋友，我认识的那个人叫春菜。

但是，但是，那一刻我认真地觉得……

在这个世界，好幸福！

如果没有遇见你，我将会是在哪里

我在冬笋家待了三天才离开。

是的我知道，我本该立刻前往那座小木屋的。如果顺利的话，也许就会回到自己的世界。这么一来，段郎会不会重新出现，虽然我没有把握，但至少道德上不会有乘人之危的感觉。

可我仍然待了三天！那真是如梦似幻般的三天啊。白天，冬笋带我游览她的家乡；夜晚，我们一起聊天看电视。我们动不动就相视而笑，走到哪儿都十指紧扣。我完全进入了段郎的角色，反正我除了不具备他跟冬笋的交往经历外，别的都一模一样。

要不是再这么腻在女朋友家里实在不像话以及快要开学了，我还真舍不得走。我们依依惜别的情景感人至深。背景音乐一会儿是"送你送到小村外有句话儿要交代"，一会儿是"你快回来我一人承受不来"。

我没有回家就直奔造船厂。过程无须赘述，总之我再次见到了那个破木屋。

要做些什么，我也不知道。之前我只是进屋、出屋，就来到了平行世界。现在我同样进屋、出屋，是不是就能回到原来的世界？

事实果然如我所料。只不过我出屋后，再次体会了眼前一花的感觉，然后发现自己在一个书店里，手上还捧着一本书。

呃……我这算是，回来了吗？

我看看身上穿的衣服，不一样了。从口袋里掏出手机，轻易找到了春菜的号码以及跟她的短信记录。没错，这里是我的世界！

高兴之余，我想我可以进一步完善这个平行世界的穿越法则了——任何人只要通过那座小木屋，就会与另一个世界的自己互换！

我待在平行世界的时候，段郎其实跑来了我的世界。我扮演他的时候，他也在扮演着我。瞧，他这会儿正在逛书店呢。而当我回来的时候，我又取代了他，所以变成了我在逛书店。

——会很难理解吗？反正，我和段郎不会同时出现就对了。

我抬脚就回了家。不出所料，虽然我已经三天没回家了，但是家里人都没有表现出对我的思念。究其原因，如果不是段郎代替我陪着他们，那就是……我其实是捡来的。

不知道段郎这三天干了些什么？也许他帮我填了几个小说的坑，也许他帮我下了些我喜欢的漫画，也许他跟415那些家伙聊得很High……好吧，其实我关心的是，他跟春菜接触过？在平行世界，他跟冬笋分手了；而在这里，我跟春菜是闺蜜。他可不要把对冬笋的敌意带到春菜身上。

我打开了电脑，赫然看到桌面上有一个文本文档，题目叫：给我。

哦哦，真不愧是段郎，果然像我一样聪明！这个文档不是我建的，必然是他给我的留言了。我们只能通过这样的方式来对话呢。看来平行世界什么的，他也已经想通了。这样的默契真有趣啊。

我打开文档——

另一个我，你好。

不知道你什么时候会看到这篇留言。你能看到的时候，我估计也已经回去了吧。

其实我不是不知道该怎么回去——我来到你们这里时，出现在了一座小木屋前。我发现这里的一切都跟我的世界一模一样，只在某些地方有偏差。我于是想到了平行世界的可能性——你懂的，我们都是有想象力的人嘛。

我想关键就是那座小木屋吧。不过我不急着回去，一来这种经历多难得啊，你

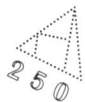

也会很想多体验一会儿的；二来，我发现我很喜欢你的世界，因为这里的春菜跟我只是闺蜜关系，而不是男女朋友。

在我那个世界，我和冬笋已经交往半年了。刚开始确实非常好，就像你和春菜那么好。时间久了，矛盾就出来了。我们开始常常吵架，分了合，合了分。说真的我非常后悔。早知道我们会沦为这样的关系，还不如一直就当她的闺蜜。

终于我下决心彻底跟冬笋分手，我删掉一切跟她联系的方式，还警告身边的人不许再跟我提她。这个行为够二逼的吧，许多人都骂死我了，可我还是觉得该分。既然我不是个好的男朋友，那就别耽误人家了。可悲的是分手后的我们连普通朋友都做不成了，我也过得非常痛苦啊。

所以你知道，为什么我会说喜欢你的世界了。我真佩服你能把持得住，只跟春菜做闺蜜。听我的，你做得对。这几天，我也有跟春菜打电话、聊QQ什么的，很轻松啊，仿佛又回到了没有跟她告白之前。犯过的错有机会被纠正的感觉真好。

不过我知道我早晚还是得回去的，你也会想要回来的吧。我们是真正的"自己人"，不至于霸占对方的人生。好啦，跟自己说话就不要那么客气了。先酱！

我把这封信看了两遍。嗯，的确是我的文笔呢。我会告诉你们，其实我在回来前也给段郎留下了一封信吗？在那封信里，我劝他要好好对待冬笋。不过现在看来，段郎是真的不想跟冬笋重修旧好，我搞不好办了件坏事。

但我是真的非常不理解，为什么好不容易争取来的感情，会变质成宁可从没有开始过？

蜜月期碰上冰河期

我回来后的第二天，就是开学的日子。在家里养尊处优享受惯了，又要回到鸟不拉屎的学校去还真是不甘愿啊。但是想想又能见到415的那帮贱人和春菜，嗯，也没什么不好。

经过了一个寒假的滋补，金氏变得更肥了，他乐颠颠地将新衣服和零食往柜子里塞；过年吃了太多上火之物，烂操的痘痘更多了，密集恐惧症患者看他一眼能昏死过去；锅炉工不改勤劳本性，一来就快乐地烧水去了；容嬷嬷也发挥了他的老宫女本色，捋起袖子吆喝大家一起来做卫生；大卫拿出家乡的特产请大家吃，八达迫不及待地A了一堆放枕头下当储备粮；排长撩着所剩无几的头发去找眼镜娘一诉离

肠去了；而一灿则属于被许多妹子找上门来探望的对象；老蜗呢，不用说他已经打开笔记本，接着开始打在家没打完的游戏了……

新的一年已经到来，415却还是一如既往，这种一点进步都没有的感觉真……真赞呢。

"阿福。"听到门外传来的清脆叫喊，每个人都贼兮兮地冲我笑。这是每次春菜来找我时他们的固定表情。当然烂操脸上是屌丝特有的羡慕嫉妒恨。

因为我们宿舍实在是又脏又臭，所以春菜一般不进来，我就到门外去跟她聊天。看着春菜时，我脑子里冒出的却是冬笋。她们根本一模一样啊。只是冬笋和我牵过手，抱着我大哭过，嘴唇还曾经……唔哇哇，想着脸居然有点发烧。

"你干吗，冻傻啦？"春菜笑着说。

"没有，我是觉得……你胖了。发福了，你才该叫阿福。"我说。

"那我叫你阿春好了，你刚才一脸发春表情。"

"女孩子家居然使用如此不含蓄的词汇！"

"还不是你调教出来的？想当年我也是纯得出水……"

我跟春菜展开日常贫嘴模式，说着说着春菜感叹一句："你终于彻底正常啦。"

"正常？"我立刻想到前几天是段郎在代替我跟春菜接触。

"前两天你好像心情有点不好，不是很高兴搭理我。"春菜歪着头说，"也许是我想多了吧，后来就渐渐自然了。"

"是咩，那就好，恭喜你。"我打着哈哈。平行世界的事情，我没有打算告诉她。

这天剩下的时间，我们过得平常而融洽。收拾好东西后，我就跟春菜一起去附近一家我们都喜欢的小饭馆打牙祭了，说着更加滔滔不绝的话题，完了还去永辉超市采购一番……我表现得很自然，心里却很乱。一会儿想起冬笋，一会儿想起段郎说的，只做闺蜜是正确的。

就这样，又过了两天。两天后，我懒洋洋地躺在床上听许巍的新专辑，忽然间变成躺在了那座小木屋前的台阶上。

……啊咧，怎么又穿越了？

毫无疑问，这次是段郎主动的。平行世界的他通过小木屋，与床上的我替换了位置，所以我就顺理成章被替换到这里来了。

我爬起来，拍着身上的灰，发现脚边有一张纸，捡起来，发现是段郎的留言。这鬼画符一般的字看着多么亲切呀……我又得夸他聪明了，这样的确就能第一时间收到他的讯息了。

结果这是一封很不友好的信。段郎大骂我不该管闲事跟冬笋复合，他说他这两天

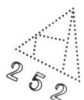

勉为其难尝试着与冬笋重新开始,却很快又为了一些小事吵得不可开交,于是他再次哀叹"不如从没告白过"。他认为这都是我害的,于是憋着一肚子气跑到我的世界来了。

说真的我很晕。到底是因为我太没有恋爱经验,还是段郎脾气太差了?难道初恋跟热恋真有那么大区别?

但我没有着急返回原来的世界。我想见冬笋,她刚又跟段郎大吵一架,肯定很难受,我想我有责任安慰她。

——冬笋就是春菜,我这样对自己说。

——冬笋跟春菜是两个人,心里又有一个声音这样提醒着。

唉,乱死了。管他呢。

我又在平行世界待了两天。

两个世界的时间轴的确是一模一样的。我那边开学了,这边也开学了。415的成员设定也没差。容嬷嬷忙着讨好武则天,小苹果依然是那么受欢迎……马上就到情人节了,校园里蠢蠢欲动的气氛也越发浓郁。

关于段郎与冬笋的矛盾,在我出马后轻而易举就化解了。方法超简单:认错、道歉。虽然不知道他们在吵什么,但反正都是我不对就是了。想到自己是在扮演段郎,我也没有什么好委屈的。而冬笋大概也觉得脾气发够了,很快原谅了我。顿时我更加搞不懂所谓恋爱了,冬笋不难哄啊,为什么段郎宁可分手也不愿意迁就?明明他也有过以冬笋的喜怒哀乐为最优先的时期,是从什么时候开始,自己的感受变得更重要了?

我同样搞不懂冬笋。是不是恋爱中的女孩子都会有些自然而然的任性,在闹起来的时候端着架子不肯让步,仿佛我一哭全世界要为我落泪。可真到了和好的时候你又会发现,女孩子这样,不过是希望受到更多的重视。

本该是旁观者的我,渐渐产生了一种实习生的错觉。

跟冬笋在一起的时间很快乐。说真的,除了可以公然秀恩爱以及多了个名分外,那跟我和春菜的相处差不多。我们才不是那种逮着机会就上宾馆的凑牛蛮呢!尽管如此还是会有罪恶感,还是会觉得冬笋的一颦一笑该属于段郎。她把我当成了替身,就像我把她当成春菜的替身。

有一天傍晚,我跟冬笋在公园里吃外带全家桶。吃着吃着,她把脑袋靠在我肩上,说:"你不要再变了好吗?"

"什么?"我心虚地问。

"现在的你,就像我们还没开始谈恋爱的时候一样。"她说,"那时候你什么都让着我,宠着我,对我好,但是我们变成男女朋友后,你对我就没有那样的耐心了。"

"……"我无言以对。

"但是,我知道你还是喜欢我的,所以你还是会像这样对我。其实,我不是完全没有反省自己。可能是我把太多事情看得理所当然,忽略了你的感受,所以也怪不得你忽略我……"

"不说这些不开心的了。"我说。

"嗯!"冬笋抹去眼角的泪花,握住我的手,"以后我们不要再吵架好吗?我会改正自己的脾气,你也多包容我一些……"

我点点头:"好。"

但我脑子里想的是:真的该结束了。

再这么发展下去,我就要越陷越深了。我不属于这里的啊!

07 为你我做了太多的傻事,第N件就是让你去死

我回到了原来的世界。

眼睛一花,我又看见了那栋小木屋。这说明什么呢?说明我又一次"被动穿越"了。

来复习一下:如果我主动穿越,只要一出小木屋,就会瞬间跑到段郎所在的位置去。而段郎呢,就会被替换到小木屋前面来。

同样的道理,如果突然出现在小木屋的人是我,那说明主动穿越的那个人是段郎。说真的我有点意外,我还以为段郎会待在我的世界不想回来的,他这是想通了?

不过……我看看黑下来的天色,丫在这种时间回来,害我突然跑到这里来,还真让人困扰啊。

我离开造船厂,在路边等车好回学校去。这个时候,手机响了,是一灿打来的。

"段段。"一灿的口气前所未有的严肃,"有……有过费休息(有个坏消息)……"

"坏消息让你通知岂不是要误事吗?"我笑着开玩笑道。跟一灿相处久了,也变得比较能够分辨他的吐字,这要换了别人谁听得懂啊!

但一灿半点轻松的意思也没有,他几乎是字斟句酌地说:"村菜她……粗……粗四了(春菜她……出……出事了)。"

"哈?"

"偶梭八亲,她信债债医夜,里坏去(我说不清,她现在在医院,你快去)……"

结束了通话,我整个人慌得不行。这是在搞什么?为什么春菜忽然就入院了?情况这么严重吗?!

那种惶惶不可终日的感觉又来了。上一次,我穿越去平行世界,错觉春菜消失了时,心情也是这样的。不同的是,这次更要恐慌百倍!

当那辆蜗牛公交终于抵达春菜被送往的医院时,我几乎是从窗户直接跳下车的。路上我联系过林姑娘,知道春菜正在被抢救。手术室门口,春菜的姐妹们都在。因为我在她们宿舍出入得驾轻就熟,基本可以算是编外人员了。她们一看到我,本已通红的眼睛更红了,林姑娘更是直接靠在我肩上哭了。

一灿和林姑娘在电话里简单告诉了我一些事件的因果,现在面对面再听更多人补充,我总算大致了解了春菜的遭遇。那竟然与她的前男友有关!

春菜的前男友,我一般称他为陈世美——这位始乱终弃的历史名人在阴便当多年后,依然作为耻辱柱供许多男人前仆后继。我所知道的陈世美的情报都是春菜提供的,并不多,也就是知道他在北京一个体校念书。

陈世美原来想过要吃回头草的。寒假的时候,他去找过春菜,求她原谅。然而,春菜或许可以接受吵架后分手再复合,对这种吃里扒外的情况却坚持秉承"送我我都不要"的原则。陈世美为此死心不息,甚至在寒假结束后,跑到我们学校来死缠烂打。曾有人听见他跟春菜有这样的争执——

"为什么不能给我一次机会?我们曾经在一起那么多年!"

"你背叛我的时候,想过我们在一起多久吗?"

"你什么时候变得这么狠心……难道你交了新男朋友?"

"你没资格问。请你马上离开!"

"那个人是谁?该不是那个什么阿福吧……"

"神经病!滚!"

……

后来他们拉扯了起来。那时是晚上。陈世美白天来被春菜拒绝,晚上喝了点儿酒后卷土重来,却再次被拒绝。此君本是个体育特长生,人高马大,孔武有力,一怒之下居然给了春菜几个耳光,打得她从楼梯上滚了下来,头重重地撞到台阶上……

血从春菜的后脑勺漾开来。

发现春菜呼吸变得微弱后,陈世美酒醒了大半,他屁滚尿流地逃出了这个学校。很快,有人发现了昏迷的春菜。可想而知,学校骚动了一番。救护车与警车的鸣笛迅速响彻这个又小又破的地方。

——以上就是我根据后来了解到的情况所进行的事故还原。现在是可以较为平静地记述出来,可是在刚听到的时候,虽然不说天崩地裂,也的确曾感觉天旋地转。

"不要紧,没事的……"我安慰着林姑娘与其他姐妹。我是当时急救室门口唯一的男性,怎么也得起到一个稳定军心的作用,虽然我觉得,我比她们加起来还要心慌。我满脑子翻来覆去想的只有一句话:这太不真实了,太不真实了……

手术持续的时间挺长,越长就越让人心里没底。春菜的姐妹们是讲义气的,一个都没走。我看这样干等着也不是办法,就和她们说了声后先离开了,想说去给大家买点儿水喝。

让我难以置信的是,我竟然会因此遇见陈世美!

"喂……那个谁……"小卖部在医护大楼之外,我买好东西正要返回,听到暗处传来叫唤。

我停下脚步。当时天色已晚,夜路上人不是很多。当看清叫我的是谁时,我惊呆了!竟然是陈世美!我见过他的样子,在春菜的QQ相册里。照片上,他和她亲密无间,非常般配,能够直接把我对比成《生活大爆炸》里的莱纳德。后来春菜发现了这张忘记删的照片,无比火大地清空了整个相册。尽管如此我仍然牢记住了这个身高接近一米九的刚毅男子。

我没想到会在这种情况下见到真人。2D变3D,我的第一反应是朝着他冲了上去!

这个王八蛋!这个王八蛋!这个王!八!蛋!我把手里的一大袋矿泉水没头没脑地砸向他,"咚!"虽然陈世美及时护住了头,仍被砸得一个踉跄。袋子立刻破掉了。我就捡起一瓶瓶水继续玩命地砸。

"别打!别打!"犹如套马的汉子般威武雄壮的陈世美低声喝阻道。但谁他妈管你啊!想到春菜被送进医院时已经奄奄一息,我的眼睛都红了。

"够了!"陈世美忽然吼了一声,反受为攻,一下子把我摁在了地上。我一惊,稍微清醒了点儿,忽然发现丫如果要把我怎么样根本不存在体力上的难度。

"妈的……到底怎么回事?"我却听见陈世美犹如呜咽的声音,带着恼羞成怒,却掩饰不住的惊慌,"我做了什么,忽然变成罪犯了?"

"靠!"我挣扎着破口大骂,"你还敢问自己做了什么?!"

"我当然要问啊!我好好地待在家,为什么会突然跑到一座破房子前面?!"

尽管还在气头上,陈世美的话却让我愣住了。

自攻自受

"我的学校跟你们学校的开学时间不一样,直到今天我都还待在老家,不着急返校。

"晚上八点多，我正在上网，看 NBA，忽然眼睛一花，环境全变了！我出现在了一座陌生的小木屋前，四周围都是黑漆漆的！

"这是怎么回事？这是什么地方？我从没经历过这种事，当场就蒙了。好半天才弄清楚自己是在一个破工厂里。我翻墙离开了那里，来到有光线的地方，发现身上的衣服不知什么时候换了一套。

"我找到了一个车站。看了看站牌，这里竟然是福州，春菜读书的城市！我完全搞不懂为什么我会突然跑到这里来。接下来该怎么办？我对福州实在是太不熟了。春菜是我和这里的唯一交集，我忽然很有冲动去找她。

"其实，放寒假的时候，我就很想去找春菜了。但毕竟我……对不起她在先，拉不下那个脸。况且听说她已经有新男朋友了，那个男朋友还来找她了……总之直到她开学，我们都没见到面。现在我忽然出现在这里，我几乎要觉得是天意了。

"我知道你们学校叫什么，就跟等车的人打听怎么去，然后上了公交，大概半小时就到了。我下了车走进你们学校，沿途有很多人看着我。我本来以为是因为我个子高，后来却发现，他们的目光……不是太友好。有的警惕，有的紧张。不久，学校保安居然也朝我走来了，还有一些围观的人开始打电话，我听到其中一个是在报警！

"后来，从保安和一些路人的嘴里，我知道他们是把我当成伤害春菜的人了。也是那时候我才知道，春菜进了医院……这些家伙不知道那个犯人叫啥，也没见过他的样子，知道的就一件事：他个头特别高。靠，我这算躺着也中枪么？但很快我又发现，事情似乎不是这么单纯。因为有人跳出来指认我绝对就是那个犯人，从身高到长相一模一样！

"这到底算什么？！我非常火大，但是本身我出现在这里已经是很不合理的了，所以我又有点心虚。赶在他们真的把我抓起来前，我拔腿就跑！

"我的运动神经还是靠谱的，总算没被他们给抓到。但是没跑多远，我就听见了警车的声音。对了，刚才有魂淡报警了啊！我赶紧钻进小巷……总之就是七逃八躲。妈的！回过神来，我已经来到这家医院门口了。再然后我就看到了你，你是春菜的现任男友，我曾经设法弄到过你的照片……"

听陈世美跟我复述完上面这些剧情，我的震惊难以形容。

我才真的很想问"这到底算什么"！

毫无疑问，目前只能得出这么个结论：我眼前的这个陈世美，是来自平行世界的！他是段郎与冬笋那边的陈世美！为免混淆，下面我决定改口叫他慕容复。反正慕容复也是很有名的负心汉。

我在脑海里努力整理着整件事,时间轴应该是这样的——

晚上八点左右,喝醉酒的陈世美来找春菜,希望重修旧好,却被狠狠拒绝,一怒之下,他失手伤害了春菜。清醒过来后,他撒腿就跑,但还是被人看见了。

当时我不在这个世界。在这个世界的,是段郎。他并不知道春菜出事了,那个时候他在车站等车。我的推测是:逃亡的陈世美发现了段郎!

春菜不肯答应跟陈世美复合,陈世美因此猜测她有了新男朋友,他以为那个新男朋友就是我。所以他看到段郎的时候,不免妒恨交加,也许他把之前的过失犯罪也算在了我的头上吧。总之,那时候的他,应该是很想给段郎好看的。

段郎上了车,陈世美于是也跟了上去。车内昏暗,但人多势众,陈世美没有下手的机会。他安分了一路,段郎一直没发现这颗同车的定时炸弹。

不久,段郎下车了,陈世美继续亦步亦趋地尾行。段郎来到了破船厂并翻了进去。想必这个行为令陈世美十分费解,但话说回来,如果他真想对段郎不利,眼下的条件无疑是天时地利人和。

而我之所以推测陈世美一直跟着段郎,是因为——如果不是这样,陈世美凭什么也去了平行世界?!

段郎通过小木屋后,我就被替换回了这个世界。我已经轻车熟路,直接就回学校去了。在路上,听一灿跟我说了春菜的事。

陈世美应该是跟在段郎后边进入小木屋的,可想而知,他没能看到段郎。小木屋就那么丁点儿大,段郎能躲去哪里?陈世美寻觅了一会儿而没有结果,他也便离开小木屋,就在他出门的瞬间,他与平行世界的自己——慕容复,发生了调换。他跑到了慕容复的家里,而慕容复被转移到了小木屋前。

那时候我已经离开了,慕容复没见到我。搞不清状况的他,靠自己摸索了一阵,终于坐上去找春菜的车,结果一到我们学校就发现自己已是众矢之的,再然后我们就在医院门口相遇了……

我相信我的脑补是正确的。如果不是这样,就不能解释剧情的发展!

总而言之,现在慕容复成了陈世美的代罪羔羊。原来自攻自受……不对,自作自受这种事情,是真的存在的啊。现在的这个世界,除了我,没有人知道平行世界的存在。人们知道的只有,慕容复与陈世美长得一模一样,就算去验DNA也没差!

望着慕容复,我免不了恨乌及屋。不过我还是理智的。一想到真正的凶手陈世美逃到了另一个世界逍遥法外,我就更火大!

"这一切到底是怎么回事?"慕容复问我。

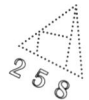

"三言两语说不清。"我懒得跟他废话,"你就理解成你被一个跟你很像的人陷害了吧。"

"太荒唐了……到底是有多像才会人人都误会?总不可能一模一样吧?"

"你说对了,还就是一模一样。"

"你以为他是平行世界来的吗?!"

慕容复居然一下子扯到了平行世界,我惊讶了。我以为体育生都是些脑子里长肌肉的笨蛋,没想到他还挺有想象力!

"你相信平行世界?"我问。

"别小看我,我看过的科幻小说和电影比你只多不少。"慕容复不耐烦地一挥手,"但现在不是扯淡的时候吧?"

……看来这货虽然基础打得不错,接受现实的能力还是差了一点。也好,反正我懒得给他扫盲。

此刻的慕容复十分烦躁,他蹙眉郁闷片刻,问我:"喂,春菜没事么?"

想到"手术中"的春菜,我不禁一阵心痛,迁怒道:"你现在会关心她了?你有什么资格关心她?"

这么霸气的感觉真好,我早就想痛骂这家伙了。但这厮也不是省油的灯,一下子就恼羞成怒了,他甚至揪住我的领口,将我提了起来!

我们太投入了,以至于惊动了两个巡逻的保安,当他们举着手电筒朝这里走来时,慕容复连忙放下了我,神情很不自然。

俩保安来到我们面前,他们只是约略地扫了我一眼,视野就完全被人高马大的慕容复给垄断了。我能明显感受到慕容复的紧张,尽管他比那两名保安都要高出一个头。

"你们干什么?打架吗?"保安之一虚张声势地吼了这么一句,就被他的伙伴拉到一边,凑在耳畔窃窃私语了一些什么,同时做着比画身高的动作。

也许是因为这家医院出动救护车的时候不多,也许是因为我们这里只是个小地方,也许是"坏事传千里"的定律作祟……这两名保安居然对慕容复有所耳闻!至少慕容复的身高实在是太招摇了。我看到,两名保安已经不自觉地攥紧了警棍,其中一个更是掏出手机……

说时迟那时快,慕容复跟个兔子一样就蹿了出去,转眼消失在了夜色里。不愧是运动健将,丫跑得果然够快啊!但这么一来就主动对号入座了不是吗?果然保安之一开始对着手机嚷嚷:"喂喂?派出所吗?我看到那个谋杀女学生的家伙了……"

这注定是个无法宁静的夜。

平行铡美案怎么破

我要去小木屋那里。

夜更深了。公车已经收班,我打了一辆车前往造船厂。在车上,我就着不明媚的灯光,歪歪扭扭地给段郎写留言。我知道我一抵达平行世界,段郎就会被替换到小木屋来的,在那里留下讯息,他就能第一时间了解发生了什么事。

慕容复当着我的面逃走后,我就不知道他什么情况了。是落网了,还是又找了什么地方躲起来了?我希望那个家伙能再来找我,但看起来那不太现实。

陈世美还躲在平行世界。他才是罪魁祸首,我不能饶过他。

带慕容复去小木屋,将陈世美换回来,是解决问题的方法之一。但现在慕容复不知所终,只能采取二号方案。二号方案,是由我前往平行世界,把他带回来。

——不用任何人说,我也知道这是个很扯的任务。站在剽悍的陈世美面前,我怎么看都只有被秒的份。所以我想好了,必要的时候,就找那边的415兄弟来帮忙。

再次通过小木屋后,我瞬间出现在了家里的马桶上。嗯,你懂的,我替换了段郎,看来段郎他正在……想象着原本维持着蹲坑姿势的他此刻被转移去了黑漆漆的船厂,我不禁产生了一丝内疚。这家伙不要顺手把我给他的留言纸拿去抹臀才好。

陈世美现在在哪里?我有必要确定一下。我不知道他的电话,但是有人可以告诉我。我就打给了冬笋。

"你想干吗?"听了我的要求后,冬笋很没好气。女孩子总是对现任打听前任有意见的。

"我现在没空跟你解释,总之先告诉我好吗?"

也许是因为我的口气很诚恳,又或者是单纯基于对我的信任,冬笋便报给了我一串数字。怕我多心,她还补充了一句:"他的号码我早就删了,但是他家的固话,以前打过太多次,很难忘记……"

"我知道啦。"我说。固话更好,我还怕打他手机直接被掐掉咧。

"说起来,那家伙很怪。"冬笋嘀咕,"刚才,他忽然给我打电话了。"

"啊?"我莫名其妙。

"嗯,电话接通后他问了一堆没头没脑的,问我没事吧,又问我最近有没见过他……"

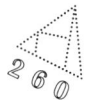

"……我先挂了。"

带着不祥的预感,我往陈世美家打了电话。

如果这个电话居然是陈世美接的,那就完蛋了。谢天谢地,接电话的是个女性,应该是他的妈妈吧。我压低声音问她儿子在不。

"他出去了。"他妈说,"你找他有事吗?"

"出去了?"我一愣,"怎么会在这么晚出去?"

"就是啊,莫名其妙的!"他妈抱怨,"这个时间说要去福州!"

"去福州?!"我更吃惊了,"他还说了什么吗?"

"他……他嘀咕着什么要快点烧掉,不然就麻烦了……之类的。"

挂了电话,我的脑子乱成一盘散沙,不得不从头分析目前的情报。

我想,也许我太小看陈世美了。

陈世美与慕容复是同一个人。所以慕容复的特质,他也必然具备。慕容复说他看过大量的科幻小说与电影,甚至一下子就提出了"平行世界",那我便假设陈世美也有这种思考能力吧。他的处境比慕容复从容,应该有更多时间可以仔细思索这里面的奥妙。

陈世美误伤了春菜,然后误打误撞来到了平行世界。一离开小木屋,他就瞬移到了慕容复家里。对此他肯定会感到非常不真实,正常人这个时候都会觉得自己是在做梦什么的。

可是陈世美是谁?是对前女友行凶的人!虽然据说他那时喝醉了,但既然还懂得逃跑、还懂得乘车跟着段郎去小木屋,就说明他并不是不清醒!那毕竟是一种实打实的罪恶感啊。这样的人会用一句"做梦"来打发自己吗?

陈世美后来给冬笋打了电话,确定了自己没有对她怎么样,然后他匆匆赶来福州。他是要干什么?他嘀咕着烧掉,烧掉什么?

一股寒意漫上我的心头。

不,我不愿意相信那家伙有那么聪明!但倘若……倘若他已经想通了这里面的前因后果,他想通了自己可能来到了所谓"平行世界",想通了小木屋是连接两个世界的关键,他还记得自己在原本的世界所干的坏事,并且确认过了,在目前这个世界,他是清白之身。

——那他肯定不会再愿意回到原先的世界去啊!我无法知道陈世美是不是连慕容复被切换去当自己的替死鬼这点都猜到了,但他不想回去,这是肯定的!

问题来了:怎样才可以不回去?

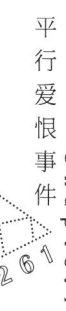

最简单粗暴的办法,那当然就是破坏掉那个小木屋!反正那样一栋破房子,弄错了也没什么损失!宁可信其有不可信其无,越快越好!

以上全部都是我的推测,距离事实有多近,老实说我也不确定。但我还是整个人跳了起来!如果我猜对了,那么算算时间,他这会儿没准已经快到造船厂了!如果他确实破坏掉小木屋,他是可以如愿舍弃黑历史安心待在这里养老,我呢?我会被留在这里!

我不能留在这里!尽管这里有名义上是我女朋友的冬笋,但是……她不是春菜!她不是春菜!

我像发疯一样冲出了门,在客厅看电视的妹妹惊讶地望着我。

18 熊熊火焰照亮了我

废墟般的造船厂,我童年的游乐场,在夜晚真的犹如地狱一般。那座掩映在萧条深处的小木屋真正成了不折不扣的鬼屋。

我得承认,我有些害怕。任何人在黑夜里孤身前往那种环境都会害怕的啊!换个角度想想我又蛮勇敢的,勇敢不是不害怕,是害怕也仍然要去做。

原本的如意算盘打不响了。我没法向415的各位甚至任何人求助,还是必须靠自己来应付!

我以手机照明,渐渐深入工厂。隔着好一段距离,忽然看到有火光若隐若现!一股推测被证实的冲击感狠狠地撞向我,害怕也顾不得了,我加速朝前面跑去!

看到他了!陈世美!他站在逐渐亮起来的火光前,半个身子被映红了,那令他犹如处于某种歇斯底里的狂热之中。记得柯南漫画里经常有罪犯一时冲动杀人后,瞬间设计出了极其复杂的迷局。那时候还觉得太扯了,眼前陈世美的例子却让我相信,人在生死关头是真的会开挂的啊!肾上腺素除了导致气力大增,也会让智商破表!真不愧是为了活下去什么都做得出来的万物之灵啊!

"是你啊……"陈世美冷笑着说。

"你在干什么?"我惊呼着扑上去,要抢救那渐渐长高的火,结果陈世美只是一脚,就把我踹得倒地不起。

……嗯,对这个战果我毫不意外。只会敲键盘的死宅怎可能是体育学院高才生的对手!

"你为什么要烧掉这屋子……"我忍痛说。

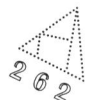

"你又为什么对它那么宝贝？"

"难道要看着你纵火？！"

"不是那么简单的原因吧。"陈世美说，"你应该很清楚，我们现在所在的不是原来的世界，而这座屋子就是连接它们的通道！"

我一惊，这家伙还真的只靠想就弄明白了这一切？

"别把我当成和你一样的白痴。"陈世美说，"我本来也只是觉得有些奇怪，做了些调查才渐渐可以肯定。这个世界的我，还是有些地方跟我不一样的。一些我可以肯定没做过的事，他却做过……当然，还有一样东西给了我很大帮助：我在进入小木屋前，捡到过一张纸条。"

我一惊：纸条？！莫不是以前我和段郎联络用的？

"我本来只是扫了一眼，没太在意。可是当我也来到平行世界，纸条上的内容就很有启发性了……当然，你现在的表现也很说明问题。普通人会这么紧张一座破屋子吗？"

至此，我彻底明白陈世美是个多么可怕的对手了。眼见火势渐渐大起来，我不顾一切地大吼道："你这样做，我们永远都回不去了！"

"呵呵，那正是我希望的。为什么我要回去？"陈世美耸耸肩，"你知道我在原来的世界做了什么吧？我不是故意的，我也是一时冲动……但后悔也来不及了。我没想到有这样一个世界，我的家人、学校、朋友……我的一切这里都有，我可以在这里重新来过！我不会再想跟春菜复合了，但我不要坐牢！"

"春菜不会死的……你不一定会坐牢……"

"那又怎么样？出了这种事，总会被记入档案、影响前途的吧？我不要。我要让这一切就像没发生过！"

脆弱腐朽的小木屋已经开始发出吱吱呀呀的惨叫，有燃烧的木头渐次坍塌，我再次不顾一切地想要冲过去，再次被陈世美不费吹灰之力地打倒。

"让它烧完！让它烧完！"陈世美怒喝，"你不要多管闲事！否则我搞不好会把你……我可不想再在这个世界犯罪！"

我怒视着他。

"别这样看我！我……我从没想过害死春菜，我也曾经很喜欢……很喜欢她……"陈世美说着，穷凶极恶的声音里竟带上了一丝呜咽……

不能再拖下去了，我发出一声怒吼，孤注一掷地撞向陈世美的胸怀，撞得他猛然摔倒。也就在那一刻，小木屋正对我们的一面墙轰然倒塌，窗户的位置，不偏不

倒地朝着我们压了下来!

我的眼睛猛然一花,我出现在了宿舍里!

我回来了!我回到原本的世界了!真没想到竟会以这种形式"通过"了小木屋!很显然,刚才段郎在415,现在我取代了他!

"段段,怎么了?"八达看着我问。他完全不知道,刚才的我和现在的我,不是同一个。

"……"我调整了一下思绪,两个世界换来换去,我不是不混乱的,半晌我叫起来:"啊!那个混蛋不见了!"

我说的那个混蛋,当然是陈世美。他肯定也回到了这个世界,然后被替换到了慕容复所在的位置。小木屋已经毁了,陈世美休想再逃到那边去。问题是他现在在哪里?不切实地抓到他,这事情就不算结束!

"段段,你怎么了?"容嬷嬷有些担心地看着我,"你说的混蛋,是那个伤害春菜的家伙吗?那个陈世美,他不是已经落网了?"

我一惊,抓住嬷嬷:"落网了?"

"是啊,就在刚才传来的消息。"锅炉工说,"听说是医院的保安报的警。过了不久,他就被警方抓到了。谁让他长着一副显眼的傻大个?"

我悬着的心,一下子降落了下来。

原来如此。慕容复丢下我跑掉了,我还为如何找到他而伤脑筋,但事实证明——根本不需要伤脑筋!我应该一开始就举报他。慕容复落网虽然很无辜,但这也意味着,陈世美一穿越回来,就会立刻替他进局子!这才是真正的冤有头债有主呢!

仿佛是为了更好地诠释"否极泰来",我的手机响了,我接起来,眼睛一下子模糊了。我听到林姑娘的声音,她哽咽着对我说:"部长,春菜度过危险期了……"

青春和你,未完待续

与我推测的一模一样,陈世美恶有恶报了。彼时慕容复正代替他被警方收押,百口莫辩,苦逼哈哈,直到陈世美将他解放。

回到自己世界的慕容复与段郎,想必会很吃惊吧。因为他们将会发现自己面前是一座燃烧的小木屋。希望火势没有进一步蔓延下去。

——我只能"希望"了,因为我没有任何办法知道他们的情况。

那个世界的小木屋烧掉了,我们这边的小木屋也就形同虚设。不管我再进出多少次，都无法去到平行世界。我想，两边小木屋应该是互为出入口的吧，只有一边完整果然没有意义。

也许还有其他前往平行世界的方法，但至少那时，我不知道。我常会想起冬笋，不知道她和段郎怎么样了。

也许，他们好好地在一起吧。

那并不是我一厢情愿的祝福。我有证据的。

证据就在我的电脑里。那是段郎给我的，最后的留言。

另一个我，你好。

我已经知道了春菜的事。我不知道怎样跟你描述我现在的心情。我从没有这么难受过。有句话太土了，但是我满脑子都在想：失去才知道珍惜。春菜和冬笋是不同的，但她们又是相同的。这样说很奇怪，但你一定理解。

我知道这不是我的世界。春菜是你的，冬笋才是我的。但我仍然控制不住地感到悲痛，我想，如果你真的失去了她，你的痛苦应该会比我强烈百倍吧。而我的世界里分明有一个深爱我的冬笋，我却没有勇气面对。

我始终是太幼稚了。与冬笋在一起其实很幸福，我却容易为一些相处上的矛盾而质疑这份幸福，甚至想要逃避它、回到大家还只是朋友的时刻。这是多么自私的想法。

在为春菜担心时，我也发现，自己其实还是很喜欢冬笋。

不知道什么时候，我才会回到自己的世界。我会等。另一个我，祝你马到成功。当我能够回去，我会与冬笋好好地相处，再也不会离开她。

另一个我，其实你喜欢春菜的吧？你不肯表白，只是害怕不能成为一个合格的男朋友，只是害怕告白失败的话，你会连带着失去一个好朋友。

另一个我，你不要害怕。勇敢地迈出那一步吧。我相信春菜一定能脱离危险，相信在经历了几乎失去她的灾难后，你不会再让机会溜走。

很高兴认识你。

春菜一天一天地康复着，一天比一天更精神。我每天都会去看望她，她也像是没有受过伤害一样，渐渐恢复成那个开朗的她，这真是太好了。

春菜的人缘是那么好，那段日子，来看她的人络绎不绝。水果鲜花送了一大堆，羡煞同室病友。而每天必然报到的，却不只是我。

还有那个叫小猫的学弟。

春菜被推入急救室的那一晚，我说去给学姐们买点水，结果一去不返。没有人知道我去抓陈世美了。我不在时，小猫代替我等着春菜，甚至春菜恢复意识后，第一眼看到的也是他，不是我。

小猫高大帅气阳光温和，引无数少女尽倒贴。但陪伴照料春菜时的他俨然一个任劳任怨的男佣。我知道小猫对春菜一直是有意思的，原本春菜和他的关系只是一般，但是在经历这件事后，她看小猫的目光显然发生了变化。

当然春菜跟我还是一如既往地要好，好得让人误会我们是男女朋友。

春菜出院后不久，情人节到了。

情人节，我们 415 宿舍为爱出尽百宝。锅炉工面对阿玲表现蹩脚最终还打了退堂鼓，嬷嬷为武则天安排了一场盛大的告白却还是被拒，排长做足了准备却居然没找到眼镜娘在哪里，大卫烂操傻傻地给小苹果送了巧克力然后被发卡，八达趁机做起卖花生意却留下了一束悄悄送给小苹果，一灿和静静则在那一天分手……

至于我，春菜在很晚的时候约我出去走走。

我们走过一整条学生街，走过形形色色的餐馆，走过永辉超市以及其他再熟悉不过的地方，像是要把这段青春里最熟悉的风景全都走完。

走到情人节都快要过去。走到夜路上只剩下我们两个人。

春菜忽然说："阿福，我们牵手好不好？"

我至今不明白她那时候的用意，但我立刻伸出了手。我们再熟悉，再亲密，那却是我第一次牵她的手。

我曾那么多次去春菜的宿舍蹭热水澡，曾那么多次坐在只穿睡衣的她的床头，曾那么多次和她一个碗里吃饭一个杯里喝水，那却是我第一次牵她的手。

她的手温暖柔软，我的手在颤抖。

不是冬笋，不是任何人，她是春菜。

就这样沉默地走了一路。春寒料峭，光影斑驳。

我想起了我对冬笋说的话，想起了段郎对我说的话，想起了春菜命悬一线时我的痛苦。我想我已经蓄积了足够的勇气来对她说出早该说的话。

我说："阿春……"

"阿福，"春菜松开我的手，浅浅一笑，"我有男朋友了。"

本来已经很黑很静的夜路，忽然就像是定格了一样，更黑，更静。

"是小猫吧？"我尽量自然地问。

"嗯。他……真的对我很好。他其实早就跟我告白过，我没答应。今天他又让我给他一次机会，我找不到理由拒绝了。"

"嗯啊……"

"以后我就没法这样跟你出来了。"春菜说，"男朋友会吃醋的嘛。阿福，你也快去找个女朋友吧，别再和宿舍那些臭男人搅啦。"

"哈哈……"我都不知道自己在笑什么。

赶在陷入尴尬的沉默前，春菜说："回去吧？"

回去的路上，我们不再牵手。

都不知道该说什么，也就一路都没有说。

与其说我的心情五味杂陈，不如说，有一种被掏空般的恍惚……

回到学校，走进宿舍区，来到"男生止步"的四楼，要分开了，我才说："你确定他会对你很好吧？"

"嗯。"春菜自嘲，"肯定比上一个好。"

"那就好。"

"谢谢你阿福，还是你最关心我。"

是啊。至少，她愿意这样看我。

我告诉自己：春菜找到一个确定会对她很好的男朋友，这不是坏事。

只是……

春菜向我道别，慢慢走上楼去。

只是……

她的背影，再拐一个弯就要消失不见。

"喂！"赶在那之前，我叫住她，"我还可以去找你玩的吧？"

春菜一愣，笑了起来，非常大声地回答我："当然啊，白痴！我们可是最好的朋友！"

只是，心里始终有一个声音在提醒我：不会就这样结束的。

青春还有很长，415 宿舍的故事不会就这样结束的。

我和她的故事，不会就这样结束。

（《青春奇妙物语》第一部全剧终）

≪ 再会，与十个臭男人共续青春

  大学里我看了很多书也写了不少东西，涉猎了各种各样的文类。有一段时间甚至热衷于研究古诗词，不用怀疑，这是出于装十三的需要。至于真心热爱的东西，那时候反而不敢轻碰。一样是儿童文学，直到毕业了才正式开始写；另一样，就是我的大学回忆录。

  415的各位看我常写东西，就对我说，应该把我们的故事写成书。我满口义不容辞，其实心里很怀疑有没有那样的机会。不过那时候，我就开始了巨细靡遗积攒素材的过程。真遗憾当时还没有写博客的习惯。记下来的素材都是支离破碎的，但是每次一看到那些关键字，当时发生过什么还是会立刻鲜活地跃然脑海。

  后来，我开始在《小说绘》上连载《与十个臭男人共度青春》。我终于发现最适合自己的回忆与记录方式就是通过段子这种载体。我写得非常愉快，这应该是写作以来距离"梦想成真"最近的一个案例吧。考虑到隐私与乐趣，那部作品的细节被处理得虚虚实实，主角及大事件则如假包换。它是我送给青春以及兄弟们的礼物，其实只要能够取悦到415，我已经有莫大的成就感与满足感，至于渐渐也有越来越多读者喜欢上，则是彩蛋一样的惊喜了。

  有读者来跟我说，他们也把宿舍负责烧水的人起名叫锅炉工了，他们学到了该怎么贬低胖如金氏或瘦如排长的人；有读者举报说他们也认识像大卫一样裸睡或者像八达一样抠门的人；有读者看着烂操产生了共鸣，然后非常羡慕人生只剩下打游戏的老蜗；有读者冰天雪地裸体跪求一灿的照片和嬷嬷的联系方式；有读者孜孜不倦地打听我和春菜最后怎么样嬷嬷与武则天有没有在一起……

  这些全都是正能量喔。

  关于这本《青春奇妙物语》，它的写作初衷完全是灵机一动。有天我想写个幻想故事，

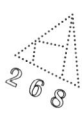

知音动漫重磅大作

福布斯2018亚洲精英榜上榜作家**天蚕土豆**燃魂新作

《元尊11·苍玄圣印》已全国上市,热卖进行中!

圣印之战 | 绝处逢生 | 远走混元 | 任重道远

风云变幻矢志不移,异界求存机变无双。

高能预警! 外星人、幽灵、不知名生物组团出没,花式作妖!
10个无厘头少年开启谜之羁绊,13个脑洞大开的神展开日常。
全宇宙极具怪谈气质的大学宿舍!我的室友又损又坑怎么办?在线等,急!
超人气作家**两色风景**校园幻想代表作纪念版!

已全国上市,热卖进行中!

经典图书产品

《龙族》系列 江南/著 《哑舍》系列新版 玄色/著 《元尊》系列 天蚕土豆/著 《浮生物语》系列 裟椤双树/著

龙族Ⅰ：24.80 元
龙族Ⅱ、Ⅲ上、Ⅲ中：29.80 元/本
龙族Ⅲ下：36.80 元
龙族Ⅳ：32.00 元
龙族Ⅳ（精装）：42.00 元

哑舍Ⅰ：35.00 元
哑舍Ⅱ：35.00 元
哑舍Ⅲ：35.00 元
哑舍Ⅳ：35.00 元
哑舍Ⅴ：35.00 元

元尊Ⅰ、Ⅱ、Ⅲ：32.80 元
元尊Ⅳ、Ⅴ、Ⅵ：32.80 元
元尊Ⅶ：32.80 元
元尊Ⅷ：32.80 元
元尊Ⅸ：32.80 元

浮生物语Ⅰ（新版）：39.80 元
浮生物语Ⅱ（新版）：42.80 元
浮生物语Ⅲ上/下（新版）：39.80 元/本
浮生物语Ⅳ（上）鱼门国王：42.80 元
浮生物语Ⅳ（下）天衣侠人：42.80 元
浮生物语Ⅴ（上）西溟南海：39.80 元

《芥子》系列 橘花散里/著 《浮云半书》系列 李惟七/著 《半面妆》系列 第十一狼/著 《饕餮记》系列 殷羽/著

芥子Ⅰ：36.00 元
芥子Ⅱ：36.00 元

浮云半书Ⅰ：25.00 元
浮云半书Ⅱ：26.80 元
浮云半书Ⅲ：28.00 元
浮云半书兵法卷：35.00 元

半面妆Ⅰ：25.80 元
半面妆Ⅱ：28.00 元
半面妆Ⅲ：30.00 元

饕餮记Ⅰ：29.80 元
饕餮记Ⅱ：28.00 元
饕餮记Ⅲ：36.00 元

《睡在我上下前后左右铺的兄弟》系列 两色风景/著 《时间海》系列 原晓/著 《将军在上》橘花散里/著 《法老的宠妃》系列 悠世/著

睡在我上下前后左右铺的兄弟：26.00 元
睡在我上下前后左右铺的兄弟Ⅱ：35.00 元

时间海：25.00 元
时间海Ⅱ：26.80 元
时间海Ⅲ：32.00 元

将军在上（上下）：59.80 元

法老的宠妃Ⅰ：32.00 元
法老的宠妃Ⅱ：23.00 元
法老的宠妃Ⅲ：28.00 元

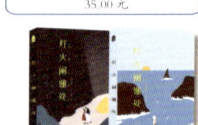   

《灯火阑珊处》青彩落拓/著 《长大的彼得·潘》两色风景/著 《海盗鬼皮书》旋翼之刃/著 落笔时光·诗经：52.80 元 落笔时光·飞花令：46.00 元

灯火阑珊处（上下册）：68.00 元

定价：32.00 元

定价：32.00 元

《人间草木心》汪曾祺/著 《落花入梦甜》梁实秋/著 《我的心不止于这世界》李美林/著 《此生平凡终成诗：林清玄说诗词》林清玄/著

定价：39.80 元

定价：39.80 元

定价：39.80 元

定价：39.80 元

全国各大书店线上书店、实体书店及漫客商城均有销售！

  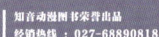

知音动漫图书荣誉出品
经销热线：027-68890818

我手头有好几个系列，它们就像一个个等待开工的剧组，当我有了新点子，我就会琢磨适合由哪个剧组、哪些演员来拍，想来想去觉得哪个都不合适，看来只能写成独立的短篇了。接着就要开始琢磨人名了，可恶啊，我最不擅长做这件事了！然后这个故事预定是要发生在校园里的，除了主角之外还得给一堆配角想名字……再然后，我忽然想：为毛不干脆用415的各位来演出呢？

话说我小时候，看过一套很风靡的电影叫《好小子》，讲的是三个会功夫的正太行侠仗义的故事。在那个年龄的我看来真是各种带感啊！于是立刻开启脑补模式。幻想自己和几个好朋友也拥有了一身功夫，飞檐走壁哼哼哈兮地教训那些讨厌的大人。那段时间，每当我闭上眼睛，我与班长、学习委员和宣传委员站在货车顶上打击犯罪的英姿就会铁马冰河入梦来……至于演员阵容为什么都是班干部就请你无视吧！小学的我因为成绩很好所以交际圈局限在当官同学里这么二的事情我会随便说吗？！

是的，那应该是我最早的同人创作了，并且还是来自三次元的同人……《青春奇妙物语》也是同人，它宛如儿时乐趣的重现。还有比这更得心应手的吗？我是那么熟悉他们每个人，熟悉我们一起走过的日子。拿朋友来尽情YY，这是怎样一种不知死活的浪漫啊。

有些故事，是从人物的性格特质衍生出来的，比如八达的抠门导致了《假币诅咒事件》，嬷嬷的受虐体质造就了《手机复仇事件》，堕落的老蜗遭遇了《新旧更替事件》；有些故事，则是内容本身适合由某人来演出，比如觊觎眼镜娘的排长就值得拥有一个能偷窥的柯南，拉票的艰巨性与大卫的中庸最是相得益彰，祸福与共什么的不就是为反差极大的一灿与烂操量身订做的么？

还有些故事是群戏，如指甲油，如荒岛求生。收录在单行本里的大结局《平行爱恨事件》是我和春菜的故事，爱情描写的比例会比其他篇目吃重，所以风格也稍微深沉点。虽然说每个故事都让大家觉得很有趣是我的追求，但既然是青春，有笑有泪才是王道。这里也要庆幸415的人口多达十个。十个人的性格与槽点各不相同，可以碰撞出足够丰富的可能性。

《青春奇妙物语》全都是幻想故事，但是用一种轻松的吐槽的方式来表述，这也是过去没有尝试过的（前作《魔道鲜师》风格更热闹，却不是第一人称）。我是希望这本书能更有亲和力，就算出现再多的奇人异事，也还是会Hold住一种"日常"的调调，那它就不适宜玩过于天马行空的题材。收录在这里面的故事，如幽灵上身、猫变成人、二重身、穿越时空、平行世界、外星人、圣诞老人等，都不是新鲜的梗，但有时候仍坚持要写，就是想试试以自己的风格、以这么一批角色，能做到什么地步。我对"旧瓶新酒"的追求就是即使耳熟能详的题材，写到最后仍要令人出乎意料乃至耳目一新。如果这本

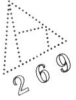

书里的努力能得到认可,我会很高兴的。

《青春奇妙物语》是《与十个臭男人共度青春》的配套产物或者说升级版,但如果没看过后者而单看前者,也不会看不懂。当然如果先去《臭男人》那里打个基础再进入《青春》,理论上乐趣会更多。我想,两部作品都有追的读者应该不难发现,《青春》里的人物与事件,有不少正出自《臭男人》。比如林姑娘、光饼、岩班长、贞子老师、黑珍珠、陈世美……比如跳楼、溜冰、四级考试、化装舞会、情人节、捡猫来养……《青春》是对一些人和一些事的放大补完。当然这些基本是作者的自嗨,读者了不了解,对独立欣赏两本书没有妨碍。

写到这里我发现没有什么想说的了,于是这篇后记也可以结束了。《青春奇妙物语》的故事还在继续。我会继续不遗余力地编排我的朋友们,与他们一同经历那些不曾经历的传奇。对此,我简直欲罢不能。

不是因为那些故事,是因为陪我演出故事的那些人。

遇见他们,已经是青春岁月里最大的传奇。

两色风景
于 2013 年 3 月 15 日

青春奇妙物语 1

作者
两色风景

选题策划
知音动漫图书·新阅坊

封面
阿致

内文插图
猫殿下

装帧设计
余诗立

图片总监
杨小娟

特约编辑
罗长敏

执行编辑
杨 鸿

责任发行
周冬梅

出版社
中国致公出版社

总出品
湖北知音动漫有限公司

制作出品
知音动漫图书·新阅坊

平台支持

图书在版编目（CIP）数据

青春奇妙物语.1 / 两色风景著. -- 北京：中国致

公出版社，2019

ISBN 978-7-5145-1382-0

Ⅰ.①青… Ⅱ.①两… Ⅲ.①故事－作品集－中国－

当代 Ⅳ.①I247.81

中国版本图书馆CIP数据核字(2019)第089633号

本书由两色风景授权湖北知音动漫有限公司正式委托中国致公出版社，在中国大陆地区独家出版中文简体版本。未经书面同意，不得以任何形式转载和使用。

青春奇妙物语.1 / 两色风景 著

出　　版	中国致公出版社
	（北京市海淀区翠微路2号院科贸楼）
出　　品	湖北知音动漫有限公司
	（武汉市东湖路169号）
发　　行	中国致公出版社（010-85869872）
作品企划	知音动漫图书·新阅坊
责任编辑	杨　鸿
特约编辑	罗长敏
装帧设计	余诗立
印　　刷	长沙鸿发印务实业有限公司
版　　次	2019年6月第1版
印　　次	2019年6月第1次印刷
开　　本	710mm×1120mm　1/16
印　　张	17
字　　数	320千字
书　　号	ISBN 978-7-5145-1382-0
定　　价	36.00元

版权所有，盗版必究（举报电话：027-68890818）

（如发现印装质量问题，请寄本公司调换，电话：027-68890818）